추천평

장편 우수상 《구름문》은 공감각적인 '구름'의
설정과 도입부가 돋보였던 작품이다.

_김초엽, 소설가

매일 겪는 우리의 미스터리 세계인
'꿈의 결정화'라는 설정으로 시선을 끈다.
꿈이 여전히 새로운 이야기의 소재가 될 수 있음을
장르적으로 설파한다.

_민규동, 영화감독

구름
문

구름문

이다하 장편소설

아작

차례

프롤로그   꿈의 시작_9

제1부 우리만 아는 곳 ————————

제1장   꽃잎은 모두 지고 꽃가루가 흩날리던 계절_15

제2장   구름 속으로 들어가다_31

제3장   리라가 음악을 연주하는 동안_48

제4장   그냥 반사적인 것_76

제5장   그의 옷장_94

제6장   숨 쉬는 일과 시선을 돌리는 일_110

제7장   찌그러진 구름_120

제8장   구름 그늘 아래에서_127

제9장   전에는 보이지 않았던 것들_165

제2부 당신이 안고 있던 이야기 ───────

제10장   자욱한 안개 속을 걷다_173

제11장   아침마다 커피를 마시게 되기까지_194

제12장   17기 해산을 기념하는 저녁 모임에서_213

제13장   구름문은 어디에_224

제14장   두 개의 단어, 하나의 조던_235

제15장   호수를 시계 반대 방향으로 따라 걷다가_242

제16장   구름의 생성과 진화기_251

제17장   세 개의 구름, 사흘 밤의 꿈_262

제18장   어떤 비밀 기록과 생각보다 짧았던 추적기_292

제19장   피터 팬은 몽유병 환자들에 관한 이야기라는 걸_310

제20장   주이만의 방. room_337

에필로그   당신이 있던 자리에_360

작가의 말_369

꿈의 시작

그런 꿈이 있다. 잠든 뒤에는 어떤 뒤척임도 없이 고요한 안식을 취하다 마침내 깨어야 하는 순간이 오면 자연스레 눈이 떠지는 꿈. 햇살이 내려앉으며 일으키는 진동에 속눈썹이 파르르 떨며 마른 눈물 자국을 부숴내고, 그러고 나면 반갑게 새로운 하루를 맞이하고 싶어지는 꿈. 누구나 한 번쯤은 그런 꿈을 꿀 수 있기를 꿈꾸었을 것이다.

그와 나는 꿈에서 만났다. 계절은 곧 여름으로 바뀔 늦봄이었다. 꽃잎은 이미 다 지고 꽃가루가 날리기 시작하는 봄의 끝자락. 꽃가루가 이리저리 흩날리다 이윽고 공중에서 만나 뭉쳐지고, 그 뭉텅이가 데굴데굴 구르다 지하 주차장까지 굴러 들어가기도 하는. 차 문을 열면 반작용으로 부양하는 꽃가루가 차 안까지 들어가는 바람에 팔로 저어가며 몸을 실은 뒤 황급히 문을 닿아야 했던 봄. 그랬던 계절이 마저 지나가고 여름에 접어들자, 나는 지나간 꿈에 대해서 잊어버렸다. 그러나 그는 여전히 봄에 꾼 꿈속에서 가만히 날 기다리고 있었다. 계절을 한 바퀴 돌아 어느덧 얼음이 깨지는 소리가 들려오고, 꽃이 진 자리에서 새 눈이 고개를 들었다. 다시 우리의 봄이었다. 그 사실을 깨달았을 때, 나는 이미 그를 만나러 가고 있었다.

잠드는 일과 꿈꾸는 일을 자유자재로 하는 이들이 있었다. 사람들 사이에서는 '슬리퍼(Sleeper)'라는 이름으로 통했다. 순수한 잠의 결정을 추출하여 인체에 무해한 천연 수면제를 만드는 기술이 등장한 이후, 본격적으로 꿈을 생산하는 기술도 개발되었다. 슬리퍼는 '양질의 잠을 자는 능력이 탁월하여 숙면을 생산하는 일을 직업으로 하는 사람'이라는 데에서 곧 '양질의 잠과 꿈을 추출한 결정체인 구름을 만드는 사람'이라는 데까지 의미가 확장되었다. 잠드는 일과 꿈꾸는 일을 자유자재로 하지 못하여 대가를 지불하고 효용을 얻는 잠의 소비자들은 '슬리피(Sleepee)'라고 불렸다. 마치 영원히 졸린 상태에 머무를 수밖에 없다는 듯 잠의 형용사와 같은 발음으로 정의되는 이들은, 슬리퍼를 통해 비로소 원하는 만큼 숙면하고 꿈을 꿀 수 있었다.

그는 슬리퍼였고, 나는 슬리피였다. 슬리퍼가 잠을 자는 동안 기계가 작동하며 꿈을 분리해내고 나면 3퍼센트의 꿈만이 잔여물로 남는다. 기계에 한번 걸러지고 남은 꿈은 멀리서 들려오는 메아리같이 희미해서, 그것을 알아들을 확률은 0.6퍼센트에 조금 못 미친다고 알려져 있다. 그가 만든 구름을 사용했을 때

나는 그의 목소리를 들었고, 잠에서 깬 뒤에도 그 목소리를 기억해냈다. 그러니까 그와 내가 구름을 통해 만난 건 소수점 아래로도 숫자 몇 개를 징검다리처럼 건너간, 극히 희박한 확률로 일어난 사건이었다.

제 1 부

우리만 아는 곳

제1장

꽃잎은 모두 지고
꽃가루가 흩날리던 계절

꽃가루가 어디서부터 불어온 건지는 모르지만 어쩐지 처음부터 내내 이곳을 향해 온 것 같았다. 그러지 않고서야 도서관을 나서자마자 세상이 이렇게나 온통 꽃가루로 뒤덮이고, 미처 가라앉지 못한 가루들이 지나가는 발걸음에 맞추어 나풀거릴 수는 없지 않은가. 어쩐지 눈가가 조금 간지러운 듯한 느낌이 들어 가방 앞주머니에서 마스크를 꺼내어 썼다. 그러자 이미 안경을 쓰고 이어폰을 끼고 있던 나의 얼굴이, 구멍이란 구멍은 모두 가린 상태가 되어버렸다.

달이 차오른 만큼 어느덧 해가 길어져 있어 도서관을 나서며 하루를 마감하는 길이 전처럼 눈부시지 않아 좋았다. 점등된 가로등 불빛은 늘 나도 모르게 인상을 찌푸리게 했다. 그런데도 안면에 불쾌한 느낌이 드는 건, 부유하는 가루에 반응해 나타난 알레르기 때문인 듯했다. 눈이 충혈되고 눈 앞머리부터 인중까지 무겁게 부어올라 온몸의 무게중심이 점점 앞으로 쏠리는 기분이었다. 발을 내디딜 때마다 몸이 기우뚱거려서 세상이 점점 기울어지고 있는 듯한 느낌마저 들었다. 고개를 들자 도서관 뒷산을 넘어가는 해의 바지런한 움직임이 눈에 들어왔다. 태양열 조명 덕분에 낮만큼이나 환하게 유지되는 밤길을 걸을 때는 몰랐는데, 아직 땅거미가 지기 전, 그렇게 마냥 밝지도 어둡지도 않은 분홍빛 하늘을 보며 걷자니 내가 참전 중인 이 전쟁이 다 부질없다는 생각이 들었다.

아니, 사실 그건 내가 들이고 있는 노력이 전쟁의 승패에는 전혀 영향을 미치지 못하는 부질없는 움직임이라는 걸 자각한 것에 가까웠다. 나의 어깨에 미처 다 실리지 못하고 양손에 볼품없이 들려 있는 책들조차도 그렇게 말하고 있었다. 그 안에 실린 각종 적성 혹은 전공 문제들을 몇 개 더 맞추고 덜 맞추고는 이 노을 지는 하늘에 아무런 영향을 미치지 못할 터였으니까. 그런데도 나는 매일 다음을 기약하며 하늘을 올려다보는 것을 차일피일 미뤄오고 있었다. 다음 벚꽃은, 다음 단풍은, 다음 크리스마스는, 다음 설날은. 다음은 지금보다 더 여유로운 마음으로 맞이하겠다는 포부로 수년 동안 도서관을 오가던 차에 맞닥뜨린 하늘이었다. 갑자기 이 모든 상황이 너무나도 불합리하고 말도 안 된다는 생각이 들어 울컥했다.

신발의 앞코가 획획 날리며 억울함과 짜증이 이내 나의 걸음걸이에도 묻어나기 시작했다. 매일 같은 시간에 도서관을 나서면서도 어느새 해가 길어져 인공빛으로 환하게 밝혀진 길을 맞닥뜨리지 않을 수 있게 됐다는 사실과 저 분홍빛 노을이 어느덧 배로 너르게 깔리기 시작했다는 것을 모르는 채, 시간을 훌쩍 통과하여 스물일곱 살까지 흘러들어왔다. 벚꽃 개화 시기를 몇 차례나 흘려보냈는데, 이 구간을 지나고 나면 꽃길에 접어들 거라는 확증 따위는 내게 없었다. 그런 처지에 사월의 어느 날 좋은 저녁에 고작 도서관 열람실에서 나오고 있는 꼴이라니. 그리고 화풀이로는 기껏해야 보행자로 가득한 횡단보도 사거리에서 녹색 불이 켜졌는데도 기다리지 않고 우회전을 해보려는 차에 눈길을 주지 않고 직진하는 것뿐이라니. 이 무시무시한 무력감은 내가 고질적으로 앓고 있는 불면증만큼이나 도무지 떨쳐버릴 수 없을 것만 같았다.

입사를 희망했던 회사의 공채 전형에서 마지막 순간 미끄러지며 나의 계획이 모두 흐트러져버렸다는 사실을 인지했을 때, 실패의 원인을 객관적으로 파악해보려고 시도해서 찾아낸 게 바로 불면증이었다. 내가 떨어진 것을 무언가의 탓으로 돌리고 싶은 건 아니었다. 그런 식으로 책임을 전가하거나 원망을 하는 건 비겁한 짓이라고 생각했으니까. 그렇지만 계속되는 낙방의 원인을 찾아내지 않고는 더 이상 버틸 수 없는 상황에까지 이르고 말았다. 그러니까 나는 도망할 곳 없는 절벽까지 간 뒤에야 불면증을 지목했던 것이다.

기억을 되살려보면 불면증은 내내 나와 함께했고, 중요한 시험이나 면접을 앞둔 밤에는 한층 더 심해지곤 했다. 수능 전야는 거의 뜬눈으로 지새울 정도였으니까. 불면의 밤을 보내고 난 다음 날, 열아홉 살의 나는 1교시 국어 영역이 시작되는 8시부터 마지막 제2외국어 영역이 끝나는 6시까지 격앙된 상태로 시험을 치렀다. 시험지를 눈앞에 두고, 잠이 온다는 사실을 인정하는 것조차 용납할 수 없다는 독한 마음으로 문제를 풀어나갔다. 결국 평소 모의고사에서 받았던 것보다 한층 우수한 성적을 받았을 때, 나는 그것을 힘들게 싸워 겨우 하나의 전투에서 얻어낸 값진 승리라고 받아들였다.

수면 장애는 그 이후에도 지속되었지만, 그게 꼭 절망적인 결과로 이어지지는 않았기에 나는 그걸 심각한 문제, 아니 경미한 문제로조차도 인식하지 않았고, 그냥 그런 증상에 적당히 익숙해지는 방법을 택했다. 잠이 오면 자고, 안 오면 안 자는 식으로 해법을 찾은 것이다. 이를테면 잠이 오지 않는 날에는 다음 날 수업에서 다룰 내용을 미리 예습하며 시간을 보냈다. 수업 시간에 조는 바람에 학업에 지장을 받는 일을 최소화하면서도, 기나긴 밤을 보낼 수 있게 나름대로 해결책을 찾은 셈이었다.

대학 졸업을 앞둔 해부터 불면증은 더욱 심해져서, 평일에는 거의 잠을 잘 수가 없는 지경에 이르고 말았다. 그렇게 되자 수면 부족의 징후가 겉으로 드러나기 시작했다. 취업 스터디 자리에서 어느 스터디원은 내게 피곤하고 힘이 없어 보인다며 눈을 좀 더 또렷하게 뜨도록 노력하고 살구색 컨실러를 발라 다크서클을 가리는 것이 좋겠다고 말했다. 또 다른 스터디원은 나의 말투에 약간 날카로운 면이 있으니, 좀 더 여유를 가지고 부드럽게 말하면 좋겠다고 했다. 그렇지만 다들 속으로는 그냥 창호의 차광코팅과 블라인드를 새 걸로 바꾸시는 게… 또는 그냥 구름을 쓰지 그러세요? 하고 묻고 있다는 걸 나는 알았다. 그러면 나는 다음 스터디에서 그런 점들을 의식하며 발언하다가 허둥대는 바람에 논리가 온통 흐트러지기 일쑤였다. 그런가 하면 엉망인 나의 상태를 감추기 위해 한층 더 뾰족하게 날을 세운 말투로 모의 면접에 임하다가 결국 그것까지 망쳐버리는 일도 있었다. 수면 부족 상태에서 벗어나지 않는 한, 실전에서도 이와 비슷한 일이 반복되는 건 필연적인 일인지도 몰랐다.

불면증이 이렇게까지 나에게 지독하게 붙어 다니는 건 어쩌면 저주를 받았기 때문이 아닐까, 하는 생각까지 한 적이 있다. 극심한 고통을 겪고 있는 누군가가 너도 한번 당해보라는 심정으로 평소 가장 미워하던 몇 명에게 저주를 걸었는데, 그중 한 명이 마침 나여서 이런 일이 생긴 것이라고. 그러니 이 괴로움은 나로서는 불가항력적인 것이라고. 그러자 저주를 날릴 만큼 나를 미워하는 자의 존재와, 그자가 날린 저주의 위력이 실재하는 것처럼 느껴졌다. 원망의 마음이 생겨나 나를 채우기 시작하면, 나는 또다시 잠을 이루지 못했다. 이 악순환의 고리를 끊으려면 하루빨리 취업에 성공하는 수밖에 없었다. 그러면 나를 불면하게 하는 시름 거리를 덜어내고, 마음껏 잠을 잘 수 있을 것 같았다.

집에 가까워지자 귀에서 이어폰을 뺐다. 엄마는 내가 기척 없이 집에 들어오는 것을 싫어했다.

"다녀왔습니다."

"지은아, 오늘은 일찍 왔네. 잘 하고 왔어?"

"그냥저냥."

"맨날 그냥저냥이라고 하면 어떡해."

부엌에서 들려오는 엄마의 부름에 나는 노트북을 켜려다 말고 식탁 앞에 앉았다. 저녁을 먹은 다음, 엄마는 상을 치우고 나는 설거지를 했다. 마지막으로 분리수거까지 끝낸 뒤 나는 다시 노트북 앞에 앉았다. LP 사의 공개채용 필기전형 결과가 7시에 발표날 예정이라기에 일부러 일찌감치 도서관에서 나온 참이었다. LP는 수면용품 붐이 불고 한참 뒤에야 후발주자로 시작했지만 공격적인 마케팅 전략을 구사하며 빠르게 자리를 잡은 스타트업 회사였다. LP는 '자장가 연주자(Lullaby Player)'라는 이름 그대로 잠과 관련된 것이라면 무엇이든 다 팔았다. 숙면을 돕는 베개와 침구류, 디퓨저와 안대, 귀마개와 수면무호흡증 차단기, 잠옷과 양말 등등. 그러니까 구름만 제외하고 숙면과 관련된 모든 제품을 취급한다고 말할 수 있었다. 내가 처음부터 목표로 삼았던 기업은 아니었지만, 성장세가 꾸준하여 수년 내로 상장이 예측되는 데다가 젊은 감성을 표방하고 사내 분위기도 좋다고 알려진 곳이었다. 떨리는 마음으로 홈페이지에 접속하자, 화면 한가운데에 대문자 알파벳 L과 P가 커다랗게 떴다가 흩어지며 Lullaby Player로 대체되었다. 채용 카테고리의 하위 메뉴에서 지원서 입력 게시판 아래에 있는 합격자발표를 골라 클릭했다. 인적 사항을 입력하고 마지막으로 엔터키를 누르자 화면에 축하 메시지가 나타났다.

'합격을 축하드립니다. 면접전형 일정을 확인하시기 바랍니다.'

예상과 다르지 않은 결과였다. 서류나 필기전형까지는 줄곧 무난하게 통과했으니까. 문제는 항상 면접이었는데, 이번 면접은 5일 뒤에 치러질 예정이었다.

나는 노트북을 덮고 책가방에서 지갑을 꺼냈다. 이제까지 할지 말지 망설이기만 했던 일을 저질러볼 작정이었다. '구름'을 사기로 마음을 먹은 지금 바로 행동하지 않으면 주저하다 또다시 면접을 망치고 말 것 같았다. 그래서 에코백 안에 지갑과 핸드폰만 던져넣고는 안방을 향해 산책을 다녀오겠다고 외쳤다. 엄마에게서 대답이 들려오기도 전에 현관문이 둔탁한 소리를 내며 성급히 닫혔다. 나는 가장 먼저 보이는 택시를 잡아타고 칠운상점으로 향했다.

'칠운상점'은 잠과 꿈을 사고파는 상점이었다. 그곳이 특별한 이유는 바로 구름의 정식 판매처가 아니기 때문이었다. 칠운상점은 원래 세븐 클라우즈(Seven Clouds)라는 게임의 유저들이 아이템을 사고파는 온라인 플랫폼이었지만, 유저 대부분이 다른 플랫폼으로 옮겨간 이후로 서서히 사라져가고 있었다. 그 정도 규모의 대형 플랫폼이 그런 식으로 사라질 수밖에 없었던 건 UI가 불친절한 데다가 사이트 관리도 제대로 이루어지지 않았고, 무엇보다도 게임의 서비스가 종료되었기 때문이었다. 그런데 이름에 '구름'이 들어 있다는 이유에서였을까? 적막하기만 하던 그곳에 어느 날부턴가 사람들이 다시 모여들기 시작했다. 단지 이번에 모인 이들은 게임의 유저들이 아니라 구름을 거래하려는 사람들이라는 점이 달랐다. 공간이 전과 같은 활기를 되찾기까지 그리 오랜 시간이 걸리지 않았고, 그렇게 해서 죽어가던 칠운상점은 구름을 사고파는 상점으로 다시 태어날 수 있었다.

부활한 상점의 오프라인 매장은 영등포에 위치해 있다가 지금은 상적동으로 옮겨와 청계산을 등진 채, 그곳으로 통하는 유일한 진입로를 마주 보고 외따로 서 있었다. 시내와 달리 밤이면 멀찍이 서 있는 가로등 불빛 몇 개에 의지해야 했던 어둡고 조용하던 동네가, 상점이 이사 온 뒤로는 택시나 선팅을 짙게 한 차들의 전조등 불빛으로 전에 없이 밝아지다 어두워지기를 반복하게 됐다.

동네는 시내에서 떨어져나와 인접한 세 개의 시를 연결하는 국도를 10여 분간 달린 뒤, 출구로 빠져나온 뒤에도 몇 차례를 꺾었는지 기억이 나지 않을 정도로 한참을 들어가야만 도착할 수 있는 작은 마을이었다. 해가 진 뒤로는 대중교통을 이용해 갈 수 있는 방법이 없었다(마을버스는 6시면 운행이 종료되었다). 진입로는 잠시 넓어졌다 다시 좁아지기를 반복하는 흙길로, 들어가는 차량과 나가는 차량이 마주치면 둘 중 하나는 길이 넓어지는 지점까지 후진해야만 통과할 수 있었다. 택시는 최대한의 거리를 확보하여 널찍이 설치한 가로등 사이를 내달렸다. 이따금 어둠을 뚫고 돌출하는 환한 전조등을 제외하면 인공의 빛이 없어 밤이 내리면 내리는 대로 어두워지는 길이었다. 그런 길을 얼마간 달렸을까, 가로등마저 고장 난 듯 불이 들어오지 않는 게 대부분이어서 주변은 내가 탄 택시의 전조등을 빼고는 온통 어둠뿐이었다. 불현듯 불안감이 고개를 들며 등골이 서늘해졌다.

나는 가방에서 전화기를 꺼내어 택시 앱의 '내 위치 전송하기' 버튼을 눌렀다. '누구에게 보낼까요?'라고 묻는 창이 뜨자, 누구의 프로필을 눌러야 할지를 잠시 고민했다. 지금 내가 칠운상점으로 향하고 있다는 사실을 알아도 될 만한 사람이 누굴까?

남자친구 용준에게는 말하지 않을 작정이었다. 혼자 간다고 하면 걱정할 것이다. 게다가 목적지가 칠운상점 같은 비공식상점이라면 더욱. 너 나중에 그런 데 갔던 일로 신상에 문제가 생기면 어쩌려고 그래, 지은아. 회사는 네 생각보다도 더 많은 걸 알고 있어. 걱정이 잔뜩 섞인 용준의 목소리가 들리는 것만 같았다. 두 해 전 대기업에 입사한 이후로 용준은 부쩍 예민해졌다. 글쎄, 나는 지금 아무 꿈도 들어 있지 않은 잠을 사려는 것뿐이다. 구름을 사는 건 이제 특별하지도 않은 행위다. 용준의 말대로 누군가는 정식판매처인 랩 듀폰이 아니라 칠운상점을 이용하는 걸 문제 삼을 수도 있다. 그런데 그게 대체 왜 잘못됐다는 거지? 구름의 성분과 그걸 만든 슬리퍼에게 돌아가는 수익 비율은 정식 판매점과 같았다. 그런데도 가격은 열 배 이상 차이가 났다.

반발심 사이에서 문득 의문 하나가 떠올랐다. 용준이 걱정하는 게 과연 무엇일까. 나의 안전? 취업? 미래? 그러는 동안 목록은 용준을 지나쳐 아래로 계속 내려가고 있었다. 바닥에 부딪히기 직전, 나는 아무리 생각해도 지금 나의 위치를 공유할 수 있는 사람이 애초에 내게 칠운상점을 소개해준 그 녀석밖에 없다는 결론에 이르렀다.

— 뭐야? 민지은, 너 지금 칠운 가는 거?

태민에게서 바로 답장이 왔다.

— 응, 가고는 있는데 가는 길이 좀 무섭다. 너는 출퇴근을 어떻게 하냐? 차 타고 가도 무서울 것 같은데.

— 나는 뭐, 매일 다니는 길이라서. 나 출근하는 날 가지 그랬어?

— 너는 출퇴근 시간이 나랑 안 맞잖아. 나 이따 집에 돌아갈 때 택시 잡을 수 있으려나?

— 들어오는 택시가 있어야 잡지. 워낙 외진 곳인데다가 오늘은 월요일이라 오가는 차도 많지 않을텐데.

나는 잠시 주저하다가, 녀석을 불러내기로 결심했다.

— 나 오늘 필기 붙었으니 술 사줄게. 태민이 네가 데리러 와라.

— 술 사줄 테니 운전하고 오라고? 큰일 날 소리 하고 있네. 택시 타고 갈 테니 지은이 너 약속은 지켜라.

태민은 칠운상점이 영등포에 있던 시절부터 수년째 그곳에서 아르바이트를 해 오고 있었다. 대학생으로서 그런 특이한 아르바이트를 하게 된 건 그가 세븐 클라우즈 게임의, 말하자면 '고인물'인 덕분이었다. 태민은 망해가던 그 사이트가 다시 살아나기 직전, 그러니까 아직 게임 커뮤니티이던 마지막 순간까지 그곳에 남아 있던 몇 안 되는 이용자 중 하나였다. 그런 태민과 친하지 않았더라면 나도 칠운상점의 존재를 지금까지도 알지 못했을 것이다.

목적지에 당도하여 기사에게 인사를 건네고 택시에서 내렸을 때, 사방은 오직 어둠으로 가득했다. 마침내 마주한 그 상점은 어떤 간판도 없이 검은색으로 칠해져 있을 뿐이었으며, 건물이 아니라 그저 하나의 크고 검은 상자라고 착각하게 할 만큼 밋밋했다. 그렇지만 얇은 문틈으로 희미한 불빛이 새어 나오고 있었기 때문에, 건물임을 알고 본다면 어디가 입구인지는 어렵지 않게 짐작할 수 있었다. 건물의 출입구치고는 독특했다. 미닫이 형식으로 만들어진 문이 마치 수학 교재 속의 정육면체를 현실에 그대로 가져온 양 네모반듯한 건물 위에, 그 형태를 결코 흐트러뜨리지 않겠다는 듯 마찬가지로 반듯하게 각이 진 모양새로 찰싹 달라붙어 있었다. 문에 손을 대자 생각보다 가볍게 열리는 바람에 나는 깜짝 놀랐다. 건물 안으로 들어간 뒤 나는 그곳의 벽 전체가 유리로 만들어져 있다는 사실과, 그래서 안에 있는 사람은 건물 주변에서 무슨 일이 일어나고 있는지를 훤히 볼 수 있다는 사실을 깨달았다. 눈앞에 있는 데스크와 그 뒤의 커튼이 가리는 부분을 제외하고서는, 마치 벽이 존재하지 않는 것처럼 건물의 외부가 사방으로 투명하게 보였다. 높이 솟아 있지만 않을 뿐, 감시탑과 다를 바가 없는 공간이었다. 커튼을 친 데스크가 탑의 정점에 군림하는 것이다. 수만 개의 보이지 않는 눈이 내가 구름을 사러 온 것을 감시하고 있지는 않을까? 그게 아니라면 익명의 눈들이 오늘 밤 나의 행동을 낱낱이 보고 있을 수도 있었다. 데스크까지 걸어가는 내내 갖가지 추측과 생각들이 머릿속에서 교차했다. 나는 '상점'이라는 이름과는 어울리지 않는 그곳의 위세에 위축되었고, 곧 아무도 날 볼 수 없는 곳으로 숨고 싶어졌다.

그때 챙이 있는 모자와 마스크를 쓴 직원이 커튼 뒤에서 나타나더니, 내게 바구니와 쪽지 하나를 내밀었다. 직원의 말이 빨라 한 번에 알아듣지 못하는 바람에 다시 한번 말해달라고 부탁해야 했다. 랩 같았던 그의 말은 쪽지에 ID를 적고 핸드폰을 달라는 말이었다.

나는 시키는 대로 따랐다. 직원은 패드를 조작하더니 내 핸드폰에 인증화면이 하나 뜰 거라고 말했다. 핸드폰에 얼굴을 비춘 뒤 직원 손에 들린 패드에 일련번호를 입력하는 것까지 마치고 나자 인증 절차가 끝났다. 커튼 뒤에서 똑같은 모자와 마스크를 쓴 직원이 검은 상자를 들고나왔다. 저 단순하기만 한 상자가 나를 잠들게 할 것이라고 생각하니 기분이 이상해졌다.

계약은 순식간에 성사되었다. 나는 그동안 만보기 애플리케이션과 각종 이벤트에 응모해 모아 온 가상화폐를 탈탈 털어 구름의 값을 지불했다. 십만 원이 조금 안 되는 금액이었다. 내가 송금내역을 보여주자 직원은 과장된 몸짓으로 상자를 열더니 보랏빛으로 빛나는 향초를 꺼냈다. 초의 밑동에 붙어 있는 스티커를 떼어낸 다음엔, 그걸 다시 검은 상자 속에 넣었다. 나는 긴장한 와중에도 나중에 저 동작을 따라 해서 태민을 놀려줘야겠다는 생각을 했다. 다시 덮개를 잘 닫은 상자를 받아 든 뒤엔 출구로 향하기 위해 떨리는 마음을 진정시키며 뒤로 돌았다.

출입구 쪽을 보자 시야가 다시금 건물 안팎으로 확장되었다. 투명한 건물 벽은 세상을 안과 밖으로 분리하고 있으면서도 벽의 존재를 아는 사람마저 그 사실을 망각하게 만드는 힘이 있었다. 다시 미닫이문에 손을 올리자, 금속의 냉기가 느껴졌다. 가슴이 세차게 뛰기 시작했다. 비록 하루치에 불과했지만, 드디어 숙면을 산 것이다. 그것도 정식 루트가 아니라 암시장을 통해서. 그때 투명한 문 너머로 마치 건물을 뚫고 들어올 듯한 기세로 진입하는 차 한 대가 보였다. 문을 열고 밖으로 나가려는 순간 눈앞에 새하얀 세상이 펼쳐졌다. 전조등 불빛 때문에 눈을 찌푸리고 있는 동안 차가 한쪽에 멈춰 섰고, 문이 열리며 실내 조명 빛이 새어 나오는가 싶더니 이내 먹힌 소음과 함께 다시 사방이 어둠에 잠겼다. 그리고 누군가가 내렸다.

차량의 전조등 불빛에 전적으로 의지하고 있는 바깥 공간은, 차에서 방금 내린 사람의 얼굴이 보이기에는 지나치게 어두웠다. 그래도 그 사람의 윤곽만큼은 알아볼 수 있었는데, 180센티미터는 훌쩍 넘길 듯한 큰 키에 호리호리한 체격을 한 남자였다. 남자가 나처럼 검은색 후드티에 검은 운동복 바지를 입고 있는 걸 보고 나도 모르게 소리 내어 웃고 말았다. 비슷한 차림새를 한 남자와 나의 모습이 어두운 골목을 거니는 검은 고양이 같아 보일 것이라는 생각이 들었기 때문이다. 공기가 새듯 가볍게 피식 하는 웃음소리가 입술 사이로 새어 나오자, 남자는 그걸 들은 건지 눌러쓴 모자 아래에서 눈을 들어 날 쳐다보았다. 나는 그제야 그 남자의 얼굴을 제대로 볼 수 있었다.

그 순간 내 눈 앞에 펼쳐진 건, 어두운 밤이었다. 마치 어둠 속에서 자연스레 동공이 커지듯, 나의 눈꺼풀이 저절로 들어 올려지며 짙은 밤을 두 눈 안에 가득 담았다. 검은색 마스크를 쓰고 검은 눈썹을 한 남자의 얼굴 위에서 그 못지않게 어두운 눈동자가 까맣게 빛났다. 그 눈빛이 분명 위협적이었는데, 이상하게도 두렵지는 않았다. 어쩐지 따뜻한 겨울밤을 닮았달까. 함박눈이 가로등 불빛을 긁으며 펑펑 내려 지상의 모든 것을 하얗게 덮어버리고, 밤새 태양을 대신하여 스스로 빛을 발하겠노라고 선포하는 듯한, 어둠을 한편으로 몰아낸 환한 밤 말이다.

중간 크기의 쇼핑백을 든 남자의 손목에서 은색 팔찌가 달랑거리고 있었다. 그건 남자의 몸에서 가장 밝게 빛나는 부분이었다. 나는 그곳에 온 목적도 잊어버린 채 그 은빛 잔상이 사라질 때까지 우두커니 서 있었다.

남자는 내가 태민이 타고 온 택시에 오를 때까지 상점에서 나오지 않았다. 택시가 칠운상점에서 멀어지는 동안, 나는 고개가 자꾸만 뒤로 돌아가려는 것을 꾹 참아야 했다. 무언가를 두고 가는 사람처럼 자꾸만 불안했다. 그런 내 모습을 본 태민이 겁을 먹었냐며 놀리는데도 건성으로 대꾸하고 만 나는, 이후 도착한 술집에서도 찜찜한 마음을 떨쳐버리려고 애를 쓰며 애꿎은 잔만 연거푸 털어내야 했다.

그러나 집에 도착해서 인기척을 내지 않으려고 애쓰며 내 방으로 가 조용히 문을 닫았을 때, 그리고 이제는 완전하고 안전하게 혼자라는 사실을 자각했을 때, 나는 내가 흥분 상태를 단지 조금 미뤄두고 있었을 뿐이라는 걸 깨달았다. 귓가에서 요란한 펌프질 소리가 들려오기 시작했다. 심장이 뛰는 속도보다 느리게 움직이는 것 같은 몸을 간신히 침대로 끌고 가 눈을 감았지만, 술기운 때문인지 좀처럼 진정이 되지 않았다. 내가 결정잠, 구름을 사다니. 내내 품에 꼭 안고 있던 상자를 손끝으로 쓸자, 크라프트지의 거친 질감 대신 좀 전에 보았던 포슬포슬한 듯하면서도 비누처럼 매끄러울 것 같은 구름의 감촉이 느껴지는 듯했다. 그러자 내가 엄청난 짓을 저지르고 왔다는 게 그제야 실감이 났다.

며칠 뒤면 나는 아무런 괴로움 없이 잠들어 편안한 수면 상태에 원하는 만큼 머물 것이다. 내가 원하는 때 잠들고 원하기 전까지 깨지 않는 깊은 수면… 그런 걸 숙면이라고 부르겠지. 그게 어떤 건지 개념적으로는 알고 있었지만, 그 상태에 있을 때의 느낌은 가늠하기 어려웠다. 계속해서 머릿속으로 연상해보았다. 누가 업어가도 모를 정도로 깊게 든 잠, 꿀잠을 잔 뒤의 개운한 기분… 그러나 숙면을 취한 지 너무 오래되어 다 잊어버린 것일까, 좀체 그려지지 않았다.

예전에 대입 논술을 대비해 신문 기사들을 모아 만든 스크랩북을 들춰봐야겠다는 생각이 들었다. 힘겹게 몸을 일으켜 책꽂이의 맨 아래 칸에서 스크랩북을 찾아내어 펼쳤다. 책장을 넘길 때마다 잡지와 신문 기사의 표제들이 흰 치맛자락을 휘날리며 눈앞을 스쳐 지나갔다. 신문지나 인쇄한 종이를 오려 붙여 두꺼워진 종잇장이 넘어가는 동안, 막상 글자들은 눈에 들어오지 않고 엉뚱하게도 지난밤 칠운상점 앞에서 마주보았던 눈빛이 떠올랐다. 그러자 온몸에서 기운이 빠져나가 버린 것인지 다리에 힘이 풀렸다. 나는 스크랩북을 책상 위에 대충 던져놓고 다시 침대에 올라가 누웠다. 어둠 속에서 비밀스럽게 움직이다가 누군가에게 들키고 만 들고양이의 눈빛. 그 눈빛엔 경계심이 잔뜩 어려 있었지만, 그건 어쩐지 다가갈지 말지를 마음속에서 끊임없이 갈등하는 듯한, 아슬아슬한 종류의 경계심같이 느껴졌다. 나는 눈을 감고 길게 호흡했다. 들숨과 날숨을 반복할 때마다 기억 속의 내 시선도 오르락내리락하기를 거듭했다. 검은 운동복 바지와 후드티를 보았고, 위로 올라가서는 얼굴의 반을 가린 모자를 보았다. 모자가 미처 다 가리지 못한 짙은 눈썹과 눈동자를 분명히 보았다. 기억났다. 인적 드문 산 아래 적막한 밤이 남자의 얼굴에도 수 놓아져 있었다. 그 속에서 유일하게 은빛 팔찌만이 불규칙적으로 반짝이고 있었다. 나는 그 불규칙적인 움직임을 좇다가, 마치 최면이라도 걸린 듯 순식간에 잠이 들고 말았다.

제2장

구름 속으로 들어가다

　필기시험 이후의 시간이란 어떤 것도 거치지 않고 흐르는 것
인지, 언제가 발표일이었나 싶게 순식간에 면접일까지 가닿고
야 마는 게 보통이었다. 막판 스퍼트를 올리며 그동안의 스터디
자료를 복습하고 지원한 회사에 대한 정보를 수집하다 보면, 어
느새 하루가 저물고 도서관에서 나가야 하는 시간이 되어 있었
다. 면접 전날에는 신경 써야 하는 사소한 일들이 생각보다 많
았다. 몸에 맞춰져 있는 투피스 정장을 입어야 하다 보니 먹는
것을 조절해야 했으며, 하다못해 면접일에 신을 신발과 얼굴에
바를 색조 화장품까지 미리 골라놓아야 비로소 마음을 놓을 수
있었다. 다행히도 몇 차례 면접을 보고 나자 루틴이 생겨서 그
런 일들이 예전만큼 어렵지는 않았다.
　전과 다르게 힘들었던 건, 이번 면접일이 생각만큼 빨리 다

가오지 않는다는 점이었다. 면접 전야까지 두 번의 밤을 보내면서, 나는 면접을 위한 준비를 완전히 마친 상태였다. 구름이 들어 있는 상자는 일찌감치 침대맡의 협탁 위에 있던 향수의 자리를 빼앗았다. 결정잠을 피우는 효과를 극대화하고 싶어서 고심해 선택한 위치였다. 물론 구름이야 피어오른 뒤에는 알아서 사방으로 퍼져나가겠지만, 이왕이면 좀 더 완벽하게 그 안으로 들어가고 싶었으니까. 구름 옆에는 지난 크리스마스에 선물 받은 캐모마일 향의 핸드크림을 두었다. 아끼는 인형은 책꽂이에서 내려와 베개 옆에 자리를 잡았으며, 이불은 계절에 맞추어 두께가 얇은 것으로 바뀌었다. 아침에 눈을 뜨면 내 시선은 자연스럽게 협탁 위에 얌전히 자리 잡은 상자로 향했다. 그런 다음 내가 하는 일은 방안으로 빛이 잘 들어오도록 커튼을 걷은 뒤, 달력에서 날짜 하나를 지워내고 그날의 수면 시간을 적어넣는 것이었다. 화요일 칸에는 5시간, 수요일 칸에는 4시간이 적혔다. 시간이 달력 한 칸 한 칸을 어찌나 더디게 건너가던지. 그래도 꾸역꾸역 흐르기는 흘러서 드디어 목요일 아침이 되었고, 나는 일어나자마자 거의 뛰다시피 해서 거울 앞으로 갔다. 푸르스름한 다크서클과 콧잔등에 맴도는 기름기를 제외하면 전체적으로 푸석푸석한 얼굴이 눈에 들어왔다. 볼에 손을 얹자, 기름과 각질이 동시에 느껴졌다.

나는 바쁘게 움직이기 시작했다. 우선 얼굴에 마스크팩을 붙이고 족욕을 했다. 매트를 깔고 스트레칭 동작 몇 가지를 한 다음에는 상을 차려서 간만에 아침도 챙겨 먹었다. 이날은 도서관에 가지 않을 생각이었기 때문에 오랜만에 거실로 나와 소파에 앉았다. 엄마가 애지중지하는 식물들이 창 앞에 일렬로 서서 햇볕을 쬐고 있었다. 시계를 보니 10시가 좀 지난 시간이었다. 허리를 세워 상체의 뒷면을 소파에 완전히 붙이고 나자, 시선이 벽과 천장이 만나는 경계까지 높아졌다. 흰색 벽지에서 살구빛 인공대리석으로 이어지는 그 지점에 비하면 텔레비전은 한참 아래에 위치해 있었다. 텔레비전을 볼 때 소파에 앉아서 보면 어쩐지 불편해서 결국 바닥으로 내려와 앉곤 했었는데, 그 불편함의 원인을 마침내 찾아낸 것이다. 그 흥미진진한 탐험을 계속해서 이어 나가기로 했다. 천장 가장자리를 둘러싼 몰딩이 군데군데 황색으로 얼룩진 게 눈에 띄었다. 곳곳에 긁힌 자국도 보였는데, 의식하며 보는 게 아니라면 눈에 잘 들어오지는 않을, 작고 희미한 자국들이었다. 한참 동안 몰딩의 그림자를 바라보며 그게 해의 움직임에 따라 변해가는 걸 상상해보다가 다시 햇빛이 들어오는 창문 쪽을 바라보았다. 파릇한 잎사귀들에 햇살이 제법 수직으로 떨어지고 있다는 생각이 들어 시계를 보니 어느덧 11시가 지난 시각이었다. 계획보다 1시간 이르긴 했지만 집 밖으로 나가기로 마음을 먹었다. 근처에 새로 생긴 카페에 가볼 작정이었다. 가방에 노트북만 챙겨 넣고 밖으로 나와 복도에서 엘리베이터 호출 버튼을 누르려는데, 며칠 전 읽다 만 스크랩북이 생각났다. 엘리베이터 계기판을 보자 승강기는 25층, 상행 중이었다. 나는 다시 집으로 들어가 스크랩북을 챙겨 나왔다.

한낮의 카페 안은 무척 환했다. 창가에 앉아 있으려니까 손등이 익는 느낌이 들 정도로 햇살이 좋았다. 빨대로 차가운 자몽차를 흡입하고 잔을 내려놓기를 여러 번 되풀이하는 사이, 얼음끼리 몸을 부딪치며 내는 달그락거리는 소리도 반감기를 여러 차례 지나 있었다. 잔을 다시 코스터 위로 돌려놓고 스크랩북 위로 떨어진 물방울을 소매로 훔쳐냈다. 대학 입시가 끝난 이후 한 번도 책꽂이 밖으로 나온 적이 없는 스크랩북을 오랜만에 읽고 있으려니 어쩐지 묘한 기분이 들었다. 파일 겉면에는 〈구름(결정잠)이 불러온 변화〉라는 제목이 네임펜으로 크게 적혀 있었다. 지금의 내 글씨체보다 조금 더 반듯하고 단단한 서체로. 그 스크랩북은 입시를 대비해 만든 것이었기 때문에 가장 오래된 기사는 10년 전의 글이었고, 마지막 장에 붙어 있는 건 7년 전의 기사였다. 나는 첫 번째 장에 수록된 기사를 읽기 시작했다.

애디어벡스 사(Adiabex 社), 잠의 결정화 기술로 부작용 없는 숙면 시대 열어

지난해 애디어벡스 사가 수면을 추출하여 결정화하는 기술을 개발했다고 발표하면서 인체에 무해한 수면제의 가능성이 열렸다. 애디어벡스는 자사 신제품 발표회장에서 인체로부터 잠을 추출하는 기계, '퍼들(Puddle)'을 공개했다. "생산자가 퍼들을 착용하고 잠을 자면 그 잠의 양만큼 수면의 결정체가 생산되는데, '결정잠'이라고 불리는 이 물질에 어떠한 원리를 이용해 열을 가하면, 기화하여 사용자를 수면 상태로 이끈다"는 게 애디어벡스 관계자의 설명이다. 결정잠은 이처럼 구름과 같은 형상으로 피어오른다는 특징 때문에 개발자들 사이에서 '구름'이라는 별명이 붙었는데, 회사가 그 별명을 그대로 브랜드명으로 채택한 바 있다. 회사 관계자는 제품 개발이 안정화 단계에 접어들었으므로 곧 퍼들을 이용해 고품질의 구름을 본격적으로 생산하기 시작할 예정이라고 밝혔으며, 소비자들에게 가까이 다가가기 위해 퍼들 수십 대를 갖춘 공간, 랩 듀폰(Lab Dew pond) 1호점을 다가오는 2월 제2 아트베이슨(Art Basin) 지구에 열 것이라고 덧붙였다. 과연 부작용에 대한 걱정 없이 불면증을 극복할 수 있는 새 시대가 열릴 것인지에 뜨거운 관심이 쏠리며, 그 중심에 서 있는 애디어벡스 사의 행보에 귀추가 주목된다.

그다음 장에는 퍼들의 예상치 못한 오류가 구름 산업에 가져온 변화에 관한 기사가 있었다. 나는 그 당시의 분위기를 아직도 생생하게 기억하고 있다. 구름의 사용자들에게서 특정한 꿈을 꾸었다는 후기들이 나오기 시작할 무렵이었다.

애디어벡스, 잠에 이어 꿈 추출에 성공
─ 예기치 못한 오류가 전환점 돼

금일 오전 11시 애디어벡스 사의 아트베이슨 사옥 강당에서 열린 기자회견에서 애디어벡스는 잠의 생산에 이어 꿈을 생산하는 기술을 최초로 개발하는 데 성공했다고 발표했다. 애디어벡스는 지난해 자사가 운영하는 랩 듀폰의 온라인 게시판에 특정한 꿈을 꾸었다는 글들이 올라오기 시작하자, 꿈 추출 기술을 개발하는 연구팀을 꾸린 바 있다.

애디어벡스는 신기술에 대한 지속적인 연구개발을 이어나갈 것이며, 향후 보다 정교해진 기술을 이용해 꿈을 꾸지 않기를 원하는 사용자에게는 꿈이 99퍼센트 이상 정제된 순결정잠을, 특별한 꿈을

꾸기를 원하는 사용자에게는 그의 취향에 맞게 커스터마이징한 퍼
스널 꿈을 담은 결정잠을 제공할 계획이라고 포부를 밝혔다.

계속해서 뒤로 넘기자, '슬리퍼(Sleeper)'라는 직업에 관한 기
사들이 이어졌다.

꿈꾸는 것이 직업이 된 세상

구름을 소비하는 것이 일상인 사회가 되었다. 숙면으로 최상의 컨
디션을 유지하고, 꿈을 사용하여 수면 중에도 즐거움을 놓치지 않
으려는 생활이 일상에 자리 잡으면서 잠과 꿈을 만드는 이들이 주
목받기 시작했다.

  … 이를 활용한 마케팅 방식도 덩달아 인기를 끌고 있다. 가장 많
은 슬리퍼가 소속해 있는 애디어벡스 사의 발표에 따르면, 슬리퍼
를 활용한 마케팅 시장은 전년 대비 400퍼센트 이상 성장한 것으로
나타났다. 애디어벡스의 마케팅전략팀은 꿈을 이용한 마케팅이 인
위적이라는 인상을 주지 않아 소비자들의 거부감이 적고 자연스러
운 홍보 효과를 거둔다는 점을 성공 요인으로 꼽는다. 슬리퍼들이
이만큼이나 대중의 사랑을 받게 된 데에는 깨어 있는 시간뿐만 아
니라 잠자는 시간에도 자신들이 좋아하거나 선망하는 대상과 함께
하고, 그들의 일상과 같이 사소한 부분까지도 빠짐없이 공유하고
싶어 하는 대중의 심리가 작용한 것으로 분석된다.

다음 기사에 실린 장래 희망 조사 결과는, 어느덧 사람들이

슬리퍼에 열광하는 걸 넘어 스스로 슬리퍼가 되고자 한다는 걸
말해주고 있었다.

초등생 장래 희망 조사 결과 1위는 슬리퍼, 열띤 수면 조기훈련 설
명회 현장과 앞다퉈 숙면 교육 전문가 영입에 나서는 학교들….

기사가 더 있었지만, 나는 그만 스크랩북을 덮었다. 마지막
장을 장식한 기사가 나온 뒤로도 시간이 제법 흘렀고, 사람들은
꿈에서나 현실에서나 슬리퍼를 만나고 싶어 했다. 백만 명 이상
의 꾸준한 사용자를 보유한, 일명 '슈퍼 슬리퍼'의 수가 점점 늘
고 있었다. 잠과 꿈을 만드는 이들에 대한 열망이 앞으로도 점
점 더 커지리라는 건 자명한 일이었다. 그러나 애석하게도 누구
나 슬리퍼가 될 수 있는 건 아니었다. 양질의 잠과 꿈을 만들기
위해선 재능이 필요했다. 재능이란 그것을 가지고 태어난 자와
가지지 못하고 태어난 자로 사람들을 양분하는 하나의 분류 체
계였다. 아주 소수의 사람만이 운 좋게 재능을 가지고 태어났다.
잠과 꿈에 관한 재능은 슬리퍼가 되는 데 작용하는 가장 높은
진입장벽이었다. 훈련을 통해 수면의 질을 어느 수준까지는 끌
어올릴 수 있었지만, 꿈은 달랐다. 꿈속에서 전개되는 이야기의
환상성이나 감각에 큰 영향을 미치는 선명성과 같은 몇몇 특성
은 습관이나 의지로는 조절할 수 없는 분야라 훈련만으로 개성
의 확립과 질의 향상을 담보하기 어려웠다. 초등학교 교실에서
장래 희망 조사를 하면 슬리퍼가 1위를 차지하는 반면, 중·고
교에서는 각각 4위, 8위로 밀려나는 이유도 그 때문이었다.

슬리퍼들을 영입하는 애디어벡스도 이런 점을 잘 알고 있었다. 그래서 회사는 자사 제품의 품질을 보증하기 위해, 슬리퍼의 입단 계약에 앞서 여러 평가를 진행했다. 시간이나 안정성과 같은 여러 지표로 수면의 질을 측정하는 평가를 통과해야만 회사와 계약을 맺고 정식 슬리퍼로 활동할 수 있었다. 운 좋게 통과하여 입단하더라도, 꿈에 대한 평가가 남아 있었다. 이 관문에서는 꿈의 선명성, 독창성, 오락성, 대중성 등을 종합적으로 평가하여 우수한 성적을 낸 슬리퍼들을 꿈의 생산을 맡은 팀으로 배정하고, 나머지를 숙면 집중팀으로 보냈다. 이와 같은 방식을 통해 애디어벡스에서 생산한 제품들은 구름 시장의 대부분을 차지했다. 그 밖의 것들은 모두 암시장에서 불법적으로 유통되는 것들이었고, 칠운상점도 그런 암시장 중 하나였다. 오직 순결정잠만 취급한다는 점에서 다른 암시장들과 차이가 있었지만.

　결정잠의 유일한 정식 유통경로, 랩 듀폰에서 판매하는 구름은 그 종류만 수십 가지가 넘었다. 슬리퍼의 수가 늘어나고 꿈의 종류가 다양해지자 플룸의 색도 점차 세분화되었고, 이에 비슷한 컬러군의 플룸끼리 구별하기 위해 컬러차트가 필요해졌다. 크게는 꿈의 정제 여부부터 시작해서 제조인을 표시하는, 구름에 찍힌 서명이 누구의 것인지에 따라 금액대가 갈렸다. 꿈을 완전히 정제한 순결정잠 1회분은 대체로 수면유도제 한 달 치 약값과 비슷했다. 꿈을 담은 구름의 가격은 그보다 20퍼센트 내외로 더 높은 수준에서 형성됐다. 랩 듀폰을 통하지 않고 암시장을 이용하는 이들 대부분은 학생 혹은 나와 같은 사회초년생이었다.

　내가 고등학생이던 시절만 해도 실제로 구름을 이용하는 사람을 주위에서 찾는 건 쉬운 일이 아니었다. 만약 그 시기에 퍼들이 상용화됐다면 학생들, 특히 수능을 앞둔 학생들 사이에서 찬반 주장으로 꽤 시끌시끌했을 것이다. 지금 입시시장에서 소수의 인터넷 강의 강사들의 구름이 없어서 못 살 정도로 귀한 몸이 되어버렸듯이. 그 시절이 완전히 지나간 것도 한참 전의 일이었다. 시간이 흘러 내가 대학교에 입학하고 어느덧 졸업반이 되었을 때, 구름은 이미 제법 흔해져 있었다. 학과 익명게시판에만 해도 구름에 관련된 글들이 하루에도 여러 건, 많게는 수십 건씩까지도 올라왔다. 구름의 사용법에 대해 묻는 글, 구름을 사용한 후기 글, 구름을 사고 싶으니 팔 의향이 있으면 쪽지를 남겨달라는 글 등이 시험 기간을 앞둔 시기에 집중적으로 생겨났다. 그런 글들과 마주칠 때마다 나는 손가락으로 화면을 밀어 다른 페이지로 넘어가곤 했다. 동기들과 이야기하는 중에도 구름이라는 주제가 등장하면 나와는 먼 이야기에 대해 자연스럽게 가지게 되는 적당히 무관심한 태도로 대화에 참여했다. 내가 아직 가보지 못한 유럽 도시의 야경이나 아메리카 대륙의 거대한 협곡과 폭포에 관한 이야기를 들을 때처럼, 아직 경험해보지 않았고 앞으로도 경험할 일이 없다는 듯이.

이제는 내가 채워야 할 분량을 마땅히 채운 상태였다. 학생으로서 책상 앞에서 야자시간을 채웠고, 졸업에 소요되는 필수 학점을 채웠고, 봉사활동 시간을 채웠고, 한국어와 한국사 능력 검정시험을 치렀다. 기업이 요구하는 기준에 부합하기 위해 여러 자격증을 취득했고, 나 자신을 실제보다 더 진취적이고 흥미로운 인재로 기술하기 위해 교환학생을 비롯해 각종 교내 및 대외

프로그램에 참여하며 다양한 소재를 발굴했다. 영어와 중국어 시험에서 목표한 점수를 얻었고, 입사 시험에서 대부분 커트라인을 상회하는 점수를 받았다. 이제 남은 관문은 면접이었고, 면접에서 좋은 점수를 얻기 위해 나는 또 한 번 나의 빈칸을 채울 작정이었다. 이제껏 혼자 힘으로 해왔으니까 이번 한 번만은, 기술의 도움을 받아서.

새로운 메시지가 도착했다는 알림음이 나를 상념에서 깨어나게 했다. 남자친구 용준으로부터 온 연락이었다.

— 지은아, 내일 면접이지? 퇴근하고 도서관 앞으로 갈게.

용준이 내가 있는 곳까지 오려면 족히 8시는 되어야 했다. 나는 면접 때문에 준비할 게 많아 오늘은 도서관에 가지 않았으며, 집에서 하루를 마무리할 예정이니 굳이 올 필요는 없다고 답장을 보냈다. '그래?'라는 짧은 답장에서 용준의 기분이 상했다는 걸 느낄 수 있었기에, 나는 이렇게 덧붙였다.

— 오늘은 마음 편히 못 만날 것 같아서 그래. 내일 면접 끝나고 편하게 보자.

그러자 용준은 내일은 모임이 있다고 했다. 결국 우리는 주말에 다시 약속을 잡기로 했다. 이 대화를 마치는 순간 용준이 술 약속을 잡을 게 뻔히 보였다. 하지만 나는 차라리 잘됐다고 생각했다. 오늘은 다른 데 정신을 분산시키고 싶지 않았다.

노트북을 열어 칠운상점의 정보를 검색하기 시작했다. 검색 결과의 맨 위에 세븐 클라우즈의 이용자 커뮤니티 주소가 나와

서, 그걸 클릭했다. 그 사이트를 처음 봤을 때부터 느꼈던 거지만, 그곳은 늘 어딘가 버려진 듯한 인상을 주었다. 그건 아마 십수 년 전 유행했던 게임의 커뮤니티 공간을 무엇 하나 바꾸지 않은 채 그대로 사용하고 있어서인지도 몰랐다. 별다른 정보가 나와 있지는 않았다. 특히 구름에 대해서는 그곳에서 어떤 정보도 얻을 수 없었다. 구름을 판매하거나 구입하기 위해서는 비공개 게시판을 통해 운영진에게 직접 문의 글을 남겨야 했으므로 공개된 공간에서는 아무런 정보도 찾을 수 없는 게 당연했다. 그곳에서 무엇을 파는지에 관한 유일한 힌트는 바로 홈페이지가 온통 먹색 톤으로 이루어져 있다는 것뿐이었다.

이번에는 검색창에 '랩 듀폰'을 입력해보았다. 홈페이지 링크를 클릭하자 포근한 연하늘색 잠옷을 입은 채, 한껏 평온해 보이는 얼굴로 은은한 미소를 지으며 침대에 앉아 있는 모델이 등장했다. 새하얀 침구 아래로 이런 문구가 적혀 있었다.

내가 있는 구름 속으로 들어오세요.
꿈이 당신을 어디든 데려갈 거예요.

어디든 데려간다니, 대체 어디로 데려간다는 말일까. 화면 속 사진들은 계속해서 바뀌고 있었다. 배경은 편안한 침실부터 사막 한가운데, 에메랄드빛 해변까지 다양하게 나타났지만, 그 안에 들어 있는 인물들은 하나같이 외모가 아름다운 사람들이었다. 그들은 모두 자신감과 편안함으로 한껏 무장하고 있었다. 그 무장에는 약간의 빈틈조차 존재하지 않을 것처럼 보여 어쩐지 위협적이라고까지 느껴지는 면이 있었다.

나는 상단 메뉴바를 훑어보다가 '구름에 관한 모든 것'을 골라 클릭했다. 그리고 하위 카테고리 중 '구름 해부도'를 선택했다. 그러자 정말 구름의 해부학적 구조라고 부를 수 있을 것 같은 그림이 등장했다. 잠을 추출하고 생산하는 데에는 고도로 복잡한 기술이 적용되었을 텐데, 그에 반해 기술의 결과물인 결정잠, 그러니까 구름은 몹시도 단순한 형태와 구성을 하고 있었다. 그것은 물방울 형태를 갖추었는데, 안정성을 더하기 위해 밑면을 평평하게 다져놓은 것인지 바닥 부분이 둔탁하게 쓸려나간 모양새였다. 슬리퍼의 서명이 각인된 둥글넓적한 하부에서부터 점점 얇아지는 부드러운 굴곡을 따라 올라가다 보면, 뾰족하게 끝맺이한 상부에 다다랐다. 그 끝에는 종잇장같이 얇은 꼬리표가 마치 깃발처럼 매달려 있었다. 구름의 몸통이 깃대 역할을 하는 셈이었다. 꼬리표의 이름은 '플룸(Plume)'으로, 구름의 트리거 역할을 했다. 플룸을 떼어내면 마찰이 발생하는 동시에 그 빈 자리에 순간적으로 산소가 유입되며 발화하고, 그 열에 의해 고체인 결정잠이 기화하는 원리였다.

구름의 색상은 빈 도화지 같은 흰 바탕에 회색부터 하늘색, 연보라색까지 여러 색이 비쳐 오묘했다. 각기의 성질에 따라 구름의 질감과 색도 조금씩 달라졌지만, 그 차이가 굉장히 미묘했기 때문에 그것만으로 구름을 구별하기는 어려웠다. 그래서 플룸의 색깔로 구름을 구별하는 분류 체계가 도입되어 있었다. 우선 꿈이 정제된 잠을 표시하는 플룸은 석탄같이 짙은 먹색이었다. 왜인지는 모르겠지만 최근에 커다란 인기를 끌고 있는 아포

칼립스나 좀비물은 진녹색, 밀리터리는 황갈색, 액션은 쨍한 파란색이었으며, 반전이 있는 스릴러는 보라색을, 성장물은 하늘색을, 그리고 소소한 일상물은 개나리색 플룸을 달고 있었다. 사파리물을 의미하는 밤색과 중생대물 호박색, 그리고 자연치유물 에메랄드색은 아주 희귀해 구하기 힘들다고 알려져 있었다. 그리고 진부할지 모르지만 동시에 어쩌면 당연하게도, 로맨스는 분홍색이었다. 이러한 구름의 생김새와 분류 체계는 칠운상점에서 보았던 것과 차이가 없는 것 같았다. 내가 지난밤 구입한 구름에도 여지없이 석탄색 플룸이 달려 있었으니까. 나는 그 사이트를 좀 더 구경했다. 그사이 제법 시간이 흐른 것인지 차갑던 자몽차는 어느새 안의 얼음이 온전히 녹아 그 맛만큼이나 한결 연하고 부드러운 색을 띠게 되었다. 나는 마지막으로 밍밍해진 한 모금까지 모두 마신 뒤, 카페를 나서 구름의 세계에서 빠져나왔다.

횡단보도 앞에서 기계적으로 빨간 불에 반응해 멈추어 설 때도, 집까지 가는 길의 중간지점인 도서관을 지나칠 때도 구름에 대한 내 상상은 그 행진을 멈추지 않았다.

오늘 밤, 처음으로 무언가의 도움을 받아 수면에 이르는 경험을 할 것이다.

아직 수면내시경 검사조차 받아본 적이 없었으니까, 내게 온전히 생경한 세상이 펼쳐지는 셈이었다. 그동안 잠은 스스로 오는 것이었지, 내가 쫓아갈 수 있는 대상이 아니었다. 잠이 오지 않으면 그대로 잠을 자지 않을 뿐, 다른 무언가에 의존해 잠든다는 것은 나의 선택지에 없었다. 구름에 대한 거부감이 있다는 점에서는 용준도 나와 같았다. 비록 짐작하는 바로 용준은 잠의 조력자로 구름 대신 술을 택했지만.

내가 오랫동안 구름에서 거리를 둬온 것이 사실이지만, 이제는 구름을 구입하고, 구름에 대해서 학습하고, 구름을 사용할 준비를 하고 있다. 그렇게 생각하자 어쩐지 씁쓸해졌다. 미지의 세상을 개척하는 일은 한편으로는 승리를 맛보는 것처럼 달콤하기도 했지만, 동시에 떠나온 세상에서의 패배를 인정하듯 비참하기도 했다. 양분된 기분과는 별개로, 기다리는 것에 지쳐 있었던 나는 어서 밤이 되기만을 열망했다.

집에 돌아온 뒤로 시간은 또다시 느리고 지루하게 흘러갔다. 나는 거실 소파에 앉아 멍하니 화분들을 바라보며 해가 지기를 기다렸다. 엄마와 함께 저녁을 먹고 TV에서 뉴스를 보는 사이, 마침내 지상에 어둠이 깔리기 시작했다. 그것도 잠시뿐, 조명에 하나둘씩 불이 밝혀지자 창밖 세상은 반 시간 전의 밝기를 되찾았다. 나는 옷장에서 면접용 복장을 꺼내 스팀다리미로 다려 잘 걸어둔 뒤, 신발장에서 구두를 꺼내어 현관에 가지런히 놓았다. 1시간 정도 몇 장 넘어가지 않을 책을 붙잡고 씨름하기도 했다. 그리고 마침내 시곗바늘이 9시를 넘겼을 때, 나는 상자에서 구름을 꺼냈다.

✳

몸이 한없이 아래로 떨어지고 있었다. 위로 스치며 보이는 세상은 온통 산홋빛이었는데, 세상이 온통 산홋빛이라고 생각하자마자 정말로 눈앞에 산호같이 생긴 방해물들이 나타나 나의 온 팔과 다리를 긁었다. 사지를 움직여 방해물에 긁히는 걸 피해보려고 했으나 아무런 소용이 없었다. 그렇게 한참 동안을 하강하며 이제 더 이상 떨어질 곳이 남아 있지 않을 거라고 생각했을 때, 나는 떨어졌다는 느낌도 없이 착지했다. 그곳엔 솜뭉치 같은 것들이 가득했는데, 가라앉아 있을 공간이 없는 것인지 공중에 떠다니며 온 바닥과 허공을 솜 천지로 만들어놓고 있었다. 아래를 내려다보니 나의 팔과 다리에서 피가 분수를 이루며 솟고 있었다. 솟아난 피는 아래로 흘러내렸지만, 흘러내린 피가 바닥에 고이는 모습은 덩어리진 솜에 가려져 보이지 않았다. 다리를 세워 몸을 일으키려고 움직일라치면 그때마다 솜뭉치들이 공중으로 부양하다가 점점 내 얼굴을 향해 다가왔다. 나는 말을 듣지 않는 몸을 움직여보려 애쓰며 볼썽사납게 허우적대다가 뒤로 넘어져버렸다. 솜뭉치들이 얼굴과 가슴과 손바닥에 들러붙더니 이내 코와 입을 통해 몸 안으로 들어왔고, 그렇게 나는 솜뭉치들과 함께 가라앉았다.

그 꿈을 꾼 이후 머릿속에서 어떤 의문 하나가 떠나지 않은 채, 나를 집요하게 괴롭혔다. 내가 구입한 것은 분명 석탄색 플룸인데 왜 나는 꿈을 꾼 것일까.

그동안 나는 꿈을 곧잘 꾸는 사람도, 다른 이의 결정잠을 쓰면 그 결정잠의 내용을 따라 잠을 자는 것으로 알고 있었다. 순결정잠만을 취급하는 칠운상점을 이용했기 때문에 물건이 잘못 뒤바뀌었을 리도 없었다. 면접이 끝난 뒤로 특별히 할 일이 없었던 데다가 호기심이 동했던지라 나는 도서관으로 향했다. 책을 뒤져보기도 하고, 인터넷에 검색해보기도 했지만 역시나 거기서 알아낸 정보에 의하면 나는 꿈을 꾸지 않았어야 했다. 처음 해보는 경험에 경황이 없었지만, 그게 내 꿈이 아니라 다른 사람의 꿈이라는 걸 분명히 알았다. 전에 그와 같은 꿈을 꾼 적이 한 번도 없었고, 꿈속에서 본 세상이 내가 알지 못하는 세계의 것이었기 때문이다.

나는 태민에게 전화를 걸어 석탄색 플룸의 구름을 사용하고서 꿈을 꾸는 게 가능한 일인지 물었다. 태민은 놀라며 그런 일이 일어날 수 있다고는 들었지만, 실제로 그런 걸 경험했다는 사람은 단 한 번도 본 적이 없다고 했다. 특히나 내가 구입한 석탄색 플룸의 구름은 99퍼센트 이상 정제된 순수 결정잠이었기 때문에 꿈을 꾸지 않아야만 했다. 그런데도 나는 꿈을 꾸었고, 그 꿈은 그곳에서 내가 보았던 산홋빛 세상만큼이나 선명하고 생생한 기억으로 남아 있었다. 전화를 끊으려던 순간, 태민이 무언가가 떠올랐다고 말했다.

"극히 희박한 가능성이긴 하지만, 어쩌면 초기 퍼들로 만든 구름인 건지도 몰라. 초반에는 퍼들 기계의 정밀성이 떨어져서 높은 순도로 잠을 정제하지 못했다고 들었거든."

"초기 퍼들을 사용한 바람에, 결정잠의 순도가 낮아졌다는 뜻이야?"

"그렇게 추측해볼 수 있겠지. 그런데 네가 알아둬야 할 게, 결코 흔한 경우는 아니라는 거야. 처음 퍼들이 개발됐을 때, VIP 투자자들을 대상으로 경매를 진행해서 초기 생산품 몇 대를 판매하려고 했었다고 들었어. 근데 그때 당시 그 가액이 너무 고

가라서 실제로 그날 퍼들을 사 간 사람은 딱 한 명이었대."

"그렇다면 그때 퍼들을 사 간 사람이 내가 산 결정잠을 만든 사람일까?"

태민은 그 정도로 부유한 사람이 뭐 하러 칠운상점에 몰래 구름을 팔고 있겠냐며, 아마 아닐 거라고 확신을 담아 부정했다.

"원래 주인이 이미 한참 전에 퍼들을 처분했던 거겠지. 사실 그런 기계장치는 호기심이 충족되고 나면 공간만 차지할 뿐, 생산자가 아닌 소비자들에게는 별 쓸모가 없잖아?"

면접 결과가 발표 나는 날까지도 궁금증은 해소되지 않고 더해져만 갔다. 마침내 발표일이 되었고, 결과는 합격이었다. 아직 풀리지 않은 의문을 뒤로한 채, 나는 수면 문화 전문 기업 LP의 사원이 되었다.

제3장

리라가 음악을 연주하는 동안

"지은 씨, 지은 씨네 상품이 뭐라고 했지?"

"토퍼입니다."

"우리 지금 토퍼 촬영 끝났지?"

"네, 끝났습니다."

"간식으로 햄버거를 주문했는데, 잘됐다. 역 건너편에 있는 곳 말이야, 어딘지 알지? 지은 씨가 좀 다녀와줘. 우리 상품이 다음 차례라서."

어차피 법인카드로 계산할 거면서, 시원하게 팍팍 쓰면 이 여자는 어디 탈이라도 나는 것인지. 애사심이 대단한 장 대리는 한낮 최고기온이 29도에 이르는, 초여름의 입구에 선 오늘 같은 날 배달비 몇 천원을 아끼려고 굳이 방문 포장 방식으로 간식을 주문했다. 팀의 막내인 나는 어쩔 수 없이 장 대리에게서 법인 카드를 받아 들고 바쁜 촬영장을 뒤로하고 나오는 수밖에 없었다. 계단을 내려가 1층 출구에 이르렀을 때, 누군가 벽에 기대어 서 있는 모습이 보였다. 나는 그가 누군지 알아보았다. 이번 촬영에 참여하고 있는 슬리퍼 중 한 명이었다. 내가 고개를 살짝 숙여 인사하자 상대방도 자세를 바꾸며 고개를 가볍게 끄덕여 보였다. 2층 계단 위에서 장 대리가 머리를 내밀고 다급히 외치는 소리가 들렸다.

"지은 씨, 케첩 좀 많이 달라고 해."

그 한마디만을 던지고 장 대리의 머리는 다시 안으로 쏙 들어가버렸다. 문가에 서 있던 남자가 내게 말을 걸어왔다.

"간식을 가지러 가시는 길인가요?"

나는 그렇다고 말했다.

"저도 같이 가겠습니다."

나는 황급히 손을 저었다.

"정말 감사하지만, 아직 촬영이 안 끝났으니 저 혼자 다녀올게요."

"제가 들어가야 하는 촬영은 거의 다 끝나서요. 마지막 단체 촬영만 남아 있는데 아직 시간이 많이 있어서 상관없어요. 갈까요?"

사실 부담스러워 사양한 것이었는데, 남자는 내가 진심으로 촬영을 걱정해 거절했다고 생각한 모양이었다. 어떻게든 핑계를 대고 혼자 갈 생각이었는데, 그가 마지막에 덧붙인 한마디가 제안을 거절하기 힘들게 만들었다.

"어차피 촬영이 늘어지는 바람에 답답했는데, 같이 가요."

그렇게 해서 남자와 나는 햄버거 가게까지 같이 걸어가게 되었다.

자신의 얼굴이 알려져 있어서인지, 남자는 건물 밖으로 나오자마자 주머니에서 마스크를 꺼내어 착용했다. 슬리퍼 콘텐츠가 친숙하지 않은 나조차도 낯이 익다고 느낄 정도이니 꽤 유명한 사람임이 분명했다. 남자가 생산한 꿈은 동화같이 아름답고 환상적이기로 유명했고, 그 때문에 10대와 20대 사이에서 특히 인기가 많았다. 게다가 타고난 재능 외에도 스타가 갖춰야 할 요소를 하나도 빠짐없이 갖추고 있는 듯했다. 우선 객관적으로 봐도 아주 잘생긴 외모였다. 거기다 막힘없이 당당한 태도에 더해진 품위가 얼굴과 조화를 이루었고, 전체적으로 선이 곧고 바르다는 느낌을 주고 있었다. 그의 얼굴, 그의 움직임 하나하나가 인생의 모든 순간이 자신을 중심으로 움직이고 있다고 외치고 있는 것 같았다. 아마 저 남자의 인생도 그의 외모와 꿈처럼 완벽하고 환상적이겠지. 하지만 그가 얼마나 잘났는지와는 별개로, 나는 그와 함께 있는 게 영 어색하고 불편했다. 처음 보는 사이에 선뜻 호의를 베푸는 모습이 오히려 속으로 무슨 생각을 하고 있는지 알기 어려운 유형일 것이라는 인상을 주었다.

지하철역을 지나면 바로 보일 거라던 햄버거 가게는 생각보다 멀리 있었다. 그가 나만큼이나 지금 이 상황을 불편하게 느끼고 있을지 궁금해져서 곁눈질로 얼굴을 훔쳐보았다. 양 입술은 단단히 다물어져 있었지만, 의외로 옆얼굴이 부드러워 보였다. 나는 인위적으로 맞추어진 두 사람의 서로 다른 보폭만큼이나 잔뜩 어색해진 분위기를 전환해볼 작정으로, 용기를 내어 말을 걸었다.

"슬리퍼로 활동한 지 얼마나 되셨어요?"

"3년 정도 됐죠."

"인기가 굉장히 많던걸요. 학생들도 어르신들도 누구든지 좋아하는 슬리퍼라고 들었어요."

"다들 절 좋게 봐주셨어요. 운이 좋았죠…. 근데 성함이… 역시 아까 맞게 들었군요. 그럼 지은 씨라고 불러도 괜찮을까요? 고마워요, 지은 씨. 근데 제 이름은 아세요?"

통성명하는 과정이 생각보다 빠르게 진행된 바람에 나는 당황했다. 절박한 심정으로 두리번거렸지만 가게는 보이지 않았고, 그는 내 대답을 기다리고 있었다. 불과 몇 달 전까지만 해도 구름과 거리를 잔뜩 두고 살았는데, 생각날 리가 없었다.

"기억은 안 나지만 들으면 알 것 같은데…."

"호수. 본명도 같아요, 이호수. 혹시 처음 듣는 거 아니에요?"

얼굴은 알고 있었으나 이름은 외우지 못하고 있었는데, 확실히 '호수'라는 이름을 듣고 보니 기억이 났다. 고개를 돌려 표정을 보니 다행히 딱히 기분이 상한 것 같지는 않았다.

"아아, 호수 씨. 잘 알고 있죠, 물론. 호수 씨 방송이 팟캐스트에서 많이 듣는 방송 10위권 안에 꾸준히 든다는 것도 아는걸요. 그건 호수 씨가 꿈을 생산하는 재능과는 별개로 사람들의 말을 언제나 경청하기 때문이라는 기사를 읽은 적이 있어요. 사연 뒤에 덧붙이는 말들에 배려와 고심의 흔적이 많이 묻어난다는 평이었어요."

"제 방송을 직접 보신 적은 없고, 기사로만 접하셨군요."

얼굴이 붉어지는 게 느껴졌다. 필요 이상으로 말이 많아지게 된 건 그때부터였다.

"슬리퍼의 세계가 저한테는 좀 생소해서요. 저도 불면증이 있긴 하지만… 어머니가 엄하신 편이기도 하고, 솔직히 저 스스로도 겁이 나요. 한번 경험하게 되면 지나치게 의존하게 될까 봐요. 제가 무언가에 한번 중독되면 쉽게 헤어 나오지 못하는 편이기도 하고요."

"정말 구름을 한 번도 안 써봤어요?"

호수가 놀란 표정으로 말했다.

나는 난처한 입장이 되었다. 이 사람은 정식으로 구름을 만드는 슬리퍼인데, 이 사람 앞에서 내가 칠운상점을 이용한 경험에 대해 말해도 되는 걸까?

"사실 취업 때문에 딱 한 번 써봤어요. 꿈은 꾸지 않는, 순결 정잠으로요."

어느새 햄버거 가게에 도착해 있었다. 점원으로부터 여러 봉지로 겹겹이 포장된 음식 꾸러미를 넘겨받았다. 호수가 햄버거를 받아 들고 내가 감자튀김과 음료수를 들었는데, 양손 가득한 봉투를 보니 혼자서는 도저히 들고 갈 수 없었겠다는 생각이 들었다. 더운 날씨임에도 선뜻 동행해준 그가 새삼 고맙게 느껴졌다.

"그래서 구름에 들어가보니 어떤 느낌이 들었어요?"

호수의 질문에 순간 멈칫했지만, 이야기가 여기까지 온 김에 흐름을 계속 이어 나가서 나도 그에게 질문을 던져야겠다고 마음먹었다. 한 번 써본 이후 구름에 대한 호기심이 많아지기도 했고, 어쩌면 슬리퍼인 그라면 내가 순결정잠을 쓰고도 생생한 꿈을 꾸는 이유를 알고 있을지도 모른다고 생각했기 때문이다.

"사실 제가 산 건 분명 순결정잠이었는데, 희한하게도 저는 꿈을 꾸었어요. 그런 일이 생기기도 하나요?"

"석탄색 플룸이 달린 구름을 사용하고 꿈을 꾸었다고요?"

"네, 맞아요."

"회사에서 품질을 철저히 관리하기 때문에 그런 경우는 잘 없을 텐데요? 목적대로 꿈을 추출한 결정잠과, 역시 목적대로 꿈을 99퍼센트 이상 정제한 순결정잠으로 나누어서 생산하고 있으니까요."

"실은 랩 듀폰이 아니라, 칠운상점이라는 비공식 상점을 이용했어요."

그 말을 하고 슬쩍 옆을 보았지만, 호수의 얼굴에는 아무런 표정 변화가 없었다. 잠시 후 그가 내게 물었다.

"혹시 무슨 꿈을 꾸었는지 말해줄 수 있어요?"

"음… 한마디로 요약하자면, 산호초에 긁히며 추락하다가 솜뭉치 위로 떨어져 질식하는 꿈이었어요."

호수는 내게 솜뭉치에 대해 더 자세히 말해달라고 했다. 내가 예상했던 것보다 더 관심을 보이고 있었다. 내가 하는 말의 단어 하나하나마다 반응할 작정인가 싶었지만, 그의 손에 간식의 반 이상이 들려 있는 이상 나는 그가 요구하는 대로 한참 전에 꾼 기이한 꿈을 상세히 묘사하는 수밖에 없었다.

"…진짜 솜이라기보다는, 꽃가루 덩어리 같았어요. 마치 하천변에 날리는 꽃가루들이 한데 뭉쳐져 만들어진 덩어리 같았달까요."

　내내 옆에서 내 보폭에 맞추어 걷던 호수가 누군가에게 붙잡히기라도 한 듯이 한순간 멈춰 섰다. 고개를 돌리자 묘하게 쳐다보는 그의 시선이 콧등 위로 따갑게 떨어졌다. 불현듯 그날 밤의 기억이 되살아났다. 고양이 같은 몸짓으로 차에서 내리던 큰 키의 남자. 마스크 위로 보이는 두 눈이 가로등 하나 없이 어둑하던 상적동의 밤을 닮은 사람. 내가 바라보자 호수는 금세 고개를 돌려버렸지만, 아주 짧은 시간 동안 그와 눈이 마주친 것만으로 나는 알아버렸다. 한동안 나를 혼란스럽게 했던 솜뭉치 꿈이, 지금 내 눈앞에 있는 바로 이 사람이 꾼 것이라는 걸.

　나는 어서 우리팀 차례가 돌아오기만을 간절히 기다렸다. 마침내 촬영이 끝난 뒤에는 물품만 대충 정리한 뒤, 팀원들에게 몸이 좋지 않아 사무실로 복귀하지 않고 바로 퇴근하겠다고 말하고 조용히 스튜디오를 빠져나갔다. 후닥닥 계단으로 내려갔지만, 호수는 이미 1층에서 날 기다리고 있었다. 저편에 있던 그는 내가 미처 빠져나갈 틈을 찾기도 전에 순식간에 내게 다가왔다.

　"잠시 얘기 좀 해요."

　그렇게 말하는 얼굴에서 단호한 표정을 읽은 나는 이 불편한 상황을 도저히 피할 수 없게 됐다는 사실을 깨달았다. 체념하고는 고개를 끄덕이며 정면승부에 대비하는 게 최선이었다.

　아마도 그곳에 처음 간 게 아니었겠지. 그러니 어쩌다 간 나와도 마주쳤을 터였다. 나는 칠운상점에서 거래하는 것 자체에 반대하는 입장은 아니었다. 하지만 그곳을 이용하는 사람의 얼굴이 우리 회사 제품마다 붙어 있다면 얘기가 다르다.

이런 얘기를 공개적인 곳에서 나눌 수는 없었기 때문에 나는 호수의 차 안을 대화 장소로 골랐다. 온전히 그의 것인 공간에서, 나는 상대방의 기세에 눌리지 않기 위해 먼저 운을 떼우는 승부수를 두었다.

"4월 17일 오후 8시 반경에 칠운상점에 있었죠?"

"지금 무슨 말씀을 하시는 건가요?"

내 선제공격이 먹힌 것인지, 그는 당황한 것 같아 보였다. 그 얼굴을 보자 나는 더 확신을 얻었다.

"잠을 자는 게 직업인 분이니 그곳에 구름을 사러 간 건 아니었을 테고, 판매자로서 갔던 걸 텐데요. 제가 입사한 지 얼마 안 되었지만, 호수 씨와의 계약 체결을 진행한 팀에 있었기 때문에 당시의 상황을 대충 들어서 알고 있어요. 애디어벡스 소속 슬리퍼 중에서도 몸값이 가장 비싼 호수 씨를 고용하기로 한 건 우리 회사로서도 굉장히 큰 결정이었어요. 올해 예정된 신제품 출시에 힘을 보태기 위해서였죠. 회사에서도 우려하는 목소리가 나왔지만 호수 씨의 이미지가 워낙 좋기 때문에 진행할 수 있었던 계약이었어요. 그런데 모델로 고용한 슬리퍼가 사실은 몰래 암시장을 통해 구름을 유통하는 사람이었다니요. 이게 알려지면 호수 씨뿐만 아니라 저희 회사 이미지에도 타격이 클 거예요. 제품이 가짜라는 인상을 줄 우려가 있으니까요. 힘들게 쌓아 올린 브랜드 신뢰도가 바닥을 칠 거라고요."

말하면서도 호수가 자신이 어떤 잘못을 했는지 이해하지 못하는 건 아닐까 하고 우려했는데, 그의 긴장한 얼굴을 보니 그걸 걱정할 필요는 없겠다는 생각이 들었다.

"그래서 이걸 회사에 말을 해야 하나 말아야 하나, 남은 촬영 시간 동안 고민했어요. 그렇지만 내가 당신을 그곳에서 본 건 벌써 두 달 전의 일이고, 그날 내가 거기에 있었다는 사실이 밝혀지는 건 나도 원하지 않아요. 당신도 나와 마찬가지일 테니 이번 한 번은 그냥 모르는 척할게요. 단…."

나는 긴장한 티를 내지 않으려 노력하며 말을 이어갔다. 하지만 가방끈을 가만두지 못하는 내 오른손을 그가 보았다면, 그 순간 내가 얼마나 떨고 있었는지를 단박에 알아차렸을 것이다.

"앞으로 칠운상점 같은 곳은 이용하지 않겠다고 약속하신다면요."

내 나름대로 힘겹게 꺼낸 말이었지만, 호수는 과연 내 말을 듣기나 한 건지 의심이 될 정도로 한참을 어떤 말도 미동도 하지 않고 앉아 있었다. 그러던 그가 갑자기 알 수 없는 말을 했다.

"어쩌면 이런 일이 일어날지도 모르겠다는 생각을 한 적이 있었는데, 정말로 일어날 줄은 몰랐어요."

"그게 무슨…."

이번엔 내가 당황할 차례였다. 심지어 이해할 수 없는 말을 하던 그가, 갑작스레 내쪽을 향해 손을 뻗는 바람에 나는 순간적으로 흠칫 놀라기까지 했다. 그게 글러브박스를 열려는 움직임이었다는 걸 깨달았을 땐, 이미 그의 손에 검은색 상자 하나가 들려 있었다. 잠시 주저하는 듯하던 그가 내가 그것을 건넸다.

"순결정잠을 만든 거니까 사는 사람도 깊은 잠을 잘 거라고, 그러니 내가 누군지 알려진다든지 하는 골치 아픈 문제는 생기지 않을 거라고 생각했어요. 오늘 지은 씨를 통해 새로운 사실을 알게 되었으니, 이제 다시 칠운상점에 가는 일은 없을 거예요. 그렇지만 마지막으로 한 번만, 이걸 써봐요. 해가 되지는 않을 거예요. 부탁입니다."

처음에 나는 차 문을 열고 그걸 던져버릴 생각이었으나, 그의 목소리가 몹시 간곡해서 차마 그렇게까지 하지는 못했다. 떨리는 손으로 상자를 열자, 그 안에는 석탄색 플룸을 매단 구름 하나가 들어 있었다.

그날 밤, 나는 두 번째로 구름 속으로 들어갔다.

나는 이번에도 꿈을 꾸었고, 그는 이번에도 꿈의 내용에 관심을 보였다.

이번엔 뭐가 보였어요?

글자들이요.

무슨 글자들이요?

잔뜩 번져서 도저히 읽을 수 없게 된 글자들이요.

잠은 잘 잤어요?

아주 달게, 푹 잤어요.

두 번째로 구름을 쓴 이후 나는 호수와 그의 구름에 대한 생각을 떨쳐버리려 애썼다. 더 이상 그의 연락에도 답하지 않았다. 불면증을 앓는 데엔 이미 충분히 익숙해져 있었으니까, 그걸 완화하기 위해 굳이 평상시에까지 구름을 사용하지는 않겠

다는 생각이었다. 무엇보다도 구름이나 슬리퍼와 관련된 일에
더는 엮이고 싶지 않았다. 하지만 이런 소망과는 반대로 나의
정신은 간사해서 잠들지 못하는 밤이면 간절히 구름을 바라고
있었다. 한때 커피 중독자였던 내가 아침에 일어난 직후나 점심
식사를 한 뒤 습관적으로 커피를 찾았듯이, 밤이 되면 가만히
있어도 구름에 대한 생각이 저절로 내게 찾아왔다. 마치 내게
아무런 결정권이 없는 것 같았다. 침대에 들어가 눕는 일조차도
구름이 없으면 불가능한 일처럼 느껴져서, 책상에 앉은 채로 밤
을 지새우는 날도 있었다.

말단 사원인 내가 불면증에 시달리며 삐걱거리는 것과는 무
관하게, 회사는 나날이 성공을 거두며 커가고 있었다. 슬리퍼들
과 함께 진행한 마케팅이 큰 효과를 거두자, 우리 회사는 그들
과 계약을 연장하는 방안에 대해 논의했다. 그리고 최종적으로
기존 계약자 여섯 명 중 세 명과 추가 계약을 맺는 데 성공했다.
그중 가장 인기가 있는 쪽은 호수였기에 우리 회사의 관심도 자
연히 그에게 쏠렸는데, 그렇기에 그와 새로 쓴 계약서에는 유별
히 수정 사항이 많았다.

우선 구름을 생산하는 과정에 우리 회사의 상품을 곁들이는
조건이 추가되었고, 그 과정을 촬영한 영상을 20분 이상의 분량
으로 3회 이상 웹에 게시한다는 내용이 들어갔다. 거기에 매체
광고에 들어갈 영상과 화보 촬영에 대한 사항, 기존 제품 중 일
부에 그의 이름을 넣은 한정판 상품을 출시하는 내용 등이 새롭
게 포함되었다. 이번에 그가 홍보하게 될 상품 중에는 우리 팀
이 담당하는 제품도 있었다. 그 무렵 나는 입사한 지 3개월 차가

되어 있었고, LP의 신규사원이라면 누구나 거쳐야 할 첫 신제품 기획 업무 때문에 압박감을 느끼고 있었다.

"무슨 생각 해요?"

하루는 촬영장에서 수첩에 이것저것 끼적거리고 있는데 호수가 내게 다가와 물었다.

"그냥 브레인스토밍하는 중이에요."

구름을 받은 뒤로 회사나 촬영장에서 그와 몇 차례 마주칠 일이 있었지만 단둘이 대화를 나눠야 하는 상황은 열심히 피하고 있던 터였다. 그날 이후로 난 호수의 얼굴을 보는 게 영 불편했다. 왜 그렇게 많은 사람이 슬리퍼와 직접 소통하고 싶어 하는지, 이해할 수 없다는 생각을 할 정도였다.

"신제품을 기획하는 거예요?"

내 머릿속을 들여다보기라도 한 걸까? 나는 고개를 들어 호수를 빤히 보았다.

"어떻게 알았어요?"

"브레인스토밍을 한다기에 새로운 제품을 구상하고 있나 보다, 했죠."

호수가 장난스럽게 답했다. 나는 필요 이상으로 예민하게 반응했다는 생각에 민망해져서 다시 수첩 위로 시선을 내렸다.

"저, 혹시 좋은 생각이 떠오르지 않으면 나한테 와요. 나한테 정말 좋은 아이디어가 하나 있거든요."

호수의 그 말 때문이었을까. 그날 이후 나는 단단한 벽에 부딪히고 말았다. 아무리 머리를 굴려봐도 좋은 아이템이 생각나질 않았다. 그렇게 절망적인 상황에서 기획안 발표일은 꾸역꾸역 다가오고 있었다. 다음 촬영일에 호수의 얼굴을 보자 더는 유혹을 뿌리치지 못하게 된 나는, 결국 마지막 쉬는 시간에 조용히 그를 복도로 불러내고 말았다.

"정말 좋은 아이디어가 있다고 했죠?"

내가 조심스럽게 묻자 호수는 웃었다. 그리고 몸을 숙여 나의 귀에 대고 속삭였다.

호수의 촬영이 훨씬 늦게 끝났다. 나는 미리 건네받은 차 키를 가지고 호수의 차에서 그를 기다렸다. 이윽고 촬영을 마치고 나온 호수가 차에 올라탔다.

강변북로를 따라 달리는 동안 호수는 아무 말도 하지 않았지만, 흘낏 본 그의 얼굴로는 기분이 몹시 좋아 보였다. 한참을 달려 도착한 곳은 어느 카페였다. 차에서 내린 호수에게 차 열쇠를 건네는데, 그의 손에 처음 보는 노란 상자가 들려 있었다.

실내로 들어가자, 의자마다 부드러운 쿠션과 방석이 놓여있는 제법 안락해 보이는 공간이 나타났다. 넓은 매장 규모에 비하면 손님이 많은 편은 아니었는데, 덕분에 테이블 간에 말소리가 섞일 걱정을 안 해도 될 것 같았다. 호수가 직원과 인사를 했고, 호수와 나는 직원이 가리킨 곳으로 들어갔다. 카페 한구석에 별도로 마련된 그 공간은 창문이 없어 빛이 들지는 않았지만, 작은 램프 하나가 그곳을 따스하게 밝히고 있었다. 호수는 뒤따라 들어온 직원에게 작은 목소리로 무언가를 주문한 뒤, 손에 들려 있던 노란색 상자를 탁자 위에 올려놓으며 내게 눈짓을 했다.

"바로 이거예요, 정말 좋은 아이디어란 게."

호수가 자랑스러워하며 말했다.

"내가 오늘 말을 걸 거라는 걸 어떻게 알았어요? 설마 이걸 계속 들고 다녔어요?"

나는 놀라서 물었다.

"지난번에 말을 꺼낸 이후로 쭉 가지고 다녔어요. 곧 물어볼 것 같아서."

내가 아이디어가 떠오르지 않아 괴로워하는 내내 그걸 계속 가지고 다녔다니. 그게 그의 잘못은 아니었지만 왠지 얄밉다는 생각이 들었는데, 그 순간 상자가 딸깍하는 소리를 내더니 부드럽게 열렸다.

"이게 뭐예요?"

상자 안에는 종이로 만든 돔 모양의 물건이 들어 있었다.

"잠시만 기다려줄래요?"

곧 직원이 쟁반을 들고 방 안으로 들어왔다. 직원은 차 두 잔과 종이컵 하나, 그리고 키가 작은 초 하나를 내려놓고 나갔다.

"우선 차를 마셔봐요."

나는 찻잔을 들고 숨을 깊이 들이마셨다. 코끝을 맴돌던 라벤더 향이 훅 들어와 몸 구석구석으로 퍼졌다. 뱃속까지 따뜻해지는 느낌이었다. 그렇게 찻잔을 몇 차례 기울이는 동안, 호수는 초를 집어 들더니 그걸 종이컵 안에 넣고 심지에 불을 붙여서 탁자 가운데로 끌어다 놓았다. 그러고는 내가 상자에서 꺼낸 물건을 종이컵 위에 얹어 초를 덮었다. 이제 촛불을 온전히 감싸게 된 그 돔에는, 음각이 새겨져 있었다. 호수가 램프의 불을 끄자, 마치 어릴 적 하던 그림자놀이처럼, 음각 모양을 따라 새어나온 빛이 흰 벽을 그림으로 물들였다. 돔을 붙잡은 손이 움직일 때마다 그림이 바뀌었다. 흰 벽 위로 나무 몇 그루와 벤치 하나, 그리고 두 사람이 등장했다. 그리고 음악이 흐르기 시작했다. 내가 아주 잘 알고 있는 노래였다.

길을 가다 쓰러진 나무 한 그루를 봤어요
내게로 향하는 가지들의 시선이 느껴졌어요

나도 모르게 어느새 조그맣게 가사를 읊조리고 있었다는 걸 깨달은 순간, 그와 나의 시선이 돔 위에서 부딪혔다. 호수와 나는 그렇게 뮤직박스에서 흘러나오는 음악의 한 구절이 끝날 때까지, 입술을 뻐끔뻐끔 움직여가며 음정에 가사를 불어넣었다. 어딘지 콕 집어 말할 수 없지만 불편한 느낌이 들었다. 무언가가 나를 관통하는 것만 같았다. 돔이 도는 것과 동시에 벽에 맺힌 빛의 상이 천천히 회전했고, 그러는 동안 나는 그에게서 시선을 뗄 수도, 몸을 꿈짝할 수도 없었다.
"눈을 감아봐요, 어서."
호수가 다급히 외쳤다.
"그리고 조금 전의 라벤더 향을 떠올려봐요."
그의 말대로 하자 나는 곧 음악에 집중할 수 있게 됐다. 조금 전까지 보았던 빛의 그림자가 눈앞에서 아른거리기 시작했다. 뮤직박스는 작게 떨고 있는 그의 손끝에서 아슬아슬하게 박자를 놓치기도, 앞서가기도 했지만, 결코 멈추지 않고 연주를 이어갔다.

지금이 마지막 순간인지도 몰라요

그러니 우리만 아는 곳으로 가요

그치지 않고 이어질 것만 같던 음악이 잦아들고 그 자리를 부드러운 목소리가 채웠다. 나는 여전히 눈을 감은 채로, 돔에 대한 설명을 들었다.

"이건 열기구와 풍등의 원리를 이용한 거예요. 플룸을 떼어내면 구름이 피어오르고, 그 자리에서 발생하는 열기가 뮤직박스를 들어 올리고, 공중에서 오르골처럼 회전하게 만들어서 음악과 그림자 공연을 선물하는 거죠. 그래서 아주 가벼운 재질로 만들어야 해요."

다시 눈을 떴을 때, 가장 먼저 눈에 들어온 건 호수의 웃는 얼굴이었다.

"어땠어요?"

잔뜩 기대하고 있는 그의 얼굴을 보고, 나는 얼떨결에 이렇게 대답하고 말았다.

"좋아요, 제가 찾고 있던 게 바로 이런 거였어요."

며칠 뒤, 나는 호수에게서 받은 노란 상자를 가지고 신제품 기획안을 발표했다. 호수와 내가 기획안에 붙인 가제는 '뮤직박스'였다. 제품의 광고 문구는 '음악을 타고 함께 구름 속으로 들어가요'로 정했다.

"개인의 취향을 고려하여 음악과 그림자 내러티브를 적용한

맞춤 뮤직박스를 구름과 함께 사용한다면, 잠드는 과정이 더욱 다채롭고 아름다운 경험이 될 것입니다. 소비자들이 호수와 같은 인기 슬리퍼들이 선별한 음악과 내러티브를 담은 뮤직박스를 정기적으로 받아볼 수 있는 구독 서비스도 구상해보았습니다. 구독 서비스는 정기적인 수입이 발생하는 동시에 상품을 수거하여 재활용할 수 있어, 비용을 크게 절감할 수 있다는 장점이 있습니다. 또한 슬리퍼 호수와 협업하여 제작한 제품이라는 사실을 전면에 내세우면, 홍보 효과가 상당할 것으로 예상됩니다."

다음으로 나는 제품의 작동 원리를 간단히 설명했다. 구름의 상단부에 붙어 있는 플룸을 떼어내면 순간적으로 열이 발생해 구름이 기화한다. 구름이 그 흔적만 희미하게 남을 때까지 발하며 피어오르는 동안, 플룸을 떼어낸 자리에서는 계속해서 열이 발생하게 된다. 열기를 이용해 돔 형태의 가벼운 뮤직박스가 기화하는 구름 위에 떠 있게 되는 원리였다.

발표가 무사히 끝나고 질의응답 차례가 되었다. 본 발표보다도 더욱 떨리는 순간이었다. 나는 잔뜩 긴장한 채로 좌중을 둘러보았다. 앞줄 맨 오른쪽에 앉아 있는 이 차장이 시야에 잡혔다. 일부러 그쪽으로는 시선을 주지 않는데, 가장 먼저 손을 든 사람이 그였다.

"이거 주 타깃이 너무 어린 연령층이 되는 것 아닌가? 성인들이 이런 걸 쓰겠어? 그리고 우리가 주력하는 상품들이랑 너무 다른데?"

이 차장이 특유의 뾰족한 목소리로 질문했다.

이 차장은 이 회사에서 몇 안 남은 50대 중간 관리자였는데,

신규 사원들을 보면 늘 군기를 잡지 못해 안달이 난 사람처럼 굴었다. 그리고 무슨 이유 때문인지는 모르지만, 신규 사원들 중에서도 유독 나를 싫어하는 것 같았다. 이 차장의 비난과 갈굼이 왜 나를 향하는지 아무리 생각해도 이해할 수 없었다. 이 차장이 주최한 모임에 몇 번 불참한 전적이 있어 그것 때문이 아닐까 하고 어렴풋이 짐작할 뿐이었다.

우리 팀은 팀장을 제외하고 모두 이 차장이 조직한 '마케팅 연구 동아리'에 소속돼 있었다. 동아리에서 격주로 갖는 저녁 모임의 명목상 목적은 시장조사였다. 일과 후에 다 같이 모여 스크린 골프를 치는 등 소소하게 친목을 다지는 것부터 시작해서 랩 듀폰에서 수면 질 측정하기, 단잠용 미니구름을 사용할 수 있는 수면 카페 가기까지, 제법 다양한 활동을 했다. 다른 사람들과 내 수면에 관한 정보를 공유하고 싶지 않았던 나는 모임에 몇 번 참여하다 서서히 빠지기 시작했다. 육아 때문에 일찍 퇴근하는 장 대리 외에는 매번 불참하는 사람은 나밖에 없는 듯했다.

나의 불참을 이 차장은 불성실의 지표로 본 것일까? 어쩌면 거기서 신뢰를 잃었는지도 모른다. 아무튼 그 뒤로 이 차장은 내가 어떤 일을 하든지 의심하려고 마음먹은 사람처럼 행동했다. 단순히 해외 거래처에서 보내온 계약서를 번역해 갔을 때조차도 내 번역을 신뢰하지 않는다는 듯 내 보고서를 직접 번역기를 돌린 결과와 대사했다. 차이가 나는 부분은 내가 직접 설명해야 했고, 정확하지 못한 쪽은 주로 내가 됐다. 그가 자신의 승리를 확신할 때면 늘상 하는 말이 있었다. 이 차장의 질문에 대답하던 그때, 나는 오늘도 그가 그 말을 할 것이라고 나 자신과 내기를 한 참이었다.

"구름을 이용하여 잠드는 일은 연령대와 상관없이 누구에게나 오감이 관여하는 과정입니다. 기존 상품들은 오감 중 주로 시각과 후각적인 자극에 집중하고 있습니다. 부드럽고 포근한 느낌을 주는 구름이 피어오르며, 캐모마일이나 바닐라 등 소비자가 직접 고른 향을 선사하죠. 저는 뮤직박스를 통해 시각적인 즐거움을 강조하는 한편, 청각적인 효과를 더하고 싶었습니다.

우리 회사는 수면 전문 브랜드를 운영하며 이전까지 베개와 매트, 잠옷 등 수면용 제품을 주력 상품으로 판매해 왔습니다. 그렇지만 저는 이러한 제품들의 기능이 단지 수면 중에만 발하는 건 아니라고 생각합니다. 앞서 말씀드린 제품들은 사용자들이 더욱 편안하게 잠들 수 있게 돕기도 합니다. 즉, 소비자들이 잠드는 순간부터 잠에서 깰 때까지, LP의 제품이 함께하는 겁니다. 우리 회사의 이름인 LP를 풀어 쓰면 '자장가'라는 뜻의 영단어가 됩니다. 이처럼 LP에는 잠드는 순간까지 함께 하겠다는 의미가 담겨 있습니다. 그래서 구름의 소비자들이 잠드는 과정을 더 다채롭고 즐겁게 만들어갈 수 있도록 돕는 이 뮤직박스를, 저의 첫 기획안의 주제로 삼아보았습니다."

"청각적인 것도 물론 중요하긴 하지."

"네, 그렇습니다."

"그렇지만 구름을 사용하는 경우 입면 시간이 길어야 5분인데 청각이 수면 경험에 중요한 영향을 미친다는 건가요?"

"네, 그렇습니다."

"그건 민지은 씨 생각이고."

드디어 이 차장의 주특기가 튀어나왔다. '그건 ○○씨 생각이고.' 본인의 생각과 다른 의견이나 취향 앞에서, 순전히 상대방을 이상한 쪽으로 몰아가기 위한 목적으로 내세우는 말.

나는 리모컨의 버튼을 꾹꾹 눌러 자료화면을 이전 페이지로 돌렸다.

"앞서 설명해드린 것처럼, 잠들기 전에 듣는 자장가나 음악, 옛날이야기가 실제 수면의 질에 미치는 효과에 대한 연구 결과도 있습니다."

한참 동안 연구 결과에 들어 있는 수치에 의문을 표하던 이 차장은 이번에는 아이디어의 독창성에 문제를 제기했다.

"무엇보다 이거, 민지은 씨 아이디어가 아니잖아. 아이디어의 원작자에게 로열티 등의 명목으로 수수료를 지급하고 나면 우리가 가져갈 수 있는 몫이 크지 않을 텐데?"

"슬리퍼 호수가 이 제품의 원안에 대한 아이디어를 내준 것이 사실입니다. LP의 역할은 원안에 다수의 자체 제작 상품을 출시한 노하우를 접목해 선곡과 조향, 디자인과 같은 세부적인 사항에서 완성도를 끌어올리는 일입니다. 제품 개발에 대한 공헌도에 따라 수익분배 비율을 나누면 됩니다."

내가 대답을 이어 나가려는 찰나, 장 대리가 손을 들고 말했다.

"물론 저작권자인 그와 수익을 나누는 것은 불가피하겠지만, 대신 호수가 이미 우리 브랜드의 모델인 점을 활용하면 마케팅에 들어가는 비용을 상당 수준으로 절감할 수 있을 테니, 괜찮지 않을까요? 물론 본인만 동의한다면요."

나는 장 대리에게 웃어보이는 것으로 고맙다는 말을 대신했다.

"네, 호수 본인도 동의한다는 의사를 밝혔습니다. 협업 주체로 우리 LP를 선택한 것도 그래서입니다. 원래는 SNS를 통해 본인의 구상안을 직접 공개할까도 생각했었다고 저에게 밝혔습니다. 하지만 본인도 이 아이디어를 실현하기 위해서는 더 정교하게 설계하는 작업과 기술적인 지원이 꼭 필요하다는 점을 인정했습니다. 제품이 찢어져 그림자 연출이 중간에 끊긴다거나, 뮤직박스가 돌아가지 않아 음악이 멈추는 등의 문제가 여전히 해결해야 할 과제로 남아 있기 때문입니다. 호수는 자신의 소속사인 애디어벡스에 자신의 아이디어를 제시했지만, 현재 결정잠과 구름 생산에 주력하고 있고, 그 외 제품군으로 사업 영역을 확장할 계획이 없어 당장은 지원이 어렵겠다는 답변을 받았다고 합니다. 그래서 여러 숙면 제품 브랜드를 탐색하다가, 마침 본인이 모델로 활동 중인 우리 회사에 구상안을 제시한 겁니다."

한동안 질문과 답변이 이어졌고, 곧 모든 발표가 끝이 났다. 지루하고도 초조한 기다림이 뒤를 이었다. 30분 동안의 쉬는 시간 겸 회의 시간마저 끝난 뒤, 최종적으로 뮤직박스 기획안을 진행해보라는 승인이 떨어졌다. 회사에 입사한 이후로 그보다 더 기쁜 순간은 없었다.

그날 이후 호수와 나는 본격적으로 뮤직박스의 출시 작업에 들어갔다. 호수는 직접 작업에 참여하기 위해 일주일에 두 번씩 LP로 출근했다. 자기 작품이어서 애착이 큰 것인지, 매번 적극적으로 의견을 제시하며 열정적인 모습을 보였다. 나 또한 처음으로 참여하는 신제품 프로젝트인지라 의욕이 높았고, 그런 만큼 어색한 과거는 묻어둔 채 진지하게 작업에 임했다.

작업 초반에 겪은 가장 큰 어려움은 서로의 일정을 조율하는 일이었다. 나의 경우, 새 프로젝트를 기존에 맡고 있던 업무와 병행해야 했기 때문에 남는 시간이 많지 않았다. 호수는 직업 특성상 일정에 변동이 컸다. 그러다 보니 둘이서 맞는 시간을 찾는 일이 생각보다 쉽지 않았다. 시간을 변경하기를 여러 차례, 마침내 호수와 나의 회의는 화요일 오전 10시와 금요일 오후 4시라는, 조금은 어정쩡한 시간대로 고정되었다.

공동의 작업 목록에는 뮤직박스에 담을 곡을 고르는 일도 포함되어 있었다. 우선 각자 취향대로 곡 목록을 적은 다음, 그걸 맞바꾸어 보기로 했다. 처음으로 목록을 교환하던 날, 작업물을 쉽게 수정하고 공유할 수 있도록 전자파일로 준비해 온 나와 달리, 그는 연필로 작성한 공책을 내밀었다. 곳곳에 지우개로 문지른 자국이 희미하게 남은 목록의 맨 윗줄에는, 의외로 릴리 알렌이 부른 〈Somewhere Only We Know〉가 적혀 있었다.

"지난번에 이 노래를 불렀을 때, 원곡인 킨의 노래를 부른 건 줄 알았는데."

"원곡도 좋아하지만 전 왠지 모르게 이 사람이 부른 곡에 더 마음이 가요. 그때도 그 버전을 따라 부른 게 맞아요. 뮤직박스를 구상했던 날에도 그 노래를 흥얼거리고 있었으니까. 릴리 알렌의 목소리가 오르골과 닮아 있다고 생각해요. 음을 튕겨내서 마음을 두드리는 면이 있다고 할까요."

"릴리 알렌의 음악을 진심으로 좋아하는군요?"

"군에 입대하기 전까지 온종일 들었어요. 그리고 밤을 재워 보초를 설 때면 마음속으로 릴리 알렌의 노래들을 불렀어요. 〈F──k You〉나 〈The Fear〉 같은 노래들을 부르고 나면 기분이 한결 나아졌어요. 반항적이고 도전적인 노랫말들이, 이 정도 현실쯤은 아무렇지 않게 노래로 불러버릴 수 있다고 큰소리치며 날 위로하는 것 같았거든요."

호수가 언급한 곡들은 내가 가장 좋아하는 노래들이기도 했다.

"…나지막이 읊조리는 목소리가 마치 내 어깨를 토닥이는 것 같이 느껴지죠."

내가 덧붙였다. 드디어 우리 둘 사이의 공통점을 발견한 것 같아 기뻤다.

"그런데 제품 이름으로 미리 생각해두신 게 있어요? 뮤직박스 인데 그림자놀이를 할 수 있는 뮤직박스라…."

"네, 이미 생각해둔 이름이 있어요."

"뭐라고요?"

"리라요."

전혀 예상치 못한 대답이었다. 고대의 악기 이름이라니. 내가 생각하는 리라를 말한 게 맞는지 확인해야 했다. 호수는 기뻐하며 내 말을 확인해주었다. 내가 슬리퍼에 대해 편견을 가지고 있는 건지도 모르지만 뭐랄까, 그건 요즘 가장 인기 있는 슬리퍼가 지은 이름치고는 의외로 고전적이게 들렸다. 나는 뭐라고 답해야 좋을지 몰라 잠시 반응을 아꼈는데, 오래 지나지 않아 그 이름이 뮤직박스에 잘 어울린다는 사실을 받아들이게 되었다. 어딘가 조금 아날로그적인 면이 있는 이 뮤직박스에는 고전적인 이름이 잘 어울릴 터였다.

"완벽해요. 그럼 같이 한번 잘 진행해봐요, 리라 프로젝트."

내가 호수에게 손을 내밀며 말했다.

리라 프로젝트를 진행하는 동안 호수와 나는 각자의 음악 목록을 공유했고, 어릴 적 밤과 어둠을 무서워했던 기억을 서로에게 털어놓았다. 그 시절 각자 꿈꾸었던 세상을 묘사했고, 세상이 꿈과는 다르다는 걸 깨닫고 좌절했던 경험을 나눴다. 가장 좋아하는 동화 속 인물들이나 주말에 먹은 음식에 대해 가볍게 이야기하기도 했다(그는 구두장이 난쟁이 동화를 좋아했고, 주말에는 한 끼는 꼭 국물이 없는 라면을 먹는다고 했다).

몇 주가 지나자 호수와 나는 화요일에는 브런치를, 금요일에는 저녁을 같이 먹는 사이가 되었다. 화요일 아침 9시 반이 되면 호수는 양손 가득 무언가를 들고 나타났다. 자신을 기다리고 있던 나와 눈을 마주치면 양손에 든 봉지를 들어 보이고는 회의실에 가서 음식을 펼쳐놓았다. 리라에 들어갈 노래의 후보곡들이 차례차례 재생되는 동안 호수와 나는 단상을 나누며 샌드위치와 과일주스 따위를 먹었다.

한 주가 끝나가는 게 아쉬워서였을까, 이상하게도 호수는 보통의 직장인과는 달리 금요일 오후에 더 열정적인 모습이 되었다. 그럴 때면 7시에 가까워져서야 회의가 끝이 났다. 금요일 7시 무렵의 회사에는 호수와 나 말고는 거의 아무도 없었다. 그러면 자연스레 둘이 함께 저녁을 먹으러 갔다. 호수와 함께 보내는 시간이 나도 모르는 사이에 하나의 일상이 돼가고 있었다.

저녁 시간을 놓쳐 하는 수 없이 호수와 함께 회사 앞의 24시간 분식집에 가던 날, 나는 그 사실을 용준에게 조심스럽게 말했다. 조심스러웠던 게 무색하리만치 용준은 아무렇지 않게 받아들였다. 내가 금요일 저녁을 다른 남자와 보낸다는 것에 의미를 두지 않는 듯했다.

그 무렵 용준과 나는 주말에 한 번, 또는 격주로 만나고 있었는데, 서로를 만나지 않는 평일에는 각자의 일상에 대해 길게 이야기하지 않는 게 불문율이었다. 신입 사원인 내가 바쁜 만큼 얼마 전 대리 직급을 단 용준도 바빴기 때문에 서로의 시시콜콜한 일상까지 공유하는 건 힘들었다. 용준은 내가 호수와 일주일에 두 번 회의 때문에 만난다는 건 알고 있었지만, 회의가 어떻게 진행되고 있는지는 알지 못했다. 호수와 내가 업무 때문에 만나는 게 분명한 사실이었지만, 함께 보내는 시간이 전부 업무에 관한 이야기로만 채워질 수는 없었다. 그건 함께 보낸 시간의 공기를 생각해보면 당연한 결과였다. 나의 일상에서 빠진 지 오래였던 용준은 내 주위의 공기에 대해 알지 못했기 때문에, 호수와 나 사이에 둘만 아는 시간이 점점 쌓여가고 있었다는 사실 또한 알지 못했다.

그렇다 하더라도 호수와 내가 공유한 커피와 잠이 아니었다면, 어쩌면 그 시간은 쌓이지 않고 그냥 흘러가버렸을지도 모른다.

호수가 나에게 다시 잠을 나누어주게 된 건, 내가 커피를 마시지 않는다고 말했으면서도 호수가 커피를 홀짝일 때마다 부러운 시선으로 그를 훔쳐보았기 때문이다. 몰래 보던 시선을 그에게 들킬 때마다, 호수는 좀 마셔보겠냐며 내게 자신의 커피를 권했다. 거듭 사양하는데도 매번 권해서, 어느 날은 의도치 않게 단호하게 말하고 말았다.

"안 돼요."

호수는 의아한 표정을 지었다.

"왜 안 돼요?"

"아시다시피 저는 잠드는 데 어려움이 있잖아요. 그래서 카페인을 끊은 지 좀 됐어요."

"이제는 커피 정도는 마음껏 마셔도 되지 않을까요? 좀 따라둘 테니 혹시 생각이 바뀌면 마셔요. 직접 내려온 건데, 오늘따라 향이 무척 좋아요."

호수가 종이컵을 가져와 텀블러에서 커피를 조금 따라낸 뒤, 컵을 내 쪽으로 밀어놓았다. 오늘은 날이 더워 얼음에 식혀왔다고 했다. 흰 종이에 둘러싸인 갈색 액체의 표면이 일렁일 때마다 동글동글한 얼음이 조금씩 투명하게 비쳤다. 은은하게 올라오는 풋풋한 과일내음이 그의 말대로 참 좋았다. 기어코 이기지 못하고 한 모금을 들이마셨다. 단 한 모금만으로도 다시 중독되는 데에는 충분했다.

그날 헤어지기 전에 호수는 내 손에 검은 상자를 쥐여주었다. 그러고는 내가 거절하려 한다는 것을 눈치챘는지, 서둘러 말을 늘어놓았다.

"걱정할 필요는 없어요."

호수는 자신이 두 가지 방법으로 구름을 생산한다고 했다. 첫번째는 회사와 계약한 대로 주 2회(랩 듀폰에서 호수의 구름은 고가 라인으로 분류되어 팔렸고, 이제는 다작하는 편이 오히려 수익적으로 불리했다) 생산 공정에 투입되어 정해진 조합대로 구름을 생산하는 거였고, 두 번째는 자신의 집에 있는 퍼들을 이용하여 평소에 자는 잠을 저장하는 거였다.

"결코 구름을 얻으려는 목적으로 제가 회사 밖에서 개인적으로 퍼들을 사용하는 건 아니에요. 그보다는 직접 구름을 만드는 과정이 흥미롭고, 퍼들을 이리저리 만져보고 조작하는 게 즐겁기 때문이죠."

이어서 호수는 자신이 어쩌다 칠운상점에 가게 되었는지 내게 설명하기 시작했다. 지난해 어느 팬으로부터 퍼들을 선물 받았다고 했다. 바로 퍼들의 초판본으로, 돈을 주고 살 수 없는 희귀한 물건이라는 설명과 함께. 그날 이후 호수는 쉬는 날만 되면 퍼들을 작동해보는 데 온 시간을 보냈고, 그마저도 충분치 않다고 느껴서 점차 새로운 약속이나 모임을 잡지 않게 되었다. 집 밖으로 한번 나가지도 않고 하루의 대부분을 잠을 자며 보낸 날도 있었다. 그렇게 시간이 흐르고 보니 어느덧 집에 제법 많은 양의 구름이 생성되어 있었다. 쌓여가는 구름을 처치할 방법을 고민하다가 그걸 칠운상점에 가져가기 시작했는데, 얼마 지나지 않아 내가 그의 구름을 산 것 같다고 했다.

"그 기계가 꿈을 완전히 정제하지 못한다는 건 나도 몰랐어요. 칠운상점은 철저히 익명으로 거래가 이루어지는 곳이니까, 후기를 들어볼 수가 없잖아요. 아무튼 내가 지은 씨에게 하고 싶은 말은, 적어도 나와 일을 하는 동안에는 내 도움이 필요하다면 언제든지 말해달라는 거예요."

호수의 얘기를 듣고 집에 돌아왔을 때, 나는 검은 상자만 들고 온 것이 아니었다. 약간의 안도감과 그에 대한 믿음도 함께였다. 그 믿음은 내가 여태껏 쭉 유혹을 느꼈으나 애써 외면해왔던 걸 다시 한번 시도할 수 있도록 힘을 주었다. 그날 밤, 나는 호수가 준 결정잠을 피웠다. 플룸을 떼어낸 자리를 타고 피어오른 구름 속에 들어갔고, 낮에 커피를 마신 것과는 상관없이, 깊고 달게 잠을 잤다.

그의 구름 속에서 나는 꿈을 꿀 때도 있었고, 꿈을 꾸지 않을 때도 있었다. 똑같이 구름을 피우고 꿈을 꾸더라도, 내용은 매번 달라졌다. 어느 날은 꽉 짜인 플롯을 가진 꿈을 꾸었다. 그런 꿈들은 그가 애디어벡스에서 공식적으로 만드는 꿈의 연장선에 있는 듯했다. 꿈이 조금 뭉개지거나 희미한 날들도 있었는데, 그런 건 대체로 그의 관심사나 일상에 관한 내용인 것 같았다. 한번은 내가 어릴 적 자주 가던 놀이공원의 회전목마처럼 생긴 리라가 음악을 연주하는 꿈을 꾼 적도 있었다. 마치 야외극장에서처럼 관중들이 무대를 부채꼴 모양으로 둘러싸고 있었는데, 하나같이 잠옷을 입고 담요를 덮고 누워 있다는 점이 일반 공연과는 달랐다. 무대 위에서부터 관중석까지 음악이 그치지 않고 흘러나왔다. 그런가 하면 거대한 씨앗에 깔리는 꿈이나 흘러내리는 글씨를 읽으려다 좌절하여 눈물을 흘리고 마는, 의미를 알 수 없는 꿈을 꾸기도 했다. 신기한 건 그게 어떤 꿈이든 내가 꿈을 꾼 날이면 호수가 귀신같이 알고 내게 무슨 꿈을 꾸었냐고 물었다는 점이다.

제4장

그냥 반사적인 것

용준은 여전히 회사에서 바쁜 나날을 보내고 있었다. 우리는 격주로도 만나지 못하는 일이 많아졌다. 나는 애써 서운하지 않은 척을 해봤지만, 텍스트로는 숨길 수 있었던 감정이 그와 얼굴을 마주했을 때는 좀처럼 숨겨지지 않았다. 그는 나에게 오랜만에 얼굴을 봤는데 꼭 그런 표정을 지어야겠냐고 물었고, 나는 짜증이 나는 걸 어떻게 하냐는 식으로 응수했다. 날 선 대화는 만남을 이른 시간에 끝나게 했고, 예정보다 일찍 각자 집으로 향하는 일이 늘었다. 그렇게 일찍 헤어진 날이면 나는 곧바로 집에 들어가지 않고 편의점에서 맥주를 사서 놀이터로 갔다. 낮이 길게 늘어지는 바람에 미처 다 식지 못한 밤공기가 냉장고에서 꺼낸 지 얼마 되지 않은 캔맥주의 냉기를 앗아가는 동안, 나는 수입 캔맥주를 담은 검은 봉지를 벤치 위에 아무렇게나 내버려둔 채 아이처럼 그네를 탔다. 공중에서 양발로 열심히 물장구를 쳐보기도 하고, 우리가 왜 이토록 외로운지에 대해 노래하는 곡들을 낡은 곡 목록에서 찾아 들으며 그네에 축 늘어져 있기도 했다.

그러다 보면 시간은 여느 퇴근 후의 시간과는 다르게 아주 천천히 흘러갔다. 어떤 때에는 용준에게서 전화가 왔다. 또 어떤 때에는 내가 먼저 그에게 전화를 걸었다. 그때 용준이 어떤 마음이었는지는 모르겠지만, 내가 그랬던 건 우리 사이를 그대로 둔 채 나 혼자만의 공간으로 들어가고 나면 그와 나 사이에 꼬인 타래를 영영 풀지 못하게 될까 봐 두려웠기 때문이었다. 그렇게 대화의 문을 다시 열고 나면 엉킨 부분이 어느새 스르르 풀렸고, 우리 사이도 다시 끈끈해지는 것처럼 보였다. 그럴 때마다 나는 우리에게서 어떤 희망을 보았다. 화해의 포옹을 할 때면 그가 처음으로 내 얼굴을 쓰다듬었던 순간만큼이나 가슴이 벅차올랐으니까. 그렇지만 그런 행복한 순간은 오래가지 않았다. 우리는 금세 다시 다투었고, 싸우는 일이 잦아지면서 둘 중 누구도 먼저 연락하는 일 없이 하룻밤이 지나는 일도, 두세 밤이 지나버리는 일도 생겨났다.

여느 때처럼 다툼이 있고 며칠의 시간이 지났을 무렵, 용준이 예고 없이 회사로 찾아왔다. 평일에 내가 다니는 회사 근처까지 찾아온 것은 처음이었다.

— 앞으로 얼마나 더 걸려? 금요일인데 일찍 나올 수는 없어?

용준은 자신도 조퇴하여 2시간이 걸려 온 참이라고 덧붙였지만, 그날은 호수와의 오후 회의가 있는 날이었기 때문에 나는 용준을 기다리게 해야 했다.

— 미안해. 회의를 미룰 수가 없어. 최대한 빨리 끝내고 나갈게.

용준에게 보낼 메시지를 입력하는데, 엄지로 한 자 한 자 누를 때마다 불안한 마음도 같이 꾹꾹 눌렀다.

"…어떻게 생각하세요?"

회의 내용에 집중하지 못하고 있다가 나는 결국 호수의 말을 놓치고 말았다. 그는 내게 뮤직박스에 쓰일 향을 시향하는 일정에 대해 묻고 있었다고 말했다. 잠시 딴생각을 했다며 미안하다고 말하는 내 얼굴에 초조함이 비쳤던 걸까? 그가 조심스럽게 무슨 일이 있냐고 물어왔다. 내가 남자친구가 회사 앞에 와 있다고 말하자, 일찍 가봐야 하지 않겠냐고 했다. 그렇게 해서 평소보다 조금 이른 시간에 회의가 끝났다. 엘리베이터를 기다리는 동안, 나는 미안하면서도 고마운 마음에 호수에게 이렇게 말했다.

"간만에 시간이 비는 금요일이니 즐겁게 보내세요."

그러자 호수는 이렇게 답했다.

"오늘도 여느 금요일 오후처럼 마냥 즐거울 줄 알았는데, 아쉽게도 일찍 끝나버렸네요. 조심해서 다녀오세요, 지은 씨."

어딘가 이상한 문장이었다. 남자친구를 만나러 가는 사람한테 조심해서 다녀오라니.

엘리베이터가 1층에 도착해서 서로에게 인사를 했고, 나는 후문 쪽을, 호수는 정문 쪽을 향해 갔다. 용준과 만나기로 한 장소에 도착했는데 보이지 않았다. 전화를 걸었더니 용준은 정문 앞에 서 있다고 했다. 나는 건물을 통과하여 정문으로 나갔다. 문을 열고 나가기 직전, 용준의 모습이 보였다. 용준은 얼굴을 다 가릴 수 있을 만큼 거대한 장미꽃다발을 들고 서 있었다. 나는 달려가 용준의 팔을 힘주어 잡았다. 그 자리를 빨리 벗어나고 싶은 마음이 간절했다. 그 새빨갛고 거대한 꽃다발을 들고 있는 나의 모습을 회사 사람들에게 보이고 싶지 않았다. 지하철역에 거의 도착했을 무렵, 회사 방향으로 걸어오고 있는 호수가 보였다. 호수가 먼저 나에게 고개 숙여 인사를 했다. 나도 그를 따라 인사했다. 나는 "다시 회사로 가시나 봐요." 하고 말했고, 그는 "네, 이어폰을 두고 와서요."라고 대답했다. 우리는 어색하게 작별 인사를 나눈 뒤 각기 반대 방향으로 걸어갔다. 어쩌면 그 순간 내 손에 들린 장미꽃보다 나의 두 뺨이 더 붉었을지도 모르겠다고 생각했다.

용준이 꽃을 사 온 건 며칠이 지나버린 우리의 기념일을 늦게나마 기념하며 내게 화해의 손길을 내밀기 위해서였다. 그날 대화의 대부분은 지나간 과거에 관한 이야기로 흘러갔다. 용준은 크고 작은 갈등과 소소한 다툼을 겪으면서도 서로를 포기하지 않고 사랑을 이어온 우리가 얼마나 대단한지에 대해 말했다. 예전 같았으면 어느 지점에 이르러 눈물이 쏟아졌을 텐데, 신기할 정도로 별 감정이 느껴지지 않았다. 용준의 말을 듣는 내내 나는 놀라울 정도로 차분하게 그가 사용하는 단어 하나하나를 분석하고 있었다. 그의 문장들에서 맞는 대목과 틀린 대목을 분리해냈고, 틀린 대목이 틀린 이유를 찾아냈고, 어떻게 하면 맞는 문장으로 바꿀 수 있을지를 생각했다. 그러는 동안 그랬구나, 고마워 따위의 말들을 기계적으로 내뱉었다. 손에 쥔 꽃다발에서 꽃송이의 수를 헤아려보다가, 문득 한 가지 사실을 깨달았다. 우리의 관계를 나타내는 문장을 영영 고쳐쓸 수 없게 됐다는 것을. 이미 잉크가 말라버린지 오래이며, 결코 아름답게 다시 쓸 수 없다는 것을. 맞은편에 있는 용준의 얼굴을 보며, 나는 과거형 시제가 아니고서는 아름답게 쓸 수 없는 우리 사이의 문장에 대해 오래도록 생각했다.

나를 역 앞까지 바래다준 용준을 배웅하는 동안, 나는 언제, 어디서부터 잘못된 것인지 궁금해졌다. 내 취업 준비 기간이 길어진 탓일까. 아니면 그와의 연락이 자꾸 끊어져서일까. 불행과 의심의 씨앗이 자라나기 시작한 건 아무래도 오래 소식이 끊겼던 친구에게서 용준에 관한 전화를 받았던 그날이었을까.

용준은 악한 사람은 아니었다. 억압받는 걸 싫어하고 자유를 추구하는 편인 그가 나는 좋았다. 용준은 원래 엄격한 부모에게서 자라 한 번도 엇나간 적이 없는 모범적인 학생이었고, 대학 생활은 그를 한층 더 빛나게 했다. 머리가 좋은 덕분에 잘 놀면서도 늘 우수한 성적을 유지했다. 외모도 훈훈한 편이어서 동기들 사이에서 단연 인기가 좋았다. 그런 그가 내게 좋아한다고 고백했을 때, 나는 기뻤던 동시에 그가 왜 나를 좋아하는지를 이해할 수 없어서 내심 혼란스럽기도 했다.

용준이 변하기 시작한 건 졸업을 앞두고 그가 지원한 회사들에서 하나둘씩 합격 통지를 받기 시작했을 무렵이었다. 나는 진심으로 그의 성공을 반겼지만, 한편으로는 그에 비해 뒤처지는 것 같아 초조했던 것도 사실이다. 군 제대 후 복학하여 남은 학기를 다니는 동안 취업에 성공해 '칼 졸업' 하는 용준과 달리, 나는 지원한 곳으로부터 줄줄이 불합격 통보를 받고 졸업을 유예

해야 하는 상황이었으니까. 그래도 용준이라도 행복해서 다행이라고 생각했다. 용준이 방학 동안 고향으로 내려가 취업 준비를 하는 동안 대입 이후 처음으로 되돌아간 갑갑한 생활패턴에 스트레스를 많이 받았을 거라고 나는 짐작하고 있었다. 다행히 용준은 직장 생활이 즐겁다고 했다. 돈을 버는 문제와 쓰는 문제로부터 자유로워지니, 마침내 진정으로 해방된 기분이라고도 했다.

용준이 직장 생활을 시작하고 1년이라는 시간이 지났으며 내가 아직 취업준비생이던 때의 일이다. 하루는 졸업 후 간간이 연락만 하던 친구로부터 전화를 받았다. 친구는 자신이 강남의 어느 클럽에서 용준을 보았다고 내게 말했다. 자신의 눈을 의심하며 계속해서 관찰했는데, 어떤 여성과 춤을 추고 있던 그 남자는 분명 용준이 맞았다고. 그날 이후 나는 용준이 피곤해서 먼저 잔다고 하거나 늦게까지 이어질 회식에 참석해야 한다는 말을 할 때면 그 말을 믿을 수 없게 됐다. 용준을 믿지 못하게 되었지만 직접 목격하지도 않은 일로 싸우고 헤어질 수는 없었기에, 나는 그저 이 지긋지긋한 취업 준비 과정을 벗어나기만을 기다렸다. 그러면 그때는 그 문제를 정면으로 돌파할 생각이었다.

덮어버린 문제를 다시금 들추는 게 얼마나 어려운 일인지, 미리 알았더라면 처음부터 덮지도 않았을 것이다. 나는 그 문제를 해결하지 못한 채 용준과의 관계를 끝낼 생각을 먼저 하고 있었다. 당시에는 그렇게 하는 편이 낫다고 판단했다. 어차피 끝날 사이라면 굳이 덮여 있던 문제를 들춰내어 상처를 크게 만들 필요는 없다고 생각했으니까.

그러나 버거울 정도로 커다란 꽃다발을 들고 집으로 향하던 그때, 나는 처음으로 후회했다. 용준과 나는 문제를 덮어둘 게 아니라 대화를 해야 했다. 용준을 위해서나, 나 자신을 위해서나.

다음 회의 날, 나는 어쩐지 호수의 반응이 신경 쓰여 회의 자료 너머로 그의 눈치를 보고 있었다. 눈이 마주치자, 그가 먼저 지난번에 혹시 자신 때문에 난처하지 않았냐고 내게 물었다.

"길을 가던 동료들이 우연히 마주친 것뿐인데 난처할 일이 뭐 있겠어요."

내가 웃으면서 대답했다.

"그렇게 큰 꽃다발을 선물 받아서 기분이 좋았겠어요."

그날 그 꽃다발을 떠올리자 나도 모르게 미간이 찌푸려졌다.

"글쎄요, 오히려 별로였어요."

"어째서요?"

"엄마를 닮아 장미꽃을 싫어하거든요. 예전에 아빠가 잘못한 일이 있으면 곧잘 사 오시던 꽃이 장미꽃이었대요. 남자친구에게도 몇 번 얘기한 적이 있었는데, 기억을 못 했나 봐요. 다 지난 기념일이라고 장미꽃을 사 온 걸 보면."

호수와 나는 다시 업무 얘기로 돌아갔다. 한창 회의에 몰두하고 있는데 누군가 회의실 문을 열었다. 장 대리였다.

"지은 씨, 누가 잠깐 보자고 하네."

복도로 나오자 장 대리는 자신을 따라오라고 했다. 그러고는 내게 안타깝다는 눈빛을 보내며 이렇게 말했다.

"그러게, 신입 사원이 왜 회의실을 전세라도 낸 것처럼 편하게 쓰고 그래. 언젠가 한 번은 혼날 줄 알았지. 그냥 눈 질끈 감고, 이번 기회에 잘 배운다고 생각해."

나를 호출한 건 이 차장이었다. 장 대리가 말한 대로 주제는 신입직원의 회의실 무단 사용이었다.

이 차장은 먼저 회의실이 회사에서 얼마나 중요한 공간인지에 대해 연설했다. 그러고는 들어온 지 얼마 되지도 않은 내가 회사 기물을 마음대로 쓰는 것이 마음에 들지 않는다고 말했다. 나는 신제품 작업을 하려면 별도의 공간이 필요하며, 이를 위해 회의실 사용 일정을 미리 확인하여 예약했다고 말했다. 구구절절 설명을 늘어놓는 나의 말이 어느 순간부터는 나 스스로에게조차도 변명처럼 들리기 시작했다. 나는 만약 앞으로 사내 회의실을 사용하는 것이 어렵다면 외부에서 회의를 진행하겠다고 말했다. 외부에서 회의를 한다는 말은, 사후에 회사로부터 그 비용을 정산받겠다는 걸 의미했다. 이 차장의 얼굴이 분노로 일그러졌고, 그가 내는 목소리의 데시벨이 급격하게 올라갔다. 그 음이 얼마나 높이 올라갔는지, 팀원들의 시선이 일시에 차장실로 집중되는 게 느껴졌다. 한참 동안 일방적인 대화가 이루어졌다. 별 같잖은 아이디어 하나를 컨펌 받았다고 본인이 여기서 제일 잘났다고 생각하고 있는 것은 아닌가, 유명한 슬리퍼와 같이 작업하더니 본인도 그와 동급이라고 착각하고 있는 건 아닌가, 이제 막 입사한 직원이 벌써부터 예산에 대한 개념이 없는 점이 선배로서 유감이다, 등등. 더 이상 버티기 힘들겠다는 생각이 들었을 때쯤, 마침내 극적인 합의가 이루어졌다. 화요일 오전 회의만 그대로 사내 회의실에서 진행하고, 금요일 오후 회의는 꼭 필요한 경우에만 진행하되 되도록 외부에서 하라는 조건이었다. 회사에 비용을 청구하는 경우 그날의 업무일지를 제출하라는 말을 뒤로하고 차장실 문을 닫았다. 복도를 걸어가는데 팀원들의 시선이 열심히 따라붙었다.

자리에 돌아와 앉자 호수가 내게 걱정하는 눈빛을 보냈다. 나는 괜찮다는 표시로 어깨를 으쓱해 보였다. 그리고 그에게 앞으로 화요일에만 이 회의실을 사용할 수 있게 됐다고, 대신 1시간을 더 내줄 수 있겠냐고 물었다. 그는 여전히 걱정하는 기색이 가득한 얼굴로 그렇게 하겠다고 말했다. 다시 회의를 진행해보려고 노력했지만 제대로 되지 않았다. 문제는 나였다. 자료를 훑어나가는데 글자와 그래프들이 눈에 들어오기도 전에 모래알처럼 쏠려나가 버렸다. 힘이 들어가지 않는 손가락은 종이마저 제대로 지탱하지 못했다. 결국 나는 더 이상 업무를 진행할 수 없다는 걸 인정해야 했다. 부들거리며 힘겹게 자료를 쥐고 있는 양손에서 고개를 들자마자 호수와 눈이 마주쳤다. 그가 내게 술이나 한잔 마시러 가는 게 어떻겠냐고 물었다.

호수와 나는 택시를 타고 20분 정도를 달려 환승 지하철역 근처에 있는 포차로 갔다. 목적지를 말할 때를 제외하고는, 둘 중 누구도 말을 꺼내지 않았다.

"싫은 사람을 피하지 못하고 계속 상대해야 하는 건 정말 끔찍한 일이에요."

포차의 둥근 식탁 앞에서 지겨운 침묵을 먼저 깬 건 호수였다. 각자 말없이 열심히 먹태를 찢는 중이었다. 웃으라고 한 말은 아니었겠지만 그의 말이 퍽 다정하다고 느껴져 나는 그만

웃고 말았다.

"제가 이 차장님을 싫어하는 건 어떻게 아셨어요?"

"제삼자의 눈에도 이 차장님이 지은 씨를 싫어하는 게 보이니까요. 그리고 지은 씨는 그 인간이 보낸 미움에 본능적으로 반응했을 테니까."

"이 차장님을 대할 때마다 왜 그렇게 싫은 생각이 드는지 모르겠어요."

"원래 사람은 자신을 싫어하는 사람을 싫어하게 되어 있어요. 그냥 반사적인 거죠."

같이 일하고는 있지만 엄밀히 말하면 우리 회사의 직원도 아닌 그에게까지 표가 날 정도였다니. 내가 프로답게 행동하지 못했다는 뜻이었다. 뒤늦게 부끄러움이 밀려왔다. 손에 쥔 잔에서 소주가 방울져 내렸다.

"괜찮아요. 지은 씨는 방어한 것뿐이에요. 먼저 공격해온 사람은 그 사람인걸요."

호수가 내게 휴지를 건네주었다. 탁자 위로 떨어진 소주를 훔쳐내는 동안 이 차장이 나에게 했던 막말들과 불합리한 지시들이 하나둘씩 떠올랐다. 잊어버리고 살면 참 편하겠지만, 그런 건 쉽게 잊을 수 있는 기억이 아니었다. 일기장에 하나하나 적지 않더라도 부르기만 하면 언제든지 쉽게 소환될 기억들이었다.

"호수 씨는 일반 회사원이랑은 다르긴 하지만… 혹시 선배나 상사 같은 존재에게서 괴롭힘을 당한 적 없었어요?"

"저는 없었지만 제 형이 그런 일로 많이 괴로워했어요."

나도 모르게 소주잔을 소리 나게 내려놓고 말았다. 그에게 형이 있다는 건 나로서는 처음 듣는 이야기였다.

✳

호수의 형은 유수라는 이름을 가진 사람이었다. 호수는 자신의 형이 그 이름처럼 흐르는 물을 닮았다고 말했다. 어딘가로 흐르지 못하고 고여버리면 이내 썩게 되는, 성체(停滯)를 조금도 견디지 못하는 사람.

"형은 나보다 훨씬 똑똑하고 다른 사람에게 공감하는 능력이 뛰어난 사람이었어요. 내가 다치거나 아프기라도 하면 울음을 참는 나를 대신해서 형이 우는 일이 많았어요."

주변의 상황과 감정의 변화에 민감하게 반응하는 만큼, 형의 감정과 기분에도 파도가 잦았다. 파고가 가장 높아졌던 시기는 호수가 초등학교에 입학한 지 얼마 안 됐을 때였다. 그 무렵 형제의 아버지는 집을 나간 뒤 돌아오지 않았다. 돌아오지 않을 아버지를 기다리는 삶을 버텨내려면 자신에 대한 기만과 혐오가 필요했다. 아버지를 의심하는 것에 대한 자책과 가망 없는 기대를 붙들고 있는 데서 오는 좌절감이 번갈아 그 기다림을 시험했다. 호수는 자신은 형이 있었기에 괜찮았지만, 불행히도 형은 그렇지 못했다고 말했다.

"어머니와 제가 모두 형에게 의지했으니 형은 기댈 곳이 없었죠. 우리를 돌보느라 자신을 돌볼 새가 없었을 거예요."

아버지의 소식을 듣게 된 것은 유수가 중학교에 입학했을 무렵, 지자체에서 후원하는 육아 도움 수당을 신청하면서였다. 주민센터 직원은 그들의 아버지가 직전 해에 번 소득이 심사 기준

86

치를 상회하기 때문에 그들 가족에게 육아 도움 수당을 지급하기 어렵다고 말했다. 아버지가 가족을 위해 먼 곳으로 떠나 열심히 돈을 벌고, 그들에게 필요한 만큼의 돈을 다 모으기를 기다리느라 돌아오지 못하는 것이라고 믿고 있던 형제에게, 그 소식은 난생처음으로 맞아본 회초리만큼이나 아팠다. 그건 아버지가 돈을 충분히 많이 벌었는데도 그들에게 돌아오지 않았다는 걸 의미했기 때문이었다. 직원은 지급 거절의 원인이 된 소득 구분을 볼 때, 그들의 아버지가 반짝 큰돈을 번 것 같다고 조심스럽게 말했다. 유수가 경마장인가요, 하고 물었다. 직원은 그런 세세한 것까지는 자신도 알 수 없다며 얼버무렸지만, 그 말을 듣고서 호수는 어렸을 적 아버지를 따라 화면을 통해 달리는 말들을 구경하는 사람들로 가득 찬 곳에 갔던 일을 어렴풋이 기억해낼 수 있었다. 해가 질 무렵 사람들의 무리에 둘러싸여 건물을 빠져나올 때면, 아버지의 걸음이 건물 안으로 들어갈 때와는 달리 터덜터덜 힘이 없고 쓸쓸했던 것도.

차라리 아버지에게 직접 연락을 취하는 게 어떻겠냐고 묻는 직원을 뒤로하고 형제는 어렵게 발길을 뗐다. 회사로 출근한 엄마를 대신해 동생인 자신의 손을 꼭 잡고 주민센터에 간 형의 눈에서 커다란 눈물방울이 뚝뚝 떨어지는 것을, 호수는 어떻게 위로해야 할지 몰라 그냥 보고만 있어야 했다고 말했다.

"주민센터 직원이 고맙게도 '원래 이러면 안 되는데' 하면서, 어머니의 확인서를 받아오면 가구원 소득을 심사할 때 아버지의 소득을 제외해주겠다고 했어요. 그렇게 하면 육아 도움 수당을 지급받을 수 있는 요건을 모두 충족하게 된다면서요."

형제는 직원에게서 미리 채워진 몇 군데를 제외하고는 텅 비어 있는 확인서 한 장을 받아 들고 집으로 돌아왔다. 그날 저녁, 유수는 퇴근하고 집에 돌아온 어머니에게 주민센터에 다녀온 이야기를 했다. 아버지가 소득이 있어 육아 도움 수당을 받을 수 없다는 이야기는 전했지만, 그 외의 이야기는 하지 않았다. 주민센터에서 받아온 종이는 여전히 접힌 채로 그의 책가방 안에 들어 있었다. 그날 밤 호수는 형이 잠든 걸 확인하고, 형의 가방에서 확인서를 꺼내 어머니에게 보여주며 주민센터 직원의 말을 그대로 전했다. 어머니는 유수를 깨워 크게 혼을 냈다. 유수는 처음으로 어머니에게 대들었다. 어머니더러 거짓말쟁이라고 했다. 어머니는 형이 자는 동안 당신이 채워 넣은 확인서를 허공에 대고 흔들면서, 그게 사실이자 현실이라고 했다. 호수는 두 사람이 하는 말을 모두 이해하지는 못했지만, 어머니와 형이 다투는 모습을 처음 봤기에 너무 놀라 울기만 했다. 그래서 자신이 잘못했다고 외치며 울고 또 울었다.

"한참 뒤에 철이 들면서 그때 형의 마음이 어땠을지 이해할 수 있게 되었어요. 그 확인서에 적힐 내용은 아버지가 가출한 이후 영영 실종되어 버렸다는 내용이었거든요. 거기에 서명하는 건 우리 가족에서 아버지의 존재를 부정하는 거였죠. 형은 아버지를 부정할 수 없었던 거예요."

다음 날 어머니는 직장에 전화해 출근이 늦어지는 것에 대해 사정을 구하고, 주민센터에 가서 확인서를 제출했다. 학교에 가기 위해 집을 나서는 순간까지도 집 안에는 침묵만 가득했다. 호수는 모든 게 자기 잘못인 것 같아 형과 어머니의 눈치만 보았고,

학교에 가는 동안에도 형에게서 멀찍이 떨어진 채 뒤따라갔다.

"학교에 거의 도착했을 무렵 형이 뒤를 돌아보더니 쭈뼛쭈뼛하고 있는 나에게로 달려왔어요. 그러더니 수업 잘 듣고, 오늘도 교문 앞에서 보자고 했어요. 내가 많이 밉고 원망스러웠을 텐데, 그렇게나 빨리 용서할 만큼 날 너무 사랑한 거였겠죠."

담담하게 말하는 호수의 눈시울이 붉었다.

내가 그전까지 호수에게서 형에 관한 이야기를 들은 적이 없었던 이유는, 그의 형이 이미 세상을 떠났기 때문이었다. 자신이 유명해지기 직전에 형이 죽었는데, 조금만 더 빨리 성공했더라면 형을 도울 수 있었을 것이라고, 그랬으면 정말 좋았을 것이라고 호수가 말했다.

"그러니까 지은 씨도 참지 말아요. 참다 보면 마음에 독이 쌓여요. 우리 형이 그랬던 것처럼."

"저도 참기만 하는 성격은 아니에요. 언제나 되갚아줄 기회를 노리고 있어요."

새 소주병을 따며 내가 농담조로 말했지만, 호수는 진지하게 굴었다.

"그 독이 혈관을 타고 우리의 온몸으로 퍼지기 전에 털어버려야 해요, 꼭."

그날 밤 호수와 나는 포차에서 밤을 새워 이야기를 나눴다. 탁자 위로 빈 그릇이 쌓여가고 요란하던 매미 울음소리가 어느새 멎어 가는 사이, 나는 상대방에게 마지막으로 가지고 있던 약간의 경계심마저 모두 허물어져 버리는 것을 느꼈다.

금요일 회의가 회사 밖으로 쫓겨난 덕분이라고 해야 할까, 어느 순간부터 호수와 나 사이엔 어색함이 거의 사라져 있었다. 회의실에서 쫓겨난 것과는 무관하게 리라의 준비 작업도 순조롭게 진행되고 있었다.

디자인팀과 기술팀의 지원을 받으며 리라의 데모 버전을 거의 완성해 가던 어느 날이었다. 호수와 나는 공원을 걷고 있었다. 호수가 불쑥 무슨 말을 했는데, 처음에는 내가 잘못 들은 건가 했다. 아무말도 하지 못하는 내게 호수는 다시 한번 믿기 힘든 말을 들려주었다.

"손 잡고 싶어요."

나는 당황했지만 가까스로 해야 할 말을 할 수 있었다.

"저 남자친구 있어요."

"알아요. 그렇지만 마음은 나한테 있잖아요."

"그럼 호수 씨 여자친구는요?"

"난 여자친구 없어요. 내 SNS 안 봤어요? 솔로인 티가 팍팍 날 텐데."

그렇게 말하는 호수의 얼굴에는 쑥스러운 듯한 미소가 번져 있었다. 해는 이미 다 진 지 오래였는데, 내 눈 앞으로 부드러운 파스텔 색상들이 뭉글뭉글 덧칠해진 초저녁 하늘이 펼쳐졌다.

머릿속에서 갖가지 생각이 교차했다. 당연히 봤죠. 당신이 처음 계정을 만든 순간부터 지금까지 쓴 모든 글들을. 그날의 날씨에 대해 가볍게 언급한 글부터, 좋은 곳에 가서 맛있는 음식을 먹은 뒤 좋아하는 사람과 함께 다시 오고 싶다는 희망을 적어둔 글까지. 하지만 내가 발견한 당신의 비공개 계정에는 여자친구와 함께한 추억들이 가득할 거라고 짐작했는데. 가슴이 빠르게 뛰기 시작했다. 살면서 내가 이만큼 설레어 본 적이 있었나 싶었다. 그런 적이 단 한번도 없었음을 인정하려던 순간, 한 가지 생각이 끼어들었다. 그러면 용준과는 어떡하지? 아직 용준에게 헤어지자는 말을 꺼내지 못했다. 용준과 나의 관계가 끝났다는 걸 안 게 불과 얼마 전이었고, 나는 아직 헤어지자는 말을 할 자신이 없었다.

그때 호수가 내 앞으로 와 서서 우리는 서로를 마주 보게 되었다. 이번엔 검푸른 밤이 부드러운 움직임으로 밀려들어 파스텔 하늘을 채웠다. 그의 눈동자가 흔들리던 나의 눈동자를 붙잡아 세웠다.

"이제 남은 건 지은 씨의 선택이에요."

호수가 내게 말했다.

✳

내가 용준에게 전화를 걸어 헤어지자고 말한 건 바로 그날 밤이었다. 그는 어째서 그런 반응을 보였을까? 바로 '그 자식이 누구냐'고 묻는 용준의 목소리를 듣고서 그렇게 생각했던 기억이 난다. 이상하다고 여기면서, 나는 그런 게 아니라고 대답했다. 이어서 그는 쉽게 입에 담을 수 없는 욕들을 내게 쏟아냈다. 내가 예상한 반응과 크게 다르지 않았지만, 그렇다고 해서 그걸 견뎌내는 일이 힘들지 않은 건 아니었다. 그럼에도 울컥 올라오는 감정을 꾹 눌러 가며 그의 외침을 모두 들어주는 것밖에 내가 달리 할 수 있는 일이 없었다.

용준도 나에게 문자로 이별을 통보한 적이 있었다. 그때 내가 느꼈던 모멸감과 좌절감을 그도 느끼고 있을 거였다. 지금 나의 이별 방식이 그동안 내가 몹시도 경멸해왔던 비겁한 행동과 한 치의 어긋남이 없다는 걸 알았지만, 그럼에도 도저히 용준을 직접 만나서 이별할 자신이 없었다. 헤어지는 외중에 내가 용준에게 지난날의 일들을 따져 물어서 그가 내게 사과하고, 공연히 나를 붙잡는 일이 생기게 하고 싶지 않았다. 나의 침묵을 뚫고 헤어지는 이유를 그가 캐묻기라도 한다면, 거짓말로 둘러대지 못하고 나의 마음이 다른 사람에게로 옮겨갔다고 사실대로 말할까 봐 두려운 이유도 있었다. 그런 일은 일어나서는 안 되었다. 전에도 용준은 내가 다니는 도서관까지 와서 스터디원들에게 행패를 부린 적이 있었다.

"그러니까 도대체 그 자식이 누구냐고!"

끊었다던 담배를 입에 물고 도서관 앞에서 날 기다리고 서 있던 그날처럼, 용준이 참지 못하고 수화기 너머로 소리를 질렀다.

"내가 헤어지자고 하는 건 우리가 더 이상 서로를 사랑하지 않기 때문이야."

내가 용준에게 말했다. 그게 진실의 전부는 아니었지만 진실의 한 부분인 건 맞았으니까.

실은 너도 느끼고 있었잖아.

마음속으로 이렇게 말하며 신호를 보냈다. 용준이 알아들어주기를 바라면서. 그러나 그에게 그 목소리가 들릴 리 없었다. 용준은 자신은 그대로인데 변한 건 나라고 했다. 그리고 이 문제를 그대로 넘길 수 없다고 했다. 나는 다시 설명했고, 또 사과했다.

"그냥 너에 대한 내 마음이 변한 거야, 용준아. 마음이 변해서 미안해."

다음 날 용준이 나에게 협박성 문자를 보냈을 때, 나는 거듭 사과하는 것 말고는 다른 방법을 생각해내지 못했다.

— 너 분명히 아니라고 했지. 그래 놓고 다른 남자한테 환승한 거면 가만히 안 있는다.

사과할 수 있다. 마음이 떠났음을 먼저 깨달은 건 나였으니까. 그거 하나로 이미 나는 용준에게 빚을 진 거니까, 자존심이 상한 그를 위해 사과를 하며 떠나는 것 정도는 마지막 예의로 할 수 있는 일이다. 나 자신을 어르며 이렇게 속으로 중얼거리는 사이, 용준은 내게 화를 내다가, 빌기도 했다가, 협박이 섞인 말을 하기 시작했다. 그러더니 이내 그 과정을 처음부터 다시 반복했다. 그렇게 꼬박 사흘의 시간을 보내고 나서야 용준과 나의 관계는 종결되었다. 그제야 꾹 참았던 감정들이 터져 나왔다. 호수가 보고 싶었다.

호수에게 전화를 걸어 당장 집 주소를 불러달라고 했다. 호수의 집 문을 두드렸을 때, 나는 하도 울어서 불어 터진 눈에 핏기가 하나도 없이 창백한 얼굴을 하고 서 있었을 것이다. 호수가 문을 열고 나와 그런 나를 보았고, 잠시 그렇게 보다가 안아주었고, 자신의 방으로 데려가 따뜻한 차를 가져다주었다. 내가 떨리는 손으로 찻잔을 받아 든 뒤에도 한참 동안 입에도 못 대자, 호수는 손을 내밀어 내 손을 잡았다. 손을 맞잡은 채로 나는 울고 그는 기다리면서, 그렇게 한동안 우리는 아무런 말 없이 애꿎은 차만 식혔다.

제5장

그의 옷장

만약 당신이 직장인이며 연인과의 이별을 계획하고 있다면 미리 연차를 내는 것이 현명한 행동일 것이다. 직장인은 이별했다는 이유만으로 무작정 회사를 쉴 수는 없다. 나는 현명하지 못한 쪽이었기에 다음 날에도 회사에 나가야만 했다. 부러 아무하고도 마주칠 일 없는 이른 시간에 길을 나섰다. 아직 캄캄한 사무실에 도착해 중앙 전기 제어장치를 켰다. 평상시와 다를 것 없는 에어컨 바람이었지만 이날은 목덜미 부근의 털들이 쭈뼛 서는 것이 느껴졌다.

나는 허리에 묶고 있던 셔츠를 풀러 입었다. 전날 호수의 집에서 나올 때 그가 내 어깨 위에 걸쳐준 옷이었다. 몸의 뒷면을 의자 깊숙이 붙여 앉고서 정면을 바라보자, 가습기와 화분, 마우스와 키보드가 눈에 들어왔다. 용준이 내게 입사 기념으로 선물한 것들이었다. 그걸 모두 내다 버리려다가, 가습기만 버리고 마우스와 키보드는 함께 상자에 담아 사내 기부창고에 가져다두기로 했다. 멀쩡한 물건은 그냥 버려지는 것보다는 어딘가에서 잘 쓰이는 게 나을 것 같아서였다. 기부창고에서 다시 내 자리로 돌아온 뒤엔, 화초를 어떻게 할지 잠시 고민했다. 나는 휴게실 서랍을 뒤져서 찾아낸 일회용 숟가락을 가지고 아래층의 테라스로 나갔다. 햇빛과 바람과 비를 온전히 누릴 수 있는 새 자리가 더 좋을 거라고 위로하면서, 화분 속의 식물을 화단의 빈 공간에 옮겨 심었다. 한때 하트가 그려진 카드가 꽂혀 있던 흰 사기 화분은 버렸다. 용준과 이별하는 사흘간 이미 집에서 한차례 물건들을 비워낸 터였다. 용준과 관련해서는 내가 기억해내지 못하는 물건들만 빼고 대부분 치운 셈이었다. 원래 헤어진 연인의 흔적을 모조리 지워버려야 속이 시원한 성격인 건 아니었지만, 이번만큼은 왠지 그래야 할 것만 같았다. 다시 사무실로 돌아와서 보니 내 자리에 사무용품 외의 물건은 내가 걸치고 있는 호수의 옷이 전부였다. 그렇게 빈 공간이 많아진 책상을 가만히 보고 있는데, 호수에게서 연락이 왔다.

— 오늘 오후 일정이 취소됐어요. 데리러 갈게요.

그 순간 내가 그를 보고 싶어 한다는 걸, 절실히 그가 필요하다는 걸 그때 그는 어떻게 알았을까. 생각해보면 호수는 매번 그걸 아는 것 같았다. 우리가 항상 붙어 있는 게 아닌데도 그는 매 순간 내 기분과 감정이 어떤지를 알고 있는 것처럼 행동했다.

우리는 특별한 용건이 있지 않은 한, 낮 동안은 서로에게 거의 연락하지 않았다. 용준과 내가 연애 초기에 하루 종일 연락하던 것과는 달랐다. 대신에 만나는 동안은 세상에 단둘이 남겨져 있는 것처럼 온전히 서로에게 집중했다. 이따금 재택근무를 하게 되면 나는 그의 집으로 갔다. 한 공간에서 우리는 방을 가득 채우고 때때로 살갗에 부딪혀오는 공기만으로 상대의 기분 변화를 감지하고 서로가 원하는 바를 알아차렸다. 대화가 많이 오갈 때도 있었고 전혀 없을 때도 있었지만, 우리는 늘 소통하고 있었다. 말을 하는 게 우리가 소통하는 유일한 방식인 건 아니었으니까. 용준과 내가 서로 다른 곳만 응시한 채로 툭툭 뱉는 말들 없이는 대화를 이어 나갈 수 없었던 것과는 달랐다. 지난 연애에 후회는 없었다. 용준을 사랑하는 동안에는 미련이 남지 않을 만큼 충분히 그를 사랑했었으니까. 그렇지만 새로 시작한 연애가 너무 설렜던 만큼, 때때로 지난 연애의 끝자락에 대해 일말의 미안한 마음이 생기는 걸 막지는 못했다. 신뢰를 저버리게 한 건 용준이었는데, 그러니 잘못은 용준에게 있었는데, 왜 미안한 감정이 드는 것인지 몰라 처음엔 혼란스러웠다. 한참 시간이 지나고서야 어렴풋이 알게 되었다. 용준과 나의 마지막 시간이 이미 끝난 감정을 억지로 끌어가던 것에 불과하다는 걸 내가 이미 알고 있었기에 죄책감이 느껴졌다는 것을. 그 이유가 아니라면 그가 불행하다는 걸 알면서도 그를 떠나기로 결정했기 때문인지도 몰랐다. 어떤 이유에서든 나는 그때까지 꽤 오래, 계속해서 용준에게 미안한 감정을 안고 있었다.

호수와 나의 사이가 깊어지는 동안 기온이 오르는 날과 갑자기 떨어지는 날이 반복되더니, 미처 눈치채지 못하는 사이 순식간에 계절이 변했다. 옷차림도 한껏 얇아졌다가 다시 두꺼워지더니, 이내 두껍고 무게가 있는 가을옷들이 얇고 가벼운 여름옷들을 구석으로 밀어내고 낙엽을 닮은 무늬와 색채로 옷장 한가운데를 채웠다. 변덕스럽게 기온이 내려가 쌀쌀해지는 날이면, 나는 호수의 옷장에서 카디건이나 니트 조끼 같은 걸 꺼내어 입었다.

"왜 자꾸만 내 옷을 입어요?"

온종일 비가 추적추적 내려 외식하는 대신 집에서 칼국수와 파전을 요리해 먹기로 한 날이었다. 함께 장을 보고 그의 집으로 돌아왔는데, 호수가 다가와 내 어깨에서 카디건을 벗겨내며 물었다.

"호수 씨가 옷 입는 방식이 좋아요. 나도 그렇게 멋있어지고 싶어요."

옷을 벗기기 쉽도록 몸을 돌려주며 내가 대답했다.

"내가 어디가 멋있는데요?"

"세상에 대고 '난 신경 안 써요' 하는 것 같은, 초연함이 묻어난달까. 그게 부러워요. 난 그렇지 못한 편이라."

호수는 어이없네요, 하며 웃었다. 하지만 그날 주방을 분주하게 오가던 그가 내 귓가에 대고 '아주 많이 신경 쓰고 있어요'라는 말을 몇 번이나 속삭였는지 모른다. 그날 이후 오늘도 신경 쓰고 있냐고 물어보는 게 우리만의 하나의 인사말이 되었다.

호수의 공간을 돌아다니는 건 꽤 재미있는 일이었다. 가장 큰

방은 작업 공간으로, 한쪽 면에 커다란 책장이 꽉 차게 들어서 있어서 나는 종종 그곳에서 알파벳 순서로 정리된 구닥다리 앨범이나 출간 순으로 꽂혀 있는 신간 도서들을 꺼내어 보며 그의 취향을 파악해보려고 했다. 나는 그 방 안에 호수에 관한 단서가 빼곡히 숨어 있다고 믿었다. 무엇보다도 그곳엔 문제의 퍼들이 당당하게 중앙 자리를 차지하고 있었다.

우리를 연결해준 그 기계는 아주 단순해 보이는 동시에 복잡해 보였다. 겉보기로는 단순한 구성이었지만, 그 안이 굉장히 복잡하고 정교할 것 같은 인상을 주었다는 말이다. 방에서 나와 거실로 가면 큰 소파와 텔레비전, 그리고 운동기구 몇 가지가 그곳에 자리 잡고 있었다. 호수 없이 혼자 있을 때면 나는 커튼을 치고 스크린에 그의 최신 콘텐츠를 띄워 집 안에 그를 한가득 채워보기도 했다. 그러나 넓은 거실 벽을 모자람 없이 채운 그의 클로즈업된 얼굴만으로는, 내가 아는 호수를 완전하게 대체할 수는 없었다. TV 화면 속의 움직임은 어떠한 바람도 일으키지 않았으니까. 그 사실을 깨닫고 나면 나는 문득 외로워져 화면을 끄고 다시 그를 기다리는 일에 집중했다.

그의 작업 공간에서 나와 거실을 가로지르면, 내가 옷을 꺼내입길 좋아하는 옷방이 나타났다. 그리고 마지막으로, 가장 아늑한 그의 침실이 있었다. 원래 그의 침실에는 어린 남자아이 둘이 같이 찍은 사진이 하나 있었는데, 언제부터인지 거실 탁자 위로 옮겨져 있었다. 나는 그 사진이 좋았다. 사진에서 왼쪽에 있는 아이는 짓고 있는 표정만 봐도 아주 개구진 어린애라는 걸 알 수 있었는데, 그 얼굴에서 지금의 호수가 보였다. 사진 오른

쪽에선 좀 더 성숙해 보이는 남자아이가 마찬가지로 장난스레 웃고 있었다. 둘은 서로 닮았지만 풍기는 분위기가 어쩐지 사뭇 달랐다.

"혹시 형이에요?"

언젠가 사진의 오른편에 있는 아이를 가리키며 내가 물었다.

"네. 내가 세상에서 가장 사랑한 사람, 우리 형이에요."

호수가 나를 뒤에서 안으며 대답했다.

"지금은 어때요? 나인가요?"

호수에게 장난스럽게 물은 적이 있었다. 그날 가을볕이 어찌나 좋던지, 왠지 모를 자신감이 생겨 객쩍은 소리를 하고 만 것이다.

"내게 형은 평생 가장 사랑하는 사람으로 남을 거예요. 나에게 온몸을 다해 사랑하는 방법을 알려준 사람은 형이니까요. 그런데 이제 형은 이 세상에 없고 나는 형이 알려준 걸 잊어버렸어요."

호수가 형과 애틋한 사이라는 걸 알고는 있었지만, 아직도 그의 눈빛에 어려 있는 슬픔은 내가 상상했던 것보다 훨씬 더 컸다. 그 크기만큼이나 그가 아파할 걸 생각하니 괴로웠다. 내가 그의 팔을 잡으며 조심스럽게 미안하다고 말하자 호수는 이런 걸로 미안해할 필요가 없다고, 그래도 예전에 비하면 자신은 많이 괜찮아졌다고 말했다.

"형을 본 게 굉장히 오래전 일인 것처럼 느껴지는 걸 보면 시간이 꽤 많이 흐른 것 같은데… 그런데도 아직까지 마음이 다 아물지 않은 걸 보면 충분히 흐른 건 아닌가 봐요. 내 몸의 일부가 뚝 떨어져 나간 것같이 허전하고 쓰라려요. 얼마나 더 많은 시간이 흘러야 온전해질 수 있는 걸까요?"

그날 이후 한동안 우리는 그의 형에 대한 이야기를 하지 않았다. 그렇지만 나의 관심은 점점 그에게서 떨어져 나간 몸의 일부로 향했다. 그가 샤워하거나 조깅을 하러 가면 나는 종종 형제의 사진을 들여다보았다. 사각형의 틀 안에 동생을 사랑하는 형과 형을 사랑하는 동생이 있었다. 형이 동생을 꼭 붙들어 안아주는 모습을 보며, 처음에는 단지 형이 동생을 아주 많이 아끼고 챙기는구나, 하고 생각하고 말았다. 하지만 사진을 거듭 보다 보니 전에는 보이지 않던 것들이 보이기 시작했다. 형의 양 손 그림자에 가려져 미처 보이지 않았던, 동생의 팔 위 분화구처럼 움푹 파인 자국들. 그림자를 의식하고 보면, 형이 손가락 관절에 잔뜩 힘을 주어 동생을 꼭 붙들고 있다는 걸 어렵지 않게 알아차릴 수 있었다. 웃고 있지만 어딘가 불안해 보이는 표정으로, 동생에게 기댄 채 온 힘을 다해 세상을 간신히 버티어 내고 있다는 듯이.

비가 많이 내리던 어느 하루, 우리는 빗방울이 창문을 때려 내는 연주와 함께 라디오 방송을 듣고 있었다. 세계 각지의 음악을 소개하는 진행자는, 이날 프랑스로 건너가 있었다. 스피커에서 흘러나오는 노래의 제목은 카를라 부르니의 〈Le Ciel Dans Une Chambre〉였다. 제목의 뜻은 '방 안의 하늘'이라고 했다.

우리는 사랑하는 이를 잃은 슬픔을 노래하는 음악가들에 대해 이야기하기 시작했다. 대화는 노래 가사를 지나 각자의 상실과 슬픔으로 주제를 옮겨갔다. 나는 그간 말하지 않았던 내 아버지에 대해 이야기했다. 기억에 없던 나의 아버지는 내가 거의 다 자랐을 때 갑자기 연락해 왔지만, 이미 병들어 있어 내가 아버지와 함께 보낼 수 있었던 시간은 그리 길지 않았다.

호수는 형 유수의 이야기를 하기 시작했다. 형을 잃었던 그날로부터 2년 정도의 시간이 흘러 있었다. 꽃가루가 어지럽게 흩날리던 어느 날이었다. 형도 그렇게 애처롭게 흩날리며 죽음을 맞이했어요. 그래서 자신도 그 계절만 되면 몸을 앓는다고 했다.

"나는 지금도 형이 그렇게 죽을 사람이 아니라고 생각해요. 회사에서 그렇게 오래 괴롭힘을 당하지만 않았어도 형은 죽지 않았을 거예요."

호수의 말 안에 도사리고 있는 강렬한 감정이 내게도 전해졌다. 여전히 분노와 원망이 많이 쌓여 있는 듯했다. 그런 호수를 위해 내가 해줄 수 있는 거라고는 그의 이야기를 들어주고 손을 잡아주는 것밖에 없었다. 내가 소리 내어 말하지 못하는 위로의 말은 음악이 대신해주었다. 그래서일까, 그는 그동안 하지 않았던 이야기들까지 내게 들려주었다.

"형이 죽던 날, 평소 형을 특히 많이 괴롭혔던 상급자가 서류를 형 얼굴에 집어 던지며 이렇게 말했대요. 네가 처리하는 일은 하나도 믿을 수가 없으니 한 장짜리든 백 장짜리든 보고서의 단어 하나하나마다 그에 상응하는 증거를 제시하라고. 평소에는 그보다 더 심한 막말을 한 적도 많았고요."

호수는 창밖의 빗줄기에 시선을 고정하고 있었다.

"그 상급자라는 사람은 처벌은 받았어요? 결국 한 사람을 죽음으로까지 내몰았는데, 그 사람이 마땅히 책임을 져야죠."

호수가 고개를 들고 잠시 먼 곳을 보다가 이렇게 말했다.

"그 사람은 책임을 지지도 못하게 되었어요. 화를 참지 못한 형이 그 사람을 찌르고 자신도 죽어버렸으니까."

너무 충격적인 이야기에 나는 어떻게 반응해야 할지 몰라 헤매었다. 그러다 호수의 얼굴을 살폈는데, 안절부절못하고 있는 쪽은 오히려 자신의 이야기를 듣고 상대가 어떤 반응을 할지 걱정하고 있는 그라는 사실을 깨달았다.

"괴롭힌 사람이 잘못한 거예요. 호수 씨 형은 힘껏 방어했을 뿐인데, 그게 비극으로 이어진 것뿐이고요."

주제넘은 말은 아닌지 걱정하면서도 나는 불안감을 떨쳐버리려 주절주절 말을 늘어놓았다. 위로가 되지 못할 걸 알면서도 부질없이 건네보는 말들이었다. 우리는 미처 떨쳐버리지 못한 불안감으로 몸을 떨면서 서로를 안았다.

"형은 비염을 지독하게 앓곤 했어요. 그날도… 꽃가루만 아니었다면….

얼음골에서 새어 나온 듯 시리도록 찬 바람이 골목마다 휘몰아치며 축제 분위기를 느끼러 나온 연인들을 도로 실내로 쫓아보내고 있었다. 성탄전야였다. 호수와 나는 케이크와 와인으로 간단히 축하를 한 뒤, 소파에 눕듯이 기대어 앉아서 해리포터 영화를 1편부터 보았다. 어느덧 3편을 보고 있었을 때였다. 늦은 시간이었지만 축일의 분위기를 느끼고 싶어 나는 창가로 다가가 커튼을 반쯤 열어두고 호수 곁으로 돌아왔다. 여느 때처럼 바깥이 대낮인 양 환했다. 사람이 많이 다니는 시내는, 그러니까 주택가와 상업지구를 비롯한 도심은 치안을 위해 밤마다 별처럼 어둠 속에 촘촘하게 박아놓은 태양열 조명이 점등되었다. 이제 가장 어두운 밤에 잠들려면 암막 기능이 있는 블라인드나 커튼이 필수였다. 나는 가끔 암막 커튼 없이도 어둠 속에 잠길 수 있는 곳으로 떠나고 싶다는 생각을 하곤 했다. 이제 도시에서 가장 어두워지는 순간은 해가 완전히 지고 어둠이 내려 조명들이 점등되기 시작하기 직전의 저녁이었다. 어쩌면 내 불면증의 원인도 너무 밝은 세상에 있는지도 모른다. 바깥에 어둠이 없다는 사실은 밤도 낮으로 인식하게 만들고, 밝은 곳에서 눈을 감았을 때처럼 잠들려는 시도를 소용없게 만드니까.

나는 호수의 어깨에 뺨을 댄 채 그에게 물었다.

"가장 기억에 남는 크리스마스 선물이 뭐예요?"

호수는 잠시 생각하다가, 자신의 팔을 들어 보였다.

"이 팔찌요. 처음 수학여행을 가던 날, 형이 길 잃어버리지 말고 집까지 잘 찾아오라고 선물해준 거예요."

나는 손을 뻗어 이미 익숙한 그 팔찌를 만지작거렸다. 팔찌에는 정오각뿔 모양의 참과 기다란 사각형 참이 각각 달려 있었다. 오각뿔의 각 옆면에는 '늦봄, 호수'라고 새겨져 있었고, 옆에 달린 기다란 참에는 호수의 생일과 내가 모르는 전화번호가 적혀 있었다. 참에 새겨진 글자의 의미를 묻자, 호수는 자신의 이름이 들어간 시의 제목이라고 알려주었다.

"제목이 참 예쁘네요."

내 말에 그가 시구를 읊기 시작했다.

꽃잎 진 나무 아래 토라진 발길
무른 흙 다지던 가만한 움직임

양 볼에 닿는 네 숨결에 알아차렸네
설핏 잠든 뒤 눈뜨면 여름이겠지

후투티 날아와 머리 깃 접고
네 눈썹 위에 앉아 쉬다 가겠지

형이 직접 고른 시예요. 호수가 말했다. 그래서 늘 그 팔찌를
차고 있었구나. 어둠 속에서도 빛나는 일을 잊지 않았던 은팔찌
가 어디서 온 것인지 알고나자, 가슴이 먹먹해졌다. 나는 사진
이 있는 거실 방향으로 고개를 돌렸다. 벽 너머에 있는 그 사진
속에서는 호수와 그의 형이 함께 웃고 있을 것이다.

"그동안 외롭지는 않았어요?"

"나도 같이 죽어버렸더라면, 하는 생각을 많이 했어요."

"참지 못할 정도로 외로울 땐 어떻게 했어요?"

"정말 더는 못 견딜 것 같다고 느껴질 때가 있어요. 일 년 중
특정한 시기죠… 형이 살아 있을 때 무척이나 괴로워했고, 결국
세상을 떠났던 계절… 이제는 나도 앓게 된 그 계절이 다가오
면, 나는 꽃이 없는 곳을 찾아 숨었어요."

"그런 곳이 있어요?"

"돈이 없을 땐 가장 어두운 곳에 가면 되고, 주머니 사정이
멀리 떠나는 걸 허락할 땐 추운 곳이나 바람에 소금기가 어려

있는 곳에 가면 돼요."

호수는 내가 기대어 있는 쪽의 팔을 구부려 나를 더욱 깊숙이 안고는, 반대쪽 손으로 내 뺨을 쓰다듬었다. 그의 손목이 움직일 때마다 팔찌의 금속 참이 내 피부에 차게 닿았다 떨어지기를 반복했고, 그 바람에 나는 몸을 살짝 떨었다.

"어두운 곳이라면 어딜 말하는 거예요?"

"바람도 햇빛도 통하지 않게 해놓은 내 방이었죠."

"그러면 추운 곳은? 공기가 짠 곳은 어디예요?"

"바닷가나 북쪽. 그렇지만 그런 곳에서도 난 밖으로 거의 나오질 않았어요."

고개를 들어 호수의 턱선을 바라보았다. 귀밑에서 시작된 선이 곧게 뻗다가 아래턱과 만나는 지점에 이르러서 유려하게 구부러지는.

당신이 말하는 꽃가루는 사실 버드나무 씨앗이에요.

나는 이 말을 삼키고 다시 호수의 품에 얼굴을 묻었다. 내가 그의 꿈속에서 본 건 봄철이면 하천변을 따라 산재해 있는, 뭉친 솜뭉치 같은 것들이었다. 호수에게 그의 꿈에 얽힌 이야기를 듣고 난 뒤, 꽃가루에 대해 검색을 한 적이 있었다. 여러 식물종의 꽃가루들에 대해 알아보던 중, 봄철에 탄천을 가득 덮는다는 솜뭉치의 정체에 대한 글을 읽게 되었다. 글에 첨부된 사진 속의 솜뭉치는 내가 호수의 꿈속에서 본 것과 똑같았다. 그 글에 따르면 솜뭉치처럼 보이는 그 물질은 버드나무 씨앗들이며, 사람들이 오해하는 것과는 달리 사실은 봄철 알레르기와는 거의 무관했다. 알레르기 반응을 유발하는 건 오히려 눈에 잘 보이지 않는 아주 미세한 크기의 꽃가루 종류였다. 그에게 이런 사실을 읊어주며 그동안 당신이 잘못 알고 있었다고, 그동안 엉뚱한 대상을 원망해온 거라고 말할 수는 없었다. 하지만 버드나무 씨앗이 날릴 때마다 그가 고통받는 걸 그대로 보고 있는 건 힘들 것 같았다. 다시 그 시기가 돌아올 때까지도 우리가 여전히 함께하고 있다면, 그때는 그에게 말할 수 있을까?

"마치 철새가 추위를 피해 남쪽 지방으로 옮겨가듯이 꽃가루를 피해 떠났었군요. 다음 계절은요? 그때도 떠날 건가요?"

나는 호수를 쳐다보지 않으려고 노력하며 물었다.

"글쎄, 잘 모르겠어요."

호수가 대답했다. 그러고는 한참 뒤에 덧붙였다.

"그 계절이 다시 돌아오면, 그때 생각할래요."

호수 곁에서는 밝은 바깥에 대해 신기할 정도로 자연스럽게 의식하지 않을 수 있었다. 내가 품 안에 안겨 있는 동안, 그는 내게 아일랜드나 핀란드와 같은 북쪽 나라에 다녀온 이야기를 들려주었다. 거기서 추위에 적응한 개를 쓰다듬었는데 그 털이 생각보다 부드러웠다는 이야기, 이름 모를 들풀이 봄이 되어서도 녹지 않은 눈을 부수고 세상 밖으로 나오는 이야기 같은 것들을 듣다 보면 어느새 눈꺼풀이 무거워졌고 나도 모르는 새에 잠이 들었다. 내가 잠들기 전에 이야기가 끊긴 기억은 없었다. 잠을 자유자재로 자는 사람이었으니 나보다 먼저 잠들 수도 있었을 텐데, 어쩌면 그는 내가 먼저 잠들기까지 매번 기다려주었던 건지도 몰랐다.

나는 호수가 잠든 모습을 보는 게 좋았다. 그래서 아침에 일부러 일찍 일어난 적도 더러 있었다. 그의 얼굴을 가만히 보고 있으면, 눈꺼풀 아래로 눈동자가 움직이는 게 보일 때가 있었다. 그럴 때면 나는 호수가 무슨 꿈을 꾸고 있는 것인지 궁금해졌다. 그래서 그가 잠에서 깨어나길 기다려 무슨 꿈을 꾸었냐고 물었지만, 대부분의 경우 그는 어떤 꿈을 꾸었는지 기억하지 못했다.

"구름을 분석실에 가져가거나, 직접 사용해볼 생각을 해본 적은 없었어요?"

나는 애디어벡스에서 구름의 품질관리를 위해 슬리퍼들에게 인공지능에 기반한 구름 분석 프로그램을 제공한다는 글을 읽은 적이 있었다.

"판매용 구름은 보통 품질 분석 과정을 거치죠. 내가 따로 만든 구름도 한번쯤 회사에 가져가서 프로그램이라도 돌려볼까 하는 생각까지는 해봤는데 그냥 관뒀어요. 그리고 내가 만든 구름을 직접 쓰는 건… 어쩐지 겁이 났고 그렇게 해서까지 내 꿈을 들여다보고 싶지는 않았어요."

"…대신 내가 기억해냈죠."

"그래서 나에게 지은 씨는 아주 특별해요. 나와 같은 꿈을 꾸는 사람이니까요. 이제는 다른 사람의 꿈을 가져가 꾸는 일이 이상한 일이 아닌 게 되어버린 세상이지만… 내가 창작해 낸 꿈이 아니라, 자연히 꾼 꿈 그대로를 꾸는 사람은 이 세상에서 오로지 한 명뿐이니까."

그의 말이 맞았다. 기계에 결함이 있어 잠을 완벽히 정제하지 못한다고 하더라도, 남아 있는 잔류물은 극소량에 불과했기 때문에 내가 그의 구름을 썼을 때 꿈을 꾸지 않는 것이 더 자연스러웠다. 보통의 순결정잠처럼 99.8퍼센트 수준으로 정제된 것은 아니지만, 초기 기술도 97퍼센트 정도의 정제력을 갖추었다고, 태빈에게서 들은 적 있었다. 설령 희박한 확률로 꿈을 꾸더라도, 그 꿈은 아주 희미하기 때문에 사용자가 잠에서 깬 뒤에는 자신이 꿈을 꾼 사실을 기억하지 못할 가능성이 크다고 했다. 그 말에 나도 수긍이 갔다. 내가 호수의 구름을 쓸 때마다 꿈을 꾸는 것은 아니었기 때문이다.

호수의 구름 속에서 나는 매번 다른 경험을 했다. 어떤 날은 평소보다 깊은 잠을 잤고, 아무런 꿈도 기억에 남지 않았다. 어느 날은 나의 꿈이 그의 꿈에 섞이기도 했고, 앞에 꾸었던 꿈이 나중에 꾼 꿈과 섞이기도 했다. 우리의 꿈이 섞인 어느 하루, 나는 그의 버드나무 씨앗 더미에 누워 아이스크림 폭포를 보았다. 다른 날은 은하수 속에서 버드나무의 별자리를 생생하게 보았다. 어느 야외극장에서 그의 팔을 베고 누운 채 꽃가루와 먼지와 씨앗 덩어리들이 무대 위에 올라 서로 흩어지고 뭉치기를 반복하며 연기하는 걸 본 적도 있었다. 극 내용이 기억나지는 않았지만 그 연기가 어찌나 우스꽝스러웠는지 나는 깔깔대며 웃었다. 꿈속에서 호수의 얼굴이 보이지 않을 때도 있었지만, 내가 베고 있는 팔의 주인이 그라는 걸, 나는 꿈을 꾸는 내내 지각하고 있었다. 이런 희한한 꿈들에 대해 이야기하면, 호수는 매우 흥미로워하며 들었다.

"지은 씨가 내 꿈에 반응하는 건 언제나 내 목소리에 귀를 기울이고 있어서가 아닐까요?"

이렇게 말하는 호수의 얼굴은 정말 천진난만했다. 그 아름다운 얼굴을 보고 있자면 내 마음이 흘러넘치는 것 같은 착각이 들었다. 그 무렵 우리는 세상 누구에게도 져줄 수 있을 만큼 행복했다. 깨어 있는 동안에도, 꿈을 꾸는 동안에도 사랑을 하고 있었으니까.

제6장

숨 쉬는 일과
시선을 돌리는 일

또 악몽을 꿨다. 호수의 꿈은 아니었다. 호수의 꿈을 꾸는 동안 많은 걸 느꼈지만 그런 세계를 본 적은 단 한 번도 없었다. 그렇다면 그 꿈을 꾸도록 날 밀어붙인 건 나 자신이었을 것이다. 아마도 불안해진 내 상태가 꿈으로도 드러나고 있는 듯했다.

그 무렵 다시 불면 증상이 심해진 나는, 전보다 자주 호수가 준 검은 상자 속 구름의 도움을 받고 있었다. 그런 뒤로는 쉬이 잠들긴 했지만 꿈자리가 안 좋아 그런 것인지 푹 자고 일어나더라도 늘 피곤함을 느꼈다. 나의 꿈이 호수의 꿈에 섞이는 일이 점점 잦아지고 있었다. 섞여버린 꿈이 악몽이 아니었다면 좋았으련만, 불행히도 그건 꿈속에서조차 나를 울게 만들 정도로 절망적이고 빛이 아득한 악몽이었다. 괜한 걱정을 시킬까 봐 일부러 호수에게는 내색하지 않았다. 그가 자랑스럽다는 듯한 얼굴로 상자를 건넬 때마다 늘 달갑게 받아들었다. 어쨌든 구름이 없었더라면 꿈을 꾸지도 못했을 거라며 위안 삼았다. 그 밑바탕에는 어쩌면 그가 날 걱정해 다른 구름을 써보자고 말할지도 모른다는 두려움도 있었다.

우려스러운 생각은 꿈을 꾼 횟수가 늘어날수록 흐릿해졌다. 호수는 리라 작업 외에도 일이 많아 바쁘게 지냈고, 나도 아침에 일어나 회사에 갔다가 집에 오면 씻고 잠들기 바빴다. 간만에 연휴가 찾아왔다. 나는 오전부터 그의 집으로 찾아갔다. 전부터 보기로 벼르고 있었던 영화를 함께 보았는데, 생각했던 것보다 지루했다. 꾸벅꾸벅 졸다가 편하게 누워서 자라는 그의 말에 나는 침실로 들어갔다.

또 악몽을 꾸었다. 이번에는 누군가의 음해로 인해 호수와 떨어져 있게 된 상황이었다. 꿈속에서 나는 긴 시간 동안 호수를 되찾고 원한을 갚겠다며 복수를 준비하고 있었다. 상대방에게 일격을 가하려는 찰나, 잠에서 깼다. 눈을 떠보니 곁에 아무도 없었다. 주위를 둘러보다가 거실에서 무슨 소리가 나는 걸 들었다.

나는 졸린 눈을 비비며 현관 앞까지 나갔다.

"아, 깼어요? 조용히 나가려고 했는데."

호수가 신발 끈을 매며 말했다. 시계를 보니 벌써 오후였다. 나는 아직 잠에서 덜 깬 뇌를 재촉해가며 호수의 일정표를 떠올려보려고 노력했다. 기억나는 것이 없었다.

"잠들어버렸어요. 근데 무슨 일 있는 건 아니죠?"

"아니에요. 그냥 갑자기 선배가 만나자고 해서."

호수는 얼마 전 세탁한 운동화를 신고서 공들여 신발끈을 묶는 데 여념이 없었다. 나는 그와 얼굴을 마주 보고 얘기하고 싶어서 몸을 앞으로 깊숙히 숙였다.

"선배 누구? 슬리퍼예요?"

호수가 갑자기 자리에서 일어나는 바람에 하마터면 그의 어깨에 부딪힐 뻔했다. 어찌나 놀랐던지 다리에 힘이 풀려 주저앉고 말았다. 그도 나만큼이나 놀랐는지, 재빨리 나를 부축하며 정중하게 사과했다.

"놀랐죠? 괜찮아요? 미안해요. 다치지 않아서 다행이에요. 그냥 전부터 알던 선밴데, 애기 아빠라서 시간을 많이 못 내요. 참, 슬리퍼 맞아요. 블랙문이라고 들어본 적 있죠?"

나는 호수를 원망스러운 척 노려보았다. 호수가 걱정스러운 얼굴로 내 머리를 쓰다듬고 나서야, 비로소 뾰로통함을 지우고 그를 향해 고개를 끄덕여주었다. 블랙문과 직접 아는 사이는 아니었지만, 매체에서 자주 접해 이름은 낯설지 않았다.

"그렇게나 유명한 사람이랑 잘 아는 사이구나. 역시 호수 씨는…."

"아니에요. 그냥 지망생일 적부터 알던 사이일 뿐이에요."

내가 조금이라도 치켜세우는 말을 하면 호수는 늘 손사래를 쳤다. 그가 계속해서 내 머리를 쓰다듬으며 말했다.

"내가 지은 씨를 안다는 게 더 대단한 일이죠. 아무튼 다녀올 테니, 오늘은 오랜만에 늦잠도 좀 자고 편히 쉬고 있어요."

호수를 배웅하고 돌아오자, 마음 한구석 어딘가가 헛헛했다. 간만에 그를 독차지할 수 있겠다는 생각에 신이 나 있었던 나 자신이 바보스럽게 느껴졌다. 요새 들어 호수는 부쩍 외출이 잦아졌다. 주말이면 나를 혼자 두고 잠깐씩 나갔다 오는 일들도 생겼고, 그러지 않더라도 급한 일이 있다며 컴퓨터 앞에 가 앉는 때도 많았다.

외롭다. 제법 오래 잊고 지내던 감정이 되살아나고 나자, 나는 깜짝 놀라 호수에게 문자를 보냈다.

— 참, 그럼 언제 와요?

바로 답장이 왔다.

— 음, 빨리 끝나면 좋을 텐데 얘기가 길어질지도 몰라요. 내가 늦어지면 문 닫고 가요. 곧 신호 바뀔 듯. 참, 오븐에 단호박 수프가 있어요. 배가 고파지면 그걸 먹어요.

호수가 만든 단호박 수프는 내가 가장 좋아하는 그의 요리 중 하나였지만, 그리고 그날 역시 수프의 농도와 당도는 더할 나위 없이 적당했지만, 무슨 맛인지 하나도 모르고 삼킬 정도로 나의 마음이 매우 썼다.

결국 그날 저녁은 너무 늦어져서 건너뛰어야 했다. 다음 날에도 나는 그를 독차지할 수 없었다. 수년째 그의 일정표를 차지하고 있던 봉사활동에 그를 빼앗긴 것이다. 호수와 함께 보낼 시간을 기다리고 있던 나는 침울해졌다.

처음 호수가 어느 비영리 단체에서 격주로 재능 기부 봉사를 하고 있다는 사실을 알았을 때, 호기심이 강하게 일어 그 일에 대해 자세히 물어본 적이 있었다.

"비영리 단체라면 어떤 곳이에요?"

호수는 주머니에서 카드지갑을 꺼내어 열더니, 명함 하나를 찾아서 내게 내밀었다. 나는 명함을 받아 들고 그걸 유심히 읽었다.

재단법인 슬립워킹테라피

은은한 은빛이 감도는 종이에 인쇄한 명함의 하단에는, 코발트블루 색으로 '당신이 잃어버린 잠을 되찾을 수 있도록 도와드립니다'라고 적혀 있었다.

"멋지네요. 엄청 중요한 일을 하는 곳 같은데."

나는 명함을 가져도 되냐고 눈빛으로 물었다. 호수가 고개를 끄덕였다.

"다음에는 지은 씨도 같이 가요."

"좋아요! 호수 씨는 거기서 무슨 일을 하는 거예요?"

"'바른 구름 사용' 캠페인을 통해서 청소년들에게 올바른 구름 사용법에 대해 지도하고 있어요. 아, 이렇게 말하니까 뭔가 거창하게 들리네요. 실은 구름에 안 좋은 기억이 있는 아이들과 만나서 이런저런 이야기를 나누기도 하고, 고민을 들어주기도 하고, 같이 재밌게 노는 일이에요."

그가 좋은 일을 많이 한다는 건 알았지만, 이렇게 직접 나서는 일까지 하는 줄은 몰랐던 나는 놀랐다.

"대단한 일 맞는 것 같은데요. 도움이 필요한 아이들이 많이 있을 테니까요."

"잘못된 방법으로 구름을 사용하는 아이들도 많고, 만들려는 아이들도 생각보다 많이 있어요···. 결과만 좋으면 된다고 잘못 알고 있는 아이들이 많거든요. 독특하고 자극적이고 선정적이기만 하면 성공할 수 있다고 말이에요. 그게 결국에는 스스로에 대한 폭력과 착취와 다름없다는 걸 이해하지 못한 채로요."

"왜 그런 걸까요?"

"산업이 충분히 자정작용을 하지 못하고 있어서겠죠. 매체에서 다루는 성공 사례는 다분히 의도적으로 신화화된 것들인지라 아이들에게 잘못된 인식을 주기 쉽고요. 저는 부족하게나마 아이들 한 명 한 명에게 말을 걸어서 스스로 발을 돌릴 수 있도록 도우려고 해요."

"호수 씨 같은 사람이 이야기를 하면 더 설득력이 있을 거예요. 실제 구름 산업에 종사하고 있기도 하고, 무엇보다 많은 아이들이 선망하는 대상이니까요."

호수는 설득력이라는 단어가 마음에 들지 않았던 것인지 눈썹을 찡그렸다.

"글쎄요, 하면 할수록 이게 과연 의미 있는 일인가 하는 생각이 요새 부쩍 들어요. 저 거대한 구름 산업은 끄떡도 하지 않고 건재한데, 나 혼자서, 혹은 작은 단체 하나가 아무리 문제 삼고 바꿔야 한다고 외쳐봐야 그쪽에 들리기나 할까요?"

호수는 나에게 답을 한다기보다는 오래 해묵은 생각이 저절로 튀어나온 것처럼 멍하게 말하고 있었다. 새삼 지치고 피곤해 보였는데, 그 모습이 낯이 익어 나는 화들짝 놀랐다. 꼭 호수를 만나기 전의 내 얼굴 같았다. 나는 걱정이 들어 말했다.

"힘에 부치면 한 번쯤은 건너뛰어요."

나는 단지 그가 잠시라도 짐을 내려놓을 수 있었으면 하고 바랐을 뿐이었는데, 그는 그렇게 하면 큰일이라도 날 것처럼 고개를 가로저었고, 오히려 그걸 단단히 붙들어 매야한다는 듯한 표정을 짓고 있었다. 호수가 그 단단함을 오래 유지하도록 도우려면 무엇이 필요할까, 나는 궁금해졌다. 무슨 말을 해야 좋을지 몰랐던 건 나만이 아닌 듯했다. 한참만에서야 호수가 침묵을 깼다.

"힘에 부치는 건 아니에요. 그냥 내가 너무 약한 건 아닌가 하는 생각이 든달까요…. 뭔가를 더 할 수 있다면 좋을 텐데, 하는 아쉬움이 언제나 있어요. 나의 노력이 날 어디로도 데려가지 못할 무의미한 발버둥같이 느껴질 때도 있고요. 하지만 아니겠죠? 세상을 바꾸진 못해도 내가 만난 아이들의 삶을 약간은 바꿀 수는 있는 거겠죠?"

다시 호수의 밝은 얼굴이 나왔다. 나는 조금 슬퍼졌다. 호수가 애써 밝은 모습을 해 보이려고 해서가 아니었다. 그 얼굴이 다시 나타나기를 누구보다도 기다리고 있었으니까. 그렇지만 막상 호수가 그늘 밖으로 빠져나왔을 때, 나는 애써 되찾은 그 빛이 잠깐 스쳐 지나가는 것에 불과하다는 걸 직감했다. 미리 마음의 준비를 한 덕분에 그에게 한마디를 건넬 수 있었다.

"알지 못하는 사이에 세상도 조금씩 바뀌고 있을 거예요."

스스로 믿으려고 노력하면서 건넨 말이었다. 그 말이 호수에게 위로가 되길 간절히 바랐다. 하지만 위로하는 중에도 내가 그를 온전히 이해했다고는 생각하지 않았다. 나는 그저 그가 괜찮아지기만을 바랐다.

하루는 호수가 내게 경찰서에 다녀왔다고 말했다. 그의 문제가 아니라 다른 사람 때문이었다. 바른 구름 캠페인을 통해 알게 된 학생 한 명이 친구들에게 더티 플룸을 팔다가 경찰에 적발된 것이었다. 일이 터진 건 호수가 그 학생과 상담을 해온 지 5개월 정도가 되었을 무렵이었다. 그간 두 사람 사이에 신뢰가 쌓였던 것인지, 경찰서로 잡혀간 그 학생은 부모님도 선생님도 아닌 호수에게 가장 먼저 연락을 했다. 결국엔 부모님과 담임선생님도 호출되기는 했지만.

알고 보니 그 학생이 호수를 경찰서로 불러낸 것은 한두 번 있었던 일이 아니었다. 사실 그 아이로서도 어쩔 수 없는 일이었을 것이다. 일 때문에 주중에는 지방에 내려가 있는 아이의 부모는 아이의 부름에 즉각적으로 달려올 수 없는 상황이었고, 그 아이의 인생뿐만 아니라 다른 아이들의 대학입시와 생활기록부도 책임져야 하는 담임선생님은 차츰 아이에게서 관심과 희망을 잃어갔었으니까. 그런 일이 거듭되면서 아이의 주변에는 호수밖에 기댈 곳이 남아 있지 않게 되었다. 그래서 문제가 생기면 늘 호수를 부를 수밖에 없었던 것이고, 호수도 그 사실을 알고 있기에 매번 아이에게 달려갔던 것이다. 그 사실을 나도 머리로는 이해했지만, 그가 황급히 경찰서로 향할 때마다 서운함이 쌓여가는 걸 막을 방법까지는 알지 못했다.

"도대체 왜 호수 씨가 그렇게 힘들어해야 하는 거예요?"

약속이 한 차례 또 어그러져 버린 어느 늦은 저녁, 기다리는 동안 차갑게 식어버린 국을 데우다 말고 잔뜩 허물어진 호수에게 끝내 지친 목소리로 묻고 말았다. 그러나 그는 내 말에 대꾸할 기운조차 없는 것 같아 보였다. 점심 식사를 마치기도 전에 전화를 받고 급히 나갔다가 막 돌아왔으니 그럴 만했다. 그 모습에 나는 속이 더욱 상했다.

"호수 씨는 아무 잘못이 없는걸요. 그 학생이 선택한 거잖아요. 호수 씨에게 다시는 더티 플룸을 만들지 않을 거라고 약속해놓고, 또다시 만든 거잖아요."

"무섭다고, 그래서 다시는 만들고 싶지 않다고 했어요."

절망스러운 호수의 얼굴이 고개를 들었다. 나는 답답했다.

"그건 중독이에요. 마약이나 알코올 같은 중독이라고요. 호수 씨가 몇 달 만에 해결해줄 수 있는 간단한 문제가 아니에요."

"그 애가 변하고 있다는 걸 난 알아요. 이겨낼 수 있어요."

"좋아요, 그러면 예전처럼 정해진 시간에 상담만 해요. 이렇게 툭하면 경찰서에서 전화를 받는 일은 호수 씨에게도 지나치게 스트레스를 주잖아요."

"트라우마로 고통받는 아이인데… 곁에 의지할 만한 사람이 나밖에 없는걸요. 예전에 형이 내게 해주었던 것처럼, 나도 그 애가 기댈 수 있는 버팀목이 되어주고 싶어요."

"호수 씨의 이런 마음을 그 애가 알아야 할 텐데. 모를까 봐 걱정이에요. 알았다면 진작 바뀌었을 테니까."

"그 애 나름의 아픔이 있어요."

호수는 이렇게 말하곤 희미하게 웃었다. 그 말에도 나는 분이 다 풀리지 않아 해서는 안 될 말을 해버렸다.

"힘들고 아프다고 다 더티 플룸을 만들진 않아요. 보통 사람들은 더티 플룸을 쓰지도 않는다고요."

호수는 내 말에 상처받은 얼굴이 되었다.

"지은 씨도 비난하는군요. 하지만 그 애들은 내가 아니면 도 와줄 사람이 없어요."

"그래서 뭐가 달라지는 건데요? 호수 씨만 고생하고 바뀌는 건 아무것도 없잖아요."

그 말을 뱉은 순간 내가 단단히 잘못했다는 걸 알았다. 호수 의 얼굴이 일그러졌다. 그 일그러짐엔 부아와 노여움 말고도 먹 먹함 같은 감정이 섞여 있었다.

"나도 부족하다는 건 알아요."

"호수 씨가 부족하다는 말이 아니에요. 자신이 할 수 있는 일 을 다 했는데도 자책하며 괴로워하는 호수 씨를 보는 게, 내가 힘들어서 그래요."

그러자 호수는 갑자기 울상이 되었다.

"힘들 땐 내게 말해줘요. 나도 지은 씨에게 지금 힘들다고 말 하고 있잖아요."

이젠 나도 울상이 되었다. 나는 호수를 껴안고 미안하다고, 펑펑 울면서 사과했다. 뭐가 미안했던 건지 그도 내게 울면서 사과하는 바람에, 우리는 국이 다 졸아드는 줄도 모르고 서로를 붙잡고 한참을 울었다.

제7장

찌그러진 구름

오전으로 예정되었던 팀 회의가 끝난 뒤, 나는 회의장에서
나와 호수에게 메시지를 보냈다.

— 오늘 회의에서 리라를 다음 달에 출시하자는 얘기가 나왔
어요. 그래서 우선 요즘 인기 있는 슬리퍼들 위주로 품평단을
꾸리고, 시제품을 배포하기로 했어요.

아침부터 갑작스럽게 소집된 회의는 알고 보니 신제품 출시
일정을 논하기 위한 자리였다. 나는 회의 내용을 가능한 한 빠
짐없이 기록하려고 노력했다. 논의 끝에 놀랍게도 리라를 주력
상품으로 하는 쪽으로 의견이 수렴되었다. 호수에게 이 기쁜 소
식과 함께 회의 내용을 담은 파일을 전하고 나자, 나는 한껏 들
뜨고 말았다. 사무실로 돌아오는 복도에서 지나가는 사람들과
인사를 나누는데 미소가 실실 새어 나왔다. 복사실 앞에서 마주

친 옆 팀 은주 언니는 내게 이렇게 말을 걸었다.

"지은아, 얼굴이 좋아졌어. 빛이 난다고 할까. 지금도 이렇게 생글생글 웃고 있잖아. 요즘 연애해? 아니지, 원래 사귀는 사람 있었지. 혹시 더 좋은 소식 있나?"

그말에 나는 봄꽃 구경이라도 가는 길이었던 것처럼 배시시 웃었다.

"은주 언니, 저 그 사람이랑 헤어졌어요. 지금은 다른 사람 만나고 있어요."

함께 웃고 떠들다 보니 어느새 복사실 안으로 들어와 있었다. 나는 필요하지도 않은 문서를 서른 부나 복사하고 말았다. 은주가 떠난 뒤로도 늑장을 부리며 서류 몇부를 더 스캔한 뒤, 괜히 복사기의 용지함을 뒤적거렸다. 아마 그러지 않았더라면 처음으로 다른 사람에게 호수와의 관계에 대해 말했다는 생각에 두근거리는 가슴을 진정시키지 못했을 것이다. 망쳐버린 종이를 이면지로라도 쓰기 위해 챙기던 순간에도 양 볼 위로 남아있는 열감을 생생하게 느낄 수 있었으니까.

다시 복사실에서 나와 핸드폰을 확인했는데, 새로 도착한 메시지는 없었다. 그러자 이상하게도 조금 전과 달리 불안한 예감이 엄습해왔다. 호수는 원래 답장이 빠른 사람은 아니었고, 연락이 뜸한 게 처음 있는 일도 아니었다. 그렇지만 왠지 모르게 불길한 생각이 자꾸만 들었다. 어느새 마음 한쪽에 자리를 차지해버린 불안은 그리 쉽게 퇴장하지 않을 것 같았다.

그를 마지막으로 본 건 지난 주말이었고, 마지막 통화는 이틀 전이었다. 점심 시간이 끝나고 오후 업무 시간이 반은 지나갔는데도 나는 퇴근시간이 지난 뒤에도 말풍선 옆에서 사라지지 않는 숫자 1을 한참 노려보다가, 결국 그의 집으로 향했다.

동지가 지난 것도 벌써 한참 전의 일이라, 해는 양껏 짧아져 있었다. 호수의 집은 복도식 아파트의 중간층에 있었다. 길게 뻗은 복도가 오래된 전등 탓에 하얗게 칠한 페인트가 무색하리만치 침침했다. 복도 끝에 이르렀을 때는 침침함을 넘어서 깜깜하다고 느껴질 정도였다. 복도를 향해 나 있는 그의 집 창문 너무로는 아무것도 보이지 않았다. 열심히 벨을 눌러보았지만 역시나 아무런 대답이 없었다. 전화기에서도 통화대기음만 흘러나올 뿐이었다. 창문 앞에서 까치발을 들고 섰을 때, 나는 잠깐 창가에 어떤 그림자가 비치는 걸 보았다고 생각했다. 그러나 외부 불빛이 창문에 그림자를 남긴 것을 내가 잘못 보고 사람 모양새로 착각한 것이었는지, 다시 봤을 때는 어떠한 기척도 느껴지지 않았다. 그렇게 가만히 기다리고 서 있자니 복도로 스며드는 냉기가 옷가지를 뚫고 피부에까지 스며들어 한껏 움츠러들게 되었다. 집 비밀번호를 알고 있었기 때문에 안에 들어가볼 수도 있었지만 따로 약속이 있던 것도 아니었기에 나는 그러지 않기로 했다. 대신 가방에서 메모지를 꺼내어 '돌아오면 연락해요'라고 적은 뒤, 그걸 현관문 위 잘 보이는 곳에 붙여두고서 그곳에서 빠져나왔다.

집으로 돌아오는 동안, 마음 한쪽에 자리 잡고 있던 불안감이 굴러다니며 몸집을 불리기 시작했다. 산재하고 있던 부정적인 감정들이 한데 뭉쳐지며 육중한 무게를 갖추어 갔다. 혹시 사고라도 당한 걸까? 무사하긴 한 걸까? 걱정은 이내 질투와 합체했다. 호수는 나와 달리 친구, 아니 지인이 아주 많았다. 요즘 한창 인기 있는 다른 슬리퍼들과 어울리다가 나에 대한 걸 까맣게 잊어버린 건 아닐까? 나는 호수의 대표 SNS 계정에 새로 올라온 글이 있는지를 확인했다. 비공개 계정에도 들어가보았다. 분명 어느 곳에도 새로 올라온 글은 없었다. 이번에는 핸드폰 설정에 들어가 '친구 찾기' 기능을 켰다. '위치 검색' 버튼을 눌렀을 때, 이상하게도 용준의 위치가 가장 먼저 나왔다. '친구 제외하기'를 눌러 목록에서 용준을 지우고 나자, 목록에서 두 번째 줄에 떠 있던 호수의 이름이 첫 번째 줄로 올라왔다. 그의 이름을 검지로 꾹 눌렀더니 '상대가 기능을 꺼놓아 찾을 수 없습니다.'라는 메시지가 떴다. 핸드폰을 가방에 넣으려던 찰나, 어떤 생각 하나가 머리를 스쳤다.

용준의 이름이 먼저 나온 건, 가장 최근에 나를 검색한 사람이 그이기 때문이다.

그 순간 온몸의 털이 바짝 섰다. 나는 친구 찾기 기능을 완전히 꺼버리려고 하다가 관두었다. 그 기능을 켜두어야 그 사람을 찾을 수 있을지도 몰랐으니까, 그 사람이 당장에라도 나를 찾아올지도 모르니까. 단지 조금 불안하다는 이유만으로 그 가능성을 꺼버릴 수는 없었다.

그래도 무언가 잘못됐다는 걸 본능적으로 알았던 걸까. 다음 날 호수의 집 앞에서 용준과 마주쳤을 때, 나는 동요하지 않았다. 용준이 그곳에 나타났다는 사실보다는 용준의 출현을 직감한 듯 생각보다 아무렇지 않게 그를 대하고 있는 나 스스로가 더 놀라웠다.

"결국 이 자식이었지. 같이 작업한다고 했을 때 알아차렸어야 했어."

오후부터 계속 내린 비로 한껏 식어버린 공기가 행인들을 매섭게 몰아세우는 저녁이었다. 용준은 얇은 재킷 위로 아무런 겉옷도 걸치지 않은 채 놀이터에 서 있었다. 사귀던 시절, 용준과 싸운 날이면 나는 집에 들어가지 못하고 놀이터에 한참을 앉아 있곤 했었는데, 오늘은 용준이 놀이터에 있었다. 용준의 얼굴은 그와 싸우고 몇 시간 동안 울었을 때의 내 얼굴처럼 엉망이었다. 문제는 그곳이 우리 집 앞 놀이터가 아니라, 호수의 집 앞 놀이터라는 사실이었다.

"나하고 사귀는 동안에도 이 자식이랑 만났냐?"

내가 가장 두려워했던 일이 일어나고 있었다. 용준이 자신과 나의 일에 호수를 개입시키는 것.

"그때부터 이미 감정이 쌓이기 시작한 건 맞지만, 우리가 만난 건 너와 헤어진 다음부터였어. 정말이야."

그때 용준이 내 말을 믿었을지는 모르겠다. 한참 동안을 아무 말 없이 나를 쏘아보기만 했다. 그 눈빛에 나도 모르게 온몸이 부들부들 떨리기 시작했다. 그러다 용준은 호수의 집 쪽으로 고개를 돌렸다. 그 눈빛에는 분노와 원망이 섞여 있었을 것이다. 호수가 없어져서 애타는 내 마음은 알지도 못한 채.

"도대체 어떻게 여기까지 올 생각을 했니?"

내가 떨리는 목소리로 겨우 물음을 끄집어냈다. 이어서 호수를 보았냐는 물음이 목 끝까지 차올랐지만, 차마 입 밖으로 꺼내지 못하고 다시 삼켰다.

"너한테 돌려줄 게 있어서 온 것뿐이야. 여러 가지로 실망스럽네. 다신 보지 말자."

그 말을 하고 용준은 떠났다. 떠난 자리에는 상자 하나가 덩그러니 남아 있었다. 상자 안을 들여다보니 내가 용준에게 빌려주었던 물건들이 들어 있었다. 전공 서적부터 필기 노트, 시집과 에세이, 여행책과 소설집 같은 것들이었다. 차마 버리지는 못하고 여기까지 가져온 모양이었다. 그 물건들은 용준과 내가 대학교에서 캠퍼스 커플로 만나 긴 시간을 사귀어오면서 주고받은 것들의 지극히 일부였지만, 그 순간만큼은 우리가 만난 시간 전부를 나타내는 것만 같았다. 나는 필기 노트만 꺼내고 나머지는 그대로 둔 채, 상자를 들고 놀이터 뒤편의 재활용품 분류센터로 향했다. 상자 안의 내용물을 서적 분류함에 털어 넣으면서, 용준이 부디 아주 아주 잘 살기를 마음속으로 빌었다. 용준과 마주치는 일이 제발 이번이 마지막이기를 바라면서, 찜찜한 기분까지도 탈탈 털어내었다.

다음 날까지도 호수에게서는 연락이 오지 않았다. 아무 일도 일어나지 않은 채 밤이 지나가고 다시 낮이 찾아왔다. 나는 걱정으로 초조해하다가 질투의 감정에 휩싸여 분노하다가 다시 불안함에 떨다가 이윽고 좌절하고 마는 과정을 달이 차고 기울듯이 때에 맞춰 반복했다. 어떤 신호라도 오기를 간절히 기다리는 동안 나의 한 손에는 전화기가, 다른 한 손에는 그가 준 구름이 들려져 있었다. 분기 보고가 예정되어 있어 일찍 출근해야 했지만, 나는 잠들지 못하고 그 상태로 굳어져버렸다. 그가 준 구름을 쓸 수도 없었다.

기억이 나지 않을 정도로 오래 뒤척거리다 겨우 풋잠이 들었다. 꿈속에서 그는 나의 손을 잡고 어디론가 뛰어가고 있었다. 나는 자꾸만 손을 놓칠 것 같아 그에게 천천히 가라고 외쳤는데, 아무리 목에 힘을 주고 입을 뻐끔거려도 목소리가 나오지 않았다. 드디어 그가 뒤를 돌아 나를 보았는데, 그 순간 나는 무언가에 걸려 넘어지면서 그의 손을 놓쳐버렸고… 바닥이 보이지 않는 끝없는 구덩이 속으로 홀로 떨어졌다. 꿈에서 깨어나자마자 그에게 새로 온 메시지가 없는지를 확인했다. 말풍선 옆의 숫자 1은 그 자리에 그대로 있었다. 침대에서 내려오자 흠집이 난 채 바닥에 떨어져 있던 구름이 발에 차였다.

제8장

구름 그늘 아래에서

며칠이 지난 뒤에도 호수에게서는 아무 소식이 없었다. 전화기는 꺼져 있었고, 집 문은 닫혀 있었다. 나는 그가 실종되었다고 경찰에 신고해야 할지 고민하기 시작했다. 내가 아는 한 호수에게는 남은 가족이 없으므로 가족이 실종 신고를 하는 일은 없을 것이다. 그렇지만 가족이 아니더라도, 그와 자주 접촉하는 소속사 직원들이나 동료, 친구가 그의 실종 사실을 알아차렸을 수도 있었다. 만일 그가 부재하는 이 상황이 예정된 일이었다면, 그는 일에 지장이 가지 않도록 회사에 미리 알렸을 것이다. 그런 생각들을 하다 보면, 어쩌면 그가 나하고만 연락하지 않는 것일 뿐, 평소처럼 회사에 다니고 별다르지 않은 일상을 보내고 있는 것은 아닐까 하는 의심이 들기도 했다. 불현듯 떠오른 의심은 내가 그로부터 버림받았을지도 모른다는 불안감과 비참한 기분으로 이어졌고, 그런 뒤에도 오래도록 남아 부단히도 나를 괴롭혔다.

그렇게 누군가에게 얻어맞기라도 한 듯 얼얼한 통증을 느끼며 끙끙대다 보면 어느덧 다시 이성이 돌아오며, 그와 내가 사귀는 사이일 뿐만 아니라 함께 일하는 사이이기도 하다는 사실이 머릿속에 떠올랐다. 설령 그가 연인인 나와 더는 얘기하고 싶지 않게 되었다 하더라도, 적어도 같이 일하는 동료로서의 나에게는 어떠한 설명이라도 남겼어야만 했다. 그게 지극히 형식적인 설명에 불과하더라도 말이다. 어쩌면 그가 쓰다 만 메시지가 그런 내용이었을지도 몰랐다. 하지만 정말 그랬던 거라면, 그 메시지를 내게 보내지 않을 이유가 없었기 때문에 이 갑작스러운 상황에 대해서는 충분한 설명이 되어주지 못했다. 떠오르는 의문은 많았지만 해결해줄 단서는 전혀 없었기 때문에, 나는 도돌이표가 그려진 악보 위에서 맴돌고 있는 것처럼 좀체 결론으로 나아가지 못하고 있었다.

하는 수 없이 호수의 지인과 접촉해보기로 했다. 기억을 더듬어 찬, 블랙문 같은 이름들을 떠올려냈다. 공인이라 SNS 공식 계정을 쉽게 찾을 수 있었고, 호수의 친구 목록에서 두 사람을 찾는 일도 어렵지 않았다. 나는 그렇게 해서 알아낸 찬과 블랙문의 공식, 비공식 계정에 각각 메시지를 보내 호수와 연락이 되고 있는지 물었다. 찬은 메시지를 바로 읽었고, 블랙문은 읽지 않았다. 읽었건 읽지 않았건 돌아오는 메시지가 없다는 점은 동일했다. 결국 다음 날 아침까지도 아무런 답장이 오지 않았다. 더 이상 가만히 앉아서 기다리고 있을 수만은 없었다. 나는 회사에 연차를 내고 애디어벡스 사로 향했다.

첨단기술 산업단지인 아트베이슨의 끝자락에 위치한 애디어벡스의 사옥은 그 덩치가 근방에서 가장 컸으며, 보는 이에게 여러모로 위압감을 주었다. 건물은 전면이 유리로 만들어져 있어 떠오르는 태양의 움직임에 맞춰 여러 각도로 빛을 받으며 번쩍거렸다. 유리의 색은 푸른 빛을 띠는 보통의 유리창보다는 붉은 편이었다. 그 색은 라벤더밭을 떠올리게 했는데, 보는 이에게 평온해 보이면서도 동시에 어딘가 차갑다는 느낌을 주었다. 내가 탄 버스가 도착지에 가까워지면서, 애디어벡스 건물 유리 위로 라벤더색에 잠긴 도시의 모습이 드러나기 시작했다. 외벽 창은 볼록 거울과 같이 작용하여 아트베이슨의 전경을 여유 있게 비추고 있었다. 분지에 자리한 그 거대한 산단을 담고 나자 건물의 테두리는 산으로, 중앙부는 도시로 칠해지게 되었다.

나는 버스에서 내려 건물 입구를 찾기 시작했다. 건물 주위를 한 바퀴 돌고 나자, 직원들이 이용하는 통로와 외부 방문객들이 이용하는 통로를 구별해낼 수 있게 되었다. 가장 먼저 눈에 들어온 것은 직원 전용 출입구였다. 사원증을 매고 있는 여러 무리의 사람들이 지하철역과 버스정류장에서부터 한 방향으로 흘러가고 있었다. 한편 아까부터 건물의 오른쪽으로 길게 줄 선 사람들은 방문객을 위한 출입구가 어디인지를 말해주고 있었다. 그쪽으로 다가가니 문 위에 크고 두꺼운 활자로 '당신만의 운중로(A walk in the cloud)'라고 쓰여 있었고, 아래에는 예의 카피 문구, '내가 있는 구름 속으로 들어오세요'가 얇고 섬세한 글씨체로 작게 적혀 있었다. 출입구 앞에는 입장하려고 줄을 선 사람들 외에 또 다른 무리의 사람들이 있었다. 그들에게는 너나 할 것 없이 손에 전자기기를 들고 있다는 공통점이 있었는데, 줄을 지어 서 있지는 않은 걸 보니 딱히 안으로 들어가려는 목적은 없는 듯했다. 그보다는 무슨 일이 일어나기만을 기다리고 있는 것 같았다. 그런 기다림이 매우 익숙해 보였던 그들은, 대부분 손에서 전화기를 놓지 않았으며 그중에는 드론을 조종하는 사람도 있었다.

그때 검은 밴 한 대가 건물 앞에 멈춰 섰고, 흩어져 있던 사람들의 시선이 일순간 한 곳으로 집중되었다. 차에서 선글라스를 쓴 여자가 내렸다. 그리고 여자의 뒤로 어린아이 하나가 내렸다. 군중 사이에서 반가움과 놀라움이 뒤섞인 듯한 탄식이 흘러나왔다. 나는 출입구에 모인 사람들이 무엇을 기다리고 있었는지를 깨달았다. '당신만의 운중로'에는 두 개의 문이 나 있었다. 하나는 방문객들이 입장 시간이 되기를 기다리며 줄지어 서 있는 방문객용 입구였고, 다른 하나는 슬리퍼를 위한 전용 출입구였다. 줄을 서지 않은 사람들은 자신이 좋아하는 슬리퍼가 나타나기를 기다리고 있었던 것이었다. 차에서 내린 아이는 챙이 긴 모자와 마스크를 쓰고 있었다. 사람들은 보이지 않는 벽이 쳐진 것처럼 아이에게 일정한 거리를 두고 다가갔다. 그리고 아이를 향해 카메라를 가져다 댔다. 드론 두어 대가 아이 주위를 맴돌았다. 그제야 나의 눈에 아이를 둘러싸고 있는, 검은색 옷을 입고 서 있는 보안요원들이 들어왔다. 아이는 한 손으로는 여자의 손을 꼭 잡고, 다른 한 손으로는 자신을 향해 있는 사람들과 카메라들 쪽으로 손을 흔들며 건물 안으로 유유히 들어갔다.

아무래도 방문객용 출입구로는 들어갈 방법이 없을 것 같았다. 나는 직원 전용 출입구 앞으로 가서 재윤에게 전화를 걸었다. 애디어벡스의 마케팅 담당 직원인 그와는, 슬리퍼들과 계약을 체결하는 업무를 하며 알고 지낸 사이였다. 재윤은 호수와 제법 친했으니, 어쩌면 나와 호수의 사이에 대해서도 알고 있을지도 몰랐다. 나는 미안하지만 급한 일이 있으니 지금 회사 1층으로 잠깐만 나와줄 수 있냐고 물었다. 잠시 뒤 재윤이 로비를 통과하여 내 쪽으로 왔다.

"어쩐 일이세요?"

예의 바른 태도에 어리둥절한 얼굴을 한 그를 보자, 내가 불청객이라도 된 듯한 기분이 들었다.

그렇지만 재윤을 기다리며 이미 망설임을 모두 삼켜버린 뒤였다.

"호수 씨가 연락이 되지 않아서요. 매니저님은 호수가 지금 어디에 있는지 아세요?"

"저도 요 며칠 못 봤어요. 연차를 나흘이나 냈던걸요. 그래서 어디 좋은 데로 놀러 가거나 푹 쉬려나 보다, 했죠.

"연차는 미리 낸 건가요?"

"아뇨. 급하게 냈어요. 월요일이 공휴일이었으니까, 화요일 아침 일찍 연락을 받았죠."

"전화로요?"

그는 뭘 그런 것까지 묻냐는 표정이었다.

"아뇨, 회사 메신저로요. 메일과 연동이 되니까요."

당일에 급하게 낸 연차는 호수가 떠난 게 계획에 없던 갑작스러운 결정이었다는 걸 의미했다. 나에게 미리 얘기하지 못할 만큼 급한 일이 생겼던 것이다.

"그런데 호수를 유별히 많이 걱정하고 있으신 것 같군요."

의아한 얼굴을 한 재윤에게 나는 조심스럽게 호수와 나의 사이를 밝혔다. 그리고 이렇게 오래 연락이 없었던 게 처음이라 너무 걱정된다고 말했다. 일순간 재윤의 얼굴이 굳었다고 느낀 건 나의 착각이었을까? 이내 그는 다시 예의 서글서글한 눈웃음을 지으며 누구인지는 몰랐지만, 호수에게 여자친구가 생겼다는 얘기를 들은 적 있다며 내게 축하한다고 말했다.

미안한 표정으로 다시 회사에 들어가봐야겠다던 재윤은 잠시 머뭇거리다가 호수의 동료들에게 물어봐주겠다면서, 그 자리에서 바로 누군가에게 전화를 걸었다. 몇 마디가 오갔지만, 그의 반응으로 보아 별다른 소득이 없는 듯했다. 전화를 끊은 재윤은 가장 최근에 호수의 소식을 들었다는 사람도 일주일 전의 얘기였다고 말해주었다. 우두커니 서 있는 나에게 그는 자신이 몇 군데 더 연락을 취해 무슨 상황인지 알아볼 테니 우선 걱정하지 말고 기다려보자고 말했다.

재윤이 다시 사무실로 들어간 뒤에도 나는 그곳을 쉽게 떠나지 못했다. 호수와 가장 가깝다고 생각했던 곳에서 아무런 소득도 얻지 못하고 떠나려니 속이 쓰리고 망연해졌다. 그때 스피커에서 입장이 시작됨을 알리는 안내방송이 흘러나왔고, 길게 늘어선 줄이 경쾌한 음악에 맞추어 짧아지기 시작했다. 나도 모르게 발걸음이 방문객용 출입로로 향했다. 줄을 서 있던 사람들의 무리에 섞이려던 찰나, 누군가 내 이름을 불렀다. 슬찬이었다.

슬찬의 부탁으로 우리는 아트베이슨에서 지하철로 두 개 역만큼 떨어져 있는 곳에 있는 어느 카페로 이동했다. 카페는 40층에 있어서, 엘리베이터를 타고 한참을 올라가야 했다. 그 때문인지 손님이 많지 않았다. 창 밖으로 멀리 실개천이 하천으로 합류하는 지점의 풍경이, 하늘빛 반사판이 촘촘히 박힌 도심을 배경으로 멋지게 펼쳐져 있었다. 하지만 아마 그가 이곳을 고른 건 단지 그 점 때문만은 아니었으리라. 나는 그가 일부러 나를 이곳까지 데려온 이유가 있으리라고 짐작하고 있었다. 그러나 내게 다급한 목소리로 얘기 좀 하자던 슬찬은 막상 기회가 생기자 영 말이 없어졌다. 나는 그가 매우 긴장하고 있음을 알아차렸다. 큰 몸집과는 다르게 소심하고 예민한 성격인 듯했다. 슬찬. '찬'이라는 이름으로 활동하는 슬리퍼. 호수와 마찬가지로 애디어벡스에 소속된 슬리퍼인 그와는 처음 보는 사이였지만 호수를 통해 워낙 얘기를 많이 들어 구면인 것처럼 느껴졌다. 슬찬은 슬리퍼들 가운데 호수와 가장 친한 동료이자, 호수의 소꿉친구이기도 했다. 어설피 뒤늦은 자기소개를 한 그는, 음료를 주문하는 걸 마지막으로 입을 닫아버렸다. 그 상태는 직원이 음료를 내온 뒤에도 한참 동안 유지되었다. 파랗게 질릴 만큼 단단히 컵을 붙잡은 슬찬의 손끝에서 바짝 깎은 손톱이 희미하게 떨리고 있었다. 내 앞에 놓인 커피는 조금 전까지만 해도 김이 났지만, 지금은 초라하게 식어가고 있었다. 맞은편에 놓인 차가운 커피는 이제 얼음밖에 남아 있지 않았고, 나의 인내심도 바닥나고 있었다. 화장실에 다녀오겠다고 말하려는데, 마침내 슬찬이 입을 열었다.

"호수한테서 아무 연락도 없었다고 하셨죠?"

"네, 없었어요. 혹시 호수 씨에게 무슨 일이 있는 건가요?"

침만 삼키며 내 인내심을 시험하던 그도, 드디어 침묵을 깰 마음이 든 듯했다.

"호수가 지은 씨에게 자기 형에 대한 이야기를 한 적 있죠?"

슬찬이 운을 떼기를 기다리는 동안 그의 입에서 나올 법한 수많은 이야기들을 떠올려 보았지만, 그게 호수의 형에 관한 이야기일 줄은 생각지도 못했기에, 나는 얼떨떨한 상태로 고개를 끄덕였다.

"저도 유수 형, 그러니까 호수의 형과 잘 알고 지냈어요. 형은 정말 천사 같은 사람이었어요. 나한테도 이런 형이 있으면 얼마나 좋을까, 하는 생각도 종종 했었죠. 처음 슬리퍼 일을 시작했을 때 저도 호수도 정말 힘들었는데, 유수 형이 많이 도와줬어요. 동생의 친구일 뿐인 저한테도 얼마나 잘해줬는지. 자신은 밥을 굶더라도 저와 호수한테는 탕수육을 사주는 그런 형이었어요."

난데없이 등장한 과거 이야기에 나는 그가 무슨 의도로 내게 그런 이야기를 하는지 궁금해졌다. 의아해 하는 나의 반응을 알아차린 듯, 슬찬이 급하게 외쳤다.

"조금만 더 기다려주세요, 이 이야기는 호수의 이야기이기도 하니까요."

내 인내심이 얼마 남지 않았다는 사실도 알아챘던 걸까, 그의 이야기에는 속도가 붙기 시작했다.

"그런 형이 언젠가부터 병들기 시작했어요. 호수가 한번은 그런 얘기를 한 적이 있어요. 군대에 다녀오고서부터 사람이 변했다고. 형은 다른 사람을 배려하고 호의를 베푸는 일이 익숙한 사람이었는데, 군대는 그런 형에게 한없이 적대적인 곳이었나 봐요.

어쩌면 형은 어렸을 때부터 돈을 벌고 가족을 책임지느라 일찌감치 병을 얻은 건지도 몰라요. 형을 보면 항상 위태롭다는 느낌이 들었던 게 사실이니까요. 그렇지만 저도 호수의 말에 동의해요. 형의 상태가 전과 비교할 수 없게 안 좋아진 건 군대에 다녀오고서부터가 맞아요. 그전에도 형을 보면 줄 위에서 아슬아슬하게 균형을 잡고 서 있는 곡예사를 보는 듯한 기분이 들기는 했지만, 저러다 죽겠다 싶을 정도로 위태위태한 건 아니었어요. 그런데 형이 전역한 후로는 줄 위가 아니라, 마치 낭떠러지 끝에 서 있는 사람 같았어요. 저는 유수 형과 호수를 어렸을 때부터 봐왔으니까, 형이 변했다는 걸 똑똑히 알고 있죠.

전역한 후 형은 곧바로 일자리를 구했어요. 늘 우리보다 훨씬 어른 같았던 형이 회사에서 힘들어한다는 걸 우리가 알게 된 건 호수가 지금의 소속사와 정식으로 계약을 맺고 활동을 시작하기 직전이었어요. 그즈음 호수의 어머님이 돌아가셨고, 많은 게 바뀌었죠. 그전까지 두 형제가 싸우는 걸 본 적이 없는데, 심하게 다투는 일도 생겼어요. 그걸 어떻게 아냐면, 그럴 때면 호수가 하룻밤 재워달라며 저희 집으로 찾아왔거든요. 분을 채 삭이지 못해서 씩씩대면서, 형이 힘든 건 이해하지만 왜 그렇게 행동해야만 하는지는 이해할 수 없다고 말하면서 말이에요. 무슨 일이냐고 물어봐도 제게는 자세한 내용은 말해주지 않았어요. 그래도 둘은 워낙 사이가 좋은 형제라서 금방 화해하고 다시 평소처럼 돌아갔죠. 아니, 그때까지만 해도 그런 줄로만 알았어요.

유수 형은 우리가 생각했던 것보다 더 힘들어하고 있었어요. 원래 생산직으로 입사했던 형은, 그 능력을 눈여겨본 상사가 본사에 추천해준 덕분에 핵심 부서인 경영관리팀으로 옮겨갔어요. 그런데 그곳으로 옮긴 이후로 사람들과 잘 어울리지 못했어요. 팀원들에게 형은 굴러온 돌이었거든요. 그런 곳은 금세 소문이 다 난다고 하더라고요. 왜, 출신과 배경에 관한 소문 같은 것들 있잖아요. 그런데다가 형을 받아준 팀장이 조직 개편으로 팀을 떠나게 되었고, 형은 그 팀에 홀로 남겨졌어요. 자신에게 적대적인 사람들로 가득한 그곳에 말이에요… 뭐, 그 팀장 잘못은 아니었죠. 전 그냥 운이 작용했던 거라고 생각해요. 다만 그게 행운인 줄 알았었는데, 알고 보니 나쁜 운이었던 거죠.

유수 형이 회사에 다른 부서로 보내달라고 요청했지만, 그마저도 잘 안 됐나 봐요. 형이 있던 부서가 이동이 거의 없는 부서이기도 했고, 그쪽이 워낙 좁은 분야이기도 했고요. 그래서 결국 체념했던 거겠죠. 자신을 막 대하는 상사에게 제대로 대응하지 못했던 것도 그래서였을 거고요. 형이 그 지경까지 내몰렸던 건 형의 잘못도, 호수의 잘못도 아니었어요. 호수는 형에게 자신이 서서히 자리를 잡아가고 있으니 일을 그만두라고 했고, 형은 호수가 완전히 자리를 잡을 때까지 조금만 더 버텨보려고 했어요. 서로를 생각해서 했던 행동들이었죠. 두 사람 다 낭떠러지 끝까지 내몰린 절망적인 상태에서도 오로지 상대방을 위하는 생각뿐이었던 거예요.

유수 형은 하루하루 빛을 잃어갔어요. 그러던 와중에도 매일 일기를 썼지요. 그건 형이 초등학생 시절부터 놓지 않은 습관이었거든요. 언젠가 일기를 쓰지 않으면 잠들지 못한다고, 형이 제게 말한 적이 있어요. 그렇게 형은 일기에는 매일 속마음을 털어놓았지만 우리에게는 말을 하지 않았어요. 하루는 위태위태한 형의 모습을 지켜만 보던 호수가 참지 못하고 형의 일기를 몰래 읽었다더군요. 그 일기에 어떤 게 적혀 있었는지 저에게 자세히 얘기하지는 않았지만, 형이라는 사람에 대해 다시 생각해보게 될 정도의 내용이었다고 몹시 충격을 받은 표정으로 말했어요. 호수는 회사가 유수 형에게 악영향을 끼치고 있다고 판단했어요. 그래서 형에게 회사를 그만두는 걸 진지하게 설득하기 시작했어요. 그런데 형은 절대 못 그만둔다고 말하며 호수에게 욕을 하고 전에 본 적 없을 정도로 화를 냈대요. 제 생각에 형은 큰 회사와 계약을 앞둔 동생에게 부담을 주지 않으려는 마음에 그랬던 것 같아요. 하지만 호수는 그 일로 단단히 상처를 입었죠. 그전까지는 형에게서, 아니 그 누구에게서도 그런 말을 들어본 적이 없었으니까요. 그렇지만 진심으로 형을 걱정하고 있었기 때문에, 형에게 사과하면서 회사에 계속 다니는 대신 상담을 받아보자고 권했고, 형도 처음에는 거부하다가 결국 동생의 고집에 져주었죠."

슬찬은 여기까지 말하고 난 뒤 고개를 들어 다시 한번 나의 반응을 살폈는데, 정작 나와 눈이 마주쳤을 땐 그의 작은 눈동자는 황급히 탁자 쪽으로 방향을 꺾었다. 대체 무슨 이야기를 시작하려는 것이기에 저렇게나 떨고 있는 걸까. 나는 궁금해 미칠 것 같은 한편, 알기 두렵기도 했다. 어느쪽의 감정이 더 컸는지 모르지만, 어쨌든 나로서는 그가 이야기를 계속해 나가기를 참을성 있게 기다리는 수밖에 없었다. 그건 그의 이야기가 시작되었을 때 씌워졌으며 끝날 때까지 결코 벗겨낼 수 없는, 내 온몸을 죄어드는 굴레였다.

"유수 형이 몇 달 정도 상담을 받았을 때였으려나요. 호수에게 자신은 이제 괜찮아졌다고, 더 이상 상담을 받지 않아도 되겠다고 말했대요. 그 무렵 호수는 애디어벡스와 정식 소속 계약을 마쳤죠. 호수는 상담을 더 받아보자고 형을 설득했고, 형은 상담을 계속 받는 대신 다른 걸 부탁했대요."

"무엇을요?"

이번에도 슬찬은 선뜻 대답하지 못했다. 그의 육중한 몸이 쪼그라들고 있는 것처럼 느껴졌다. 그러나 그는 결국 입을 열 수밖에 없을 것이다.

"더티 플룸이요."

슬찬의 어깨가 한층 더 움츠러들었고, 그럴수록 그에 대한 나의 혐오감은 점점 부풀어 올랐다. 흙색 플룸이 달린 구름. 이른바 더티 플룸. 지나친 선정성과 폭력성이 문제가 되어 최초로 생산과 판매가 중지된 결정잠.

"더티 플룸, 좋게 말해줘봐야 '때 묻은 플룸'이라는 네이밍이 좀 그렇지만, 사실 더티 플룸의 시초는 스턴트 액션이에요. 그래서 초창기에는 무술이나 액션 연기 수련자들이 많이 사용했었죠. 유수 형도 아마 그런 목적으로 요청했던 걸 거예요. 형은 자신의 문제점이 무엇인지 파악했다고 했어요. 뭐든지 참는 데 익숙해져서 꾹꾹 눌러 담아두기만 하는 습관 말이에요. 억지로 쌓아두다 보니 일기장 안에서 그렇게 폭발한 거라고 했죠. 그런데 상담사는 그걸 일기장에 풀어내는 것으로는 충분하지 않다고 말했대요. 그래서 형은 자신이 생각하는 해결책을 찾아낸 거예요. 바로, 구름을 이용해 억눌린 감정을 해소하는 방법 말이죠.

형은 평소에 꿈을 거의 꾸지 않는 사람이었어요. 생각이 많은 날은 쉽게 잠들지 못하지만, 대신 한번 잠들면 아무 꿈도 꾸지 않고 깊게 자는 유형이었죠. 호수는 마지막 순간까지 망설였어요. 그런 결정잠은 호수의 전문 분야가 아니어서 낯설기도 했고, 그걸 사용하는 게 오히려 형에게 악영향을 미칠까 걱정한 거죠. 안전한 액션 구름도 시중에 나와 있었지만, 형이 구해달라고 하는 더티 플룸은 평범한 액션을 담은 구름이 아니었으니까요. 아주 냉혹하고 잔인해서 다음 날 잠에서 깬 뒤에도 너무나 선명한 기억으로 남는 그런 행위들을 담은 것들이었죠. 칼, 총 같은 무기부터 고문 기구들이 나오는 것도 더러 있었고요. 사실상 폭력이나 살인 같은 범죄를 재현한 것에 불과하다고 비난받을 여지가 있었어요. 그런 종류의 일들이 비록 꿈속이긴 하지만 나의 의지로 팔을 휘두른 결과로 일어나는 셈이었으니까요. 너무 생생한 꿈은 내가 상상한 것 이상으로 강력하게 나의 정신을 지배하기 마련이에요. 그래서 더티 플룸은 공식적으로는 더 이상 만들어지지 않게 되었어요. 그렇기 때문에 그걸 구입하기 위해선 암시장 중에서도 가장 음지에 있는 암시장을 통해야 했는데, 폭력 조직에서 그런 곳을 운영한다는 말도 있어요. 그런 만큼 구름의 질이 좋지 않았어요."

슬찬은 잠시 말을 멈추더니 머뭇거렸다. 겉으로 봐서는 부끄러워하고 있는 듯했다. 나는 슬찬의 그런 반응이 이해가지 않았는데, 그게 얼굴로도 드러났는지, 내 눈치를 끊임없이 살피던 슬찬이 더 쪼그라들었다. 마지막에는 그의 입만 식탁 위에 덩그러니 남지 않을까 싶을 정도로.

"…제가 호수를 설득했어요. 형이 너무 힘들어하니까, 형이 스스로 방법을 찾아냈다면 그게 무엇이든 믿고 옆에서 지켜봐주자고."

더티 플룸이 공식적으로 판매되던 시절, 과한 폭력성 때문에 벌어질 수 있는 문제들을 예방하자는 목적으로 생산자 측에서 제시한 사용자 지침이 있었다. 그 지침에 따르면, 더티 플룸을 사용하려는 사람은 누구나 10시간의 교육을 이수해야 했다. 꿈에서 깨어난 뒤, 현실을 꿈과 혼동하지 않도록 하기 위한 방안이었다. 동반인이 항상 옆에서 지켜야 했고, 사용 전 8시간과 사용 후 2시간, 그리고 그 뒤로도 계속해서 결정잠을 다섯 번 사용할 때마다 추가 교육을 이수해야 한다는 조건이 들어 있었다. 꽤 체계적인 방법이었다고, 슬찬은 설명했다.

"저희는 그 지침을 모두 준수했어요. 다만 그 방법이 현실의 형에게 충분한 예방책이 되지 못한 것뿐이었겠죠. 호수가 회사의 아카이브에서 구해 온 교육 자료와 사용자 지침을 유수 형은 단 한번도 거스른 적이 없었어요. 더티 플룸을 사용한 뒤에는 호수가 꼭 형의 곁을 지켰고, 저도 호수의 부탁으로 이따금 형 네 집에 가 있었어요. 모두가 이만큼 노력했으니까, 우리는 그저 그 정도면 충분하리라고 생각했어요. 아니, 어쩌면 사실은 불충분할지도 모른다는 걸 알면서도 그렇지 않다고 우리 스스로를 기만하며 믿었던 건지도 모르겠네요. 불행히도 결과가⋯ 그 정도로는 충분하지 않았다고 말해주더군요."

이야기가 무르익을수록 듣는 일이 점점 힘들어졌다. 유수는 꿈속에서 여러 차례에 걸쳐 자신이 증오하는 상사에게 폭력을 가하고, 고문하고, 그가 죽는 모습을 지켜보기도 했다. 다음 날은 회사로 출근하여 상사를 다시 상대했다. 그 일이 반복되면 될수록 유수는 모순적이게도 전날 자신이 잔인하게 죽여 없앤 사람이 멀쩡하게 살아 돌아와 평소처럼 자신을 괴롭히는 끔찍한 고문을 견뎌야 하는 상황 속에 단단히 갇히게 되었다. 결국 마지막으로 더티 플룸을 사용하던 날, 유수는 잠에서 깨어나며 발작을 일으켰고 응급실로 실려 가야 했다. 호수는 형에게서 남은 구름을 모두 빼앗았다. 그리고 형을 대신해서 회사에 사표를 전달하기로 했다. 시간이 지나며 유수는 점차 안정되는 듯 보였다. 그러나 호수가 그의 형을 혼자 집에 두고 회사에 갔던 어느 날, 유수는 동생에게 편지 한 장을 남기고 집을 나갔다. 집에 돌아온 호수는 형이 남긴 편지를 보자마자 직감적으로 무슨 일이 일어날 것임을 알아차렸다. 그는 곧바로 경찰에 실종신고를 하고 형의 행방을 찾아다녔다. 하지만 그때는 이미 그 일이 벌어진 뒤였다. 유수는 차가운 운영호 아래에 잠들어 있었다.

슬찬이 들려준 이야기는 분명히 나에게 얻어맞은 듯한 충격을 주었다. 하지만 나에게는 가만히 앉아 그 충격을 소화해낼 여유가 없었다. 내가 카페에서 나와서 가장 먼저 한 일은 경찰에 호수의 실종신고를 접수하는 것이었다. 처음에 경찰은 나를 돌려보내려고 했다. 그러나 내가 그와 마지막으로 연락한 시점이 벌써 닷새 전이고, 처음에는 그의 전화기가 켜져 있었으나 이제는 꺼져 있는 상태이며, 그의 마지막 남은 가족이었던 형이 자살로 죽었다는 사실을 설명하자 신고를 받아주었다. 실종 신고 접수 사실이 적힌 문자를 수신하고 나자 그가 단순히 연락이 끊긴 게 아니라 사라져버린 걸지도 모른다는, 이전부터 가지고 있던 불안과 의심이 비로소 하나의 선명한 사실로 변했다.

호수가 사라졌다.

그가 사라진 날로부터 일주일이 지나 다시 화요일이 되었을 때, 실은 내가 잠들어 있는 것이고 이 모든 게 꿈속에서 벌어지는 일인 건 아닐까 하는 상상을 잠시 해보았다. 그날 이후로도 꿈속에서 호수를 몇 번이나 잃어버렸으니까. 하지만 불행히도 그건 나의 불면증만큼이나 분명하게 실재하는 현실이었다. 이제는 그가 사라졌다는 사실을 세상도 알았다. 언론에서는 매일 호수의 실종에 관한 기사들을 쏟아냈다. 회사에서 나에게 호수의 행방에 대해 묻는 사람들도 있었다. 많은 사람이 그의 행방을 쫓았지만, 그 누구도 알 길이 없이 묘연하기만 했다. 호수의 목격담이 종종 등장했으나 그를 찾는 데에 실질적으로 도움이 될 만한 것은 없었다. 아무도 실종자를 찾지 못한 채, 손가락 사이를 빠져나가는 모래알처럼 시간만 쓸려가버리고 있었다.

나는 회사에 있는 시간을 제외하면 온종일 호수의 SNS에 들어가 그의 모습이 담긴 영상을 보았다. 그 드넓은 세계에는 그의 흔적들이 많이 남아 있었다. 모두 그가 유명한 슬리퍼인 덕분이었다. 만약 그가 슬리퍼가 아니었다면 마치 이 세상에 단한 번도 존재한 적이 없었던 것처럼 느껴졌을지도 모르겠다. 수없이 많은 그 흔적들은 모두 '슬리퍼' 호수가 남긴 거였으니까. 화면 속에서 그의 얼굴은 너무나도 생생했다. 손을 대면 그 끝에 닿을 것 같아서, 나도 모르게 몇 번이나 손을 뻗었는지 모른다. 그러나 그리움을 쓸어내리려고 뻗은 손끝에 차가운 액정이 닿으면, 그가 왜 그리 낯설고 멀게만 느껴지고 말았는지. 화면 안에 칸칸이 들어찬 그의 얼굴은 온통 밝은 표정뿐이었다. 그러나 억지스러울 정도로 환한 그 얼굴은 호수의 전부가 아니었다. 나는 그가 내게 보여주었던 침울하고 어두운 면면들이 미치도록 그리웠다. 외로워하고 고통스러워하는 그의 뒷모습들. 나만 보았고, 이해했으며, 나만이 알고 있는. 오히려 그 모습이 진정 호수의 전부라고 하는 쪽이 진실에 더 가까울 것이라고 믿었다. 화면에 박제된 웃음들은 그의 편린이 제각기 남긴 그림자에 불과했다.

실종신고를 한 지 사흘째 되던 날이었다. 나는 경찰로부터 연락받고 급히 택시를 잡아탔다. 택시 기사는 오후 체증이 시작되는 시간이라 대로로 가지 않고 호수를 둘러 가겠다고 말했다. 운영호를 둘러싸며 완만한 곡선을 그리고 있는 도로를 달리는 동안, 예전에 그가 했던 말이 머릿속을 맴돌았다. 세상에 그와 형 둘만 있었는데, 이젠 형도 떠나고 없다던 그 말. 구불거리는 도로 때문인지 아니면 히터 때문인지 멀미가 났다. 그는 여태 자신이 혼자라고 생각했던 걸까? 그래서 그도 떠났다는 말인 가. 그렇다면 도대체 어디로?

실종신고 이후로 처음 본 담당 형사는 내게 믿기 어려운 말을 꺼내놓았다.

"아직 조사가 진행 중이지만, 저희는 실종자에게 약물 문제 가 있었던 것으로 보고 있습니다."

아직 멀미기가 남아 있던 나는 구토할 것 같아 잠시 숨을 참 았다. 눌린 숨 아래 거듭해서 치밀어오르는 무언가를 간신히 삼 켜낸 뒤에야, 겨우겨우 형사의 말을 부정할 수 있었다.

"그럴 리가 없어요. 호수 씨가 약을 사용하는 것을 단 한 번 도 본 적이 없는걸요."

"약물 문제는 가까운 사람조차 모르는 경우가 많습니다. 본인 이 주위 사람들에게 숨기려고만 하면 얼마든지 숨길 수 있는 거 니까요. 실종자가 사용했다고 추정하고 있는 그 약물 자체도 잘 알려져 있지 않고요. 사실 그 약은 일반인들은 잘 모르고 소수 의 슬리퍼 사이에서 유행하기 시작한 종류입니다. 유통책이 거 물인데, 최근에 우리 경찰이 검거했지요. 그 유통책을 수사하는 과정에서 실종자가 유통책에 수차례 돈을 건넨 기록을 확인했 습니다. 다만 실종자의 이름이 최초로 등장한 시점이 최근이기 때문에, 저희도 실종자가 오랜 기간 반복적으로 거래한 건 아닐 거라고 보고 있습니다.

증거물에 따르면 실종자가 복용한 것으로 추정되는 약은 다른 슬리퍼들 사이에 흔하게 퍼져 있는 환각제 종류는 아니고, M이라는 별칭으로 유통되고 있는 마약성 진통제입니다. M이 체내에서 작용하는 방식은 진통 수용체를 활성화시켜 뇌로 가는 통증 신호를 차단하는 것으로, 모르핀의 작용 원리와 동일합니다. 이 M이라는 약물의 특이점은, 바로 통증 신호를 차단하는 한편 뇌의 특정 부분을 자극한다는 점입니다. 순간 집중력과 기억력이 올라간다고 알려져 있어 성공하고 싶어 하는 소수의 슬리퍼 사이에서 인기가 있다고 합니다. M을 사용하면 평소와 똑같이 퍼들에 들어가 잠을 자고 꿈을 꾸더라도, 더 생생하고 짙은 고품질의 구름을 만들 수 있으니까요."

나는 무슨 말을 했는지조차 기억하지 못하는 채로 가까스로 경찰서를 빠져나왔다. 밖으로 나와 찬 공기를 쐬면서도 여전히 속이 메스껍고 머릿속이 뒤죽박죽이었다. 형사가 나에게 경찰서를 방문해달라고 연락한 건, 실종자의 소식을 신고자에게 알리기 위해서가 아니었다. 그저 마약 사건의 수사를 위해 증언을 수집할 목적으로 내게 연락을 취했던 것이었다. 찬 바람이 끊임없이 얼굴을 때리는데도 멀미기가 내려가지 않았다. 큰 도로에 접어드니 택시 한 대가 내 앞에 섰다. 망설임 없이 차문을 연 나는 목적지로 호수의 집 주소를 불렀다.

막상 그의 집 앞에 서니 역시나 주인 없는 집에 들어가는 것을 주저하게 되었다. 나는 어찌할 바를 모르는 채로 한참을 복도에서 서성댔다. 그러고 있다 보니 차츰 속이 진정되었다. 추위로 손과 발에 감각이 없어진 지 오래였다. 문득 그도 어딘가에서 나처럼 추위에 떨고 있을지도 모르겠다는 생각이 들었다. 나는 다시 문가에 다가갔고, 마침내 용기를 내어 현관문 비밀번호를 누르고 집 안으로 들어갔다.

그가 없는 집에는 오로지 적막과 어둠, 냉기만이 흐르고 있었다. 전등 스위치를 찾아 올렸지만, 여전히 어둡다고 느껴지는 건 마찬가지였다. 지쳐 있던 나머지 나도 모르게 잠시 그의 침대에 몸을 기댔는데, 피부에 닿는 시트의 촉감이 너무나도 차가워 튕기듯 일어나고 말았다. 그토록 행복했던 공간이 믿을 수 없을 정도로 냉랭하게 변해버렸다는 사실이 믿기지 않았다. 그렇지만 나는 괴로워하면서도 해야 할 일을 하기 시작했다. 나는 그의 공간을 차례차례 헤집었다. 철저하게 뒤져보면서도, 내가 지금 찾고 있는 것이 끝까지 나오지 않기만을 바랐다.

시간이 많이 흘렀다고 생각하지 않았는데 시계를 보니 어느덧 2시간이 지나 있었다. 부엌과 침실, 거실과 화장실은 모두 훑은 상태였고, 마지막 순서로 퍼즐이 있는 방만 남았다. 그 방에는 베란다로 통하는 커다란 창이 나 있었는데, 창가로는 감색 암막 커튼이 달렸고, 그 아래에 퍼즐이 자리하고 있었다. 꽤 아늑하다고 생각했던 공간이지만, 지금은 이곳도 다른 방처럼 차갑게 식어가고 있을 뿐이다. 그런 생각이 들자 절망감을 억누르기가 버거워졌다. 나는 조급한 심정으로 방안을 살폈다. 하지만 들여놓은 물건이 적었기에 시선이 머물 수 있는 곳도 많지 않았다. 가장 큰 자리를 차지한 물건에서 자연스레 눈길이 멎었다. 퍼들이 마주 보고 있는 벽면을 커다란 책장 하나가 전부 차지하고 있었다. 책장은 그 크기가 매우 큰 데 비해 위쪽부터 세계 문학 전집과 책 수십 권, 세 뼘 길이만큼 늘어선 음악 CD들과 사진첩 두어 개가 꽂혀 있는 것이 전부여서, 반 이상이 비어 있는 상태였다. 나는 책장에서 사진첩 하나를 꺼내 들었다. 호수의 어릴 적 사진들로 시작한 그 앨범은 그의 고교 졸업 사진으로 끝나 있었다. 다른 사진첩을 꺼내 펼치자, 이번에는 형의 사진이 대부분이었다. 그 사진첩은 3분의 2 지점까지만 내용물이 채워져 있었는데, 마지막 장에 편지 하나가 끼워져 있었다. '내 동생 호수에게'라는 말과 함께 시작한 편지는, 군데군데 글씨가 번져 있어 읽기가 쉽지 않았다.

내 동생 호수에게.

호수야, 형이 네게 참 오랜만에 편지를 쓰는구나.

잘 버티고 있는 널 볼 때면 몹시 안쓰러워서 그만해도 괜찮다고 말해주고 싶었어.

하지만 나는 항상 내 문제만으로도 벅찼고, 그래서 외려 너에게 많이 기댔던 것 같다.

네가 나에게 말했었지,

그 자식은 약자를 괴롭혀 자신이 권력을 쥐고 있음을 느껴보려는 비열한 놈이라고.

나도 그렇게 생각하고 있었지만 표현할 방법을 몰랐는데

너는 나를 대신해 내가 하고 싶은 말을 속 시원하게 해주었지.

넌 항상 그랬어. 네 덕분에 나는 버텨왔어.

더 이상 나에게 도움을 줄 수 없다고 말하는 너를 이해한다.

그게 나를 위한 것이라는 것도 안다.

하지만 호수야, 나는 너무 고통스러워서 더는 버티지 못하겠어.

이 고통을 누그러뜨릴 수가 없다면, 끝내는 도리밖에는 없다는 생각이 드네.

나의 착한 동생아, 너는 나의 선택을 반대하겠지.

그렇지만 나를 사랑하는 마음에 마음껏 날 원망하지도 못할 아이야.

사랑하는 동생아, 너를 혼자 두고 가서 정말 미안하다.

두통이 너무 심해서 견딜 수가 없어.

어머니도, 나도 없이 홀로 남겨질 네가 안쓰럽지만

내가 이걸 다 끝내서 너만은 무거운 짐 없이 살아가는 게 나을 거라고 믿는다.

다만 절대 혼자라고 생각하지는 마,

나는 죽어서도 널 생각할 테니.

너도 날 생각하는 걸 한순간도 멈추지 않을 걸 알고 있어.

우리는 늘 함께일 거야.

편지는 거기서 끝이 났다. 나는 사진첩을 다시 제자리에 돌려놓고 그의 집에서 나왔다.

호수의 집에서 돌아온 뒤로, 너무 깊어 빠져나갈 방법도 희망도 보이지 않는 구덩이 속에, 사다리조차 하나 없이 갇혀버린 것 같았다. 암울한 날들 속에서도 시간은 꾸역꾸역 흘러갔다. 호수의 형이 쓴 편지를 읽은 뒤로는 아무리 떨쳐버리려 해도 왠지 모를 불안이 끈적하고 집요하게 들러붙었다. 그 위로 온갖 감정들이 달라붙더니, 그가 돌아오지 않을지도 모른다는 불길한 예감으로 변모했다. 하루가 다르게 불어나는 그 덩어리는 무겁게 나를 짓눌렀다.

느지막하게 잠든 탓에 어느새 날이 밝은 것도 모르고 잠에 빠져있던 아침이었다. 그의 실종 신고를 한 뒤로 일주일이 지나 있었다. 불현듯 싸한 느낌이 들어 잠에서 깼는데, 핸드폰에 부재중 전화가 여러 통 와 있었다. 저장은 되어 있지 않았지만 어쩐지 낯이 익은 번호였다. 나는 지갑을 뒤져 일전에 형사에게서 받은 명함을 꺼냈다. 뒷자리 하나만 빼면 명함에 적힌 것과 같은 번호였다. 손이 말을 듣지 않는 바람에 가까스로 재발신을 누를 수 있었다.

"실종신고 하셨던 민지은 씨 맞으시죠."

전화를 받은 사람은 역시나 형사였다. 그의 목소리를 알아들은 순간 불안한 예감이 온몸을 훑고 지나갔다. 간신히 정신을 차렸을 때는, 내가 이해할 수 없는 말들이 수화기에서 흘러나오고 있었다.

"이호수 씨의 시신이 발견됐습니다. …한강 노지 주차장에서 발견되었고, …사인은 약물 과용입니다."

그 뒤로 이어진 말들을 나는 다 알아듣지는 못했는데, 중간에 하천과 차라는 단어가 들렸던 것 같다. 어쩌면 하천변에서 그의 차가 발견됐다는 말을 한 건지도 몰랐다.

그날 나는 회사에 나가지 못했다. 형이 죽고 난 뒤 집에 혼자 남겨졌을 때 그도 이런 기분이었을까? 시간은 흐르지 않고 자꾸만 고이려고 했다. 사방이 어찌나 어둡고 축축하던지, 나는 감히 울지조차 못 했다.

다음 날 억지로 회사에 나갔을 땐, 모두가 호수의 죽음에 대해 이야기를 하고 있었다. 그의 죽음으로 인해 자신들이 받은 슬픔과 충격, 그리고 상실감에 관해 떠들어댔다. 표면적으로는 애도를 표하고 있는 것처럼 들렸지만 사실 저마다 무신경한 식으로 그에 대해 아무렇게나 지껄이는 것에 불과했다. 못 들은 척하려 했지만, 생각만큼 쉽지 않았다. 그들과 같은 공간에 있다는 사실이 역겨워 구역질이 났다.

그때 장 대리가 호수의 장례식에 대해 말을 꺼냈다. 서울 시내에 그리 크지 않은 어느 식장에 마련되었다고 했다. 호수의 외가 쪽 먼 친척이 상주라고 했다. 장 대리는 우리 회사 대표로 조문 갈 사람을 뽑아야 하지 않겠냐고 말했다.

"아마 막내가 가는 게 좋겠죠?"

장 대리가 내 쪽을 보며 말했다. 내가 바로 답하지 않자 장 대리는 혹시 원하지 않으면 자신이 대신 가도 된다고 말했다. 나는 가까스로 정신을 차리고 내가 가겠다고 말했다.

팀원들이 하나둘씩 부조금을 넣은 봉투를 나에게 전달했다. 그렇게 봉투들과 내가 가야 할 장소의 주소를 적은 쪽지를 받아 들고 회사를 빠져나왔지만, 택시를 잡으려면 어느 방향으로 가야 하는지는 생각지도 않은 상태였다. 그저 막연히 대로변으로 가야겠다고 생각하고 있었다. 제대로 손짓하지도 않았는데, 택시 한 대가 내 앞에 와서 섰다. 나는 자연스레 차에 올라탔다. 손님이 택시를 잡은 게 아니라 택시가 손님을 알아보고 잡아 태웠다고 해야 할까. 아니면 어떤 친절한 사람이 택시를 잡아준 뒤 힘내라고 등을 한번 두드려주고 갔다고 해야 할까. 보이지 않는 어떤 힘이 나의 등을 떠밀고 있는 듯했다. 네가 가야지, 사랑하는 사람이 죽었는데. 싸늘하게 식은 모습으로 널 기다리고 있는데. 여기저기서 그렇게들 수군거리는 것만 같았다.

조문은 짧게 끝났다. 현실 같지 않은 여정이었다. 목적지에 도착해 차에서 내린 다음 식장으로 향하는 내내, 단단한 아스팔트 위에 내딛는 발걸음이 수분을 머금고 억지로 바닥에 내려앉는 먼지처럼 희미했다. 식장 안은 천장에 닿을 듯 높이 솟은 화환들이 즐비했다. 빈소의 위치를 표시하는 안내판에서 그의 이름을 발견한 순간은 숨을 쉴 수 없었다. 무언가 내 머리 위로 빠져나가는 게 느껴졌다.

막상 그의 빈소에는 조문객이 많지 않았다. 조용하게 치르기 위해 소속사와 소수의 지인에게만 알렸다고 했다. 호수의 이름이 적힌 전광판 주변으로는 복도를 걸어오며 보았던 화환들의 수보다 적은 수의 화환들이 서 있었다. 내가 호수에게서 처음으로 발견한 초라한 모습이었다. 그대로 있으면 눈물이 흐를 것 같아 고개를 돌리는데, 안쪽에서 인기척이 났다. 나는 보이지 않는 힘에 떠밀려 안으로 들어갔다. 상복을 차려입은 호수의 친척들과 마주 인사했다. 당장에라도 도망치고 싶은 걸 꾹 참고 헌화를 했다. 그가 마지막으로 차지한 초라한 공간 앞에서, 나는 내내 붙들고 있던 숨을 내뱉는 대신 울음과 함께 삼켜버렸다. 부조금 봉투를 가까스로 전달하고 그곳을 도망치듯 빠져나왔을 땐 어느덧 식장에 들어가기 전보다 그림자가 길게 늘어나 있었다. 신기하게도 식장에서 멀어지자 북받쳐 오르던 눈물이 더 이상 나오지 않았다.

나는 계속해서 화면 너머로 호수를 찾아다녔다. 그러다 정작 호수와 관련된 메시지들을 발견하고 나면 도망치듯 그곳을 빠져나왔고, 한동안은 다시 접속하지 못했다. 허공에서 이루어지는 추모의 공간은, 좁고 초라했던 그의 빈소와 다르게 장식된 리본과 헌화된 꽃송이의 수를 차마 다 헤아릴 수 없을 만큼 화려했고, 진동하는 분향 내음에 어지러워질 정도로 애도의 분위기로 달아올라 있었다. 모두 무의미한 감정들의 집합일 뿐이라고 생각하면서도, 나는 그곳으로 향하는 발길을 좀처럼 멈출 수 없었다. 그러다 환멸을 느끼면 접속을 끊었다가, 그의 얼굴이라도 보고 싶다는 생각이 마음에 담아두지 못할 정도로 차오르면 다시 접속하는 식의 과정을 반복했다.

회사는 그를 떠올리게 하는 또 하나의 공간이었다. 그곳에 가는 것 자체가 고통이었지만 뜬눈으로 밤을 지새우는 동안 홀로 남겨진 밤이 얼마나 두려운 것인지를 되새겼기에, 나는 날이 밝으면 다시 회사로 향했다.

누군가 팀장이 급하게 나를 찾더라는 말을 전했다. 팀장실로 가 문을 두드리니 들어오라는 소리가 들렸다. 창밖을 보고 있던 박 팀장이 뒤를 돌자 고운 단발머리가 잠시 공중에 흩날렸다. 박 팀장은 입사 때부터 내 상관이었던 사람이었다. 기분 변화가 눈에 띄게 드러나지 않는 사람인데도, 이날 나에게 차를 권하는 태도에서 박 팀장의 기분이 좋다는 걸 알 수 있었다.

"지은 씨가 보도자료를 준비해주었으면 해서 불렀어요."

"어떤 보도자료 말씀이신가요?"

"곧 호수의 사십구재인 거 알고 있죠? 그날이 리라의 공개일이 될 거예요. 보도자료는 안타깝게 죽은 젊고 유망한 슬리퍼 호수의 죽음을 애도하는 의미로 그가 마지막으로 참여한 유작을 그의 사망일로부터 사십구일이 되는 날 공개하겠다, 뭐 그런 내용이 되겠죠."

엄청난 속도로 날아온 무언가에 머리를 한 대 얻어맞은 기분이었다. 나도 모르게 입에서 이런 말이 튀어나왔다.

"팀장님, 저는 못 하겠습니다."

박 팀장은 나의 반응에 조금 놀란 듯했다. 팀장의 얼굴을 보니 이해가 가지 않는다는 표정으로 내 설명을 기다리고 있었다. 나는 호수와 꽤 오랜 시간 동안 함께 작업을 했기 때문에 그의 죽음을 직접 언급하는 보도자료를 쓰는 일은 아직 힘들 것 같다고 둘러댔다. 그렇지만 리라 출시와 관련한 그 외의 일은 완벽히 책임지고 진행하겠다고 말했다.

정말로 이해한 것인지는 모르겠지만, 박 팀장은 고개를 끄덕이며 내 말이 무슨 말인지 이해한다고 말했다. 내가 아닌 다른 누군가가 보도자료를 썼고, 그렇게 해서 리라의 출시가 임박했음을 알리는 기사가 나갔다. 리라 프로젝트는 계속해서 진행되어야 했다. 그리고 무엇보다도 완벽해야만 했다. 나는 그것만이 호수가 돌아올 수 있는 유일한 방법이라도 되는 것처럼 그 일에 매달렸다.

샘플 작업을 하다 보면, 피어오르는 구름 속에서 리라가 현을 뜯듯 튕겨내는 음들을 마주하게 되는 순간들이 있었다. 어릴 때 갖고 놀던 구슬처럼 공기 중에서 데굴데굴 구르는 그 음들이 호수의 긴 손가락과 매끄러운 입술을 떠올리게 했다. 그림자를 만들어내는 도안들은 돔을 돌리던 호수의 손을 생각나게 했다. 가만히 보고 있자면 어떤 형상들이 불연속적으로 눈 앞에 그려졌다가 힘없이 사라져버리기를 반복했다. 호수가 꾸던 꿈의 형태들, 눈망울에 차오르다 만 눈물, 깊이 잠든 얼굴 위로 자리 잡은 둥그스름한 눈두덩이⋯ 그러다 보면 하루가 끝났고, 다음 날은 전날과 같은 하루가 반복됐다. 온종일 한 사람에 대해 생각하고 작업하며 하루하루를 보내다 보니, 어느덧 음악을 고르고 그림자의 도안을 선정하는 작업도 마무리 단계에 진입하고 있었다.

호수 없이 리라를 만들어 가는 과정은 어느 단계든 힘겨웠지만 가장 힘들었던 건 그의 이름을 내걸고 제품을 팔아야 하는 순간이었다. 홍보 기획 전략 회의에서 호수의 이름이 곳곳에서 거론되는 걸 들었을 때, 나는 사람들의 위선과 무심함에 구토가 치밀어오르는 것을 참아야 했다. 출시일은 점점 다가왔고, 사람들의 관심은 더 이상 호수에게 있지 않았다. 초점은 호수를 이용한 마케팅 전략에 있었다. 안타깝게 이른 생을 마감하고만 재능있는 젊은이. 이 아름다운 비극은 특히 온라인에서 많은 관심을 받았다. SNS상에서 호수를 언급하는 글, 이를 재언급하는 글, 호수를 응원하는 반응, 그에 수반된 댓글들이 어지러이 떠돌고 있었다. 호수의 사십구재가 다가오던 그때, 모두가 한마음이 되어 다시 한번 그의 죽음을 애도하고 있었으니까. 이 비극을 적극적으로 활용한 우리 회사의 사전 홍보는 자연스럽게 대성공을 거두었다. 예약판매량이 기대 물량을 가뿐히 넘어선 지 오래였다. 박 팀장이 회의 중에 나를 공개적으로 칭찬해서, 이 차장이 박수를 친 일도 있었다.

한동안 폭설이 지속되다가 다시 따뜻한 날들이 이어졌다. 시간은 꾸역꾸역 흘러갔고, 리라를 볼 때마다 덧나던 나의 마음도 조금씩 단련되고 있었다. 리라는 그렇게 무난히 성공을 거두는 듯했다. 기사 하나가 터지기 전까지는.

늦은 저녁 시간, 우리 팀의 단체 채팅방에 다급한 알림 불이 연속으로 들어오기 시작했다.

— 내일 호수 기사 하나 터진다는데?

— 어떻게 된 일이야? 아는 사람 있어?

— 홍보팀에 당장 연락해서 알아보라고 해요. 애디어벡스에도 연락하고

잠시 뒤 장 대리가 내일 터진다는 기사의 내용을 알아냈다고 했다.

— H는 호수, E가 호수의 형, J가 피해자래요.

이어서 장 대리는 다음과 같은 글을 채팅방에 올렸다.

고인인 유명 슬리퍼 H의 형이 사실은 살인자라는 제보를 접수하여 당사가 취재한 결과, 제보 내용이 사실인 것으로 밝혀졌다. 슬리퍼

H의 형 E는 평소 본인이 악감정을 품고 있던 직장 상사 J를 칼로 찔러 죽인 뒤 경기도 내 모처의 한 인공호에 몸을 던져 스스로 목숨을 끊었다. E가 자살에 이용한 약물 M을 동생인 H를 통해 구했을 것이라고, 익명의 제보자는 전했다. 살해당한 J에게는 아내와 초등학교도 입학하지 않은 어린 딸이 있었지만, 유족들이 회사로부터 어떠한 위로금도 받지 못했다고 제보자는 말했다. 오히려 E와 J가 재직했던 회사 측에서는 J의 괴롭힘으로 인해 E가 극단적인 선택을 했다며 피해자 J에게 책임을 물어 손해배상을 청구하는 것까지 내부적으로 검토했다고 한다. 다만 회사 경영진이 이러한 사실이 공론화되는 것을 원하지 않아 아무런 법적 책임을 묻지 않기로 결정했다고 한다. 사건 이후 J의 유족은 경제적인 어려움을 겪고 있으나, H는 이들에게 그 어떠한 위자료나 손해배상금도 지급하지 않은 상태이다. J의 유족이 H의 생전, 그에게 정식 사과를 요구하고 합의를 제안했으나 H는 이를 거부했다고 한다. J의 유족은 오랜 시간 고민한 끝에 H와 E로 인해 고인과 그의 유족이 받은 피해에 대한 보상을 청구하기로 결심했으며, 다음 주 중으로 H의 소속인 A사를 상대로 소송을 제기할 것이라고 전했다. H의 형 E는 평소 회사에서 잘 적응하지 못하는 모습을 보였고 폭력적인 성향을 드러내 약물 중독이 의심되었다고, E의 전 직장동료 K가 증언했다.

충격적이라는 게 대다수의 공통적인 반응이었고, 뒤를 이어 사람들이 제각기 다양한 방식으로 놀라움과 당혹감, 그리고 분노를 표현하기 시작했다. 급한 대로 이 차장과 나, 그리고 박 팀장이 당장 회사에 모여 문제를 해결할 방법을 찾기로 의견이 모였고, 그렇게 해서 단체 채팅방은 잠시 소강상태가 되었다.

그렇지만 채팅방에 붙었던 불은 완전히 꺼진 것이 아니었고, 다만 그 불씨가 오프라인인 회의실로 옮겨붙었을 뿐이었다. 회의실 안의 분위기는 암담했다. 박 팀장과 이 차장의 얼굴에는 기획자인 나를 원망하는 기색이 역력했다. 이 차장은 리라 출시를 포기해야 한다고 말했다. 비록 제품 출시 작업이 거의 마지막 단계까지 온 상황이기는 하지만, 회사의 브랜드 이미지를 위해 강도 높은 결단이 필요하다고 했다. 박 팀장이 호수의 흔적을 지우고 리라를 출시하는 방법을 모색해보자고 했지만, 이미 그의 아이디어라는 사실을 전면에 내세운 제품 홍보가 웬만큼 이루어진 상황에서 '호수'라는 이름만을 빼는 건 현실적으로 불가능해 보였다. 두 사람 사이에 열띤 토론이 이어지는 동안, 나는 멍하게 앉아 있을 뿐이었다. 어느덧 접합점을 찾은 두 시선이 망연히 있는 나에게로 옮겨왔다.

"입이 있으면 대책을 내놔봐, 민지은 씨. 따지고 보면 이거 다 민지은 씨 잘못 아니야?"

이 차장이 버럭 소리를 질렀다.

"이 차장, 지금은 누구의 잘못인지를 따질 때가 아니에요."

박 팀장은 점잖게 말하고 있었지만, 나는 그 목소리에서 언짢은 기색을 감지할 수 있었다. 평소처럼 '이 차장님'이 아니라 '이 차장'이라고 호명하는 점에서도 그 내면에서 몰아치고 있을 소용돌이가 느껴졌다. 이 차장도 눈치를 챘는지 입을 다물었다.

"프로젝트 진행자로서 지은 씨는 어떤 생각이에요?"

박 팀장의 말은 일단 내게 잘못이 있는 건 맞다고 인정하는 것과 다르지 않았다. 다만 이 사태를 해결하는 게 더 중요하니 함께 대책을 찾아보자는 말이었다.

나는 쉽사리 입을 뗄 수 없었다. 판단은 일찍이 내려져 있었지만, 그 판단을 합리화하기 위해서 우선 나의 입장과 생각을 정리해야 했다. 그리고 이제부터는 그 어느때보다도 냉정하고 이성적으로 굴어야 한다고 속으로 되뇌었다. 나는 마지막으로 깊게 심호흡한 뒤 입을 열었다.

"이 프로젝트는 이미 호수와 분리해서 진행하기 어려운 단계에 와 있습니다. 진행하거나 중단하거나, 선택지는 두 가지뿐입니다. 제 의견은 프로젝트를 버리는 결정을 하는 것보다는 끝까지 최선을 다하는 게 좋겠다는 것입니다. 사전 선호도 조사를 진행할 당시, 제품을 구입하기로 결정한 이유를 묻는 문항이 있었습니다. 그때 모델에 대한 호감이 제품 구입을 선택하는 데 영향을 주었다는 응답이 가장 많기는 했지만, 제품 자체에 대한 호기심 때문이라는 응답이 두 번째로 많았으며 1위와의 편차도 그리 크지 않았습니다.

그 외 다른 질문들에 대한 응답들을 종합해서 분석한 결과, 모델의 인기와 상관없이 상품 자체에 대한 시장 수요가 높다는 결론이 도출됐기도 하고요. 이 기사 하나만으로 예약 취소가 많이 발생하지는 않을 것이고, 일부 발생하더라도 예약 물량을 당초 예상했던 것보다 초과해서 확보하였기 때문에 정식 발매 이후 손익분기점은 충분히 달성할 수 있을 것으로 보입니다. 그렇지만 이 시점에서 프로젝트를 폐기한다면, 예약받은 물량은 이미 제품 생산이 끝난 상황이기 때문에 우리 회사가 그 비용을 고스란히 손실로 떠안아야 합니다."

이 차장은 우리 회사의 이미지가 입을 타격을 우려하며 프로젝트를 중단해야 한다고 재차 주장했다. 박 팀장은 한참 동안 말이 없었다.

"민지은 씨가 진짜로 책임지고 살릴 수 있겠어요?"

박 팀장이 책상에 놓인 리라의 홍보자료를 가리키며 물었다. 우리가 마지막까지 함께한 작업이 일순간 아무것도 아닌 일이 되어버리는 것을 가만히 보고만 있을 수는 없었다. 나는 크게 고개를 끄덕이며 해보겠다고 했고, 내 대답에 비로소 박 팀장이 미간에서 힘을 풀었다.

결국 다음 날 기사가 나가고 말았다. 호수는 더 이상 추모와 애도의 대상으로는 회자되지 않았다. 그의 이름은 한 가정을 비극으로 몰아넣은 살인자의 동생이라는 오명을 입었고, 온라인에서 온갖 비난과 질책의 대상이 되어 있었다. 나는 다급한 심정으로 슬찬에게 전화를 걸었다.

"제가 걱정했던 게 바로 이런 거였어요. 형의 일이 알려져서 호수가 비난을 받는 거요. 부정할 수 없는 사실이기도 하고요."

전화기 너머에서 슬찬이 연거푸 한숨을 쉬었다.

"회사에서 입단속 하라는 지시가 내려와서 사적으로 대화를 나누기가 어려워졌어요. 길게 통화하지 못해 미안해요, 지은 씨."

그러나 전화를 끊기 직전, 슬찬은 펜을 준비하라고 하더니, 내게 주소 하나를 불러주었다.

"유족이 사는 집이에요. 호수가 그 앞까지만 같이 가달라고 부탁한 적이 있었어요. 가보라고 강요하는 건 아니에요. 역효과가 날지도 모르고, 지은 씨도 많이 힘들 테니까. 그렇지만 지은 씨가 혹시라도 호수를 위해서 할 수 있는 게 아무것도 없다는 생각에 괴롭고 자책하는 마음이 든다면, 그래서 무엇이든 좋으니 할 수 있는 일이 있기만을 간절히 바라고 있다면, 그렇다면 마지막으로 가볼 수 있는 곳이 바로 그곳일 거예요."

슬찬이 알려준 건 수원에 있는 한 다가구주택의 주소였다. 과장이라는 직급에 도달할 만큼의 시간을 회사에 바친 사람이 살고 있을 법한 공간. 평범한 사람들이 모여 이루어진 평범한 동네의 한 편에 자리 잡은 집. 진한 갈색 벽돌로 지어진 주택에 가까이 다가가자 보조 바퀴가 달린 어린아이용 자전거가 눈에 들어왔다. 분홍색으로 칠이 되어 있고 앞부분에 바람개비를 돌리는 펭귄이 달린 자전거는, 한동안 달리지 못한 것인지 머리 위로 잿빛 먼지를 뒤집어쓰고 있었다. 한낮의 햇살은 한겨울에도 어김없이 뜨거웠고, 내 손에 들린 흰 종이봉투 위로 유독 따갑게 내려앉았다. 약속 없이 상대방을 기다리는 걸 해본 적이 있었던가? 입술이 바싹 마르는 걸 느꼈다. 어쩌면 나는 상대가 빨리 나타나기를 바라지 않는 것인지도 모르겠다고 생각했다. 상대를 만날 수 있기를 간절히 바라는 만큼이나 그 순간이 찾아오는 것을 몹시도 두려워하고 있었으니까.

오후의 햇살이 채도를 잃어가며 이른 저녁의 햇살로 바뀌어갈 때쯤, 한 여자가 어린 여자아이의 손을 잡고 반대편 골목에서 걸어오는 모습이 보였다. 여자는 내 얼굴에 드러난 표정과, 조심스럽게 맞잡은 나의 두 손과, 기다리는 시간 동안 긴장으로 굳어진 나의 다리를 보았을 것이다. 여자가 아이를 먼저 들여보냈다. 아이는 씩씩하게 계단을 올라 집으로 들어갔다.

"이렇게 찾아와서 죄송합니다."

첫마디를 겨우 꺼내놓고 나는 한참 동안 말을 잇지 못했다. 반드시 전해야만 하는 메시지를 가지고 왔지만, 막상 전해야 할 순간이 찾아오자 예고 없이 시작된 통증이 말문을 막히게 했다. 뱃속 깊은 곳에서부터 시작되어 명치, 가슴을 지나 목구멍을 타고 올라와 나의 혀까지 마비시켜 버린 것인지 옴짝달싹할 수가 없었다. 그건 수천 개의 바늘이 온몸의 혈을 찌르고 있는 듯 묵직하고 날카로운 고통이었다. 나는 힘겹게 다시 입을 뗐다.

"제가 어떤 말씀을 드려도 원망스럽고 괴로운 마음이 풀리지 않으실 거라고 생각합니다. 부디 이걸 읽어주세요. 이걸 한 번만 읽어보신다면…."

나는 끝내 문장을 끝맺지 못한 채로 상대에게 편지 봉투를 내밀었다. 차마 고개를 똑바로 들지 못했기 때문에, 봉투를 건네받는 순간 여자가 어떤 표정을 짓고 있었는지 나는 알지 못한다. 그렇지만 내가 내민 편지를 받아 드는 여자의 손길은 또렷한 기억으로 남아 있다. 그 손은 긴 추위를 지나오는 동안에도 온기를 잊지 않은 늦겨울의 햇살처럼 따뜻했다. 내가 막연하게 예상했었고, 겁내왔던 차가움과는 달랐다.

며칠이 지나고 호수에 대해서 새로운 기사가 쓰였다. 호수의 캐비닛 안 일기장에서 유서가 발견되었다는 내용이었다. 2년 전 봄에 적힌 일기의 한 장을 가리고 있던 그 유서대로라면, 본인 앞으로 발생하는 수입의 일부를 J의 유족 앞으로 남기겠다는 것이 그가 세상에 남긴 마지막 의사였다. 기사가 나간 뒤, 호수에 대한 여론은 반으로 나뉘었다. 한쪽에서는 그가 살인자의 동생인 사실은 변하지 않으니 그가 창작한 모든 콘텐츠가 금지되어야 한다는 반응을 보였다. 그 반대편에는 그가 형을 아꼈던 마음을 헤아려야 하며, 마지막까지 희생자에게 보상하려 노력했다는 게 중요한 것 아니냐는 사람들이 있었다. 그런가 하면 두 입장의 중간쯤에 있는 사람들도 있었다.

다음 날 J의 유족 측에서 한 신문사의 단독 기사를 통해 입장을 발표했다. 유족이 스스로 입장을 밝히고 있는 글의 전문을, 기사는 다음과 같이 전했다.

H의 결정은 저희 가족이 사랑하는 아버지이자 평생의 반려자를 상실한 것을 충분히 보상하지 못합니다. 그 어떤 것도 그 사람을 대신해줄 수는 없기 때문입니다. 하지만 H도 사랑하는 형이자 유일한 가족을 잃었고, 결국 그 상실감을 극복하지 못해 스스로 목숨을 끊었습니다. 저희 가족은 이 일련의 비극에 몹시 가슴 아파하고 있습니다. 처음에는 원망과 분노가 휘몰아치는 마음을 어떻게 가눌지 몰라 그 마음의 화살을 겨눌 곳이 필요했습니다. 우리는 H를 미워하는 것을 선택했습니다. 그러나 이제는 그의 가족과 우리의 가족이 겪은 비극이 H의 잘못으로 인한 게 아니며, 그도 우리만큼이나 고통스러웠으리라는 것을 인정하기로 했습니다. 앞서 나간 기사는 오보로, 저희 가족은 그와 그의 소속사에 대한 소송을 제기할 생각이 없었으며, 앞으로도 제기하지 않을 생각입니다. 더이상 이 사건으로 논란이 생기는 것을 바라지 않습니다. 고인들이 편히 쉬기만을 바랄 뿐입니다.

호수에게 호의적인 입장과 적대적인 입장이 팽팽하게 줄다리기를 하고 있던 여론은, 유족의 입장이 발표된 이후 차츰 호수에게 유리한 쪽으로 기울어지기 시작했다. SNS는 다시 한번 애도를 표하는 포스팅으로 가득 채워졌다. 호수와 유수, 그리고 J의 죽음을 한꺼번에 애도하려는 추모행렬이 이어졌다. 사람들이 호수를 다시 사랑하게 되었다는 뒤바뀐 결말에 나는 겉으로 다행인 척을 해야 했지만 내심은 그렇지 않았다. 그저 상황이 이렇게 갑작스럽게 바뀌어나가는 형국이 재밌을 뿐이었다. 그건 아주 고약하고 역겨운 재미였다. 나는 더 이상 SNS에 접속하지 않기로 다짐했다.

호수에 대한 여론과 그에 대해 마구 떠드는 이야기들을 모두 잊어버리고 싶었던 것과는 대조적으로, J의 유가족을 만나던 날의 기억은 자꾸만 떠올랐다. 먼지가 쌓인 철제 자전거와 아이를 먼저 집으로 들여보내던 여자의 모습. 그리고 잠깐 스쳤던 손에서 느껴진 온기가…. 그날 여자가 받아 든 편지 봉투 속에는 들어 있던 건, 내가 호수의 집에서 발견했던, 유수가 호수에게 남긴 마지막 편지였다.

회사에서는 상황이 새롭게 전개되는 것을 몹시 반겼다. 리라의 사전구매를 취소하겠다는 결정을 번복하는 사람들이 늘어났고, 우리 팀은 다시 마음 놓고 출시 작업에 전념할 수 있었다. 하지만 나는 전처럼 그 일에 매진하지 못했다. 어떻게든 프로젝트를 성공시켜보려 했던 지난날의 다짐과 이유가 이제는 그만큼의 목표 의식이 되어주지 못했기 때문이었다. 회사에서 일에 집중하지 못하는 날이 많았지만, 일이 잘 진행되고 있었기에 나에게 뭐라고 하는 사람은 없었다. 하루 중 멍하게 보내는 시간이 늘어갔다.

여느 때처럼 팀 전원이 모여 회의를 하던 날이었다. 그날 안건은 리라의 사전 예약 마감 이후 어떤 판매전략을 취할 것인가였다. 나는 회의에 집중하지 못하고 리라의 시제품을 공중으로 던지며 한 손에서 다른 한 손으로 옮기고 있었다. 리라가 손에서 떨어지며 짧은 순간 공중에 떠 있다가 다시 내려와 반대쪽 손 안으로 들어왔다. 던지고 받기를 반복하던 중에 리라가 내 오른쪽 손바닥에 안착했고, 그때 어떤 생각 하나가 같이 내려앉았다.

나는 제품의 이름인 '리라'의 신화적 의미에 호수를 기리는 의미를 더해 홍보물을 제작하면 어떻겠냐고 팀원들에게 제안했다. 오르페우스의 죽음 이후로도 멈추지 않고 슬프고 아름다운 음악을 연주한 리라를, 신이 하늘에 올려 별자리가 되게 했다는 이야기를 차용하자고.

내 의견이 받아들여져 곧 리라에 신화를 담는 작업이 개시되었다. 호수의 삶이 오르페우스 신화의 내용과 다를 게 없었으니, 그 신화에 밑줄을 긋는 작업이 진행되었다고 표현하는 것이 더 적절할지도 모른다. 애디어벡스 사는 우리 회사와의 협업의 일환으로 리라의 출시일에 맞추어 '오르페우스'라는 이름의 구름을 출시했다. '오르페우스'는 마지막 남은 호수의 유작들이었다. 모든 것이 예정대로 진행됨에 따라 호수의 이야기는 아름다운 꿈을 연주했던 음유시인 오르페우스의 그것으로 변해갔다. 이제 호수를 비극의 주인공으로 여기지 않는 사람은 없는 듯했다.

제9장

전에는 보이지 않았던 것들

긴 회의가 마무리될 때쯤이면 으레 그러하듯 긴장이 풀어져 있을 때였다. 얼마 전 팀에 합류한 신입사원이 호들갑스럽게 이야기를 꺼냈다.

"호수의 비공개 SNS 계정에 새 글이 올라왔더라고요. 생전에 예약 발행을 걸어둔 것 같아요."

호수의 비공개 계정을 알고 있는데, 그 계정에 새로운 글이 올라왔다는 알림이 떴더라는 것이다. 그것 때문에 지금 온라인에서 시끌시끌한데, 자기도 남들과 마찬가지로 그 글의 내용이 무엇인지 궁금해 죽을 맛이라고 했다. 호수의 비공개 계정 글을 볼 수 있는 사람이 단 두 명이라고 나오는데, 한 명은 탈퇴한 이용자이고, 다른 한 명은 누군지 알 수 없다고.

나는 회의실을 빠져나오자마자 화장실로 달려갔다. 가장 안

쪽에 있는 칸에 들어가 문을 잠그고 호수의 SNS 비공개 계정에 접속했다. 신입의 말처럼 정말 새 글이 올라와 있다는 알림이 떠 있었다. 그 글이 올라온 건 며칠 전이었던 내 생일이었다.

3월 12일. 직접 전달하겠지만 기록으로 남겨두기 위해서

사진 속에 들어 있는 건 손 편지였다.

생일 축하해요.
처음부터 참 많이 신경이 쓰였어요.
처음 햄버거 가게에 같이 심부름을 간 날이 기억에 남아요.
알고 보니 그날이 처음이 아니었지만.
이제 내 신경과 정신은 영원히 당신에게 집중되겠죠.
이 세상에서 내 꿈을 꾸어줄 유일한 사람,
사랑해요.

눈물이 후드득 떨어졌다. 편지를 다시 읽고 싶었지만, 화면 위로 눈물방울이 얼룩져 글자를 똑바로 읽을 수가 없었다. 얼룩진 화면을 손으로 문질러 닦아보아도 또다시 눈물이 떨어져 아무 소용 없었다. 다시는 그를 볼 수 없다는 사실이 믿어지지 않았다. 손 안의 전화기에서는 그가 듣던 노래가 언제든지 흘러나올 수 있고, 지금도 걸치고 있는 그의 셔츠에는 아직도 그의 체취가 남아 있다. 화면 속에서 그는 이렇게나 변함없이 다정한 모습으로 나의 생일을 축하해주고 있지 않은가.

한참을 울었다. 눈물이 멎자마자 나는 비틀거리며 세면대로 다가갔다. 찬물로 눈가를 연거푸 씻어내고 나자, 거울을 통해 눈가가 붉게 충혈된 나의 얼굴이 선명하게 보였다. 이제 마지막이라는 생각으로 다시 그의 편지가 찍힌 사진을 보는데 무언가가 눈에 띄었다. 편지 뒤로 얼핏 보이는 그것을 한참 노려본 끝에 정체를 알아낼 수 있었다. 선물을 포장할 때 쓰일 법한 알록달록한 색상의 코팅지라는 걸.

그날 오후 근무 시간은 단 하나의 생각으로 채워졌다. 사진 속의 상자를 찾아야 한다는. 나는 퇴근 시간이 되자마자 사무실을 뛰어나가다시피 했다. 택시를 잡기 직전, 꽃을 사야겠다는 생각이 들었다. 한참을 돌아다니다 발견한 꽃집에서 흰 아네모네를 한 다발 샀다. 그의 집에 도착한 뒤로 이전에도 그랬던 것처럼 무언가를 찾기 시작했다. 다만 이번에는 집 전체를 헤맨 것은 아니었다. 나는 곧장 퍼들이 있는 방으로 갔다. 책장의 빈 칸에 꽃다발을 올려두고 방을 둘러보았다. 분명 전에도 꼼꼼히 살폈었는데, 이상하게도 그때는 눈에 띄지 않았던 것이 보였다. 퍼들 아래로 검은 상자의 한 귀퉁이가 삐죽 나와 있었다. 낯익은 물건이었다. 상자를 꺼내려고 퍼들 아래로 손을 집어넣었는데, 상자의 끝에 무언가가 걸리는 게 느껴졌다. 우선 검은 상자를 끄집어낸 다음 다시 퍼들 아래로 손을 넣자 또 다른 상자가 만져졌다. 팔을 깊숙히 넣어 꺼낸 두 번째 상자는 사진에서 보았던 알록달록한 포장지로 감싸여 있었다. 손이 떨려와서 포장을 푸는 데 한참이 걸렸다. 상자를 여니 안에는 감색 카디건 두

벌이 들어 있었다. 카디건의 접힌 부분을 펼쳐 내는 순간 무언가 툭 하고 떨어졌다. SNS에 올라온 사진 속의 편지였다. 그러나 사진에서 보았던 것과는 달리, 편지의 하단부에 추신이 덧붙여져 있었다.

우리 둘 다 같은 치수로 샀어요. 그러니 마음껏 입어요

그 순간 울음이 왈칵 터져 나왔다. 몸이 중심을 잃고 앞으로 쓰러지려 하는 바람에 황급히 손을 뻗어 눈 앞에 보이는 것을 붙잡아야 했다. 뱃속 깊은 곳에서부터 올라온 목소리가 숨 뭉치와 함께 목구멍을 타고 올라와 터졌다. 주인 없는 방 안을 가득 메웠다. 그를 잃어버린 뒤로 처음으로 소리 내어 운 것이었다. 그렇게 내 목소리와 눈물이 모두 소진될 때까지, 나는 두 벌의 카디건과 빈 상자를 붙들고 숨김없이 목놓아 울었다.

다시 눈을 떴을 땐 해가 졌는지 깜깜했다. 창문에 드리워진 차광 커튼의 틈 사이로 얇은 빛조각만이 비쳤다. 어쩌면 기절했던 건지도 몰랐다. 문득 품 안에서 포근하고 부드러운 카디건의 감촉이 느껴졌다. 나는 비틀거리며 일어나서 전등 스위치를 찾았다. 불이 켜지자 검은 상자가 눈에 들어왔다. 커다란 상자 안에는 구름이 가득 굴러다니고 있었다. 그건 그가 남긴 마지막 구름들이었다. 다른 사람들은 알지 못하는, 오직 나를 위한 구름. 결정화한 구름들은 모두 단단한 상태였다. 한참 동안 그걸 보다가 하나를 집어 들었다. 손바닥에 플룸의 끝자락이 까슬하게 닿았다. 플룸을 떼어내자 곧 구름이 피어올랐다. 나는 가방

에서 리라를 꺼내왔다. 퍼들을 작동시키고, 그 안에 들어가 누웠다. 축축한 눈물 사이로 구름이 흩어졌다 뭉쳤다 하는 모습이 보였다. 전등이 켜져 환했던 방은 천장까지 닿은 구름이 층층이 겹치며 점차 어두워졌다. 희미해진 전등 빛 사이로 흐릿한 그림자들이 규칙적인 움직임을 만들어내며 눈 앞을 스쳐 갔다. 리라가 음악을 연주하기 시작했다. 아주 익숙한 가락이어서 자연스레 머릿속에 가사가 떠올랐다. 나지막이 읊조리던 그의 목소리가 들리는 듯했다. 이내 눈이 감기고 잠이 들었다. 그리고 꿈을 꾸었다.

제2부　당신이　　안고　　있던

이야기

제10장

자욱한 안개 속을 걷다

나는 거듭 옷매무새를 고치고 있었다. 각지게 접힌 채 목덜미에 붙어 있는 셔츠 깃이 자꾸만 신경을 긁었다. 몇 년 만인 건지 기억이 나지 않을 정도로 오랜만에 꺼내 입은 셔츠는 어색하기만 했다. 피부와 옷 사이의 얇은 공간이 갑갑함과 불편함 따위의 느낌으로 가득 찼다. 그런데다 이제는 땀까지 나려고 했다. 셔츠 위에 걸친 새까만 양복 재킷은, 봄이 물러가는 소리에 맞추어 공기를 바지런히 데우고 있는 초여름의 볕을 남김없이 흡수하고 있는 모양이었다. 어차피 위에 검정 재킷을 걸칠 거였으면 안에 흰 반팔 티셔츠를 받쳐입을 걸 그랬다는 생각이 들었다.

몸을 돌리자 정면으로 잘 손질한 조경수들이 줄지어 선 모습이 눈에 들어왔다. 다른 데서 본 것보다 훨씬 크긴 했지만, 생김새로 보아 율마 같았다. 나무 사이로 길을 따라가면 봉안당으로 들어가는 입구가 나온다. 나는 거울을 꺼내 내 상태를 살폈다. 그러면서도 거울 속의 나와 눈이 마주치는 것을 최대한 피하려고 애썼다. 보기 싫은 모습으로 호수를 보러 가고 싶진 않아서 오랜만에 제법 시간을 들여 단장했는데, 거울에 비친 얼굴은 여전히 엉망이었고, 황급히 눈길을 피하는 모습은 초라하기까지 했다.

핸드폰에서 알림음이 울렸다. 태민에게서 온 문자였다.

— 잘 지내고 있는 거지?

당연히 잘 지낼 리 없었다. 그렇게 생각하자마자 잘 지내지 못하는 게 당연한 건 아닐지도 모르겠다는 생각이 따라붙었다. 계절이 두 번 바뀔 만큼의 시간이 흘렀으니 어쩌면 지금쯤 나는 잘 지내고 있을 수도 있었겠구나, 싶었다.

— 그럼.

다른 가능성을 생각하며 나는 텍스트에 미소를 담뿍 담아 태민에게 전송했다. 이럴 땐 이모티콘이 참 유용하다고 생각했다.

이제 안으로 들어갈 차례였다. 그곳까지 가는 길은 잘 알고 있었다. 입구까지 서른 발자국, 복도를 따라 쉰 발자국 정도만 걸어가면 그가 있는 곳에 도착해 있을 것이다. 그러나 율마 사이에 서기만 하면 황급히 고개를 돌려야 했다. 이번에도 마찬가지였다.

나는 발을 떼다 말고 몸을 완전히 돌려 반대 방향으로 걷기 시작했다. 오로지 그곳에서 벗어나야겠다는 생각으로 한참 걸어가고 보니 어느덧 주차장의 반대편에 이르러 있었다. 기어코 버튼이 눌린 급수기처럼 눈물을 쏟아내고 말았다. 그가 있는 곳에 들어간다는 생각만 하면 손 써 볼 새 없이 그렇게 됐다. 봉안당은 벌써 저만큼 멀어져 있었다. 이곳까지 걸어온 건 나였는데도, 보이지 않는 힘에 홀로 떠밀려 온 것처럼 느껴졌다. 아니, 온 세상 사람들이 나를 이곳에 혼자 남겨두고 가버린 것 같았다. 등을 돌린 채 숨죽여 우는 동안, 그렇지 않냐고 세상에 대고 외치기라도 하고 싶은 심정이었다.

그렇게 한참을 주차장에서 서성대고 나니 마음이 조금은 가라앉았다. 상의의 소매를 당겨 볼 위로 여러 갈래 길을 낸 눈물을 훔쳤다. 옷매무새를 가다듬고, 거울을 보며 붉어진 눈가를 문질렀다. 그를 보러 가는 길을 내가 아무렇지 않게 걸을 수 없는 건 당연했다. 그렇지만 그가 보고 싶어서 온 것 역시 나였다. 나는 다시 건물 앞으로 갔다. 바스락 하고 손에 들고 있는 노란 붓꽃다발의 포장지가 구겨지는 소리가 들렸다. 이번에는 울지 않았다.

문을 열고 실내로 걸어 들어가자 바깥 공기보다도 썰렁한 복도가 나를 맞이했다. 얼마 전 보수 공사를 마쳤다는 실내는 천장에 매달린 조명부터 빛을 여러 각도로 반사하는 바닥재까지 모든 것이 때 하나 묻지 않은 채 새 물건 특유의 활기를 내뿜고 있었다. 그렇지만 복도를 걸어가는 내내 내게 그 공간은 온통 잿빛이었다. 문득 어렸을 적 엄마와 함께 갔던 서해안의 한 부둣가가 떠올랐다. 이 잿빛 공간을 걸어가는 건 마치 그날처럼 안개를 따라 걷는 듯한 느낌이 들게 했다. 안개 속으로 자꾸만 사라지려 하는 호수를 따라가던 나도 어느덧 그 속에 잠겨버렸다. 안개는 점점 더 짙어졌다. 그러다 어느 지점에 이르자 일순간 안개가 물러나며, 눈 앞에 흰 은방울꽃에 둘러싸인 호수의 이름이 나타났다. 나는 원목으로 된 액자 속 죽은 이의 사진 앞에 한참을 가만히 서서 정지된 얼굴에 담긴 미소를 보았다.

다시 길고 차가운 복도를 따라 기억의 공간을 지나갔다. 건물을 완전히 빠져나가기 직전, 꽃다발을 들고 가는 여자와 마주쳤다. 은방울꽃이었다. 꽃향을 은은하게 풍기는 여자의 긴 머리칼이 내 어깨를 스쳤나 싶었을 때 어떤 직감에 붙들려 나도 모르게 뒤를 돌아보게 되었다. 여자는 헤매는 기색이 전혀 없이 목적지로 직행하고 있었다. 저 코너를 그냥 지나친다면… 만약 그 다음 코너를 왼쪽으로 돈다면… 나는 여자의 막힘 없는 걸음을 눈길이 닿는 곳까지 좇다가 건물 밖으로 나왔다. 율마들을 지나 이제 막 잎사귀가 돋으려 하는 이름 모를 작은 나무 덤불 앞에 섰다.

여자가 출구로 나온 건 내가 그녀를 기다린 지 20분 정도나 되었을 때였을까. 여자의 손에는 좀전의 싱그러운 생화가 아니라 바싹 말라붙은 꽃다발이 들려 있었다. 나는 여자 쪽으로 다가가 말을 걸었다.

"죄송합니다만, 혹시 이호수라는 사람을 찾아오신 건가요?"

눈을 동그랗게 뜨고 나를 쳐다볼 뿐, 아무 대답을 하지 않는 그 얼굴은 어쩐지 토끼를 연상시켰다. 이렇게나 무턱대고 말을 걸다니, 미친 사람처럼 보이진 않았을까 걱정이 되기 시작했다. 그러나 곧 머리칼에 덮여 있던 귀에서 무언가를 빼내는 여자를 보고, 여자가 줄곧 이어폰을 끼고 있었다는 걸 깨달았다.

"네, 어떻게 아셨어요?"

여자가 경계하는 눈빛을 보이며 내게 물었다. 나는 여자의 손에 들린 꽃다발을 가리켰다.

"저도 방금 호수 씨를 보고 나오던 길이에요. 마른 은방울꽃이 사진 주위를 두르고 있는 걸 봤어요."

"노란 붓꽃을 가져다두신 분이세요?"

내가 고개를 끄덕이자, 여자의 눈동자에서 경계심이 사라지는 게 보였다. 조금 전 왜 여자의 얼굴에서 토끼를 연상했는지 알 것 같았다.

"호수 오빠를 잘 아세요?"

"네, 잘 알아요. 저는 민지은이라고 해요."

"저도요. 저는 고운입니다."

고운과 나는 어느덧 봉안당 앞 주차장에서 빠져나와 공원으로 이어지는 산책길로 접어들고 있었다. 멀리 음료수 자판기가 보였다. 죽 늘어선 병들을 보자 갑자기 목이 말라왔다. 나는 옆에 있는 동행인에게로 고개를 돌렸다.

"혹시 목마르지 않으세요?"

우리는 느릅나무 그늘이 드리워진 벤치에 앉았다. 날이 따뜻해서 갈증이 난 탓인지, 아니면 처음 보는 사람과 함께 있을 때의 어색한 공기 때문인지 입안이 바짝 말랐다. 차가운 음료가 몸 안으로 들어가면 정신이 좀 맑아질 것 같았다.

"잠시만 계세요."

나는 자판기로 달려가서 보리차 음료 두 병을 사 왔다. 병을 내밀며 고운에게 물었다.

"가보셔야 하는 것 아니에요?"

그렇게 물었지만 내심 속으로는 나를 두고 가버리지 않기를
바라고 있었다.

"괜찮아요. 운 좋게 이번 주는 과제가 없거든요."

고운이 아직 열지 않은 병뚜껑을 어색하게 만지작거리며 말
했다. 말을 듣고 나는 반사적으로 아, 대학생이시구나 하고 말
했다.

"삼수해서 올해서야 들어갔어요."

고운은 근처의 대학교에서 심리학을 공부하고 있다고 했다.

"공부를 굉장히 잘하셨나 봐요."

"원래는 성적이 좋지 않았는데, 호수 오빠를 만나고서 꿈이
생겨서 열심히 했어요. 워낙 공부와 담을 쌓고 살아서 뒤처져
있다 보니 오래 걸렸지만요."

고운이 배시시 웃었다. 추측했던 것과는 달리, 호수와 친척
사이는 아닌 것 같았다.

"언니는 호수 오빠를 어떻게 알게 됐어요?"

고운은 이렇게 말한 다음, 언니라고 불러도 되는 거 맞죠, 하
고 덧붙였다. 그럼요. 최대한 허물없이 보이려 노력하면서 대답
했다. 그런 뒤 고운의 물음에 대한 답을 압축해서 들려주었다.

"우린 구름을 통해서 알게 됐고, 같이 일을 하다가 사랑하는
사이가 되었어요."

고운이 다시 한번 눈을 동그랗게 떴다.

"언니가 호수 오빠의 여자친구분이시군요. 오빠에게서 들은

적 있어요."

"나도 고운 씨가 호수 씨와 어떻게 만났는지 알 것 같아요. 고운 씨도 구름을 통해 호수 씨를 알게 되지 않았나요?"

"맞아요. 오빠를 바구캠에서 알았어요."

나는 고운의 말을 단번에 이해하지 못했고, 혹시 잘못 들었나 싶어서 고운에게 다시 한번 말해달라고 부탁해야 했다. 그러나 내가 잘못 들은 게 아니었다. 내게 생소한 단어가 들어있을 뿐이었다.

"바구캠이 뭐예요?"

"바른 구름 사용 캠페인이요."

'바른 구름 사용 캠페인이에요.' 문득 자신이 하는 일에 대해 신이 나서 설명하던 호수의 모습이 떠올랐다.

"오빠가 아니었으면 저는 아직도 조직에서 못 벗어나고 있었을지도 몰라요."

"조직이요?"

"네, 더티 플룸을 파는 나쁜 사람들이요."

고운이 고개를 들고 먼 곳을 바라보았다.

"더티 플룸에 대해서 들어보신 적 있으세요?"

고운의 입술에서 난데없이 흘러나온, 그러나 분명 낯설지는 않은 그 단어 앞에서, 어떤 중요한 비밀이 곧 제 본모습을 드러내리라는 예감이 들었다. 심장이 세차게 박동하기 시작하는 걸 느끼면서, 나는 가까스로 고개를 끄덕였다. 고운의 입술이 열리고 이야기가 시작되기를 초조하게 기다렸다.

고운이 처음으로 집을 나간 건 중학생 때였다. 성적이 떨어져 학원에서 낮은 반으로 내려가게 됐다는 이유로 아버지가 골프 채를 휘두른 날이었다. 분을 못 이겨 집을 나가고 싶다고 자신도 모르게 내뱉은 고운의 말에, 이미 가출을 몇 번 해본 친구가 요령이라며 이렇게 일러주었다.

"몰래 심야 영화 극장에 들어가서 2시간을 때운 다음, 24시간 하는 카페에서 가장 저렴한 사과주스를 시켜놓고 4시간을 버텨요. 그러고 나면 해가 밝아와요, 배가 고프니까 편의점에 가서 김밥을 먹어요. 그러고서 학교에 가는 거예요. 5천 원으로 하룻밤을 버티는 셈이었죠. 가출한 제 모습이 막연하지 않게 그려지고 나니까 그걸 실행하기로 결심하는 건 금방이었어요. 한밤, 두 밤을 새우고 나서 집에 들어가면 아빠한테 또 맞았어요. 그래도 그건 맞을 만했어요. 집을 나갔다 돌아왔으니, 그땐 맞을 이유가 있어서 맞은 거였으니까요."

아버지에 의한 폭력은 내게는 미지의 세계에 속한 이야기였다. 어떻게 성적이 떨어졌다는 이유만으로 딸에게 폭력을 행사할 수 있으며, 자신의 폭력 때문에 집을 나가야 했던 딸에게 또다시 주먹을 들 수 있는 거냐고 나도 모르게 흥분한 목소리로 외치고 말았다. 처음 만난 사이에, 실례가 됐을지도 모르겠다는 생각이 뒤늦게서야 들었다. 그러나 고운은 아무렇지 않다는 듯 어깨를 으쓱하면서 내게 이렇게 말할 뿐이었다.

"아버지는 제게 단 하나만을 요구했어요. 공부를 열심히 해서 좋은 대학에 가는 것. 그걸 제가 못 했으니 얼마나 초조해졌겠어요? 아버지는 당신의 기대에 부응하지 못하던 제가 레이스에서 뒤처질까 봐 늘 노심초사했고, 그래서 '그런 훈련'이 필요하다고 믿으셨던 모양이에요."

나는 혹시나 불편하게 만들지 않기를 바라면서 조심스럽게 물었다.

"지금은 아버지와의 사이가 전보다 좋아지셨나요?"

고운은 고개를 가로저었다.

"저와 아버지 사이엔 여전히 대화가 오가지 않아요. 그래도 필요한 얘기는 엄마를 통해서 전하면 되고, 무엇보다도 집이 가장 안전한 곳이라는 걸 이제는 아니까… 이제는 집은 안 나가요. 대학을 졸업하고 취업해서 제대로 집을 얻기 전까지는 그러는 수밖에 없고요."

나는 고운에게 가출해서 무서운 적은 없었는지 물었다. 무서운 이야기는 지금부터 시작이에요. 고운이 대답했다. 우리는 다시 시간을 거슬러 고운이 중학생이던 시절로 돌아갔다.

"하루는 국제 스파이가 나오는 어느 청소년 관람 불가 등급의 영화를 보고 나오던 길이었는데요, 극장을 빠져나오니 건물 앞에 웬 남자 두 명이 서 있더라고요. 터틀넥을 입은 남자와 명품 셔츠를 입은 남자였어요. 눈에 띄는 로고는 없었지만 아마 그 터틀넥도 명품이었을 거예요. 신발 버클이 말굽 모양이었던 데다가, 브랜드 이름은 기억이 안 나지만 엄청 고가라고 알고 있는 클로버 모양의 펜던트를 단 목걸이를 차고 있었거든요."

먼저 말을 건 사람은 터틀넥을 입은 남자였다. 어린애들이 이 시간에 왜 돌아다니고 있냐고 남자가 물었다. 고운의 친구는 무슨 상관이냐고 대꾸했다. 옷가지가 미처 덮지 못하고 드러난 남자의 목 부위에, 피에로 모양의 문신이 새겨져 있는 게 보였다. 남자들은 고운과 친구에게 자신들이 그들을 좋은 곳으로 데려가주겠다고 제안했다. 고운은 모르는 남자들을 따라가면 안 될 것 같아서 친구에게 계속 그냥 가자고 말했지만, 아까부터 명품 셔츠를 입은 남자와 말장난을 치고 있던 친구는 그들을 따라가고 싶어 했다. 그때, 그들 앞으로 스타렉스 차량 하나가 다가와 섰다. 미처 말릴 겨를도 없이 명품 셔츠를 입은 남자가 친구를 차에 밀어 넣고는 이어서 자신도 올라탔다. 터틀넥을 입은 남자는 고운에게 '넌 어떻게 할 거니?' 하고 물었다.

"그 눈빛이 어찌나 비열하던지, 온몸에 소름이 쫙 끼쳤어요. 하지만 친구를 그들 무리 사이에 혼자 두고 갈 순 없어서 저는 스스로 차에 탔어요. 처음부터 그들이 뭐라 하든 대꾸하지 말았어야 했던 것 같아요. 제가 어떻게든 친구를 설득해서 그 자리를 피했어야 했어요."

이야기가 예고도 없이 멎었다. 옆을 보니 고운은 눈물을 훔치고 있었다. 나는 가방에서 손수건을 꺼내려다가, 하나뿐인 손수건이 이미 내 눈물 콧물로 엉망이 돼버렸다는 사실을 떠올렸다. 파우치에서 접혀 있는 티슈 두 장을 겨우 찾아 건넸다. 고운은 봉안당에 들어가기 전의 나처럼, 순식간에 얼룩져버린 볼을 닦았다.

"그날 이후로 그 친구는 영영 집에 들어가지 못하게 되었어요. 제가 매년 만나러 가는 사람이 원래 딱 한 명 있었는데, 바로 그 친구예요. 그 친구는 절 거기까지 이끈 게 자신이라며 자책했어요. 제가 그러지 말라고 했는데도요. 마지막 순간까지 저에게 미안해하며 괴로워하던 친구는 먼저 세상을 떠났어요. 얼마 뒤, 저는 그 지옥 같은 곳에서 탈출했죠. 그리고 또 시간이 흘러 얼마 전, 매년 만나러 갈 사람이 한 명 더 늘어났어요."

고운이 말하는, 만나러 갈 일이 생긴 사람이 누군지 알 것 같았다.

"호수 오빠가 아니었더라면 아마 저는 아직도…. 그곳은 정말로 무서운 곳이에요. 지금 와서 생각해보면, 그들이 그날 전부터 충분한 시간을 들여 우리를 관찰해왔던 것 같아요. 그게 그 사람들이 쓰는 수법인 거죠. 저처럼 가출한 아이들에게 숙식을 제공하는 척하며 우리를 길들이고는, 끝내 휴지 조각처럼 마구 쓴 다음 버려버리거나 오래 쓸 수 있는 조직원으로 편입시키는 거예요."

그날 고운과 친구가 남자들과 함께 도착한 곳은 어느 생활형 숙박시설이었다. 그곳에는 그들 말고도 또래의 친구들이 많이 있었는데, 모두 가출 청소년들이었다. 한창 먹고 떠드는 중이던 그들은 새로 등장한 고운과 친구에게 어서 와서 끼라고 하면서 환영해주었다. 명품 셔츠를 입은 남자가 원하는 음식을 더 주문해주겠다고 말했고, 고운의 친구는 치즈를 얹은 떡볶이와 닭강정을 먹고 싶다고 이야기했다. 바닥에 온통 음식들이 널브러져 있는 가운데 반쯤 빈 술병들도 제법 눈에 띄었다. 그래도 또래들이 많았던 데다가 배가 잔뜩 고픈 상태에서 음식을 봐서 그런지 경계심이 서서히 풀어졌다고 고운은 말했다. 사람들이 다시 먹고 마시기 시작했다. 맥주에 소주를 타기도 하고, 콜라를 섞기도 했다. 이윽고 배달 주문한 음식들이 도착했는데, 도착한 건 음식만이 아니었다. 더 많은 술이 도착했다. 액체와 액체를 서로 섞고, 잔을 돌리다 보니 어떤 게 누구의 잔이고 어떤 게 무슨 음료인지 구별할 수가 없게 되었다.

"그 뒤로 기억이 잘 안 나요. 어떤 투명한 잔에 든 걸 먹었더니 순식간에 정신을 잃었던 것 같아요."

고운이 이야기를 하다 말고 멈췄다. 침을 삼키며 거칠어진 목을 달래는 소리가 들렸다. 옆을 보니 고운은 내가 건네준 음료수병은 옆 벤치 끝에 멀찍이 치워두고, 마른 꽃다발만 만지작거리고 있었다. 고운이 왜 주저하는지 알 것 같다는 생각이 들어서, 나는 손에 들린 음료수병의 뚜껑을 열고 목을 축였다. 내 행동을 보고 있던 고운이 마침내 꽃다발을 옆에 내려놓고 음료수병을 집어 들었다. 어렵게 갈증을 달랜 고운이 다시 이야기를 이어 나갔다.

"눈을 떴는데 애들이 무릎을 꿇고 있는 모습이 보였어요. 느낌이 좋지 않아 저는 숨을 죽이고 그들의 동태를 지켜보았죠. 그때 명품 셔츠가 제가 일어난 걸 알아차리고는 이쪽으로 오라고 손짓하더군요. 전날과는 상반된 그들의 분위기에는 어딘가 섬뜩한 부분이 있었어요. 뭐랄까, 명백한 복종 관계 같은 게 느껴졌다고 할까요? 저는 가기 싫었지만, 겁이 나서 어쩔 수 없이 남자가 시키는 대로 했어요. 그들 쪽으로 가까이 가자 무릎 꿇은 아이들에 가려져 있던 터틀넥이 나타났어요. 터틀넥이 '다 모였네'라고 말했어요. 그게 바로 신호였다는 걸, 그날 있었던 일이 몇 차례 더 반복되고 나서야 전 깨달았어요. 신호가 떨어지면 우리는 서로의 얼굴을 알아보지 못하게 될 때까지 맞게 되리라는 것을 말이에요.

그게 신호란 걸 알고 나니까 언제 다시 신호가 떨어질지 눈치를 보는 게 가장 고통스러운 일이 되었어요. 거기 모인 아이들은 그냥 단순히 얻어맞거나, 욕을 들은 게 아니었어요. 구조된 이후에 제 이야기를 취재한 어느 기자분께서 이렇게 표현하신 적 있어요. '정말 악마 같은 놈들이네요.' 그분은 그들이 저희를 '고문'하고 '학대'했다고 말씀하셨어요. 하지만 저는 사실 그 시기의 일을 정확히 기억하지 못해요. 잊어버리고 싶었나 봐요. 어떻게 보면 운이 좋은 편이라고 할 수 있죠. 그날의 일이 생생하게 기억나서 여전히 고통스러워 하는 아이들도 있거든요."

고운이 제 양팔로 스스로를 안은 채 몸을 부르르 떨었다. 나는 위로하고 싶었지만, 그 순간 머릿속이 비어버려서 아무 말도 건네지 못했다.

"그런데 분명히 기억나는 게 하나 있어요, 뭔지 아세요? 얼룩덜룩 엉망진창으로 지워져버린 그맘때의 기억들 사이에서 선명하게 남은 단 하나의 기억 말이에요. 그 기억은 바로 제가 절망했던 이유가 단지 그들 때문만이 아니었다는 사실이에요. 어디를 가도 마찬가지겠구나, 하는 생각. 그곳을 떠나 집에 다시 돌아가거나 또다시 다른 곳을 헤매거나 하는 것에 상관없이, 내가 지옥 속에 산다는 것은 달라지지 않을 거라고. 그런 생각을 했던 걸 전 또렷이 기억해요."

군데군데 끊겨 있는 기억의 테이프를 감는 동안 고운은 담담히 말하다가도 가장 날 선 지점이 건드려질 때마다 움찔하며 잠시 이야기를 멈추고 기억 아래로 잠겼다. 그럴 때면 고운의 눈은 어딘가를 헤매고 있었다. 숨을 참는 것 같기도 했다. 그런 순간은 침묵과 함께 길게 이어지다가, 내가 끼어들어야 하나 싶을 정도로 아슬아슬한 지점에 이르러 끝이 났다.

"물론 지금은 그곳이 지옥 중에서도 가장 끔찍한 지옥이었다는 걸 알아요. 그들이 노린 게 바로 그런 체념이었다는 것도 알고요."

고운이 기억하는 범위에서 그 지옥을 가장 지옥답게 한 점은, 바로 어떤 고통을 겪을지를 아이들 스스로 고르게 만들었다는 거였다. 직접 고를 수 있다는 게 어떤 상황에서는 고문이 되기도 한다는 걸, 고운은 그때 처음 알았다고 했다. 온갖 폭력과 비윤리와 비인격이 혼재하는 기로에 서 있다는 게 얼마나 끔찍한 일인지와, 그런 일들이 생각과 달리 멀리 떨어져 있는 지옥에서나 겪을 법한 일이 아니라는 걸, 언제 어디서나 일어날 수 있다는 걸 일시에 깨달았다고도 했다.

다양한 선택지가 주어진 이유는 그들이 아이들에게 원한 게 더티 플룸이었고, 그 더러운 더티 플룸에 정말이지 상상 이상으로 다양한 종류가 있었기 때문이었다. 그중에서도 가장 두려워했던 악몽은 성(性)에 관련된 것이었다. 고운은 그 모든 것 중에 차악으로 얻어맞는 걸 선택했다.

"그 끔찍한 '집'에서 우리는 비좁은 양계장에 갇혀 정해진 시간에 달걀을 낳는 닭과 같은 생활을 했어요. 걷지 못해 약해진 다리를 억지로 지지하고 선 젖소처럼 염증으로 가득 차 있는 젖을 비틀어 우유를 짜냈고요. 그곳의 모든 게 더티 플룸을 만들기 위해 돌아갔어요. 우리가 당하는 폭력은 질 좋은 생산품을 만들어내기 위한 사료였던 셈이었어요. 사료를 먹고 자란 우리는 점점 더 고통을 생생히 느끼게 되었고, 끔찍한 상상을 하게 되었고, 더 생생하고 농도가 짙은 코튼을 만들 수 있게 되었죠."

"코튼이요?"

또 한 번 난데없이 등장한 낯선 어휘에 나는 어리둥절해져서 이야기의 흐름을 끊을 수밖에 없었다. 고운의 설명을 듣고 나서야 코튼이 구름의 은어라는 걸 알았다.

"그렇게 만들어진 탁한 구름을 그들은 '질 좋은 코튼'이라고 불렀어요. 그곳엔 저보다도 어린 친구들도 많았는데, 그들이 그런 식으로 어린애들을 선호하는 이유는 그만큼 고통과 충격이 더 빠르게 스며들어 깊게 새겨지기 때문이에요."

그 끔찍한 지옥의 광경 앞에서 나는 숙연해졌다. 그 잔인함은 듣는 이마저도 치가 떨리게 했다.

"얻어맞은 데 또 얻어맞고, 지지고 긋고 하다 보니 제 몰골이 흉측해졌나 봐요. 하루는 명품 셔츠가 터틀넥에게 이렇게 말하더군요. '쟤 얼굴 좀 어떻게 해야겠는데? 볼 때마다 어찌나 끔찍스러운지 내 기분까지 이상해진단 말이야.' 그 말에 터틀넥이 제 얼굴을 흘깃 보더니 '뭐 어쩌라고?' 하고 말했어요. '약이라도 바르게 하자고.' 명품 셔츠가 툴툴거렸어요.

터틀넥은 못마땅해하면서도 제 얼굴이 정말로 끔찍해 보이긴 했는지, 제게 약국에 가서 흉터 연고와 멍 빠지는 연고, 그리고 습윤밴드 따위를 사라고 명령했어요. '바르든지 붙이든지 알아서 해. 그 끔찍한 몰골만 좀 어떻게 해봐.' 그러고는 이렇게 묻더군요. '요즘 이런 약은 얼마나 해?' 저는 약값에 대해 아는 게 없어서 모르겠다고 대답했어요. 그전까지는 약이 필요하면 엄마가 사주셨으니까요. 터틀넥은 발길질을 하고는 제게 2만 원을 던져주더군요. 저는 마스크와 캡모자를 쓰고 그가 준 돈을 손에 쥐고서 거리로 나왔어요. 약국은 이미 문을 닫은 시간이었기에, 근처에 있는 편의점으로 갔어요. 그날은 몹시도 추웠어요. 가출할 때 입고 나왔던 코트로는 추위로부터 몸을 충분히 보호할 수 없었어요. 주위를 둘러보니 상점마다 크리스마스 분위기를 내며 한껏 꾸며져 있었어요. 그걸 보고 저는 비로소 그때가 12월이고, 제가 가출한 지도 1년이 지났다는 걸 의식하게 되었죠. 어디선가 고소하고 달달한 냄새가 풍겨와 시린 코끝에 닿았어요. 붕어빵 냄새 같았어요. 제가 붕어빵을 무척 좋아하거든요. 저는 붕어빵 장수를 찾으려고 두리번대다가 어딘가에 부딪히고 말았어요. 제가 부딪친 곳은 파란 천막으로 만들어진, 체험 부스 같은 곳이었어요.

'학생, 괜찮아요?' 부스 너머에 있던 사람이 제가 있는 쪽으로 다가오며 물었어요. 조직원이나 같은 처지의 아이들 외에 누군가와 대화를 해본 게 너무나 오래되었던 터라, 저는 제대로 대답하지 못했어요. 저를 살피던 사람이 흠칫하며 놀라는 게 느껴졌어요. 제 끔찍한 상태를 본 거예요. 저는 '괜찮아요'와 '죄송합니다'를 불분명하게 섞어 외치고는 도망가듯 편의점으로 달려갔어요.

가게 안으로 들어가 약품들이 진열된 코너로 걸어가는데, 심장이 마구 뛰면서 가슴이 두근거리더군요. 마음을 가라앉히면서 연고를 고르다가 돈이 모자란다는 사실을 깨달았어요. 터틀넥이 준 돈으로는 알려준 세 가지 중 하나밖에 살 수가 없었어요. 저는 흉터 연고를 골랐고, 습윤밴드와 멍을 빼주는 연고 대신 저렴한 일회용 반창고를 구입했어요. 거스름돈으로 3천 원을 받아 들고 편의점을 나가려는데, 계산대 옆에 진열된 군고구마와 호빵이 보였어요. 어느새 저도 모르게 침을 꼴깍 삼키고 있더군요. 붕어빵 냄새가 이미 제 입맛을 한껏 자극한 상태였죠. 저는 이성을 잃고 군고구마 하나와 단팥 호빵 하나, 그리고 피자 호빵 하나를 샀어요. 거스름돈은 900원으로 줄었는데, 돈이 어디로 갔나 싶게 고구마와 호빵이 눈 깜짝할 새에 사라졌어요. 입맛을 다시던 저는 군고구마를 하나 더 샀어요. 거스름돈은 200원이 되었어요.

마지막 한입까지 먹고 나자, 순식간에 공포감이 몰려와서 저는 엉엉 울기 시작했어요. 미친 듯이 흐르는 눈물을 팔로 문질러서 닦으면서요. 그 바람에 마스크가 내려가는 줄도 모르고 말이에요. 그때 저를 본 알바생이 놀라 분류 상자를 떨어뜨리는 바람에 큰 소리가 났고, 편의점 안에 있던 손님들의 시선이 일제히 저에게로 쏠렸어요. 저 자신이 부끄러워서 견딜 수가 없었어요. 저는 미친 사람처럼 흐느끼면서 편의점을 빠져나왔어요. 근데 그때 문 앞에 누가 서 있었는지 아세요? 바로 호수 오빠예요."

이야기하는 내내 먼 허공을 응시하던 고운이 몸을 돌려 나를 정면으로 보았다. 어쩌면 그날 붕어빵 냄새를 맡지 않았더라면, 그래서 한껏 배고파져 있지 않았더라면, 그리고 터틀넥이 준 돈을 다 써버리지 않았더라면 호수를 따라가지 않았을 수도 있었

다고 말했다. 그렇게 말하는 고운의 눈에 여전히 축축한 물기가
어려 있었다. 나는 용기를 내어 고운의 등으로 손을 가져갔다.
고운이 놀랄까 봐 걱정했지만, 다행히 고운의 등은 내 손길을
거부하지 않았다.

"그날 하늘이 고운 씨를 도왔군요."

말없이 고운의 등을 쓰다듬던 내가 말했다.

"글쎄요, 절 도운 게 하늘이었을까요? 물론 약간의 운이 절
돕지 않았더라면 그날 그렇게 조직을 벗어날 수 없었을지도 모
른다는 건 저도 알아요. 하지만 저는 운 이상의 무언가가 분명
히 작용했다고 믿어요."

고운은 여전히 나와 마주 보고 있었다. 예년과 다를 바 없는
평범한 유월의 어느 날이었지만 그날따라 하늘이 가을하늘만치
높고 푸르다고 느껴졌는데, 그건 어쩌면 봄비 갠 하늘에 높게
드리운 비늘구름 덕분이었는지도 모른다. 고운의 눈망울에 파
란 하늘 위로 얕게 흩어져 있는 흰 구름과 초여름 햇살을 받아
나날이 잎사귀를 펴가는 나무의 초록이 담겼다. 그 싱그러운 풍
경 속에서 나는 결연한 외침을 함께 보았다.

"호수 오빠는 저를 만나기 전까지 학생들이 많이 다니는 그
골목에서 5개월째 부스를 운영하고 있었다고 했어요. 그런 걸
계속해올 수 있게 해준 어떤 힘이 절 구원해준 거예요. 오빠와
같은 사람들이 끝내 붙들고 저버리지 않았던 건 희망을 의미했
어요. 우리가 노력한다면 이 지옥 같은 상황도 나아질 수 있다
는 기대였고, 그리고 그걸 위해 희생해온 시간과 인내하며 들인
노력의 집합이었어요. 그러니 그 굉장한 힘은 우리의 의지에서

나온 거예요. 우리를 집어삼킬 듯한 기세로 몰아쳐 오는 폭풍우 앞에서, 그대로 삼켜지지는 않을 거라고, 다시 일어서자고 외칠 수 있게 해주는 힘이에요. 그 외침 덕분에, 저는 영원히 잊히지 않을 수 있었어요."

나도 모르게 두 손을 내밀어 고운의 손을 꼭 잡았다. 고운이 흐느끼는 동안 나는 고운의 따뜻한 두 손을 쓰다듬는 걸 멈추지 않았다. 그러자 이상하게도, 오히려 고운이 나를 위로하고 있는 것 같은 기분이 들었다.

"그래서 제가 호수 오빠를 잊을 수 없는 거예요."

양 볼 위로 선명한 눈물길이 찍혀 있는 고운이 서글프게 말했다.

헤어지기 직전, 나는 고운에게 물었다.

"고운 씨가 도움을 받았던 곳, 그곳 이름이… 슬립…테라피, 맞죠?"

"슬립워킹테라피 맞아요."

"그곳에는 호수 씨와 같은 일을 하는 사람들이 많이 있겠군요. 구름 문제로 도움이 필요한 사람들에게 다가가는 일을 하는 사람들이요."

"그곳에서 하는 일은 단순히 다가가는 것 이상이에요. 제가 집으로 돌아온 뒤에도 많은 어려움이 있었어요. 아버지와 지내는 것이나 학교에 다니는 것이나 친구를 사귀는 것이나… 평범한 일상을 사는 것조차 어떻게 해야 할지 몰랐거든요. 집에 다시 돌아왔을 때, 달라진 건 오로지 나였고 세상은 하나도 달라져 있지 않았어요. 그때도 호수 오빠를 비롯한 단체 사람들이 절 도와줬어요. 그렇게 굳건해 보이는 세상이 사실은 어딘가 조금 고장 나 있는 것이라고 끊임없이 말해준 사람들이 없었다면 제가 어떻게 되었을지 지금도 모르겠어요. 제가 달라졌든 달라지지 않았든 변함없이 소중하다며 끝까지 손을 잡아준 분들이 없었다면 저는 지금도 지옥 속에 살고 있겠죠."

어느새 다시 공원 입구로 돌아온 우리는 연락처를 교환하고 헤어졌다. 고운이 들려준 이야기는 다시 한번 내 가슴에 짙은 멍 자국을 냈다. 그토록 중요한 일을 해온 사람에게 내가 했던 투정과 질책을 떠올리게 했다. 호수를 호출한 아이는 지옥의 문턱 앞에서 다급한 신호를 보내고 있었을 것이다. 그리고 그는 마지막 순간까지 그에게 매달린 생명과 함께 가라앉지 않으려고 발버둥을 치고 있었다. 그 절박한 생존의 문제 앞에서 나는 얼마나 치사하게 굴었던 걸까.

후회와 부끄러움이 혼합된 감정 말고도, 여러 상념이 번갈아 떠오르는 바람에 집으로 돌아가는 길 내내 머릿속이 잔뜩 엉켜 버리고 말았다. 무엇보다도 고운과 마지막으로 나눈 대화가 자꾸만 마음에 걸렸다.

'참, 그날로부터 한 달 전쯤, 오빠가 더티 플룸을 구하는 구체적인 방법에 관해 물어왔어요.'

'호수 씨도 원래 형을 위해 더티 플룸을 구한 적이 있지 않았어요?'

'그땐 직접 구한 게 아니었던 걸로 알아요. 유수 오빠를 위한 물건은 슬찬 오빠가 구해줬을 거예요. 무엇보다도 슬찬 오빠에게는 알리고 싶어 하지 않는 눈치였어요. 호수 오빠는 자신이 어떤 사람을 찾고 있는데, 그러려면 더티 플룸이 있는 곳을 알아야 한다고 말했어요. 처음에는 오프라인에서 구하는 방법을 물어보더니, 나중에는 메타버스에서 구하는 방법에 대해 자세하게 묻더군요.'

'메타버스라면, 어디를 말하는 건가요?'

'아실지 모르겠는데, 가장 크고 잘 알려진 밀키에이(Milky A)라는 곳이에요. 오빠네 회사인 애디어벡스에서 운영하는 곳이요.'

실종되기 전, 평소보다 더 자주 컴퓨터에 접속하곤 하던 호수의 모습이 떠올랐다. 나와 같이 있는 동안에도 핸드폰을 틈틈이 확인하거나, 그러다 갑자기 약속이 있다며 급하게 집에서 나가던 모습도 기억났다. 그는 무엇을 찾고 있었던 걸까? 고운의 말이 맞다면 호수는 형의 죽음 이후로도 수년의 시간이 흘러 있던 그때, 어째서 더티 플룸을 찾아 밀키에이라는 곳을 헤매고 다녔던 걸까? 나는 호수가 사라졌던 그때만큼이나 혼란스러워지고 말았다.

제11장

아침마다
커피를 마시게 되기까지

나는 또다시 낮과 밤이 바뀐 생활을 반복하고 있었다. 어차피 잠들지 못할 테니 밤이 되어도 차광 커튼을 칠 필요가 없었다. 오히려 창밖의 불빛이 잘 들어오도록 제쳐두곤 했다. 도시는 온통 불야성이었다. 여느 때처럼 잠이 오지 않는 밤, 열린 창으로 어둠을 찾아보기 힘든 밤을 향해 몸을 쑥 내밀면, 순간적으로 자판기에서 나는 소음이나 차 소리 같은 것들이 음소거되는 때가 있었다. 그럴 때면 이 밤이 적어도 청각 면에서는 전보다 고요해진 것 같다는 생각이 들었고, 밤벌레가 마음 편히 울 수 있는 공간이 과연 도시 안에 존재할지 궁금해졌다. 어둠이 깃들 수 있는 곳이라곤 하수구 안이나 재개발을 앞두고 철거가 진행 중인 동네 정도를 가까스로 떠올려 볼 수 있었다. 그리고 칠운상점이 위치한 상적동과, 그곳으로 통하려면 반드시 지나가야 하지만 다른 차와 마주치기 전까지는 완전한 어둠 속에 갇혀야만 했던 구불구불한 산길도. 미닫이문의 좁은 틈이 아니고선 온통 투명한 암막으로 위장한 듯한 상점의 네모반듯한 건물도. 내게는 모두 이제 마음 놓고 찾아갈 수 없게 되어버린 곳들이었다.

호수의 구름을 쓸 수 없게 된 후로 어쩌다 잠이 들더라도 단 한 순간도 깊은 잠을 누렸던 적은 없었다. 거울을 보면 낯빛이 점점 흙빛으로 물들고 있다는 사실만 눈으로 확인할 수 있을 뿐이라, 나는 차츰 거울마저 피하게 됐다. 온몸에 쑤시지 않는 구석이 없었다. 밥맛도 없어서 끼적대다가 숟가락을 놓기 일쑤였지만, 희한하게도 엄마가 출근한 뒤 집 안에 온전히 홀로 남겨지면 그때부터 식욕이 터서 혼자서 대용량 과자를 바닥에 붙은 가루까지 탈탈 털어서 먹어 치우기도 했다. 살면서 내게 핀잔한번 준 적 없는 엄마가 보다못해 하루는 내 손을 붙잡고 이렇게 말할 정도였다.

"네가 힘든 건 알지만 언제까지 이럴 거니? 제발 다시 사람답게 생활 좀 하자."

엄마의 말에 알았다고 적당히 대꾸는 했지만, 속으로는 이렇게 반문했다. 도대체 사람답게 산다는 게 어떤 건데요? 그냥 눈을 감고 누워서 자는 일조차 마음대로 하지 못하는데, 내게 사람답게 사는 일이 가능하기나 한 것인지를, 그 무렵 나는 스스로에게 거듭 묻고 있었다.

그렇다고 해서 내가 생각만 하면서 시간을 보내고 있었던 것은 아니다. 고운을 만나 이야기를 들은 뒤로 나는 틈나는 대로 밀키에이에 접속해 그곳을 학습하고 있었다. 처음으로 아바타를 만들어 미지의 공간을 이리저리 돌아다녀도 보았다. 그 세계가 어떤 식으로 굴러가는지를 나름대로 파악해보려는 시도였다. 그런가 하면 내가 아는 호수의 SNS 계정명들과 그가 지었을 법한 계정명들을 검색해보기도 했다. 예를 들면 이런 것들이었다.

Hosoo, horpseu, the.lake, Sleeper.H, Migratory.Bird

이 중에 '해당 이름의 계정은 존재하지 않습니다'라고 적힌 안내창이 뜨지 않는 이름들도 있었다. 그러나 설레는 마음으로 따라가 보면 끝에 가서 다른 이의 계정인 것으로 드러났다. 내가 아는 정보만으로 그를 찾으려 한 노력은 모두 허사였다. 계정들을 찾아본 결과 몇 개를 적어보자면 이런 식이었다.

Hosoo: 다른 이의 계정
hosu_lee: 없는 계정
the.lake: 다른 이의 계정
Migratory.bird: 없는 계정
Sleeper.H: 다른 이의 계정 (슬리퍼라고 자칭하고 있음. 호수를 사칭
하는 것 같기도 함)
horpseu: 삭제된 계정 (영구 삭제 전 임시 비활성화 조치)

나는 한참 뒤에서야 사망자의 계정이 삭제되는 경우가 있다는 사실을 배웠다. 계정주와 사망자의 신원을 대응시킬 수 있는

경우, 행안부에서 망자의 정보보호를 위해 계정을 삭제할 것을 관련 기업의 개인정보 보호 센터에 요청한다는 것이다. 어쩌면 경찰에서 조사를 진행하면서 그의 밀키에이 계정을 발견해 삭제 요청을 접수한 건지도 몰랐다. 또는 그가 애디어벡스 소속 슬리 퍼였으니, 소속사에서 삭제를 요청했을 수도 있었다. 잠시나마 터널 끝을 본 것 같다고 생각했는데, 그게 착각이었다는 사실을 깨닫고 나자 그를 찾을 방법이 새삼 요원하게만 느껴졌다. 내가 하는 이 모든 일들이 전부 허깨비를 좇는 일에 불과한 게 아닐 지 회의감이 들면, 나는 또다시 외롭다고 느꼈다. 나는 이 세상 에서 사라지고 없는 사람의 행적을 좇고 있었다. 더 이상 대답을 해줄 수 없는 사람이 생전에 남긴 흔적을 추적하는 일은 다시 일상의 중심을 되찾는 일만큼이나 까마득했다. 이제 이 세상에 서 호수라는 사람을 기억하는 이가 나 혼자인 것처럼 느끼게 했 다. 그럴 때면 그렇게나 빠르게 그가 잊혀진 이 세상이 얼마나 무서운 곳인지를 새삼 느끼고 나도 모르게 몸을 떨었다.

해가 뜨는 시간이 앞당겨지며 나는 동이 틀 무렵이 되어서야 잠들 수 있게 되었다. 짧게 든 잠에서도 반나절은 흘러간 것처럼 느껴지는 기나긴 꿈을 꾸는 일이 많아졌다. 환한 햇빛 아래에서 꾸는 꿈은 쫓기고 또 쫓기는 내용이 거의 전부였다.

꿈속에서 나는 뒤에서 쫓아오는 식인 개에게서 도망치기 위 해 안간힘을 다해 달리고 있었는데, 이상하게 내가 발을 내디딜 때마다 지면이 심하게 요동쳤다. 수십 번을 붙잡힐 뻔하고 난 뒤 에 나는 깨닫게 된다. 끝이 보이지 않을 정도로 넓은 팽이가 돌고 있는데, 그동안 내가 그 위를 뛰어다니고 있었다는 걸. 그리하여 어떻게 하면 이 지옥을 탈출할 수 있을지에 대해서 고민하기 시작한다. 그리고 다리에 힘이 거의 다 풀려갈 때쯤, 결국 유일한 해답을 찾는다. 일순간 뜀박질을 멈추고서 몸을 세차게 던지는 것이다. 내 몸이 내던져지는 순간 팽이의 경계가 나타나고, 그 밖으로 몸을 밀어내어 추락할 수 있다. 그렇게 하면 개에게 잡아먹히지 않고 자유로운 몸이 될 수 있다.

꿈에서 깨고 나면 시간은 기껏해야 3시간 남짓 지나 있었고, 얇은 모시 이불은 땀으로 축축하게 젖어 있었다. 아슬아슬하지만 결코 균형을 잃는 법 없이 일정한 속도로 돌아가는 팽이에서 떨어지는 것으로 끝이 나는 꿈이 반복되자, 조만간 무중력의 상태에 던져지는 짧은 순간들 가운데서 어떤 깨달음을 얻을 수 있을 것 같다는 느낌이 들었다. 하지만 떨어지는 순간 곧바로 꿈에서 깨어났기 때문에, 실제로 얻는 데까지 이르진 못했다. 아슬아슬하게 놓친 깨달음, 그것만이 악몽에서 깨는 게 아쉬운 유일한 이유였다.

그러다 어느 날은 침대 가장자리에서 잠이 든 바람에 자는 사이 침대에서 떨어지고 말았다. 정강이에 짙게 멍이 들어 있었던 걸 보면, 떨어지면서 어딘가에 꽤 세게 부딪친 것 같았다. 신기한 건 침대에서 떨어지기 시작한 순간 내 의식이 깨어난 것인지, 몸이 바닥에 부딪히는 충격으로 잠에서 완전히 깨기 직전까지의 짧은 길이의 꿈이 선명하게 기억으로 남았다는 것이다. 그 기억의 영상은 무언가가 정리되는 시각적인 과정을 보여주고 있었다. 어지러운 상념들이 마치 노련한 딜러의 손 안에 든 카드처럼 머릿속에서 이리저리 섞였다. 섞인 카드들은 마침내 테이블 위에 놓였고, 그중 몇몇 카드들은 몸을 뒤집어 정체를 드러냈다. 그러나 수많은 카드 중에서도 마지막 순간까지 뒤집히지 않는 카드들이 있었다.

빙글빙글 도는 거대한 팽이 위에서 같은 자리를 맴도는 나, 나를 버려야지만 깨어날 수 있는 꿈,

유수와 고운과 퍼들과 구름, 리라와 그림자놀이와 음악 연주,

호수와 밀키에이와 슬립워킹테라피….

뒤집히지 않은 카드들 속에 숨어 있는 것들이었다.

나는 카드를 빠짐없이 뒤집어야 한다는 걸 깨달았다. 최근 메타버스 속에서 헤매고 다닌 나의 행동들과 호수가 죽기 전 보였던 모습들은 생각보다 많이 닮아 있었다. 그런 식으로 카드들의 연관관계를 찾아야 했다. 그렇게 하면 아직 뒤집히지 않은 카드들의 정체도 알아낼 수 있을 것 같았다.

다음 날, 나는 인터넷 검색을 통해 슬립워킹테라피에 대한 정보를 수집했다. 그곳이 설립된 지 6여 년 정도밖에 되지 않은 비교적 신생 비영리 단체라는 사실과 함께, 전 애디어벡스 상임이사라는 특이한 경력을 가진 인물이 이사장으로 재임 중이라는 사실을 알아내기까지는 오랜 시간이 소요되지 않았다. 나는 슬립워킹테라피 홈페이지의 '활동 분야' 게시판에 들어갔다. 아동과 청소년을 대상으로 하는 수면 교육, 성인 수면 장애에 대한 치료 지원, 그리고 바른 구름 사용 캠페인까지, 단체가 하는

여러 가지 활동에 대한 설명이 이어졌다. 그 사이에서 눈길을 끌었던 건 호수가 참여했던 바른 구름 사용 캠페인이었다. 소분류 게시판을 통해 '바른 구름 사용 캠페인 이야기' 게시판에 들어가자 수십 페이지를 이루고 있는 게시글들이 나타났다. 나는 가장 첫 번째 페이지를 눌렀다. 올해 작성된 글들이 나타났다. 3페이지에서 5페이지, 그리고 10페이지를 가는 식으로 선너뛰던 중에, 낯익은 이름이 들어 있는 제목이 눈길을 끌었다.

'구름 멘토로 활동하는 슬리퍼 호수'.

그 글을 클릭했다. 모자이크한 어느 학생의 옆에서 밝게 웃고 있는 그의 모습이 나타났다. 사진 아래에는 짤막한 글이 붙여져 있었다.

잘못된 구름 사용으로 고통받아온 수영(가명)이는 멘토 프로그램을 통해 수면에 대한 두려움과 괴로운 과거의 기억들을 이겨낼 수 있었습니다. 이호수 멘토는 음악이라는 채널을 통해 수영이가 상처를 치유할 수 있도록 도왔으며, 덕분에 수영이는 다시 밝은 모습을 되찾았습니다.

그 글을 몇 번을 읽었는지 모른다. 나는 게시판에서 호수의 흔적을 찾아 읽기 시작했다. 그가 카메라 렌즈를 정확히 응시하고 있는 사진들과 사람들 사이에서 우연히 찍힌 사진들, 자세히 보지 않으면 지나치기 쉬운 뒷모습이나 옆모습들을 빠트리지 않고 훑어나갔다. 그러는 사이 밤이 찾아왔다. 문득 느껴진 허기에 저녁 끼니를 거른 채로 자정이 가까운 시간이 되어버렸음을 깨달았다. 온종일 노트북 화면을 본 탓인지 눈에서 짙은 피로감이 느껴졌다. 나는 게시판의 맨 처음으로 되돌아갔다. 그리고 가장 최근에 올라온 글, '슬립워킹테라피 17기 자원봉사자 모집'이라는 제목의 글을 클릭했다.

걱정했던 것과는 달리 지원서를 낸 다음 날, 슬립워킹테라피에서 봉사자들을 관리하는 최은희라는 사람으로부터 전화를 받았다. 최은희 팀장은 이사분기 봉사자 배치가 완료되어 그때그때 빈자리에 들어가야 할 텐데 그래도 괜찮은지 내게 물었다. 주로 후원 사례들을 정리하여 자료로 구축하는 업무를 맡게 될 테지만, 가끔 실외에 설치된 부스에 나가거나 모금 활동을 해야 할 수도 있다고 했다. 상관없다고 했다. 얼마나 자주 나올 수 있냐는 물음에는 매일 나갈 수 있다고 답해버렸다.

첫날은 슬립워킹테라피의 사무실로 와달라는 메시지를 받았다. 지도 앱으로 위치를 검색해보니, 지하철을 한 번 갈아타야 하며 1시간 반 소요된다고 나왔다. 사무실은 내가 처음 들어보는 이름의 지하철역 출구로 나와 오래된 상가건물이 즐비한 골목길로 15분간 걸어 들어가야 나오는 어느 낡은 건물에 있었다. 당일에서야 나는 슬립워킹테라피가 건물 전체를 쓴다는 사실을 알게 됐다. 그 낡은 건물에서 유일하게 새것일 듯한 층별 안내도를 읽어보니, 1층에는 후원안내실과 기부 물품 정리대가 있었고, 2층에는 강당과 교육실이 있었다. 3층에는 행정사무실과 이사장실이, 지하층에는 기부 물품 정리실이 있었다. 안내도에 표기된 바에 의하면 건물은 총 4층까지 있었고, 그 위로는 옥상도 있었다. 4층 칸에는 희한하게도 아무것도 적혀 있지 않았는데, 대신 백색 스티커를 붙인 자국이 눈에 띄었다. 아마도 원래 무언가가 적혀 있었는데 더 이상 그 용도로 쓰지 않게 되자 글자를 가려놓은 듯했다.

미리 전화로 안내받은 대로 3층으로 갔더니, 곱슬머리에 밝은 인상을 한 여자가 나를 반겨주었다. 지원서를 냈을 때 통화했던 최은희 팀장이었다. 최 팀장은 내게 은색의 슬립워킹테라피 로고가 새겨진 파란색 조끼를 주었다. 그러고는 공교롭게도 내가 첫 주부터 열흘 간 부스로 배정받아 길거리로 나가게 되었다고 설명해주었다. 기수 간 공백이 있어 어쩔 수 없었다. 최 팀장을 따라 1층으로 내려가려 하는데, 계단참을 돌기 직전 위로 향하는 화살표와 함께 '전시실'이라고 적힌 표지판이 눈에 들어왔다.

그렇게 해서 나는 길거리를 지나다니면서 보기만 했던 모금 활동을 직접 하게 됐다. 사람들을 향해 제대로 목소리를 낼 수 있게 되기까지 나흘 정도가 걸렸다.

"구름을 바르게 사용하고 건강하게 잠드는 세상을 만들어가는 슬립워킹테라피입니다. 잠시 시간 좀 내주세요."

"더티 플룸의 문제점을 알리고 예방하기 위한 활동을 하고 있습니다. 잠시 시간 좀 내주세요."

"더티 플룸으로 인한 청소년 피해를 막고 청소년을 보호하기 위해 활동하고 있습니다. 잠시 시간 좀 내주세요."

부스가 설치된 장소는 슬립워킹테라피의 사무실로부터 15분 정도 거리에 떨어진 어느 지하철 역사 앞이었다. 내가 하는 일은 온종일 거기 서서 지나가는 사람들에게 시간을 내어달라고 끊임없이 부탁하는 거였다. 하지만 하루를 마감하며 모금액을 집계해보면, 제법 많은 시간을 들인 것에 비해 결과물은 신통치 않았다. 바깥 활동을 하는 게 워낙 오랜만이었던 데다가 사람들에게 무언가를 권하는 말을 하는 것 자체가 내게는 영 쉬운 일이 아니었기 때문인 걸까? 아니면 저마다 손에 든 핸드폰만을 보며 어디로도 눈길을 주지 않고 바삐 갈 길을 가는 사람들 사이에서 내가 갈피를 잡지 못한 탓일까.

어쨌든 무언가를 하고 있자니 이전보다는 하루가 빠르게 흘러가게 되었다는 것만은 분명했다. 매일 아침 가야 하는 곳이 있다는 건 규칙적인 생활을 해야 한다는 걸 뜻했다. 그 말인즉 불면으로 밤을 지새우고 난 다음 날에도 어김없이 일어나 두 다리로 멀쩡히 지탱하고 서 있어야 한다는 의미였다. 회사를 그만두고 집에서만 생활한 몇 개월 동안 벌써 그 무료하고 게으르기 짝이 없는 생활 방식에 몸이 오롯이 적응한 것인지, 오전마다 졸려서 미칠 지경이었다. 따뜻한 햇볕에 눈꺼풀이 스르르 감겨오는 데에 저항하기엔, 아침의 나는 모든 기력이 고갈되어 있었다.

그날도 건조하고 따뜻하고 기분 좋은 날씨였다. 여름 해의 온기에 길거리의 은행, 상수리, 플라타너스 나무들은 가지에 내건 새잎에 초록빛을 덧칠하며 나날이 싱그러움을 더했다. 해의 길이만큼 잎사귀의 그림자도 길어지는 계절이었다. 날씨가 점차로 후덥지근해지고 있었다. 지난밤, 저 멀리 남태평양서부터 장마전선이 북상해오고 있다는 뉴스도 얼핏 들은 것 같았다.

나는 한참 전부터 너무 졸려 입을 열 힘조차 나지 않는 상태였다. 부스 간판에 적힌 글을 재빠르게 스캔하고 지나간 어떤 남성을 놓친 뒤, 나는 결국 함께 부스를 보는 직원에게 양해를 구하고 바로 맞은편에 있는 편의점으로 갔다.

천오백 원을 지불하자, 직원이 흰 종이컵을 주었다. 컵을 커피기계 아래에 놓고 버튼을 누르자 칼날이 회전하며 커피콩을 갈기 시작했다. 뜨거운 물이 흘러나오는 것과 동시에 황금색 띠를 두른 고동색 액체가 얼마간 컵 안으로 쏟아지더니, 곧 기계가 작동을 멈췄다. 나는 컵에 코를 가까이 가져다 대고 깊은숨과 함께 커피 향을 들이마셨다. 손목시계를 보자 시간은 이미 11시가 다 되어 있었다. 아직 오전이니 괜찮아. 그렇게 스스로를 위로하면서 그 무겁게 달고 구수하게 쓴 음료를 한 모금씩 마시기 시작했다.

그날 이후, 나는 매일 아침 일을 시작하기 전에 편의점으로 가 커피를 주문했다. 내가 돈을 내밀며 커피를 주문하면, 직원은 언제나 빈 종이컵을 주었다. 계산대 옆에 놓인 커피 머신 위에 종이컵을 올려놓고 버튼을 누르면, 기계가 어쩐지 한껏 습기를 빨아들여 눅눅할 것만 같아 보이는 원두를 부지런히 갈아 커피를 내려주었다. 물론 맛은 당연히 특별할 게 없었다. 그래도 아직 향이 제법 남아 있는 커피를 기계에서 받아 들고 창가에 일렬로 붙은 탁자에 가 앉으면, 희한하게도 기분이 그렇게 좋을 수가 없었다. 나는 그 30분을 위해 매일 겨우 서너 시간 붙인 눈을 떠 일어났다.

그날도 편의점에서 커피를 받아 들고 막 자리에 앉아 있는데, 문이 열고 닫힐 때 나는 종소리와 함께 누군가가 급하게 가게 안으로 쑥 들어왔다. 은발에 나이가 제법 지긋해 보이는 남자가 거침없이 계산대로 향하더니, 담배를 주문했다. 남자는 철제 종달새가 종에 부딪히며 만드는 소리와 함께 들어올 때만큼이나 빠르게 가게를 빠져나갔다. 남자의 움직임을 지켜보고 있던 나는 우연히 그의 신발을 보게 되었다. 조던 운동화였다.

나는 이틀에 한 번꼴로 그 손님과 마주쳤다. 남자는 조던을 신고 있다는 점 말고도 행색에 독특한 점이 많았기에 나도 모르게 자꾸만 그를 관찰하게 되었다. 그리고 얼마 지나지 않아 속으로 그를 '미스터 조던'이라고 부르게 되었다.

미스터 조던은 염색하지 않은 백발의 머리를 하고 있었지만 멀끔한 행색에 격식을 차리지 않은 가벼운 옷차림을 하고 있어 나이를 가늠하는 건 어려운 일이었다. 남자가 나타날 때마다 놓치지 않고 관찰하던 나는 오래지 않아 그가 입는 남방과 바지가 모두 같은 디자인이며 요일별로 색상만 바뀐다는 걸 알아차렸다. 남자가 입은 옷들은 평범해 보였지만 자세히 보면 하나같이 고가의 브랜드 제품일 것만 같은 옷들이었다. 옷에 관해 잘은 모르지만 재질 때문인 것 같았다. 평범해 보이는 티셔츠조차도 저가의 인공 섬유로 만든 여느 옷처럼 번쩍거리는 광이 흐르는 대신, 비단같이 부드러운 결이 돋보이는 듯한 느낌을 주었다. 하지만 어떤 옷을 입든 간에 남자의 신발은 언제나 '조던' 운동화로 고정. 하늘색 스우시든 검은색 스우시든, 하이든 로우든, 베이지색 몸통이든 흰 바탕이든, 무조건 조던, 또 조던. 조던이 유명하고 인기 있는 브랜드이긴 하지만, 저 정도면 대단한 농구 광이거나 마이클 조던 광이거나 둘 중 하나일 거라고 생각했다. 조던 운동화를 수집하던 호수처럼 둘다에 해당될 수도 있었다. 가끔 내가 아는 모델이 편의점 안으로 쑥 들어오는 걸 볼 때면 그가 떠올라 마음이 아프기도 했지만 그보다는 반가움이 더 컸다.

오늘도 어김없이 편의점에 나타난 미스터 조던은 하늘색 체크무늬 남방에 감색 골프 바지를 입고 있었다. 직원이 계산대를 등지고 뒤로 돌아 플라스틱 통에서 담배 한 갑을 꺼내었다. 미스터 조던이 지갑에서 현금을 꺼내어 값을 치렀다. 그는 늘 현금만 내는 것 같았는데, 직원도 이미 익숙한 일인지 개의치 않는 것 같았다. 요즘 세상에 현금이라니, 아무래도 수상쩍었다. 어쩌면 신분을 노출해서는 안 되는 입장에 처해 있는 사람일지도 모르겠다고 생각했다. 나는 그가 이번엔 어떤 조던을 신고 왔는지 보기 위해 목을 길게 뺐다. 오늘따라 편의점 문 앞쪽으로 미처 진열되지 않은 물류 상자들이 잔뜩 쌓여 있는 바람에 아직까지 그의 신발을 보지 못했기 때문이었다.

"감사합니다."

계산을 마친 미스터 조던이 뒤를 돌아섰을 때, 오늘의 조던이 드디어 상자의 그림자를 벗어나 모습을 드러냈다. 그러나 그것을 본 순간, 기대했던 것과는 달리 속이 메스꺼워졌다. 남자에게서 신발을 벗겨내고 싶다는 충동이 강하게 일었다. 나는 손에 든 커피 컵을 향해 고개를 숙인 채, 미스터 조던이 다시 편의점에서 나갈 때까지 손가락 하나 까딱할 엄두를 내지 못했다.

검은 액체 위로 오만가지 감정들이 떠다녔다. 거북함과 두려움, 그리고 허탈함으로 기분이 얼룩졌다. 나는 그와 그의 신발을 다시 보고 싶지 않았다.

남자의 발에 신겨진 건, 호수가 자신의 조던 신발 중에서도 가장 애정하던 '조던 로우 파리 스카이그레이'였다. 미스터 조던을 관찰하는 일은 그날로 끝이라고 다짐했다. 그러자 일어날 일이 일어났다는 듯, 다시 아무렇지 않아졌다. 어쩌면 내가 그의 조던들을 관찰해오면서, 언젠가는 그 신발에 종착하기를 내심 기다리고 있었는지도 모른다는 생각이 들었다.

다음 날 나의 아침 커피 시간은 바로 길 건너편에 있는 편의점이 아니라 두 블록 떨어진 곳에 있는 편의점으로 장소를 옮겨 가게 되었다. 그러나 그마저도 멀어서 이내 그만두고 말았다. 봉사활동은 기간을 연장하지 않고 17기 활동이 종료되는 6월 말이 되는 대로 그만둘 생각이었다. 어차피 일을 잘하는 편이 아니었기 때문에 내가 모금한 기부금의 액수도 얼마 되지 않았다. 무엇보다도 점점 해 뜨는 시간이 앞당겨진 만큼 내 수면시간이 줄어들어 힘에 부쳤다. 이 모든 걸 버틸 힘이 점점 바닥나고 있었다.

나는 손에 들고 있던 안내 책자로 부채질을 했다. 이상기온 때문인지 올해 유난히 일찍 시작한 더위가 점점 더 기승을 부리고 있었다.

"어휴, 예전엔 6월이 이렇게까지 덥지는 않았던 것 같은데 말이야. 그렇지 않아요, 지은 씨?"

본격적으로 해가 중천에 뜬 시간대여서인지 최은희 팀장의 얼굴도 잔뜩 열이 올라 불그스름해져 있었다. 인중 위로는 한참 전에 솟아난 땀이 샘을 이루고 있었다.

"덥긴 덥네요, 정말."

원체 땀을 잘 흘리지 않는 나도 이마를 훔쳐야 했다.

"그래서 한여름에는 철수해야 한다니까요? 근데 이사장님이 고집이 세셔서, 원. 아무리 천막이 있고 휴대용 선풍기가 있어 도 여름철 아스팔트의 열기를 이겨낼 수가 있겠냐고."

최 팀장이 입을 내밀며 볼멘소리를 했다. 최 팀장은 사회복지 사로 일한 지 17년 차였는데, 그건 내게는 엄청나게 길고 대단 하게 느껴지는 경력이었다. 그녀는 지금은 슬립워킹테라피에서 봉사자를 관리하고 부스를 운영하는 일을 맡고 있었다.

"그래도 이제 곧 있으면 끝나요."

나는 최 팀장을 향해 웃어 보였다.

"그래서 한여름이나 한겨울에는 자원봉사자들한테 외부 활동 은 안 시켜요. 모자란 일손을 채워주는 것만으로도 고마운 상황 이니까요. 앞으로는 6월도 그 기간에 포함해야 할까 봐요."

"그러면 다음 달부터는 부스를 철거하는 건가요?"

"직원들이 나와 있을 거예요. 그렇지만 올해 여름이 유난히 덥다고 하니 철거하는 걸 건의해보려고요."

나는 지난주 내내 사무실에서 후원 사례를 정리해 자료집을 만든 일을 떠올렸다. 확실히 실내에서 작업할 때가 편했다. 늘 밤이 낮만큼이나 환하다고 생각해 왔는데, 야외활동을 하다 보 니 그게 얼마나 큰 오판이었는지를 알게 됐다. 부스의 천막이 드리우는 그늘 아래 붙어 있지 않으면 사정없이 내리쬐는 빛을 견디기 힘들었다. 어떤 빛도 태양 앞에 서면 자취를 감추고 만다는 걸, 나는 불면의 밤을 통과하는 동안 잊고 지냈었다.

"그러니까 다시 한번 생각해봐요, 지은 씨. 이대로 끝나면 아쉽지 않아요? 혹시 다른 일이 생긴 거라면 일정을 조정하는 것도 얼마든지 가능하니까요. 만약 다른 단체에서 지은 씨가 인재라는 걸 알아보고 채간 거라면 어쩔 수 없지만."

나는 또다시 빙긋이 웃었다.

"보다 보면 팀장님이랑 직원분들 모두 엄청 분주하고 바빠 보이세요."

"그럼요, 우린 맨날 인력이 부족하다니깐. 아, 이렇게 말하면 지은 씨가 안 오겠다고 하려나?"

"일이 바쁘지만, 중요한 일을 하고 있다는 자긍심은 가지게 될 것 같아요."

"그렇죠? 여기 있는 자원봉사자들과 직원들 모두 조금씩 변화를 만들고 있는 거예요. 다음 주에 있는 저녁 모임에라도 꼭 나와요."

최 팀장이 말하는 모임이란 제17기 봉사자들의 활동 종료를 공식적으로 기념하는 자리였다. 거창하게 이름을 붙였지만 이번 기수라고 해봐야 인원은 여섯 명이 전부였다. 6월이라 대학교 봄학기가 종강하지 않은 애매한 시기인 이유가 큰 모양이었다. 인원이 여덟 명 이상만 되어도 별로 고민하지 않고 안 가기로 결정했을 텐데, 적은 인원수가 나를 망설이게 했다.

"지은 씨가 우리 이사장님의 요리 솜씨를 보면 정말 놀랄 거예요. 전문 조리 자격증이 있으신 게 아닐까 싶을 정도라니까."

그때, 팀장이 자리에서 일어나 누군가에게 반갑게 아는 체하며 인사를 했다.

"어머, 이사장님. 누가 호랑이띠 아니시랄까 봐."

고개를 돌린 나는 깜짝 놀랐다. 셔츠 깃이 달린 검은 티셔츠에 베이지색 바지, 그리고 연한 회색빛 조던. 눈앞에 나타난 건 놀랍게도 미스터 조던이었다.

"여름이 이제 시작인데 너무 덥네요. 올여름은 안전상의 이유로 야외활동을 잠시 중단해야 할 수도 있겠어요."

가벼운 눈인사로 팀장과 인사를 나눈 뒤 미스터 조던이 말했다.

"제발요, 이사장님. 더워서 그런지 사람들도 덜 돌아다니는 것 같아요."

팀장이 맞장구쳤다.

"그렇다면 그 공백을 어떻게 메울 수 있을까요?"

"7월 중순부터 한 달간 전화번호를 붙여놓고, 2인씩 당직팀을 꾸려서 팀별로 돌아가면서 전화를 담당하면 어떨까요?"

그 둘이 무언가를 의논하는 동안, 나는 그날 서명을 받은 기부금 자동이체 신청 명단을 전자파일로 옮겼다. 이곳은 희한하게도 전자 패드로 신청서를 받지 않고, 꼭 종이에 작성한 신청서만 받고 있었다. 그래서 마감 시간이 되면 신청 내용을 전자 방식으로 입력하느라 분주해지곤 했다.

"…아무래도 학원가 부근에 사무실을 하나 임차해야 할 것 같아요."

"하긴, 방학철이 되면 학생들이 학교보다는 학원가 쪽에 더

몰리니까요."

"주변에 오락 시설도 많을 테고요."

두 사람의 대화를 듣는 사이, 입력 작업이 모두 마무리되었다. 마지막으로 '저장하기' 버튼을 누르는데, 미스터 조던이 내게 말을 걸어왔다.

"요 앞 편의점에서 아침마다 커피 드시는 분 맞으시죠?"

갑작스러운 질문에 나는 당황했다. 맞다고 겨우 대답하자, 미스터 조던은 고개를 갸우뚱하며 말했다.

"요즘 잘 안 나오시는 것 같던데요."

바로 당신이 신고 나타난 어떤 신발 때문이라고 말할 수는 없었기에, 나는 대충 둘러댔다.

"아, 네. 사정이 있어서 못 갔어요."

그때, 호기심 섞인 표정으로 나와 이사장을 번갈아 보며 유심히 대화를 듣던 최 팀장이 이사장에게 나를 소개했다.

"이사장님, 이번 달에 봉사활동을 하고 계시는 민지는 씨예요. 지은 씨, 이분은 우리 재단법인 슬립워킹테라피의 서인수 이사장님이세요."

아직 내게는 이사장이라는 직함이나 서인수라는 이름보다는 미스터 조던이 더 친숙했다. 그렇게 해서 미스터 조던에게 인사를 하고 나니, 내게 악수를 청하는 손길이 내밀어져 있었다. 나는 손을 맞잡고 짧게 악수했다.

"참, 오늘까지만 나오실 거예요. 사정이 있으시대요."

최 팀장이 말했다.

"그렇군요, 참 아쉽지만 언젠가 좋은 곳에서 또 만날 겁니다.

참, 다음 주에 있는 뒤풀이에는 참석하시죠?"

나는 대답을 얼버무리며 어색하게 웃었다.

우리는 같이 천막에 남아 뒷정리를 했다. 마지막으로 두 사람과 인사를 나누면서, 나는 전단용 팸플릿과 잡지를 기념으로 가져가도 되겠냐고 물었다. 내 물음에 이사장이 한 대답은 엉뚱했다.

"가져가십시오. 아주 유용할 겁니다. 재생지라 적당히 빳빳해서 바람이 제법 시원할 거예요."

제12장

17기 해산을 기념하는
저녁 모임에서

 호수가 있는 봉안당 앞에서 문자메시지를 주고받은 이후, 한 달이 넘는 시간 동안 태민과 나는 격조했다. 사실 그 무렵 나는 주변 사람들에게 모든 연락을 끊은 상태였다. 나는 태민이 칠운상점을 나와 새로운 직장을 얻었다는 사실을 그와 마지막으로 연락이 닿던 날 들어서 알고 있었다. 그러나 어느 회사에 다니는지까지는 얘기를 듣지 못해 모르는 상황이었다. 나를 놀라게 한 태민의 문자는 시간이 흘러 슬립워킹테라피의 저녁 모임을 하루 앞둔 날 오후에 도착했다.

 ─ 지은아, 너 슬립워킹테라피 17기 자원봉사에 참여했었다면서? 내일 저녁 모임의 참석자 명단에 네 이름이 적혀 있는 걸 보고 알았어.

 문자를 읽고서 처음에는 태민도 자원봉사자 중 하나인가 보다 생각했다. 봉사활동을 했던 지난 한 달간 봉사활동을 했지만 봉사자마다 각자 활동하는 곳이 달랐기에 나는 다른 봉사자들의 얼굴을 전혀 모르고 있었다.

— 너도 17기였어? 어떻게 이런 우연이 있지?

— 나는 여기 직원이야.

그제야 근 반년 만에 태민의 SNS 계정을 들어가볼 생각을 했다. 그사이 태민의 계정에는 내가 놓친 근황들이 많이 올라와 있었고, 그중에는 슬립워킹테라피에 관한 글들이 제법 있었다.

'슬립워킹테라피에서 세상을 아름답게 바꾸는 일에 동참할 소중한 사람을 찾습니다.'

18기 봉사자를 모집하는 글도 있었다. 비로소 정신이 번쩍 들었다.

— 네가 새로 들어간 회사가 슬립워킹테라피였구나.

— 그래, 내일 저녁 모임에 나도 끌려가. 그러잖아도 지금 내일 있을 모임을 위해 재료 손질을 하러 이사장님 댁에 와 있거든. 지금 탁자 위에 양파와 가지, 마늘과 토마토가 한가득 굴러다니고 있는데 그 사이로 네 이름이 보이지 뭐야.

— 이사장님의 요리 실력이 좋으시다길래 기대하고 있었는데, 이사장님이 아니라 네가 요리를 한단 말이야? 그렇다면 안 가야겠다.

— 야, 나는 채소를 다듬는 일이랑 설거지 정도만 하고 이사장님이 다 하실 거야 ㅋㅋ 이사장님의 요리 실력은 나도 인정하는 바야. 나중에 후회하지 말고 꼭 와.

공기가 한껏 끈적해진 밤은 수면 장애를 앓는 사람에게는 그저 밤새 뒤척이는 동안 고통을 더해줄 요인이 하나 더 추가되었다는 것을 의미할 뿐이었다. 습도와의 힘겨운 싸움은 예고된 장마가 한반도에 상륙하기 전부터 일찍이 시작되었다. 창문을 열든 닫든 공기가 꿉꿉하고 불쾌한 건 마찬가지였다. 에어컨 바람을 쐬려면 거실에서 자야 했는데, 벌써 에어컨을 틀고 싶지는 않았던 데다가 안방에서 문을 열고 취침 중인 엄마에게까지 내가 잠 못 들고 있다는 사실을 들키고 싶지 않아서, 나는 방에서 홀로 보이지 않는 적과 소리 없이 분투해야만 했다. 커튼 사이를 비집고 들어오는 바깥의 빛을 몰아낼 듯이 노려보면서.

그날도 그렇게 싸우다 지쳐 힘겹게 잠들었는데도 왠지 다음 날 이른 시간에 눈이 가볍게 떠졌다. 눈만 뜬 상태로 가만히 누워 있는데, 그날따라 가슴이 뛰었다. 무기력한 여느 아침과는 달랐다. 왜인지 알아내고 싶다는 핑계로 한참을 더 누워 있었다. 천장에 발린 벽지의 줄무늬 개수를 전부 다 세었을 때쯤 나는 그 이유를 깨달았다. 무언가가 나를 계속 한 방향으로 이끌고 있었다. 오늘 저녁 모임에서 무슨 일이 일어나리라는 막연한 예감이 나를 관통했다. 무엇보다도 지금 나의 상태는 어딘가 낯이 익었다. 나는 자리에서 일어나 움직이기 시작했다. 별다른 목적 없이 바쁘게 집 안을 돌아다녔다. 그러다 세수를 하려고 세면대에 다가갔을 때, 기억 한구석에서 비슷한 그림을 끄집어낼 수 있었다. 그건 처음으로 칠운상점에서 구름을 사고는 떨리는 마음으로 그날 밤에 일어날 일을 기다리던, 면접 전날의 내 모습이었다.

*

이사장의 집에 도착해 부엌으로 안내받았을 때, 그곳엔 이미 초대받은 인원 대부분이 도착해서 음식으로 빈틈없이 채워진 식탁을 가운데에 두고 떠들썩하게 이야기를 나누고 있었다. 구깃구깃한 먹색 앞치마를 두르고 연분홍색 오븐 장갑을 낀 미스터 조던, 아니 이사장이 다가와 나를 빈자리 중 하나로 안내했다. 개수대 앞에 서 있는 태민의 뒷모습이 조리대와 냉장고에 반쯤 가려진 채로 보였다. 곧 두 사람이 더 도착했고, 태민도 수건으로 손의 물기를 닦으며 착석했다.

탁자 위에서 유일하게 비어 있던 중앙 자리에 이사장이 거대한 오븐 용기를 내려놓고 나자, 마침내 모두 자리에 앉게 되었다. 사람들의 시선이 반질반질하게 윤이 나는 흰 오븐 용기로 향하면서 일순간 정적이 흘렀다. 어쩐지 거룩한 분위기마저 감도는 가운데, 이사장이 모두의 기대를 배반하고 오븐 용기의 뚜껑을 여는 대신 연설을 시작했다.

"안녕하세요, 여러분. 오늘 이 자리에 모여주신 여러분은 지난 한 달간 슬립워킹테라피에서 진행하는 건강한 수면 문화 프로젝트에 동참해주신 분들입니다. '건강한 수면 문화 프로젝트'라고 간단하게 이름 붙였지만, 사실 우리가 하는 일은 그보다 복잡하고 다양합니다. 숙면하는 방법과 구름을 바르게 사용하는 방법에 대한 교육을 통해 구름의 부작용을 예방하는 것부터, 가출 청소년들이 범죄에 휘말리지 않고 안전한 곳으로 돌아갈 수 있도록 안내하고 보살피는 것까지, 다시 말해 예방과 교육의 차원부터 문제 해결과 치유의 차원까지 넓은 스펙트럼을 가진 활동들입니다.

그러나 안타깝게도 슬립워킹테라피와 같은 비영리 단체는 항상 인력과 자원이 부족하여 운영하는 데 많은 어려움을 겪습니다. 이 어려움은 우리가 하려는 이 의미 있고 중요한 움직임을 멈추게 만들 수 있을 정도로 분명하게 실재하는 위험입니다. 이런 실정에서 여러분은 어떤 대가도 바라지 않고 공익이라는 한 가지 목표를 가지고 오셔서 모두 열심히 활동해주셨습니다. 그 덕분에 우리는 지난 한 달도 활동을 지속해나갈 수 있었습니다.

바로 이 순간에도 누군가가 벼랑 끝으로 내몰린 채 삶과 죽음 중 하나만을 택해야 하는 기로에 서 있다고 하면 과장처럼 들릴지도 모릅니다. 그러나 제가 지난 6년 동안 이 단체를 운영해오며 목격한 것은 그런 말도 안 되는 일들이 너무도 쉽고 빈번하게 일어나는 현실이었습니다. 정말로 많은 아이들이 그런 끔찍한 상황에 처해 있었습니다. 우리는 그들 중 일부는 도울 수 있었지만, 전부를 돕지는 못했습니다. 그래서 앞으로도 슬립워킹테라피가 짊어질 의무와 책임은 막중합니다. 우리가 어떤 생각으로 무슨 일을 하고 있는지를 사람들에게 끊임없이 알려야 합니다.

이런 일을 수행하는 비영리 단체나 기관들만 믿고서, 손을 놓고 있더라도 모든 문제가 자연히 해결될 거라고 믿는 사람들도 많습니다. 그렇게 해서는 문제가 점점 커질 뿐, 아무것도 해결할 수 없다는 걸 사람들에게 계속해서 상기시켜주어야 합니다. 그러지 않는 한, 당장 그 위험을 맞닥뜨리지 않은 사람들은 영원히 고통받게 될지도 모르는 거대한 위험에 처해 있거나 이미 그러한 고통 속에 사는 이들의 존재를 잊어버리고 맙니다. 자신들도 그 위험들로부터 결코 자유롭지 못한데도 말입니다.

그래서 우리는 앞으로도 해야 할 일이 많습니다. 쉽지는 않겠지만 여러분의 도움으로 해나갈 수 있을 것입니다. 숱한 어려움에도 굴하지 않고 계속해 나갈 수 있게 도와주신 여러분, 감사합니다. 오늘 저녁은 고생해주신 여러분들에게 감사한 마음을 전달하고자 마련한 자리니, 많이 드시고 즐거운 시간을 보내시길 바랍니다."

사람들이 박수를 쳤다. 연설 중간에 대각선 방향에 앉아 있는 태민과 눈이 마주쳤는데, 태민이 오븐 용기를 눈으로 가리키며 걱정하는 듯한 표정을 지어 보여서 하마터면 웃음이 터질 뻔했다. 메인 요리가 식을까 봐 걱정하고 있었던 것이었다. 다행히 연설을 마친 이사장이 마침내 오븐 용기의 뚜껑을 들었을 때, 다진 고기와 가지가 든 라자냐에서는 막 오븐에서 꺼낸 것처럼 따뜻한 김이 모락모락 나고 있었다.

탁자 위에 차려진 것은 한식과 양식이 혼재된 퓨전 음식이었다. 한식 요리로는 윤기가 흐르는 잡채와 양념갈비, 고소한 녹두전과 파와 당근이 잔뜩 들어간 계란찜, 김이 나는 들깨탕과 김치 두부찜 요리가 있었고 양식 요리로는 에그인헬과 라자냐, 리코타치즈 샐러드가 있었다. 샐러드 위에는 치즈가 뿌려져 있었는데, 나중에 들은 것이지만 태민이 마지막까지 부엌에서 나오지 못했던 이유가 바로 샐러드 위에 얹을 치즈를 가느라 그런 것이었다. 나는 치즈에 대해서 잘 몰랐지만, 마지막 순간까지 기다려 신선하게 보관한 치즈여서인지 맛과 풍미가 살아 있으면서도 꼬릿한 냄새가 심하게 나지 않아 좋았다. 음식은 간이 다소 싱거운 편이었는데, 개인적으로 음식이 슴슴한 편을 선호하는 내게는 더할 나위 없이 훌륭했다. 많은 음식 중에서도 들깨탕과 라자냐가 제일 입맛에 맞았다. 국자로 옹기 안에 담긴 따끈한 들깨탕을 두 번째로 덜려다가 이사장과 잠깐 눈이 마주쳤는데, 그 순간 이사장은 누가 보더라도 마음이 푸근해지는 할아버지처럼 인자한 미소를 짓고 있었다. 호수와 같은 조던을 신고 있었다는 이유만으로 잠시나마 그를 적대시했다는 사실이 미안하게 느껴질 정도였다.

그릇의 빈 부분이 늘어나는 사이 밤이 점차 깊어졌다. 해가 넘어간 지 오래였다. 사람들은 자리에서 일어나 각자 핸드폰과 가방을 챙기거나 작별 인사를 나누고 있었다. 나도 자리에서 일어나 있었는데, 태민이 다가와 귓속말을 했다.

"나 좀 도와줄래? 이사장님 정리하는 거 도와드릴 건데. 대신 집에까지는 내가 데려다줄게."

어차피 후식으로 아이스크림이 든 베이비슈까지 먹고 나니 배가 너무 불러서 지하철역까지 걸어가야겠다고 생각하던 차였기에, 나는 흔쾌히 그러겠다고 대답했다.

사람들이 모두 나가고 나자 집 안이 순식간에 고요를 되찾았다. 남은 것은 태민과 나, 이사장 셋뿐이었다. 문득 이사장의 가족은 어디에 있을까 하는 궁금증이 들어 태민에게 말을 걸려던 찰나, 이사장이 나타나 역할을 나누어주었다.

나는 식기를 정리해 날랐고 이사장은 설거지를 했다. 태민은 잔반 정리를 맡았다. 여덟 명이라는 나름의 대인원이 식사를 했는데도 뒷정리는 생각보다 금방 끝이 났다. 음식은 모두 덜어 먹었기에, 버려지는 잔반도 없었다.

뒷정리를 마친 뒤, 이사장이 참외와 복숭아를 내어와서 우리는 다시 한번 식탁에 둘러앉게 되었다. 이사장은 차를 끓이고 있으니 조금 기다렸다가 들고 가라고 말했다. 신기하게도 조금 전까지만 해도 터질 것처럼 불렀던 배에 과일이 척척 들어갔다. 시계를 보니 8시 반 정도로 그다지 늦은 시간은 아니었다. 집의 구조가 부엌의 창과 거실의 베란다 창이 마주 보는 형태여서 그런지, 조금 전의 음식 냄새는 이미 다 빠지고 여름 과일의 풋풋한 향기가 부엌을 가득 채웠다. 포크로 복숭아를 찍자, 단단한 조각에 난 틈 사이로 약간의 즙이 흘러내렸다. 복숭아는 그 향기만큼이나 달콤한 즙을 넉넉하게 머금고 있었다.

"지은씨에게 묻고 싶은 게 있습니다."

포크를 내려놓으려던 순간, 이사장이 내게 말했다. 나는 얼른 접시에서 손을 거두고 그가 꺼낼 질문을 기다렸다.

"…지은씨도 잠드는 일이 어렵게 느껴진 적이 있나요?"

그런 걸 묻다니, 이상하다고 생각했다.

"글쎄요, 잠을 잘 잔다는 건 누구에게나 다 똑같이 어려운 일 아닐까요? 요즘처럼 어둠이 보기 드문 시대에는."

"물론 그 말도 맞지만 고통스러워 하면서도 주위에 도움을 요청하지 못하고 홀로 끙끙 앓는사람도 있죠. 만일 도움이 필요한 일이 생긴다면 언제든지 편하게 말씀해주세요."

이사장이 말했다.

혹시 태민이 나에 대해 무슨 말을 한 건가 싶어 쏘아보았더니, 태민은 무슨 영문인지 모르겠다는 듯 억울한 표정을 지으며 고개를 가로저었다. 그걸 본 것인지, 이사장이 이렇게 말했다.

"지은 씨의 안색이 예전에 내가 알던 누군가를 닮아 있어서 그래요. 아주 젊고 유망한 친구였는데… 잠과 구름으로 고통받는 사람들을 돕는 일을 하고 있으면서도 전 그를 돕지 못했습니다. 그 사람이 나와 가까운 사람이었음에도 불구하고 말입니다. 그래서 노파심에 한 말이니, 부디 언짢게 생각하시지는 말고 나중에 어려운 일이 생기면 언제든 지은 씨를 도울 수 있는 곳이 있다는 사실만 알아주시길 바랍니다."

나는 기분이 썩 유쾌하지는 않았지만 알겠다고 대답했다. 기분이 유쾌하지 않았던 건 아마도 그 순간 그 인자한 얼굴이 내가 지독한 불면을 앓고 있다는 걸 모조리 꿰뚫어 보는 듯 날카로운 눈빛으로 날 보고 있었기 때문일지도 모른다. 아니면 이사장의 말투가 좀 전까지와는 다르게 진지한 쪽으로 돌변해서일 수도 있었다. 어찌 됐든 간에 나로선 이사장의 그런 태도는 불편한 관심 그 이상도 이하도 아니었다. 나는 대화의 주제를 돌려볼 겸, 평소 궁금했던 점을 물어보기로 했다.

"혹시 앞으로 전시회를 여실 계획이 있으신가요?"

"전시에 대한 계획은 따로 없는데요, 왜 물으시나요?"

"지나가다 4층에 있는 전시실을 봤거든요. 그곳이 언제 문을 열지 항상 궁금했어요."

그저 별 뜻 없는 호기심에서 시작한 질문이었는데, 그 순간 앞에 있는 두 사람 모두가 얼어붙었다고 느낀 건 나만의 착각이었을까? 적어도 분위기가 갑자기 차게 식은 것만은 분명했다. 재빨리 내가 무엇을 잘못했는지 짐작해보려고 했지만, 그곳에 대해 아는 바가 없는 내 머릿속에서 답이 나올 리 없었다. 나는 일부러 과장하여 당황해하는 티를 내며 이렇게 말했다.

"아, 괜한 걸 여쭈어 죄송해요. 제가 전시에 관심이 있어서 여쭤봤어요. 구름에 대한 전시라면 이곳에 있는 동안 보면 좋을 것 같다고 생각했거든요."

"아마 지은 씨가 이곳에 있는 동안 전시회가 열리는 일은 없을 겁니다. 당분간은 계획이 없으니까요."

급변한 이사장의 태도는 당황스러웠다. 좀 전과 달리 굳은 표정으로 입을 꾹 다물고 있는 태민도 도움이 되지 않는 건 마찬가지였다. 급격히 식어버린 공기에 태민과 나는 이사장이 끓이고 있다던 차도 마시지 못한 채 빠져나와야 했다. 집에 가는 길에 태민에게 내가 무슨 실수를 한 것이냐고 물었는데, 태민도 이리저리 빠져나가기만 할 뿐 속 시원한 대답을 해주지는 않았다. 그때껏 분명 분위기가 좋았었는데, 내 말의 어느 부분이 대화를 망쳐버린 것인지 도무지 영문을 알 수 없었다.

비록 안 좋게 끝나긴 했지만, 그날 저녁 식사에 관한 기억은 뇌리 깊숙한 곳에 뿌리를 내렸다. 내가 4층 전시실에 관한 화제를 꺼내기 전까지, 그날 저녁은 따스하고 정겹게 흘러갔다. 나는 머릿속으로 이사장이 만찬을 시작하기에 앞서 했던 말을 되풀이했다. 이대로 끝내기는 아쉽지 않냐는 최 팀장의 말이 중간에 끼어들기도 했다.

결국 다음 날, 나는 최은희 팀장에게 전화를 걸었다.

"방학이라 지원자가 많긴 한데 아직 모집하고 있어요. 다음 기수는 사흘 뒤 시작이에요. 어디로 들어가면 좋을지 봐볼게요. 어디 보자, 지금 물류 정리팀에 자리가 하나 남아 있네요. 조금 고된 작업일 수 있는데, 거기로 들어가도 괜찮겠어요?"

무슨 일이든 상관없다고 말했다. 사실 모금 활동만 아니라면 무엇이든 다 잘할 수 있을 것 같았다.

"좋습니다. 그러면 사흘 뒤에 봐요, 지은 씨."

최 팀장이 씩씩한 목소리로 말했다.

제13장

구름문은 어디에

내가 슬립워킹테라피에서 새로 맡은 물류 정리 업무는 한데 섞여 배송되는 기부 물품들이 필요한 곳에 보내질 수 있도록 잘 분류해서 정리하는 일이었다. 나는 본사 물류창고에 배치됐다. 본사 물류창고라고 해봐야 같은 건물의 지하실을 가리켰지만.

물류창고 일을 시작한 뒤로 업무를 배우고 적응하느라 굉장히 바쁘게 지낸 데다가, 서로 근무하는 층이 달랐기 때문에 태민과 나는 한동안 서로 마주치기도 힘들었다. 그래도 한 달 정도 지나고 나자 태민과 나는 종종 같이 점심을 먹고 남은 점심시간을 옥상에서 쉬며 보낼 수 있게 되었다. 옥상에는 일일이 세기 어려울 정도로 많은 화초들이 가장자리마다 죽 늘어서 있었다. 한쪽에는 파라솔이 달린 탁자 두 개가 세워져 있었고, 그 주변으로 의자들이 놓여 있었다. 맞은편에 앉은 태민은 언제나처럼 유쾌했다. 어딘가 조금 어설픈 그와 얘기를 나누다 보면, 웃음이 터질 때가 많았다.

옥상에서 태민과 나눈 여러 이야기 중에는, 태민이 어쩌다 슬립워킹테라피에 오게 되었는지에 관한 것도 있었다.

원래 태민은 주변 상황의 변화를 민감하게 받아들이는 편이었다. 나도 못지않게 예민한 편이었지만, 태민의 예민함은 나와는 다른 방식이었다. 이를테면 나는 주변 풍경의 변화를 보며 계절이 변하고 있다는 걸 확인하는 쪽이었다. 태민은 달랐다. 그런 변화를 머리보다 몸으로 먼저 받아들이는 편이었다. 태민에게 주변 풍경의 변화를 인지하게 하는 것은 닭발같이 생긴 몸을 이제 막 펴보려고 하는 새잎의 꼬물거리는 몸짓 같은 게 아니었다. 무심한 척하지만 꽤 신경 써서 툭툭 떨어뜨린 물감들처럼 숲을 다양한 조화로 물들이는 단풍의 움직임도 아니었다. 정수리에 닿는 볕의 온도, 목덜미를 스치는 바람의 온도, 몸 구석구석으로 스며드는 습기의 온도. 살갗에 닿는 온갖 것들의 온도였다. 태민은 자신에게는 세상을 자세히 관찰하는 습관 같은 건 없다고 말했다. 오로지 자신이 관심을 가지는 대상만 관찰할 뿐이었다. 태민에게는 게임이 그랬다.

태민이 오랜 시간을 들인 게임, 세븐 클라우즈는 죽어가고 있었다. 일곱 개 유형의 꿈을 기반으로 세계관을 무한히 확장해 나가겠다는 포부를 지니고 등장한 그 게임은 메타버스가 등장한 이후 외면받기 시작했다. 게임은 떠나려는 유저들을 잡을 수 없었고, 회사는 유저 없이 게임을 운영할 수는 없었다. 결국 세븐 클라우즈의 서비스는 종료되었다. 하지만 태민은 세븐 클라우즈를 놓지 못했다. 한동안 그에 비할 만한 게임을 찾아다녔지만, 한참 헤맨 뒤 그게 시간 낭비일 뿐이며 세븐 클라우즈 같은 게임은 세상에 존재하지 않는다는 결론에 이르렀다. 그래서 태민은 세븐 클라우즈의 CD 판본을 가지고 놀았다. 그동안 습득한 기술로 직접 모딩하기도 했다. 그렇지만 혼자 하는 게임은 어쩐지 외로웠다.

태민은 게임 세븐 클라우즈의 커뮤니티이자 동명의 게시판인 '세븐 클라우즈'를 떠나지 못하고 있었다. 그러나 그곳에서 자신이 할 수 있었던 건 더 이상 새로운 글이 올라오지 않는 게시판 앞을 얼쩡거리며 예전 글들을 읽는 것뿐이었다고 했다. 게임의 맵이 문제점들을 개선하며 새로운 세상을 열고, 그 속에 캐릭터가 하나둘씩 추가되는 과정을 태민은 역사책 읽듯 죽 살펴보았다. 그건 정말 한 세계의 역사였다.

하루는 마지막 장이 넘어갔다. 자신이 사랑하는 세계 하나가 그렇게 끝이 났다. 그런데도 사람들은 조의를 표하지도, 아쉬워하지도 않았다. 태민이 사랑한 세계를 함께 누린 사람들은 모두 어디로 간 것인지. 눈 앞에는 새로운 세계에 열광하는 사람들만이 있었다.

우연히 글 하나를 발견한 것이 그때였다. 어쩌면 이번에는 세븐 클라우즈 쪽이 태민을 잡은 것이었는지도 몰랐다. 태민은 이제 세븐 클라우즈의 커뮤니티에 더 이상 접속하지 않겠다고 다짐하며 사이트를 나가려 하고 있었다. 키보드를 두드려 창을 닫았으나 창이 닫히지 않았다. 손가락이 빗나가는 바람에 F4 대신 F5를 눌렀던 것인데, 어처구니없는 실수로 인해 열린 창에는 놀랍게도 태민이 찾아 헤맨 세계로 통하는 새로운 입구가 나타나 있었다.

'칠운상점에서 함께 일할 직원을 구합니다.'

"와, 이런 게 바로 인연인가 봐."

이야기를 모두 듣고 난 뒤, 나는 감탄했다. 그럴 수밖에 없었다. 어떤 종류의 게임이든 그 정도까지 빠져본 적 없는 나에게는 놀라운 이야기였다.

"그럼. 상실감이 얼마나 컸는데. 결국 여기까지 날 이끌었지."

태민이 말했다. 여느 때처럼 밝은 미소를 띠었지만 어쩐지 쓸쓸해 보이기도 하는 얼굴이었다.

"너도 이곳까지 온 걸 보면 인연이 있는 거야."

태민의 말이 아프게 찔렀다. 그때까지 미루고 있던 물음을 떠오르게 했다. 나는 무엇을 바라고 여기까지 온 걸까.

나는 분명히 무언가를 찾고 있었다. 그렇기 때문에 여기까지 오게 된 것이다. 고운과 나눈 대화가 아니었더라면 이곳에 지원하지도 않았을 것이다. 그러나 그때까지도 정작 내가 무얼 찾고 있었는지 나는 알지 못했다.

"사실 네 걱정을 많이 했어. 네가 아직 많이 힘들어서 여기까지 온 것 같아서."

태민이 종종 그랬듯 날 향해 걱정스러운 눈빛을 하고 말했다. 그러나 나는 아직 그 주제에 대해 남들과 얘기할 준비가 안 되어 있었다. 언제쯤 그럴 수 있을지조차도 몰랐다.

"시간이 많이 흘렀어. 네가 다 잊고, 괜찮아졌으면 해."

더는 견디기 힘들었다. 나는 의자에서 일어나 화초 가까이 다가갔다. 잎사귀를 쓰다듬으려고 식물 중 하나에 손을 뻗는데 태민이 다급하게 손을 뻗어 나를 막았다.

"잎에 상처 안 나게 조심해. 그 나무, 이사장님이 아끼시는 거야."

나는 급히 손을 거두었다.

"이 파라솔도 우리 앉으라고 가져다두신 게 아니야. 햇볕이 지나치게 세게 내리쬐는 날, 식물들을 자외선으로부터 보호하려고 가져다두신 거야. 실내에서만 곱게 자란 화초가 갑자기 직사광선에 노출되면 잎이 다 타버릴 수도 있다나 뭐라나. 직원들이 이렇게 파라솔 아래에 앉아서 쉴 수 있는 건 사실 직원 복지가 아니라 식물 복지의 덕을 보는 거라고 할 수 있지."

태민이 말했다. 화제를 전환한 것만으로 화초는 제 몫을 다했다. 나는 다시 파라솔 그늘 아래로 들어갔다. 의자에 앉기는 싫어 탁자에 기대어 섰다. 문득 다시금 그 화제를 꺼내야겠다는 생각이 스쳤다.

"근데 태민아, 4층에 대체 뭐가 있기에 아무도 그곳에 뭐가 있는지 모르는 거야?"

"응? 4층에는 아무것도 없는데?"

말은 그렇게 했지만 태민이 긴장했다는 게 눈에 훤히 보였다. 태민은 어릴 때부터 원체 속마음을 잘 숨기지 못했다.

"방금 옥상으로 올라오는 길에도 4층 전시실을 가리키는 표지판을 봤는걸. 지금은 판지로 덧대어 가려놓았지만 말이야. 그리고 그곳에 아무것도 없다면 저번에 이사장님은 왜 그렇게 예민하게 반응하신 거야?"

"아, 지금은 아무것도 없어서 그래. 이사장님이 원래 개인 수집품들로 전시실을 꾸미려고 했는데, 생각만큼 수집품이 많지 않아서 그냥 포기하셨대."

이번에도 그리 호기심을 충족해주는 대답은 아니었다. 나는 실망하여 '그렇구나.' 하고 설렁설렁하게 말했다. 그런 나를 본 태민은 내가 호기심을 아예 버렸으리라고 여긴 것인지 안도하는 기색이었다.

하늘은 파란 물감을 묽게 푼 도화지에 흰 구름 몇 방울만을 떨어뜨려 놓은 듯했다. 오랜만에 누려보는 맑고 화창한 날이었다. 이번엔 벤치에 제대로 자리를 잡고 앉자, 마침내 나의 전신이 온전하게 그늘 밑에 놓였다. 아까부터 태민과 나는 말이 없었다. 그저 파라솔 아래에서 그늘이 미처 차지하지 못한 옥상의 나머지 면적을 햇빛이 부지런히 데우는 광경을 가만히 구경할 뿐이었다. 날이 청량해서인지 데워진 공기는 불쾌하지 않고 그저 기분 좋게 따뜻하기만 했다. 이렇게 태평한 오후를 보내는 것도 참 오래간만의 일이었다. 그렇게 옥상의 시간이 구름 흘러가는 속도대로 천천히 흘러가도록 내버려두고 있으려니, 어떤 일이 잘못된다는 건 불가능한 일처럼 느껴졌다.

동화 같았던 평화는 오래가지 않았다. 어디서부터 흘러온 건지 모르지만 거대하고 묵직한 구름이 무서운 속도로 몰려오고 있었다. 묵직한 배를 끌고 나타난 구름은 삽시간에 해를 가리더니 옥상에 그늘을 드리웠다. 나는 파라솔 그늘에서 빠져나왔다. 구름은 덩치가 컸지만, 얇고 넓게 퍼져 있기보다는 좁고 묵직하게 떠 있었다고 표현해야 옳았다. 어떻게 보면 떠 있는 게 아니라 세워져 있는 것처럼 보이기도 했다. 해는 여전히 가려져 있었고, 이제 옥상은 제법 어두워져 있었다. 구름이 완전히 물러갈 때까지는 계속 그대로 어두울 것만 같았다.

그때였다. 어둑한 대기를 가르며 한 줄기 빛이 내려오기 시작한 것은. 빛을 따라 하늘로 시선을 옮기던 내 눈에, 구름 위로 난 작은 문이 들어온 것도.

문은 작은 빛줄기가 빠져나올 정도로 한쪽만 살짝 열려 있었다. 단단하지 않은 구름으로 만들어진 데다가 꾹 닫혀 있어 그 형태를 구별하기가 쉽지 않았는데도 내가 그걸 문이라고 인식할 수 있었던 건, 그게 제법 각진 모양을 한 데다가 경첩과 손잡이까지 달려 있었기 때문이다.

"날이 어두워지는 건 순식간이네."

태민이 말했다. 그 말에 나는 몽상에서 깨어난 듯, 정신이 퍼뜩 들었다.

"태민아, 너도 저 문이 보여?"

나는 여전히 문에서 눈을 떼지 않은 채 물었다.

"무슨 문?"

"저기 멀리 구름에 난 문."

나는 이제 그 문이 완전히 열리는 걸 보고 싶어졌다. 부디 바람이 일어 문이 열리기를. 그러자 정말 기적처럼 반대쪽 문이 열렸다.

"…양쪽 다 활짝 열렸잖아."

두 입술 사이로 꿈꾸는 듯한 목소리가 흘러나왔다. 사실 두 눈으로 보고서도 비현실적이라고 생각했었는데, 문의 존재에 대해 소리 내어 말하고 나자 그게 그 어떤 것보다도 사실적이고 실재하는 것처럼 느껴졌다.

"도대체 무슨 소리를 하는 거야? 그냥 점점이 떠다니는 구름인걸. 너 혹시 더위 먹었니?"

답답하다는 듯한 태민의 목소리가 먼 데서 들려오는 듯했다. 조금만 더 있었더라면 열려 있는 문 너머로 무언가가 움직이는 게 보였을 것 같았다. 그러나 느닷없이 나타난 구름은 기별도 없이 떠나버렸다. 이제 그 존재도, 문도 모두 사라져버렸다. 그 문이 도대체 어디로 통하는 문이었을지 알아야 한다는 생각이 날 사로잡았다.

점심시간이 끝나고 태민이 먼저 사무실로 돌아간 뒤로도 나는 한참을 하늘을 헤집었다. 이제 하늘에는 구름이 거의 없었다. 아무 소득도 얻지 못하고 눈만 아팠다. 억지로 하늘에서 시선을 떼었을 때, 테라스 가장자리에 끼어 있는 먼지 더미가 눈에 들어왔다. 자세히 보니 그건 미처 화단 위로 착지하지 못해 먼지와 함께 환영받지 못한 존재로 외롭게 말라가고 있는 버드나무 씨앗들이었다.

옥상에서 내려오면서 나는 답을 찾기 전까지 다시는 한낮의 햇볕을 마냥 태평하게 즐길 수 없으리라는 걸 직감적으로 깨달았다. 고운에게서 들었던 이야기와 옥상에서 보았던 구름문의 이미지가 머릿속에서 떠나지 않았다.

다음 날은 토요일이었다. 잠을 푹 잔 게 아니었는데도 저절로 눈이 떠졌다. 마음속으로 그 문이 나를 이끄는 곳으로 가보겠다는 결심을 마친 뒤였다. 나는 태민을 동네의 어느 카페로 불러냈다.

"주말에 이렇게 일찍 무슨 일이야?"

"메타버스에서 한 사람의 흔적을 찾고 싶어. 나를 좀 도와줄래?"

내가 태민에게 물었다. 언제나 장난스러웠던 태민의 목소리에서 처음으로 웃음기가 사라졌다.

"왜, 누구를?"

태민이 물었다.

"호수 씨."

"메타버스에서 그 사람의 흔적을 찾고 싶다고?"

"응, 일단 밀키에이부터 시작하면 될 것 같아."

"대체 왜?"

"나는 호수 씨가 아무 이유 없이 그런 선택을 했을 것 같지 않아."

"도대체 이러는 이유가 뭐야? 지은아."

태민이 숨을 깊게 들이마시고는 무슨 말을 하려고 하더니 뜸을 들였다. 그냥 말하지 말고 다시 집어넣어, 나는 생각했다.

"이럴수록 너만 더 힘들어져, 지은아. 너 요새 이상한 데 지나치게 집착한다는 거, 알아? 4층 전시실 얘기를 꺼내지 않나…. 이젠 너도 호수 씨에게서 벗어나야지, 대체 언제까지 이럴 거야?"

나는 화가 나는 걸 꾹 참고 대답했다.

"적어도 이 괴로움에서 벗어날 때까지."

내 목소리에서 나는 떨림이 내 귀로도 들렸다.

"네가 괴로운 이유가 무엇 때문인데?"

태민이 잠시 뜸을 들였다가 이어서 말했다.

"지금도 잠을 못 자니?"

나는 아무 대답도 하지 않았다. 내가 대답하지 않더라도, 태민은 답을 들은 거나 마찬가지였다.

"호수 씨의 흔적을 찾고 나면, 모든 문제가 해결되고 넌 잠을 잘 잘 수 있게 될 것 같니? 넌 그냥 호수 씨를 놓고 싶지 않은 거야."

태민의 말은 나 스스로 가지고 있던 의구심을 표현한 것과도 같았다. 무엇을 찾는지도 모르면서 헤매는 내내 따라붙었던 의심이었다. 하지만 신기하게도 다른 사람의 입을 통해 듣자, 나는 그게 얼마나 덧없는 불안에서 비롯한 것인지 단번에 알 수 있게 되었다.

"이 세계의 어떤 부분이 고장 났고, 그게 호수 씨를 죽게 했어. 나는 그게 무엇인지를 알아내야겠어."

"그 사람은 이미 죽었는데, 그게 다 무슨 소용이야. 게다가 고장이라니, 넌 지금 소설 같은 얘기에 집착하고 있어."

"내가 바로잡을 거야. 그러지 않으면 나는 잠들 수 없어, 태민아. 그날의 진실을 전부 알지 못한다면 나는 영영 밤에 잠드는 법을 잊어버리고 말 거야."

"내가 언제나 네 편이라는 거, 알지? 나는 다른 거 안 바라고, 그냥 네가 예전에 내가 알던 지은이로 돌아오길 바랄 뿐이야. 지금 가장 중요한 건 너 자신을 챙기는 거야. 네가 지금 이러는 건 너 스스로에게 아무런 도움이 되지 않아."

가장 친한 친구에게 부정당하는 게 얼마나 괴로운 일인지 왜 아무도 내게 얘기해주지 않은 걸까. 이렇게 쉽게 부정당할 줄 알았더라면 어렵게 용기를 내어 태민을 붙잡고 실랑이하지도 않았을 것이다. 태민의 거절을 받아들이던 순간, 나는 저주와도 같은 말을 퍼붓고 말았다.

"네가 망한 게임을 붙들고 있는 동안, 나는 가장 소중한 사람을 놓아주는 연습을 하느라 바빴어. 내가 한 사람을 보내고, 추억하고, 따라가는 동안 네가 한 거라곤 고작 게임에 대한 한탄만 늘어놓는 것뿐이었어."

그 말이 태민이 가장 아파하는 곳을 정확히 조준하리라는 걸 나는 알았다. 태민이 자리를 박차고 일어났다. 태민이 카페 문을 열고 나가 어느덧 눈에서 보이지 않을 정도로 멀어질 때까지, 나는 미동도 없이 앉은 자리에 그대로 가라앉고 있었다.

제14장

두 개의 단어, 하나의 조던

어릴 적부터 친구이던 태민과 그 정도로 심하게 말다툼을 한 건 처음 있는 일이었다. 역시나 그날 밤에도 잠을 설쳤다. 다음 날 아침 어느 때보다도 기분이 좋지 않은 상태로 일어난 건 당연지사였다. 온몸에 기운이 하나도 없었다. 마치 내가 잠든 짧은 사이에 무언가가 다가와서 몰래 힘을 모조리 흡수한 다음 도망치기라도 한 건 같았다. 하지만 물류창고에서 일하는 건 생각했던 것보다 많은 에너지를 요구하는 일이었다. 내게 아침 식사와 커피가 다시 필요해졌다.

오랜만에 익숙한 편의점을 찾았다. 예전에 그랬듯 커피를 주문했고, 빈 컵을 받아 기계가 내려주는 커피를 받았다. 내가 빈 의자에 앉을 때쯤 이사장이 가게 안으로 들어왔다. 그런데 평소와 달리 담배와 함께 무언가를 잔뜩 사더니, 내가 있는 곳으로 다가왔다. 결국 내 옆자리에 앉은 이사장이 꿀배 차를 내게 내밀었다.

"카페인은 이미 충분하신 것 같아서요."

이사장이 친절한 미소를 지으며 말했다. 나는 얼떨결에 이사장과 대화를 나누게 되었다.

"지은 씨는 왜 커피 전문점이 아니라 편의점에서 커피를 마셔요?"

"저는 편의점이 더 편한 것 같아요."

"아, 분위기가 덜 부담스러워 편안한 겁니까?"

"아뇨, 가격이 더 저렴해서요."

내 말에 이사장이 웃음을 터뜨렸다.

"요새 일은 어떤가요? 할 만한가요?"

나는 자포자기하여 대답했다.

"일을 그만둬서요, 여기 말곤 올 데가 없어요."

"아, 일을 다니다가 그만두셨군요."

이사장은 내가 일을 그만둔 이유에 대해서는 묻지 않았다. 나는 조용히 온기를 느끼면서, 꿀배 차를 손바닥에 붙였다 떼기를 반복했다. 어쩌면 이사장이 할 만하냐고 물어본 '일'이란 직업이 아니라 봉사활동을 일컫는 것이었을지도 모르겠다는 생각이 뒤늦게 들었다.

"이곳에 오는 사람들은 다들 갈 곳이 없어서 오는 사람들이니, 걱정하지 말고 앞으로도 편하게 오시면 됩니다."

이사장이 자신의 은색 머리칼만큼이나 환하게 웃었다. 친절한 사람이었다. 미스터 조던이 이사장이라는 걸 안 뒤로도, 사람 좋은 인상을 준다는 사실은 변하지 않았다. 재단을 운영하며 좋은 일도 많이 하고 있지 않은가. 문득 이사장이 호수와 아는 사이였는지, 안다면 얼마나 친한 사이였을지 궁금했다.

"사실 일을 그만두고 마음이 많이 허전했는데, 이곳에서 보낸 시간이 저를 많이 위로해주었어요. 제가 활동한 날의 모금 실적은 형편없었지만요."

"나도 돈과 관련된 데는 약합니다. 지은 씨도 나와 같은 부류의 사람인지도 몰라요. 그렇다면 다른 곳에서 더 실력을 잘 발휘할 겁니다."

나는 그럴 수 있다면 좋겠다고 대답했다. 이사장은 내게 요즘 어떤 일을 하고 있냐고 물었다. 나는 물류창고에서 기부 물품을 분류하는 일을 하고 있다고 답했다. 이사장이 그 일이 재밌냐고 물었고, 나는 그렇다고 대답했다.

"지은 씨도 알고 있겠지만, 하는 많은 일들 중에 가장 중요한 것은 우리의 도움이 필요한 아이들에게 다가가는 일입니다. 물론 모금이나 기부품도 중요하긴 하지만, 그런 것들은 결국 목표를 위한 수단 같은 것이지요. 집 밖으로 나온 아이들은 언제나 위험에 처해 있어요. 아니죠, 이제는 언제 어디서든 온라인에 접속만 하면 어디로도 갈 수 있는 세상이니, 집 안에서도 언제라도 위험 속에 놓일 수 있다고 말해도 과언은 아니겠죠. 위험한 세력은 늘 아이들에게 접근할 기회를 엿보고 있습니다."

이사장은 뜸을 들이더니, 의미심장한 눈빛으로 나를 보며 말했다.

"더티 플룸이나 마약과 관련된 조직들 말입니다."

이사장이 말하는 위험이 어떤 것인지를, 나 또한 고운의 이
야기를 통해 어렴풋이나마 알고 있었다.

"우리는 무방비 상태에 놓인 아이들이 위험한 곳으로 향하지
않도록 길을 안내하고, 쉼터를 제공하는 일을 하고 있습니다.
그러기 위해서는 조직만큼이나 우리도 인력이 필요하고, 힘이
필요해요. 아이들이 빠져나오기 힘든 위험에 처하는 건 우리도
모르는 사이 순식간에, 그리고 너무도 자주 일어나는 일이기 때
문입니다. 아마 모니터링 팀에 인력이 부족할 거예요. 그쪽에
지원해 일을 배워보면 어떠시겠어요?"

"아예 입사 지원을 해보라는 말씀이신가요?"

"그렇습니다."

난데없는 권유에 당황하긴 했으나 솔깃했던 것이 사실이었
다. 나는 고운이 들려준 이야기와 슬립워킹테라피의 게시판에
서 보았던 호수의 사진들을 번갈아 떠올렸다. 갑자기 어떤 의문
이 생겨났다. 나는 충동적으로 가방에서 펜을 꺼내어 커피컵에
둘러진 홀더 위에 글씨를 썼다.

Sleep Working Therapy
　　　Walking

"슬립워킹테라피에서 '워킹'이 working인가요, walking인
가요?"

이사장이 내게서 펜을 넘겨받았다.

"사실 둘 다를 의미합니다."

238

이사장은 철자 하나로 의미가 달라지는 두 단어 위에 각각 동그라미를 그렸다.

"처음 단체의 이름을 지을 때 몽유병(Sleepwalking)과 같은 수면 장애에서 착안한 것이 사실이지만, 실효적인 치료책(working therapy)을 추구한다는 단체의 목적을 생각해본다면 어느 하나를 떼어놓고 설명할 수는 없습니다."

나는 커피를 한 모금 마셨다.

"솔직히 솔깃하네요."

그 말은 진심이었다. 그런 곳이라면 내 불면증에 대한 답을 찾아줄 수 있을 것 같았으니까.

"하지만 지금은 이 일을 본격적으로 시작하기 전에 먼저 제가 찾고 있는 물음에 대한 답을 찾고 싶어요. 책임감이 따르는 중요한 일이니, 꼭 그래야만 할 것 같아서요."

이사장이 나를 빤히 쳐다보았다. 시계를 보니 이미 8시 45분이 넘어 있었다. 내가 먼저 의자에서 일어났다. 우리는 빈 컵을 정리하고 편의점에서 나왔다.

사무실까지 걸어가는 길에 보니 이사장은 진한 파란색에 미드솔이 올라와 있는 조던을 신고 있었다. 요전 날 보았던 것과 다른 모델이라서 다행이라고 생각했다.

"조던을 참 좋아하시나 봐요."

"지은 씨도 신발에 관심이 많은가요?"

"딱히 그렇진 않지만… 유난히 조던을 좋아했던 한 사람을 알고 있어요."

내가 말했다. 누군가에게 소리 내어 말하려니 가슴이 아팠다.

"오, 안목이 있는 분이로군요."

이사장이 흥미를 보이며 말했다.

"사실 지난번에 이사장님이 제가 잘 알고 있는 신발을 신고 오셨어요."

"언제를 말하는 겁니까?"

"지난번에 연한 스카이그레이 색상의 조던 로우 파리를 신고 오신 날이 있었죠? 희귀한 한정판 제품이요. 제가 알던 어떤 사람도 그 신발을 신었거든요… 그걸 몹시 아꼈었죠."

거기까지가 한계였다. 울컥 감정이 솟구치기 직전이었다. 다행히 우리는 어느새 건물 앞에 이르러 있었다. 나는 급히 이사장에게 인사를 하고 계단을 통해 지하의 물류창고로 내려갔다. 기분 탓인 걸까, 어쩐지 뒤통수가 따가운 것 같았다.

말은 그렇게 했지만, 사실 내겐 답을 찾지 못한 채 흘러가는 하루하루가 전부였다. 나는 핸드폰과 노트북, 그리고 집에 있던 낡은 데스크톱 한 대를 가지고 밀키웨이를 중점으로 메타버스 세 곳을 배회했다. 아무런 수확 없이 몇 달 동안 메타버스 공간을 떠도는 건 굉장히 지치는 일이었다. 이젠 정말로 그만두어야 하나, 하는 생각이 주기적으로 피어올랐다. 그건 사실 자연스러운 현상과도 같았다. 현실적이라는 이름의 부정적인 생각과 절망하고 체념하려는 마음이 완전히 소멸해서 다시 고개를 들지 않는 것도 이상한 일일 테니까. 그런 질긴 생각들은 생명력이 강했다.

바로 그 질긴 생각들 때문에 내가 잠을 자지 못하는 것인지도 몰랐다. 아니면 그걸 피하고 싶어서 더욱 잠을 원하고 있었던 건지도. 잠을 향한 갈망은 해가 떠오르는 동안 깊이를 더해 갔다. 다행인 건 이미 죽은 지 한참 된 좀비 같은 걸음으로 가까스로 슬립워킹테라피의 맞은편 편의점까지 가기만 하면, 어느 정도는 잠에서 깨어날 수 있었다는 거였다. 무엇보다도 좋은 일을 하러 가는 거라고 스스로를 다독인 덕분인지, 그곳으로 가는 걸음만큼은 그래도 디딜 만했다.

제15장

호수를 시계 반대 방향으로
따라 걷다가

그날따라 커피를 마실 힘조차 없어 김이 다 날아갈 때까지 손
대지 않고 멍하니 앉아 있었다. 이사장이 편의점 안으로 들어왔
다. 이사장은 이번에는 아무것도 사지 않고, 내가 있는 쪽으로
왔다.

"이런 말이 실례가 될 수 있다는 걸 알지만, 그래도 해야겠습
니다. 지은 씨의 안색이 너무 안 좋아요. 오늘은 그냥 집에 가서
쉬는 게 어때요?"

이사장이 의자에 앉으며 말했다.

"집에 가도 잠은 못 들어요. 이미 다 깼어요. 괜찮아요."

나는 있는 힘을 다 짜내어 웃는 얼굴을 만들었다.

"무슨 걱정이 있나요?"

"아니요⋯."

걱정과 근심은 항상 있습니다만, 속으로 대답했다.

"혹시 회사를 그만둔 것과 관련이 있을까요?"

평소 같았으면 그 말을 부인했을 텐데, 나는 아니라고 대답하려다가 이내 관두었다. 따지고 보면 관련이 있는 것은 맞았으니까. 게다가 그즈음엔 내 주위의 모든 게 다 연결되어 있는 것처럼 느껴졌다.

"어쩌면요."

"…그러면 운영호를 한 바퀴 돌고 들어가는 게 어떻겠습니까?"

이사장이 자리에서 일어나며 제안했다.

"네? 지금요?"

"한 바퀴를 다 돌면 총 2.8킬로미터를 걷는 셈인데, 이 정도면 적당한 운동을 위한 코스로는 훌륭하죠. 아마도 걷기로 몸에 열이 좀 오른 상태에서 집에 들어가 적당히 따뜻한 온도의 물을 반 컵 정도 마시고 침대에 누우면, 편안히 잠을 잘 수 있을 겁니다."

이사장은 내 신발을 보더니 이렇게 덧붙였다.

"마침 운동화를 신고 계시군요. 게다가 오늘은 구름이 껴서 눈이 부시지도 않고, 아침 산책을 하기에 완벽한 날입니다."

인자해 보였던 첫인상과는 달리 이사장은 놀랄 정도로 고집이 셌다. 원래 한번 하기로 마음먹은 일은 하고야 마는 성격인 듯했다. 정신을 차려보니 나는 이사장을 따라 사무실로 들어가서는 컨디션이 좋지 않아 쉬겠다고 말하고 나온 뒤, 다시 그와 함께 운영호가 있는 방향으로 걷고 있었다.

"그래도 이렇게 걸으니 상쾌하고 좋지요?"

허허 웃는 이사장 말대로 아침 공기가 꽤 상쾌했다. 전날 내린 비 덕분에 미세먼지 농도를 알려주는 전광판이 웃는 녹색 얼굴로 '좋음'을 표시할 정도로 공기가 맑았던 데다가, 구름이 적당히 햇빛을 가려주어서 더할 나위 없이 걷기 좋은 날씨였다. 그렇지만 여전히 이 상황이 너무도 갑작스럽기는 마찬가지였다. 나는 솔직한 생각을 곁들여 대답했다.

"좀 당황스러웠지만 상쾌하긴 하네요."

"허허. 당황스러웠나요?"

"네, 오늘 아침에 집에서 나올 때까지만 해도 이렇게 불량하게 땡땡이를 치고 이사장님과 호숫가를 산책하리라고는 상상도 못 했으니까요."

이사장이 갑자기 걸음을 멈췄다. 얼떨결에 나도 멈춰서고 말았다. 내가 너무 예의 없게 굴었나 하는 우려가 뒤늦게 들었다. 친절하긴 해도 나보다 한참 어른인 분이다. 걱정하고 있는데, 이사장이 진지한 얼굴로 이렇게 말했다.

"불량하다니, 그렇게 생각하면 안 됩니다. 쉬어가야 할 때는 쉬어가야 하는 겁니다."

이사장의 얼굴에 나타난 단호한 표정을 보자, 나는 이상하게도 그 말을 편하게 받아들일 수 있었다.

"…쉬어가야 하는 거군요."

이사장의 말을 따라 하고 나자 이때까지 뿌옇던 감정이 선명해진 기분이 들었다. 이제껏 내게 무엇이 부족했던 것인지도 알수 있었다. 내게는 쉼표가 부족했다.

어느덧 운영호를 따라 난 호숫길의 입구에 이르러 있었다.

우리는 호수를 왼쪽으로 끼고 시계 반대 방향으로 걷기 시작했다. 왼편으로 펼쳐져 있는 운영호는 부드러운 움직임을 거듭하며 수면 위로 고요함을 잔잔하게 짜내고 있었다. 그 고요하고 차분한 물결을 보자, 무언가를 털어놓고 싶다는 생각이 불쑥 들었다.

"이사장님 말씀이 맞아요. 제게도 쉼표가 필요했어요. 그래서 회사를 그만두게 된 거예요. 쉼표를 찍을 수 있으면 좋았을 텐데, 현실이 그러도록 내버려두질 않아서 그 대신 마침표를 찍기로 한 거죠."

이사장은 아무 말도 하지 않았다. 나는 이야기를 계속해 나가야만 할 것 같은 압박감이 들었다. 그래서일까, 다른 사람에게 한 번도 말해본 적 없는 얘기를 털어놓기 시작했다. 회사를 그만두고 하릴없이 지낸 지 몇 달째이던 때, 내가 누구보다도 사랑했던 사람이 잠든 곳에 갔다가 그의 친구를 만나 슬립워킹테라피에 대해 듣게 됐다고. 내가 사랑했던 사람은 그곳과 오랜 기간 인연을 이어 갔고, 자신의 재능을 살려서 다른 사람들을 돕고 싶어 했다고.

"제가 그 사람을 한없이 응원해주기만 했다면 정말 좋았겠지만, 가끔은 우리의 일이 아니라 다른 사람의 일로 바쁜 그에 대해 야속한 감정이 생기는 게 제 솔직한 마음이었어요. 그를 독차지하고 싶은 욕심이 있었나 봐요. 그러나 이젠 저도, 세상도, 그 누구도 그를 더는 볼 수 없어요. 그는 이제 이 세상에 없거든요."

나는 매일 회사에 나가서 평소와 똑같이 일하고, 먹고 말해야 했던 시간에 대해 이야기했다. 어떤 일을 해내야 한다는 생각에 사로잡혀 있었던 시기에 관해. 그땐 적어도 사랑하는 사람이 마지막으로 남긴 유작을 살려보겠다는 목표가 있었다. 나는 아무런 감정이 없는 사람처럼 일했고, 결국 원하던 바를 이뤘다. 목표를 이뤘지만 기쁘지 않았고 오히려 괴로웠다. 그의 작품이 끝내 완성되어 세상에 나온 뒤에야 비로소 그가 죽어서 이미 이 세계에서 사라진 지 오래라는 끔찍한 사실을 직시했다.

어떤 면에서 보면 나는 그의 죽음을 받아들이는 고통을 디 이상 나눌 수 없을 만큼 잘게 나누어서 조금씩, 천천히 받은 셈이었다. 그런 덕분에 그동안은 괴로움에 관한 모든 걸 망각하고 최대한 무감각한 상태로 지낼 수 있었던 것이다. 내가 그 일에 그렇게 매달렸던 것도, 현실을 인정하는 순간을 최대한 미루기 위한 거였다는 걸 뒤늦게 인정하기 위해 나는 괴로운 과정을 애써 미뤄온 만큼이나 배로 길게 거쳐야 했다.

"눈을 떠보니 절 다시 잠들게 해줄 수 있는 단 한 사람이 없어진 거예요. 저는 나날이 불면의 고통 속에 밤을 보내야 했고, 날이 밝아오면 아무렇지 않은 척하며 길을 나서고 회사에 가야 했어요. 그전에도 불면증을 앓았었는데, 그땐 매일 쫓기는 기분으로 잠을 잤어요. 어떤 일을 해야 하는데, 그러면 지금 자둬야 하는데… 그러다 그가 죽은 뒤로는 어느 방향으로 가야 할지 모르는 기분으로 밤을 맞닥뜨렸죠. 그러자 불면증은 다른 차원의 것이 되었어요.

이제 내가 무얼 할 수 있을까, 기껏 해봐야 거기에 무슨 의미가 있을까? 그때부터 저는 무엇을 해야 한다는 의무감과 압박감에 시달리는 것이 아니라, 제가 무얼 하든 거기엔 아무 가치

246

와 의미가 없다는 허무감과 이대로 모든 걸 끝내고 싶다는 유혹에 시달렸어요. 죽을 듯이 괴로웠지만 그래도 전 그 과정을 힘겹게 반복해내고 있었어요."

한참을 걷다 보니 볼품없이 말라가고 있는 철쭉 무리가 눈에 들어왔다. 어느덧 호수를 절반가량 돈 것이다. 그때까지 말이 없던 이사장이 불쑥 질문을 던졌다.

"그렇다면 지금은 어떤가요? 불면증이 여전히 심한가요?"

이사장이 내게 물었다.

"그럼요."

나는 걸음을 멈추고 발끝에 차인 돌부리를 신발 앞코로 들어 뽑아버렸다. 옆의 동행인이 나를 따라서 완전히 정지하기 직전, 뽑힌 돌을 옆으로 치워버리고 다시 발길을 이어갔다.

"이건 어떻게 보면 치료할 수 없는 고약한 고름 같은 거예요. 게다가 한 사람을 잃어버린 뒤로는 이렇게 구멍까지 뻥 뚫려버렸는걸요."

나는 가슴 위에 두 손을 올려놓았다.

"이 구멍을 타고 내려가다 보면 가장 깊숙이 있는 밑바닥까지 닿을 수 있을지도 몰라요. 그렇게 뻥 뚫려버린 상처가 아직 시커먼 입을 벌리고 진물과 고름을 뱉어내고 있는데, 회복할 시간이 주어지지 않아요. 땅거미가 지고 밤이 몰려오더라도 깊은 밤에 접어든 것 같지가 않아요. 바깥은 여전히 너무 밝고요, 저는 어둠이 무서워요. 얼마 전부터는 악몽도 자주 꾸는데, 악몽은 악몽대로 힘들더군요."

호수와 다시는 얘기할 수 없게 된 뒤로, 내 잠과 꿈 문제에 관해 누군가에게 이렇게 털어놓은 적이 있었나. 나는 평소에는 혼자서도 깊게 생각해본 적 없었던 문제에 대해 잘 모르는 타인에게 말하고 있었다. 그 사실을 의식하자, 이사장이 낯설게 느껴지고 기분이 이상해졌다.

"악몽만큼 괴로운 것이 불면이지요."

내 심경의 변화를 모르는지, 이사장이 여전히 속을 알 수 없는 진지한 얼굴로 말을 이었다.

"때로는 잠을 못 자는 고통에 비하면 악몽이라도 꾸는 게 낫다고 느껴지기도 한답니다."

"제 생각도 그래요. 악몽을 꾸고 나면, 너무 두려워서 다시는 잠들지 못할 것 같은 기분이 들어요. 이 땅에 어둠이 지고 밤이 찾아오는 게 무서워지거든요. 하지만 이사장님 말씀이 맞아요. 잠이 오지 않는 고통으로 밤을 새우고 나면, 악몽이라도 꿀 수 있기를 바라게 돼요."

여기까지 말하고 나자 불현듯 이런 생각이 들었다.

"악몽과 불면은 동전의 양면 같은 걸까요?"

"글쎄요… 그렇다고도 볼 수 있겠네요."

우리는 잠시 말이 없어졌다. 슬슬 다리에 피로감이 느껴지기 시작했다. 아까부터 호수 위로 잔물결을 만들던 바람이 하늘에서 구름을 걷어낸 모양이었다. 어느덧 높이 떠오른 해가 프리즘처럼 조각조각 난 수면 위로 쏟아지고 있었다. 물결이 빛을 사방으로 반사하자, 날이 흐려 괜찮을 거라던 이사장의 말과 달리 눈이 몹시 부셨다. 눈 위에 손을 갖다 대어 차양을 만들었는데도 자꾸만 눈이 찡그려졌다. 새하얀 빛이 세상을 빈틈없이 채워

나가고 있었다.

"그렇다면 지은 씨는 그 사람이 생각나는 날에는 어떤 방법으로 견딥니까?"

역시나 얼굴을 찡그린 이사장이 나를 향해 몸을 돌리며 물었다. 내가 호수를 어떻게 그리워했더라? 선뜻 생각나는 게 없어 기억을 더듬어야 했다.

"갈 곳이 없으니까, 그냥 제 방에 혼자 있는 거죠. 바다를 상상하면서."

여러 차례 반복하여 등장하는 기억이었다. 계속해서 머리 위로 쏟아지는 햇살 탓인지 금세 정수리가 뜨끈해졌다.

"그럼 호수가 보고 싶은 날에는요? 그를 보러 시외로 나가시나요?"

호수가 있는 봉안당까지는 버스나 차로 1시간가량 걸렸다. 마음만 먹으면 언제고 금방이라도 갈 수 있는 거리였다.

"아뇨. 그곳에 간다고 해서 살아 있는 그 사람을 볼 수 있는 건 아니니까… 자주 가지는 않아요. 그러니까 호수 씨가 보고 싶을 때도 그냥 제 방에 있어요. 천장을 올려다보며 그를 떠올리는 거예요. 그러다가 숨 막히게 갑갑해져 오면 공원으로 나가 달리기도 해요. 달린 뒤에는 지금 내가 숨을 쉬는 일이 힘겨운 게 다른 이유 때문이 아니라 전속력으로 달렸기 때문이라는 사실에 안도할 수 있거든요."

그렇게 대답한 순간, 나는 얼어버렸다. 그가 방금 호수가 생각나는 날이라고 말한 건가?

"미스터 조던, 아니 이사장님이 어떻게 호수를 아세요?"

나는 당황한 나머지 횡설수설하고 말았다. 고개를 돌리자 나를 안타깝다는 눈빛으로 보고 있던 이사장과 눈이 마주쳤다.

"지은 씨가 사랑했던 사람이 호수라는 걸, 방금 대화하던 중에 확실히 깨닫고 말았습니다. 놀라게 해서 미안합니다."

제16장

구름의 생성과 진화기

"내가 호수와 어떻게 알게 된 사이인지 궁금하시겠죠?"

이사장이 마침내 입을 열었다.

"우리는, 말하자면 조던에 대한 취향을 공유한 덕분에 엮이게 된 사이입니다."

호수를 처음 만났던 날에도 자신은 어김없이 조던을 신고 있었다고 이사장은 말했다. 그런데 그날 그곳에 조던을 신고 온 사람은 그 혼자가 아니었다. 당시 애디어벡스의 상임이사였던 그는, 회사의 기부 사업 중 하나인 수면 인재 양성을 위한 후원 사업의 발대식에 참석하러 온 길이었다. 발대식이 열리는 연회장에 마련된 객석들은, 후원 사업의 서포터와 주최 측의 자리로 나뉘어 앞뒤로 빼곡히 들어차 있었다. 식이 시작되기 10분 전

연회장에 도착했던 그는 맨 앞줄에 마련된 주최 측 자리에 가 앉으려다가, 서포터 줄에서 독특한 조던 신발을 발견하고는 멈 춰서서 신발의 주인에게 말을 걸었다.

"이거 엄청 구하기 힘든 귀한 신발인데… 어디서 구했어요?"

"저희 형이 선물해줬어요. 자세한 건 묻지 말라고 했습니다. 단, 잃어버리면 다시 찾기 전에는 집에 들어올 생각은 하지 말 라고도 했던 것 같네요."

자랑스럽게 발을 더 내밀어 보이던 호수에게, 어쩐지 단번에 정이 갔다고 이사장은 말했다. 그게 어떤 의미인지 나도 알 것 같았다. 호수는 그런 사람이었으니까. 호수와 대화해본 사람이 라면 누구나 그랬을 테니까. 이사장은 그 자리에서 호수에게 자 신의 명함을 건넸다. 시간이 흘러 그가 애디어벡스 사에서 나오 게 되면서, 자연스럽게 호수에 대해서는 잊고 지냈다.

두 사람이 다시 만난 건 슬립워킹테라피에서 주최한 청소년 수면 지킴이 홍보행사장에서였다. 그날 열린 행사의 목적은 청 소년에게 더티 플룸의 유해성을 알리는 한편 무료로 참여할 수 있는 수면 주체성 증진 프로그램을 홍보하는 것이었다. 각자의 재능을 기부하기 위해 모인 슬리퍼들이, 청소년들에게 직접 수 면 장애 진단 키트를 배포했다. 그 무렵 호수는 그가 제작한 구 름으로 이름이 알려지며, 청소년들 사이에서 나날이 인기를 얻 고 있었다. 행사는 많은 참가자를 모집하며 성황리에 막을 내렸 다. 그리고 행사를 마치고 나서 가졌던 뒤풀이 자리에서 이사장 호수를 알아보았다. 두 사람의 인연이 본격적으로 이어진 건 그 때부터였다.

※

"얼마 지나지 않아 유수가 세상을 떠났습니다. 지은 씨는 누구보다도 호수와 가까운 사람이지만, 유수가 죽기 전의 호수라는 사람에 대해서는 잘 알지 못하겠지요. 호수가 겪어야만 했던 절망과 고통에 대해 내가 감히 모든 걸 아는 건 아니겠지만, 나는 호수가 유수를 잃었을 때 얼마나 고통스러워했는지 곁에서 지켜보았습니다. 그런 일을 겪고 난 뒤 호수는 결코 예전 같지 않았죠. 얼굴에서 빛이 빠져나가고 있었습니다. 지은 씨도 생동감으로 빛나던 호수의 얼굴을 기억하지요?"

나는 고개를 끄덕였다. 호수의 눈동자와 피부는 깊은 곳에서부터 우러나오는 빛을 가득 머금고 있었다.

"지은 씨가 호수를 만났을 땐 이미 유수와 사별한 뒤였을 테니, 아마 지은 씨가 본 건 생기가 반감된 모습이었을 겁니다. 호수는 정말이지 옆에서 보고만 있어도 기운을 불어넣고 운을 불러들이는 듯한 그런 빛을 가진 사람이었거든요. 어떤 상황에서도 절대 포기라는 건 모른다는 듯한, 어떻게 보면 위험한 순수함이 호수의 내면에 단단히 자리하고 있었어요."

그렇게 지칠 줄 모르고 사방에 온기를 퍼뜨리며 활활 타오르는 횃불 같았던 호수가, 유수를 잃고 난 뒤로는 악마에게 영혼이라도 빼앗긴 듯한 표정을 짓곤 했다. 그 모습이 마치 생전의 유수와 같았다고, 이사장은 말했다. 걱정이 든 이사장은 호수를 가까이서 관찰하기 시작했다.

"하루는 호수를 불러 같이 저녁을 하며 어떻게 지내고 있는지

살피는데, 얼굴에 불면증의 징후가 나타나 있더군요. 눈 아래에 짙게 드리워진 푸른 그늘과 거칠어진 피부, 그리고 눈을 뜨고 있는 게 힘들어선지 이마에 잔뜩 힘을 주느라 양 눈썹 위로 잡혀버린 주름 같은 것 말입니다."

호수에게 불면증이 있었다는 건 처음 듣는 이야기였다. 원한다면 언제든 쉽게 잠들 수 있으며 꿈마저 아름답게 꿀 수 있는 재능을 타고난 호수였다. 그런데 호수에게도 쉽게 잠들지 못하는 날들이 있었다니… 내 문제를 대신 해결하겠다는 듯이 나서서 돕던 그의 모습이 떠올랐다. 자신도 괴로운 적이 있었다는 걸 내색하는 법이 결코 없었다. 그는 항상 혼자 모든 걸 스스로 떠안으려 했다.

"요즘 어떤 꿈을 꾸느냐고 묻자, 호수는 퍼들에서 꾸지 않은 꿈을 더 이상 기억하지 못하게 되었다고 했지요. 그리고 이제는 퍼들에 들어가지 않으면 불안해 잠들기 어렵다고 말했습니다. 혼자서는 잠들지 못하게 된 겁니다. 나는 호수에게 일할 때 말고 집에서 혼자 잠들 때도 퍼들을 이용해보면 어떻겠냐고 권유했습니다. 그렇게 해서 내가 가지고 있던 퍼들을 호수에게 준 것이지요. 호수는 처음에는 홀로 퍼들에 들어가는 것을 두려워하는 것처럼 보였습니다. 그러나 시간이 지나며 퍼들을 향한 강한 호기심이 두려움을 이기게 되었죠. 그렇게 혼자 있는 시간에 퍼들에 들어가고서부터 호수는 다시 잠을 잘 수 있게 됐습니다. 나는 그렇게 해서 만들어진 구름을 칠운상점으로 가져다달라고 부탁했지요. 호수의 상태를 지켜봐야 했으니까요. 칠운상점에는 구름의 퀄리티를 측정할 수 있는 시스템이 있습니다. 다행히도 구름의 상태로 보았을 때, 호수의 수면 상태는 아주 양호했습니다."

이제 다리 하나만 마저 건너면 호숫길은 끝이 날 것이다. 하지만 이야기는 끝날 기미가 보이지 않았다. 나와 서인수 이사장은 아까부터 다리 위에 서서 한 발짝도 움직이지 못하고 있었다. 이사장이 들려준 이야기 덕분에 내가 오랫동안 가지고 있던 의문이 조금은 풀렸다. 항상 끝이 보이지 않는 안개 속에 단단히 갇힌 것 같았는데, 이제 거의 다 지나왔다는 걸 나는 직감적으로 알았다. 조금만 더 간다면 그 끝이 보일 것이다. 카드 패들이 제 정체를 드러내기 직전이었다.

나는 이사장에게 어떻게 호수에게 퍼들을 선물할 수 있었는지 물었다.

"그 사람의 죽음에 대해 풀리지 않는 의혹이 남아 있는 이 상황에서, 이사장님이 그 부분만큼은 명확히 설명해주셔야 할 것 같아요."

이사장은 안경을 벗고 엄지와 검지로 미간을 문질렀다. 상대방이 괴로워하고 있다는 게 느껴졌지만, 그 사실을 알고도 나는 계속해서 재촉해야만 했다. 이사장은 얼굴을 몇 차례 쓸어내리다 이내 다리의 난간에 몸을 기대고는 한숨을 길게 내쉬었다.

"이야기가 조금 길어지겠군요. 벤치에 앉을까요?"

쓰러질 듯 하얗게 질린 얼굴로 이사장이 말했다.

15년 전, 젊었던 서인수는 자신이 세운 회사를 나와 다시 한 번 직접 회사를 설립하여 운영하기로 했다.

그렇지만 무엇으로 회사를 차릴지는 아직 알지 못하는 상태였다. 단 한 가지 분명했던 건, 이번엔 게임 말고 다른 것을 만들고 싶다는 점이었다. 고민하는 날들이 이어졌다.

그 무렵, 이사장의 아내는 불면증으로 고통받고 있었다. 교사였던 그는 인천의 한 중학교에 발령받아 근무를 시작한 뒤로 원래 있었던 불면증이 더 심해졌다. 아내는 교장과의 불화로 힘들어하고 있었는데, 그해 담임을 맡은 반 학생 중 몇 명이 문제 상황에 얽히는 일이 유독 잦았다. 경찰서를 하도 자주 들락거려서 나중에는 내비게이션을 켜지 않고도 관내의 경찰서들을 찾아갈 수 있게 되었다. 아내를 경찰서로 소환한 아이들 중에는 다른 학생에게 말하지 못할 폭력을 행사한 아이도 있었고, 가짜 사업자나 주식, 코인을 이용한 금융사기에 가담하거나 약물이나 성범죄에 연루된 아이도 있었다.

"아내는 매 학기를 마칠 때마다 내게 다음 학기엔 담임을 맡지 않고 좀 쉬고 싶다고 했습니다."

이사장이 쏩쓸히 말했다.

"하지만 아이들이 조금씩 변해가는 모습을 보면서, 아내는 포기하지 않았습니다. '내 눈으로 이 애들이 졸업하는 것까지는 봐야겠다'는 말을 입에 붙이고 살았지요. 불면증으로 인해 겪는 고통은 점점 커졌습니다. 내가 정기적으로 월급이 나오던 회사를 그만두고 퇴직금으로 사업을 준비하는 바람에 아내가 일을 쉴 수도 없게 됐다고 나는 자책했습니다. 하지만 아내는 셀 수 없이 괜찮다고 말해주었습니다. 그 길이 자신이 선택한 길이란 걸, 늘 강조해서 말했죠."

힘들어했던 이사장의 아내는 결국 병원을 찾았고, Z라는 수면유도제를 처방받아 복용하기 시작했다. Z는 기존 수면제의 단점을 보완한 약이었다. 그래도 Z는 다른 수면제와 마찬가지로 장기 복용할 경우 몽유병이나 수면 중 섭식장애와 같은 여러 부작용을 수반할 수 있었다. 인수는 아내가 그 약을 복용하는 게 염려스러웠다. 그렇기에 아내가 Z를 복용하는 밤에는 항상 곁에서 직접 상태를 확인했다. 그 염려가 결코 과한 것이 아니었다는 듯, 비극은 이사장이 아내의 곁에 없을 때 일어났다.

그 일이 일어나던 날, 이사장은 아버지가 갑작스럽게 쓰러지셨다는 전화를 받았다. 즉시 수술에 들어가야 할 수도 있을 만큼 위급한 상황이었기에 당장 아버지가 계시는 대전으로 내려가야 했는데, 아내는 수업 중이었기에 그 혼자 가야 했다. 애들을 볼 사람마저 없는 상황이었다. 다행스럽게 연락이 닿은 처제가 집에 와 애들과 함께 있기로 했다. 대전으로 내려가는 길에 이사장은 아내에게 여러 차례 문자를 보내며 Z를 복용하는 것에 대해 주의를 상기시켰다. 아내는 알겠다는 답장 속에 윙크하는 이모티콘을 담아 보내왔다. 그래도 완전히 안심하지 못했던 이사장은 처제와 심지어 아직 어린 큰딸과 작은아들에게도 저녁에 문단속을 잘 할 것과 어머니를 잘 보살필 것을 부탁했다. 자신이 너무 지나친 건 아닌가 싶을 정도였다.

정밀 검사 결과 이사장의 아버지는 수술까지 갈 정도는 아니어서 대전의 한 대학병원에서 비교적 간단한 스텐트 시술을 받았다. 시술도 성공적으로 잘 끝났기에 안도해야 했지만, 어딘가 불길한 느낌이 가시지 않았다. 밤 11시가 조금 넘은 시각, 처제에게서 전화가 왔을 때 이사장은 자신이 우려했던 일이 일어났음을 직감했다. 처제는 울먹이고 있었다. 무슨 일이냐고 다그치자, 처제가 가까스로 말하기 시작했다. 수면유도제를 복용하고 일찍 잠자리에 든 언니가, 잠옷 차림에 신발도 신지 않은 채로 자신과 아이들이 전혀 모르게 홀로 집 밖으로 빠져나갔다고. 그리고 아파트 단지를 벗어나자마자 옆 마을 재개발 구역으로 향하던 덤프트럭에 부딪혀 사망했다고. 처제는 언니가 분명 약을 먹고 곤히 잠들었는데 어떻게 집을 빠져나갔는지 이해할 수가 없다고 했다. 이사장도 이해할 수 없었다. 그들 중 누구도 이해할 수 없는 일이었지만, 그 일로 인해 그들은 그날 밤 사랑하는 사람을 잃어야 했다.

"아내가 죽은 뒤로, 나는 아이들도 방치한 채 오랜 시간을 방황했죠. 결국 처가댁에서 애들마저 데려간 뒤, 홀로 남겨진 나는 끝없이 침잠했고 끝내 바닥을 찍고 말았습니다. 그러나 가장 밑바닥에 가 닿았을 때, 나는 무언가를 보았습니다. 마침내 무엇을 만들어야 할지를 알아냈고, 목표가 생긴 겁니다. 나는 침잠하던 것을 멈추고 다시 수면 위로 올라올 수 있었습니다. 내가 찾은 목표는 인체에 무해한 수면제를 만드는 것이었습니다. 그리고 완전히 무해하기 위해서는 잠 그 자체를 결정화하는 방법을 찾아야 했습니다."

안경 너머로 이사장의 눈이 빛났다.

"그래서 지인 몇 명과 함께 자본금을 합해 새로운 회사를 설립했습니다. 새 회사에서 내가 있어야 할 자리는 정해져 있었습니다. 나는 개발자였으니까요. 결국 대표이사 자리는 경영에 대한 경험이 많은 다른 친구가 맡았고, 나는 연구 개발에만 전념하기로 했습니다."

부작용이 없는 수면제를 개발할 목적으로 세워진 그의 회사는 신약을 개발하는 회사가 아니었다. 수면 중인 인간에게서 잠을 추출하는 기계를 개발하는 것이 그가 회사를 설립한 목적이었다. 무엇을 만들지가 정해졌을 때부터 그의 머릿속에는 어떻게 만들지도 그려졌다. 그는 온종일 기계를 만졌다. 이번만큼은 시간이 그의 편이었다. 그는 자신이 예상했던 것보다 더 이른 시점에 결정잠을 만드는 기술을 개발했고, 그렇게 만든 결정잠을 이용하여 잠드는 방법을 고안해내는 데까지 성공했다. 회사의 중추가 될 핵심 기술 개발에 성공한 이후, 그의 회사는 이를 기념하기 위해 사명을 바꾸었다. 이사장 자신은 반대했지만, 다수의 의견에 따라 회사의 새로운 이름은 구름 생성의 원리인 단열팽창(adiabetic expension)을 줄여서 지은 애디어벡스(Adiabex)가 되었다.

이사장이 가장 처음 개발한 결정잠 추출 기계는 꿈을 온전히 정제하지 못했다. 기계를 통해 만든 결정잠에는 마치 불순물처럼, 잠든 이의 꿈이 채 걸러지지 못한 채 남아 있었다. 그는 그걸 실패라고 보았다. 그에게는 꿈을 추출할 의도가 전혀 없었기 때문이다. 반면, 회사는 그걸 대성공이라고 보았다. 회사는 그들의 성공을 이용하여 해외 투자기업으로부터 거액의 투자를 유치했다. 대표이사는 그 기술이 그들의 회사를 최정상으로 데려갈 것이라며 흥분했다. 이사장이 결정잠의 순도를 높이는 기술을 연구하는 동안, 애디어벡스 사의 한편에서는 연구원들이 잠을 추출할 때 꿈의 잔여물이 더 많이 남도록 하는 기술을 연구했다. 전시실로 옮겨온 퍼들은 그때 이사장이 만든 초기 작품 중 하나였다.

"투자 설명회를 앞두고 회사에서는 투자자들에게 그동안의 성과를 보여줘야겠다고 판단했습니다. 그래서 내 초기 작품 몇 점을 경매에 부치는 행사를 열기로 했지요. 나는 아직 정제 기술이 완전하지 않기 때문에 기계를 공개해선 안 된다고 주장했지만, 이사회에서는 다수결로 행사를 진행하기로 결정을 내렸습니다. 다행히 경매 시작가액이 너무 비쌌기 때문에 팔릴 것 같지는 않았습니다. 그러자 대표이사는 경매에서 낙찰이 되지 않으면 중국에서 열리는 박람회에 참석해서 다시 한번 경매를 열겠다고 했습니다. 하는 수 없이 나는 내 먼 친척에게 나를 대신해서 그 작품을 구입해달라고 부탁했습니다. 그렇게 해서 그 작품은 나에게 오게 되었습니다.

그 뒤 회사는 점점 내가 원치 않는 방향으로 갔습니다. 이윽고 나는 가장 많은 부를 얻어낼 수 있을 때 그곳에서 나오는 게 차라리 낫겠다고 판단했습니다. 그래서 회사로부터 내가 개발한 기술에 대해 로열티를 받는 대신 그 이상의 권리는 주장할 수 없다는 내용의 계약서에 서명했고, 회사를 나와 주식매수선택권을 실행했습니다. 통장에 찍힌 어마어마한 숫자를 보는데, 숨이 막혔습니다. 내 평생 그렇게 많은 돈을 손에 쥐어본 적이 없었으니까요."

여전히 나는 이사장이 퍼들과 결정잠 추출 기술의 개발자라는 사실을 믿기 어려웠지만, 이야기를 듣고 나니 그동안 그에게서 느꼈던 수상한 점들이 조금은 설명되는 것 같았다. 그렇지만, 그가 설명한 것처럼 회사 운영이 걷잡을 수 없이 흘러가는 그런 상황이었다 해도….

"아무리 많은 대가를 받더라도 자신이 탄생시킨 기술을 남에게 넘긴다는 건 쉽게 할 수 있는 일은 아닌 것 같은데요."

나는 신랄하게 말했다. 이사장의 수동적인 태도가 아까부터 묘하게 내 신경을 긁고 있었다.

"나는… 그 회사에 남아 있었어도 내가 할 수 있었던 건 없습니다."

"그럼 슬립워킹테라피는요? 본인이 만든 창조물을 스스로 파괴하기 위한 수단에 불과한가요?"

이사장은 주머니에서 손수건을 꺼내어 땀을 닦으려는 듯 이마에 가져다 댔다. 하얗게 질린 얼굴을 벅벅 문질렀다. 우물거리던 그가 힘겹게 말했다.

"나의 창조물에는 죄가 없었습니다. 죄를 지은 건 그 기술을 가지고 탐욕을 부린 그들이었죠. 나는 나만의 방식으로 그들을 저지하고 나의 창조물을 지키기로 했습니다. 변명처럼 들리겠지만 정말입니다. 회사 안에서는 이미 힘이 없었던 데다가, 나 스스로도 정치를 잘하는 사람은 못 되었지요. 그 안에서는 내가 할 수 있는 게 거의 없었어요. 그래서 마치 바이러스처럼, 밖에서 침투하는 방식으로 그들의 행보에 타격을 가하기로 결심한 겁니다."

제17장

세 개의 구름, 사흘 밤의 꿈

더 이상 어떤 설명이나 변명도 듣고 싶지 않았다. 벤치에서 일어나려는 찰나, 이사장이 다급히 나를 붙잡았다.

"지은 씨도 한 가지만 대답해줘요."

나는 감춰두었던 비밀 몇 가지를 들려주었다는 것만으로 무슨 권리가 생긴 듯이 말하는 이사장에게 화가 났다. 아무 말도 하지 않고 바닥만 뚫어져라 쳐다본 것은 그 때문이었다.

"왜 호수의 집에서 구름을 가지고 나오지 않았나요?"

분명 대답하지 않겠다고 마음먹었는데… 그 물음은 겨울날 호수의 집 안에서 느끼던 온기와 그의 공간에서만 맡을 수 있던 특유의 냄새, 그리고 그 모든 게 사라진 그날의 기억 같은 것들을 일시에 불러왔다.

내가 마지막으로 구름을 사용한 건 호수의 집에서였다. 그의 집에서 발견한 검은 상자에는 사용하지 않은 구름이 가득했다. 내 손에 쥐어진 구름의 끄트머리에는 언제나처럼 석탄색 플룸이 달려 있었다. 리라의 연주를 들으며 빛이 만들어 낸 그림자의 움직임과 함께 구름 속으로 들어가던 그때, 나는 이전에도 그랬듯 금방 잠으로 빠져들었고 호수의 꿈을 꾸었다.

우리는 어딘가로 가고 있었다. 그곳은 호수와 나 외에는 아무도 모르는 곳이었다. 호수가 내 팔을 잡아끌었다. 경계가 보이지 않을 정도로 하늘을 온통 덮어버린 구름이 우리 두 사람의 머리 위로도 그늘을 드리우고 있었다. 꿈속에서도 나는 그가 한순간에 나를 놓아버릴까 봐 두려워하고 있었다. 내가 먼저 그의 손을 놓아버린 것도, 조바심에 그가 내 손을 붙들고 있는 게 맞는지 확인하기 위해서였다. 그러자 나의 몸이 순식간에 보이지 않는 무언가에 의해 뒤로 끌려갔다. 그가 뒤를 돌아보았고, 몸이 순식간에 구름의 끄트머리로 당겨지며 나에게서 멀어졌다.

'돌아와!'

호수가 애처롭게 외치던 순간, 마지막으로 마주친 그의 눈동자 속에 있는 사람은 내가 아니라 그의 형, 유수였다.

"제가 마지막으로 구름을 사용한 건 그날이었어요."

마치 다시 한번 꾸기라도 한 것처럼, 꿈을 그토록 생생하게 기억할 수 있다는 게 믿기지 않았다. 기억의 재생이 끝나 다시금 현실로 돌아왔을 땐, 이사장을 향한 반감이 어느 정도 누그러져 있었다. 마음 깊숙한 곳에서부터 분노도 아니고 슬픔도 아닌, 처음 느껴보는 뭔지 모를 감정이 솟구치고 있었다. 다시 이야기가 시작될 지점에 이르렀다는 사실과, 이제 순서가 내게로 돌아왔다는 걸 알았다. 호숫길 위에서 호수에 관한 이야기를 하다니, 이상한 우연의 일치라는 생각이 문득 들었다.

"호수 씨의 집에서 나올 때 구름을 가지고 나오지 않았던 건, 뒤를 돌아보지 않기 위해서였어요. 그리고 두려웠어요. 바보같이 들리겠지만, 제가 그 집에서 그걸 가지고 나오면, 문지방을 넘는 순간 저의 등 뒤로 집이 무너져내릴 것만 같아서요."

나는 이제 훨씬 더 이전에 일어난 일들까지 얘기하기 시작했다. 호수와 처음 만났던 일부터 시작해서 그가 만든 순결정잠을 사용하고 꿈을 꾼 일과, 그의 꿈에 내 꿈이 섞이기 시작했던 일까지도.

이사장은 조금 전부터 수첩을 꺼내어 무언가를 적어가며 내 이야기를 듣고 있었다. 나와 달리 차분한 이사장의 손 움직임을 보고 있으려니 심리상담을 받는 것 같은 기분이 들었다. 그렇게 생각하자 마음이 편안해졌다. 이사장을 향한 적개심도 어느새 희미해져 있었다.

이사장과 나는 자연스럽게 다시 슬립워킹테라피로 향했다. 이제 이사장은 3층의 사무실로 들어가고, 나는 집으로 향해 못다 잔 잠을 청할 차례였다. 사무실을 지나쳐 역으로 향하려는데, 이사장이 나를 불렀다.

"휴식을 충분히 취한 뒤에, 태민이를 찾아가세요."

내가 뭐라 대꾸하려던 찰나, 이사장은 편의점 안으로 들어오던 발걸음만큼이나 빠르게 건물 안으로 들어가버렸다.

＊

나는 커튼을 치지 않은 채로 내버려두었다. 날이 계속 흐릴 것 같았다. 뉴스를 찾아보니 역시나 오후부터 집중호우가 예상된다는 일기예보가 있었다. 호숫길에서 잠깐 맞이했던 맑은 날씨는, 그저 본격적인 호우가 오기 직전 잠깐 갠 것에 불과한 모양이었다. 그 길 위에서 내가 들었던 이야기는 눈을 잔뜩 찡그리지 않고는 인식할 수 없는 햇빛 조각만큼이나 강렬했고 받아들이기 힘든 내용이었다. 게다가 태민이를 찾아가라니. 이사장이 나와 태민이 얼마 전 싸운 사실을 알고서 일부러 한 얘기인지 궁금했다. 그런 얘기를 듣고 왔으니 더더욱 잠을 잘 수 있을 리 없었다.

나는 이사장이 던져준 의문들로 끙끙대며 깬 채로 가까스로 눈을 붙였다. 누운 자리가 편치 않아 일어나야겠다고 느꼈을 무렵, 태민에게서 연락이 왔다.

우리는 동네 놀이터에서 만났다. 먼저 나와 있던 태민은 나를 보곤 겁을 먹은 듯한 표정을 지었다. 아직 해가 지기 전이라 환한데도 놀이터에는 신기할 정도로 아이들이 없었다. 마주 보는 아파트 단지 두 곳이 공동으로 사용하는 곳이었다. 어쩌면 오후에 예고된 집중호우 때문에 부모가 아이들에게 주의를 주었는지도 모른다. 그래야만 이곳에 말없이 벤치에 앉은 우리 두 사람이 전부인 게 설명될 수 있을 테니까.

먼저 만나자고 한 사람이 태민이었기에 나는 태민에게 이사장과의 사이에 대해 묻고 싶은 걸 꾹 참고 기다리기로 했다. 이런저런 생각을 한 뒤로도 어색한 침묵이 이어졌다. 아마도 전날 싸운 일 때문이겠지. 나는 이제 머릿속으로 텅 빈 놀이터를 모래성 놀이를 하는 아이들이 가득 채우는 광경을 상상하고 있었다. 상상 속에서 내가 가장 아끼는 아이가 탑을 3층까지 쌓았을 때였다.

"우선 네게 사과하고 싶어, 지은아."

태민이 마침내 침묵을 깨고 밀했다.

"네 결심이 이해가 안 가는 건 아니었는데, 널 우선으로 생각하다 보니 말이 생각과 다르게 나갔어."

아이 하나가 달려오더니 발길질을 해 단숨에 성을 무너뜨렸다. 모래는 마치 해안가의 모래처럼 수분을 머금은 듯 단번에, 그러나 천천히 무너졌다.

"네가 날 믿어주지 않는다는 게 가장 힘들었어."

나는 상상에서 완전히 빠져나왔다.

"진정 널 위했다면 더더욱 내가 그렇게 말해서는 안 됐어."

태민이 조심스러운 목소리로 말했다. 1여 년간을 기다려 친구가 괜찮아지기를 바란 것 말고, 태민에게 무슨 잘못이 있을까. 전날 태민을 향해 품었던 원망과 야속함이 순식간에 형체를 잃었다. 그렇지만 서러운 감정까지 단숨에 가신 것은 아니었다.

"네 걱정은 이해하지만, 내게도 충분한 이유가 있었어. 오늘 이사장님과의 대화로 혼란스러워지기도 했지만, 내 예상이 맞을지 모른다는 직감을 더 얻었고."

"그래, 나도 이사장님께 연락을 받고 온 거야."

이사장이 대체 태민에게 뭐라고 언질을 주었을까. 태민에게 묻는데, 목소리가 떨렸다.

"그냥 너를 잘 위로해주라고만 하셨어."

나는 믿을 수가 없어서 그뿐이냐고 재차 물었지만, 기대했던 답은 들을 수 없었다. 오히려 태민이 나에게 이사장과 무슨 대화를 했냐고 묻기 시작했다. 별 얘기를 듣지 못했다는 태민의 말은 거짓이 아닌 것 같았다. 태민은 원래 거짓말을 잘 못 할뿐더러, 그런 기색도 전혀 느껴지지 않았다. 나는 크게 실망했지만, 내색하지 않으려고 노력했다.

"난 지은이 네가 이사장님과 무슨 얘기를 나누었는지, 그게 더 궁금해."

다소 안절부절못하는 목소리로 태민이 말했다. 나는 많은 이야기가 오갔던 아침의 산책에 대해 태민에게 짤막하게 들려주었다. 그리고 망설이다가 그동안 내가 호수의 흔적을 찾으려 했던 이유에 대해서도 말했다.

"그렇게 무언가를 애타게 찾던 사람이, 갑자기 그런 선택을 할 리가 없다고 생각했어. 그래서 나 혼자 힘으로 호수 씨가 무엇을 찾고 있었는지 알아보려고 했는데, 잘 되지 않았어. 너라면 날 도울 수 있을 거라고 믿었고."

"이사장님이 그 이야기를 다 하셨을 줄이야…"

긴 이야기를 다 들어놓고서, 이사장님에 관한 부분만 곱씹다니. 내 말을 제대로 들은 건가 싶어 답답했다. 그러나 고개를 돌려 충격이라도 받은 표정으로 허탈한 웃음을 터뜨리는 태민을 보았을 때, 나는 뭔가 이상하다는 걸 알아차렸다.

날씨가 심상치 않았다. 전날 옥상에서 보았던 구름이 잔뜩 복제되기라도 한 듯이, 하늘이 온통 묵직한 구름으로 덮여버렸다. 이제는 정말 당장에라도 비가 쏟아질 것 같았다.

"이제 들어가야겠다."

나는 벤치에서 일어났다. 신발에 붙은 모래를 터는데, 태민이 일어서더니 갑자기 내 앞을 막아섰다.

"잠깐 같이 가야 하는 곳이 있어."

태민이 같이 가야 한다고 말한 곳은 슬립워킹테라피의 4층에 있는 전시실이었다. 태민이 목적지를 알려주었을 때, 왜 하필 지금 이 시점에 그곳에 가야 하는가 하는 의문과 숨겨진 공간의 비밀을 곧 알게 되리란 기대감이 동시에 들었다. 사무실 사람들은 이미 퇴근하고 없는 듯, 전 층의 불이 모두 꺼져 있었다. 아직 일몰 전이어서, 해가 가려진 하늘 아래 점등되지 않은 거리는 어두웠다. 복도로 들어가는데, 마치 동굴 속으로 들어가는 것처럼 깜깜했다. 마지막으로 퇴근한 사람이 전원도 모두 내려놓고 간 것 같았다. 태민이 전원장치를 찾아 스위치를 올렸다. 머리 위에서 흰 조명이 켜지며 어둠을 몰아냈다. 눈이 다시 사물을 인식하게 되자, 겁이 났던 건지 나도 모르는 새 양 팔을 끌어안고 있다는 걸 깨달았다. 우리는 엘리베이터를 타고 4층으로 올라갔다. 세 개의 층을 오르는 그 짧은 시간 동안 이상하게도 불안이 온몸을 휘감았다. 여태껏 호기심을 가지고 있던 미지의 공간에 마침내 발을 들여놓을 순간이 찾아왔건만, 예상한 것과 다르게 나는 전혀 기쁘지 않았다.

"지은아, 잠깐만."

엘리베이터에서 내려 태민이 잠금장치를 해제하는 사이, 나는 평정심을 되찾아보려고 노력했지만 잘되지 않았다. 경쾌한 차음이 울리며 이중으로 잠긴 문이 모두 열린 뒤에도, 나는 한동안 발을 뗄 엄두가 나지 않았다. 조명이 자동으로 꺼질 때마다 태민이 팔을 머리 위로 휘둘렀다. 복도등이 꺼지고 태민이 채 팔을 휘두르기 전, 마지막으로 어둠에 잠긴 동안, 나는 곧 켜질 불이 몇 번째 켜지는 것일지 헤아려보고 있었다. 다시 환해졌다. 눈앞에 있는 태민은 어두웠을 때와 마찬가지로 차렷자세로 서 있었다. 완전한 일몰 시간이 된 것이다. 아득히 먼 곳에서부터 천둥소리가 들려왔다. 나는 태민을 향해 고개를 끄덕였다. 우리는 아까부터 열려 있던 문을 통과하여, 비밀스러운 공간으로 들어갔다.

그 물건이 전시실에 도착한 건 6개월 전이었다. 태민은 자신이 회사에서 탁월한 업무능력을 보여준 일이 없으며, 자신은 있어도 그만 없어도 그만인 평범한 사원 중 하나라고 생각하고 있었다. 어릴 때부터 태민은 자신에 대한 평가를 박하게 하는 편이었다. 반면, 재단법인 슬립워킹테라피의 이사장은 희한하게도 태민을 크게 신임했다. 태민 자신도 그 사실을 느낄 수 있을 정도였으니, 다른 직원들은 그 점을 더 강하게 느끼고 있는지도 몰랐다. 아무래도 칠운상점에서부터 알던 사이라는 점이 태민에게 유리하게 작용한 것 같았다. 그 어디에서도 칠운상점에서 3년 동안 근무했다는 점이 취업에 유리하게 작용할 리 없는데, 이곳에서는 유리하게 작용했다. 이사장은 심지어 어디서 들은 것인지 태민이 10년간 세븐 클라우즈 게임을 했다는 걸 안 뒤로는, 그 점에 대해 높게 평가하며 태민을 더 좋게 보았다. 이사장은 무엇이든 한 가지에 애정을 품고 오랜 시간 공을 들이는 것은 대단한 일이라고 했다. 누군가의 신임을 받는다는 건 기분 좋은 일이었기에 태민도 이사장을 좋아했다. 그러나 한편으로는 이사장이 정말 독특한 사람이라고 생각했다. 어쩌면 소문대로 이사장은 미국 아이비리그에서 컴퓨터공학을 전공하고 게임회사에 들어가 수많은 역작을 만든 뒤 회사를 뛰쳐나온 천재 개발자인지도 몰랐다. 태민이 원래 떠도는 소문을 그대로 믿는 순진한 성격은 아니었지만, 어쩐지 그 소문만큼은 괜히 난 것 같지는 않다고 생각했다. 이사장에게는 분명 천재다운 비상한 면모가 있었다.

반년 전 어느 금요일, 이사장이 태민을 급하게 찾았다. 그러더니 다짜고짜 주말에 회사에 나와줄 수 있느냐고 물었다. 태민은 의아했다고 했다. 그동안 행사 등 특별한 일이 있는 경우가 아니라면 주말에 출근한 적이 없기 때문이다. 재단에 특별히 바쁜 일도 없는 시기였다. 공익법인으로서 이행해야 할 회계 관련 의무사항들이 있었지만, 이미 지난달에 전년도 회계를 마감했고, 예정대로 회계법인에 결산 자료를 넘긴 상황이었다. 의아해하는 태민에게 이사장은 개인적인 부탁이라는 사실을 귀띔했다. 원치 않는다면 거절해도 좋다고 말하면서, 보수는 자신이 직접 지급할 거라고 했다. 태민은 그저 이사장이 자신을 부른 이유가 궁금했을 뿐이었지, 어차피 거절할 생각이 없었기 때문에 흔쾌히 응했다. 어차피 혼자서 시간을 보내는 데 어려움을 겪고 있던 차였다. 자신의 10대 후반과 20대 초반을 온전히 바쳤던 세븐 클라우즈가 사라진 뒤로 태민은 시간을 어떻게 보내야 할지 몰라 괴로웠다. 취업을 한 이후로도 그랬다. 그저 일하는 시간이 생긴 만큼, 하릴없이 죽여야 하는 시간이 줄어든 것뿐이라고 할까. 주말도 지리멸렬한 시간에 불과했고, 결코 달콤한 적이 없었다.

이사장이 주말에 해야 할 일에 대해 설명했다. 그건 간단히 말하면 다음 날에 회사로 들어올 어떤 물건을 안전히 들여놓는 일이었다. 이사장은 이번 일에 대해 함구해달라는 부탁을 덧붙였다. 태민은 그게 도대체 어떤 물건이기에 이사장이 이 정도로 비밀에 부치는 건지 궁금했지만, 이사장은 그 이상은 말해주지 않을 작정인 듯했다.

토요일 아침, 회사로 갔더니 이사장이 목장갑 두 켤레를 들고 태민을 기다리고 있었다. 1층에는 트럭 한 대가 세워져 있었는데, 짐칸에 들여놓아야 할 물건으로 보이는 커다란 상자 하나가 실려 있었다. 상자가 웬만한 성인 남성의 몸집보다도 컸기 때문에, 그들은 한껏 힘을 써서 상자를 바닥으로 내리고 똑바로 세우고 난 뒤에야 겨우 그걸 엘리베이터에 실을 수 있었다. 엘리베이터는 4층으로 올라갔다. 그곳은 평소 아무나 출입하지 못하는 곳이었다. 엘리베이터에서 내리자마자 보이는 출입문에는 보안 프로그램이 설정되어 있었다. 이사장은 스크린에 얼굴과 손바닥을 가까이 대어 경비를 해제했다. 비밀에 싸여 있던 4층 전시실의 문이 마침내 열렸다.

이사장의 수집품으로 가득할 줄 알았던 그 공간은 예상과는 달리 벽을 따라 늘어서 있는 전기장비들을 제외하면 텅 비어 있었다. 그곳은 전시실이라고 부르기도 민망할 정도로 너저분했고, 방치되어 있다는 느낌을 지우기 힘들었다. 전시실보다는 창고라고 부르는 게 더 적절할 것 같았다. 정리할 만한 물건이랄게 없었으므로, 태민은 이제 이사장이 단지 상자를 들여놓기 위해 자신을 부른 것인지 궁금해졌다. 그때 이사장이 한쪽 벽 아래에 있는 장비들을 옆쪽 벽면으로 옮기자고 말했다. 태민은 이게 무슨 짓인가 하는 생각이 들었지만, 일단은 시키는 대로 했다. 마침내 장비들이 다 옮겨지고 한쪽 벽면의 일부가 드러났을 때, 이사장이 벽에 걸려 있던 리모컨을 떼어냈다. 한 손에는 리모컨을 쥔 채 주머니에서 전화기를 꺼냈다. 이사장이 리모컨과 전화기를 조작하여 무언가를 실행한 것이 분명했다. 노출된 벽의 일부가 마치 자동문처럼 스르르 열렸기 때문이었다.

태민은 이사장을 따라 드러난 입구를 통해 벽 뒤로 들어갔다. 벽 너머에는 10여 평 남짓 되는 공간이 숨겨져 있었다. 그곳에 많은 물건이 가지런히 정리되어 있었다. 마치 진짜 전시실처럼, 공통된 역사를 중심으로 배열돼 있었다. 비어 있는 공간은 단한 곳, 전시실의 중앙이었다.

태민은 이사장을 도와 상자를 옮긴 다음, 상자에 둘러진 테이프를 풀었다. 다른 사람이었다면 상자를 푼 뒤에도 그 물건을 알아보지 못했을 거였다. 그 물건에는 방수 천으로 만든 커버가 입혀져 있었다. 누군가는 그걸 보고 마사지 기계가 아니겠냐고 말할 수도 있었다. 하지만 태민은 바로 그 물건의 정체를 알아차렸다.

"이건… 제가 아는 그 물건이 맞죠?"

이사장이 대답 대신 지퍼를 열어 커버를 벗겨내던 순간, 태민은 자신의 추측이 맞는다는 걸 두 눈으로 직접 확인했다. 물건의 옆면에 은색 글씨로 적혀 있던 일련번호. 그걸 보고 가장 먼저 떠오른 사람이 나였다고, 태민은 말했다. 대체 왜? 나는 눈 앞에 놓인 진실을 보면서도 바보같이 묻지 않을 수 없었다. 그 번호는 그게 세상에 몇 대 안 되는, 퍼들 초기작 중 하나라는 의미였으니까. 태민이 대답했다.

소문이 대체로 그러하듯, 재단법인 슬립워킹테라피의 이사장 서인수에 대한 소문도 일부는 맞는 것이었지만 일부는 틀린 것이었다. 우선 서인수는 컴퓨터공학 전공이 아니었다. 그는 의대를 졸업했다. 다만 컴퓨터공학 분야에 관심이 많아 전공 수업을 결석하고 타과 수업을 들은 일은 있었다.

서인수는 늘 게임을 좋아했다. 그의 성장 과정은 게임산업의 발달과 일맥상통한다고도 볼 수 있었다. 초등학생 시절 심부름을 하고 받은 동전으로 하던 문방구 오락기의 아케이드 게임부터, 학교를 마치고 친구들과 함께 PC방으로 몰려가 하던 서바이벌 게임까지. 대학을 졸업한 뒤 남들이 하는 대로 병원에 들어가는 게 아니라 게임 회사에 들어갔을 때, 그는 자신이 교과서에서 말하는 대로 '자아를 실현'한 것이라고 생각했다. 그가 하는 일과 그가 좋아하는 것이 일치했으니까. 그는 거기에 만족하지 않고 계속해서 자아를 실현해나가기로 했다. 그래서 자신이 오랫동안 꿈꿔오던 게임을 만드는 일에 착수했다. 일곱 개의 서로 다른 차원이 공존하는 세계. 그가 창조한 세계는 '세븐 클라우즈'라는 이름을 달고 세상에 나왔다.

"그분이 세븐 클라우즈의 창시자라는 건 전부터 알고 있었지만, 퍼들의 개발자이기도 하다는 사실은 나도 그날 처음 알았어. 잘 알려지지 않은 칠운상점의 운영자라는 사실도."

그렇게 말하는 태민의 얼굴이 부쩍 쓸쓸해 보였다. 홧김에 태민에게 퍼부은 말이 생각나 얼굴이 화끈거렸다.

"그런 줄도 모르고 지난번에 내가 너무 심하게 말했어. 미안해, 태민아."

태민은 고개를 가로저었다.

"아냐, 그땐 내가 먼저 시작했는걸. 네가 틀린 말을 한 것도 아니고. 제일 나쁜 사람이 누군 줄 알아? 이사장님이야. 배신당한 기분이 들었지. 그래서 나는 여기서 뛰쳐나갔어. 그러나 내가 어딜 갈 수 있겠니? 세븐 클라우즈는 끝났고, 내 직장은 여기인걸. 다른 곳으로 가기엔 내가 이 일을 너무 좋아하고 있다는 걸, 그날 알게 되었어."

태민이 내게 따라오라는 손짓을 했다. 나는 태민의 뒤를 따라 그가 설명했던 대로 내내 감춰져 있던 비밀의 공간 안으로 들어갔다. 앞서 들어간 태민이, 뒤따라 들어온 나를 미안한 듯한 표정으로 지켜 보고 있었다.

"이사장님은 의뭉스러운 구석이 있는 분이야. 비밀이 많으시지. 처음에는 화가 났는데, 나중에는 그분의 상황을 조금은 이해하게 되었어. 아무래도 원치 않게 가족과 떨어져 지내게 되면서 과할 정도로 조심스러워지신 것 같아. 그렇지만 여전히 그분 때문에 네게 비밀을 숨겨야 한다는 건 견디기 힘들었어. 오래전부터 네게 다 털어놓고 싶었어."

태민에게 이끌려 간 곳에는 내게 너무도 낯익은 물건이 놓여 있었다.

"호수 씨의 집에 있던 것과 똑같이 생겼네?"

"거기서 가져온 거야. 경찰 조사가 끝나자마자 이사장님이 어렵게 빼내 왔다고 하셨어."

나는 혼란스러웠다.

"굳이 왜? 그리고 그걸 왜 이곳에 가져다두신 거지?"

"호수 씨의 죽음에 죄책감을 느끼신 것 같아. 그리고 이게 다른 사람의 손에 들어가지 않게 회수해야 한다고 믿으신 듯해. 어쨌건 그분과 호수 씨의 추억이 담긴 물건이니까."

태민이 갑자기 몸을 숙였다.

"이사장님이 회수하신 건 퍼들만이 아니야…"

태민은 퍼들 아래로 손을 집어넣어 무언가를 꺼냈다. 익숙한 검은 색의 상자.

"호수 씨의 마지막 구름도 구해낼 수 있었어."

상자의 덮개를 열자 그 위로 쌓여 있던 먼지가 공중으로 날렸다. 눈물이 차오르는 건 그 때문이리라. 안개가 낀 것처럼 시야를 뿌옇게 만드는 것도 텁텁한 먼지 때문이라고, 나 스스로에게 되뇌었다. 눈물을 훔치고 났을 땐 먼지가 모두 가시고 연보라색 구름들이 모습을 드러낸 뒤였다.

나는 태민의 뒤를 따라 다시 여러 겹의 문을 차례차례 통과하여 그 비밀스러운 공간을 빠져나왔다. 복도는 여전히 거리의 조명 덕에 환했고, 그래서 우리가 엘리베이터를 타고 내려와 다시 건물을 빠져나오는 동안 자동점멸등은 켜지지 않았다. 태민이 다시 전원장치의 스위치를 내렸다. 밖으로 나와 건물이 있는 쪽을 다시 돌아보았을 때, 어둡고 깊은 구멍 안에 손전등을 비추었을 때처럼 건물 안이 생소보다 더 아득하고 텅 비게 보였다.

전시실에 들어가 있는 동안 이미 비가 한바탕 휩쓸고 간 모양이었다. 더 이상 비가 내리지는 않았지만, 도로 곳곳에 물웅덩이가 고여 있어 지하철역까지 걷는 동안 신발과 바지 아랫단이 흠뻑 젖었다.

"이건 내 생각인데…."

옆에서 말없이 걷고 있던 태민이 말했다. 잠시 태민의 존재를 잊고 생각에 잠겨 있었던 나는 흠칫 놀랐다.

"호수 씨가 남긴 구름을 네가 써봐야 할 것 같아."

"어째서?"

"그곳에 호수 씨가 전하고 싶었던 이야기가 남아 있을지 모르니까."

지하철 역사 앞에 도착한 지 오래였다. 태민이 가방에서 무언가를 꺼내더니, 내게 내밀었다. 나는 얼떨결에 양손으로 태민이 내민 걸 받았다.

"가져가서 써봐. 도움을 받을 수 있을 거야."

태민이 내게 건넨 건 석탄색 플룸이 달린, 연보랏빛 구름이었다. 나는 그걸 숨기듯이 가방에 넣었다. 그러나 쉽게 발이 떨어지지 않았다.

나는 자신이 없어. 이제 더는 이 세상에 존재하지 않는 그 사람의 마지막 창조물을 쓴다는 게 두려워. 미약한 목소리가 미처 몸 밖으로 빠져 나오지 못하고 안에서 맴돌았다. 태민도 내 마음속에서 일고 있는 진동을 느낀 듯했다. 태민이 말했다.

"지은아, 잘 들어봐. 이사장님이 이 구름들을 회수하셨을 때, 당연한 얘기지만 분석기에 넣어 조사하셨댔어. 그 구름들은 만든 지 몇 달 정도밖에 되지 않았다는 거, 너도 알고 있잖아. 그렇다는 건 그 안에는 호수 씨가 죽음 직전에 했던 생각들과 느꼈던 감정들이 생생히 들어 있을 가능성이 크다는 걸 의미해. 이사장님이 내게 말씀하셨어. 구름은 일기장 같은 것이기도 하고. 우리의 의식과 무의식이 태동하는 잠과 꿈의 기록물이거든."

일기장이라는 표현을 듣고 나자, 구름을 쓰는 일에 더욱 거부감이 들었다. 이번에도 역시나 태민이 내 반응을 놓치지 않았다.

"일기장은 본래 혼자 보기 위해 기록하는 것이지만, 기록되는 순간 다른 이의 손에 들어가 읽힐지도 모른다는 위험 속에 놓이게 되지. 일기는 사적인 기록물인 동시에 기록의 주인에 대해 그 무엇보다도 잘 알려주는 기회를 의미하니까. 그렇다면 타인의 구름이 그 주인의 의도와 다르게 내 손안에 들어왔다면 어떻게 해야 할까? 기록의 주인을 존중하려면 읽어서는 안 되겠지. 그런데 그 기록이 누군가의 마지막 기록이라면, 그 구름은 유언인 건지도 모르는 거야. 호수 씨는 마지막으로 하고 싶은 말을 전할 기회를 얻지 못하고 갑작스럽게 죽었어. 네 말대로라면, 우리는 호수 씨의 죽음이 사고인지, 살인인지, 본인의 선택인지 모르는 상황이고. 그렇다면 예외적으로 그 기록을 들여다 볼 필요가 있지 않을까? 거기에 호수 씨가 진정으로 하고 싶었던 말이 있을 수도 있어.”

해답에 가까워지고 있다는 걸 직감하자, 기대감으로 몸이 떨렸다. 동시에 겁도 났지만, 적어도 겁이 난다는 사실을 인정하고 그걸 입 밖으로 소리 내 말할 수 있을 만큼의 힘이 생겼다.

“구름을 다시 사용한다는 게 두려워. 분명 예전과 다를 바 없는 호수 씨의 꿈이지만, 그때와 달리 지금은 옆에 호수 씨가 없으니까.”

“그렇다면 그걸 구름이라고 생각하지 말아봐. 호수 씨가 전하는 이야기라고 생각해봐.”

“만약 시간이 너무 많이 흘러버려서 이제는 아무것도 보이지 않으면 어떡하지?”

한데 모아 잡고 있던 두 손 위로 무언가가 툭 떨어졌다. 나는 어느새 울고 있었다. 눈물방울이 낙하하여 부딪히며 만들어내는 둥근 움직임을 느끼기 전까지, 내가 울고 있다는 사실도 모르는 채로.

“그 퍼들이 이사님의 초기 작품이기는 해도, 1퍼센트 미만의 잔여물만 남을 뿐, 순도 높은 결정잠을 생산할 수 있는 제품이야. 그래서 나는 믿어. 네가 호수 씨의 꿈을 꿀 수 있었던 건, 두 사람이 무의식의 세계가 겹치기 때문이라고. 그리고 그건 네가 꿈의 세계에서 호수 씨를 만날 준비가 되어 있는 사람이라는 걸 의미해.”

고개를 들어 보니 태민은 내가 본 그 어느 때보다도 확신에

찬 얼굴을 하고 있었다.

호수의 마지막 구름을 들고 집으로 돌아온 나는, 사흘 밤을 연달아 피워 잠들었다.

그러는 동안 밝기나 낮에 관한 기억은 없다. 그 사흘간 내게 는 오직 어두운 밤만 존재했다.

첫 번째 밤, 꿈에서 호수를 만났다.

호수가 무언가를 열심히 찾고 있다.

"뭘 찾고 있어요?"

내가 묻는다. 하지만 대답이 없다. 그가 내 물음을 듣지 못한 게 분명하다. 왜냐하면 그렇게 묻고 있는 내가 바로 그이기 때 문이다.

두 번째 밤에도 꿈에서 호수를 만났다.

호수가 무언가를 열심히 찾고 있다.

"뭘 찾고 있어요?"

내가 묻는다.

"문이 어딨는지 모르겠어요."

대답이 돌아온다. 그의 얼굴을 보며 내가 호수의 바깥에 있다 는 사실에 안도한다. 그에게 다시 묻는다.

"무슨 문이요?"

"구름문이요."

"구름문이라면 나도 보았어요. 내가 가지고 있어요. 호수 씨 가 내게 주었잖아요. 그걸 통과해서 내가 여기로 올 수 있었던 거예요."

그는 고개를 가로젓는다.

"아직 그 누구도 문을 찾지 못했어요."

"그게 어디로 통하는 문인데요?"

"구름을 통과하는 문이에요."

"왜 그걸 찾는 거예요?"

"거기에 내가 찾는 모든 게 다 있어요. 듣고 싶은 대답 전부가 있어요."

나는 호수의 손을 잡고 있는데, 그 손이 어찌나 차가운지 흠칫 놀라고 만다.

"왜 이렇게 손이 차요, 호수 씨?"

그는 갑자기 말이 없어진다. 나는 무언가를 찾고 있다. 다시 호수의 안에 있다. 울어보지만 눈물이 흐르지 않는다. 우리의 심장이 함께 박동할 만큼 가까이 있어 그가 내 울음소리를 들을 수 없기 때문이다.

세 번째 밤에도 꿈에서 호수를 만났다.

열심히 무언가를 찾고 있는 호수의 손을 잡았는데, 그 손이 어찌나 차던지 나는 흠칫 놀라고 만다. 다행히 우리는 서로의 얼굴을 볼 수 있다.

"왜 이렇게 손이 찬 거예요?"

내가 울면서 묻는다. 이번에는 내 눈물이 생생하게 느껴진다.

"시간이 없어서 그래요. 잘 들어요, 지은 씨."

순간 호수가 나를 향해 몸을 돌리며 나의 양팔을 붙잡는다. 나는 그의 차가운 손바닥 안에 갇힐 수 있다는 사실에 기뻐 눈물을 흘린다. 바람 소리가 들리더니, 어디서 나타난 건지 모를 밀대들이 서로의 몸짓에 밀려 가볍게 스치는 작은 소리를 낸다.

소리들이 한데 모여 큰 진동을 만든다. 나는 양 볼에 매달린 눈물방울이 흔들릴 만큼 힘주어 고개를 끄덕인다.

"나는 구름문 너머에 있어요. 내가 문을 찾는 건, 나를 찾기 위한 거예요. 알겠어요?"

이상하리만치 나는 그가 하는 희한한 말의 의미를 온전히 이해할 수 있다. 고개를 끄덕인다.

"그렇다면 나를 찾으러 와주겠어요?"

그가 내게 묻는다.

"형 때문이죠?"

내가 그에게 묻는다. 그가 고개를 젓는다.

"이건 나 때문이에요. 내가 구름문을 열고 들어가야 하기 때문이에요. 그래야 사람들을 구할 수 있어서예요."

그가 내게 그간의 잘못을 고해성사한다. 나는 그의 죄를 사한다. 그리고 나의 죄를 고한다.

"……."

그가 하는 마지막 말이 들리지 않는다. 뻐끔거리는 그의 입술 모양도 뭉개져서 읽을 수가 없지만 나는 그가 내게 무슨 말을 하는지를 안다.

✳

잠에서 깨어났을 때, 나는 눈물을 흘리고 있었다. 속눈썹 사이에 맺힌 물방울에 아침 햇살이 잔잔히 비쳤다.

꿈이 무언가를 전달하고 있다는 걸 알았지만, 문제는 그걸 독해할 수 없다는 거였다. 구름을 모두 사용하고 난 다음 날, 태민과 나는 자주 만나던 카페에서 만났다. 나는 열심히 꿈의 내용을 설명해보았지만, 태민도 감을 못 잡기는 마찬가지였다.

"전에도 네가 구름문에 대한 이야기를 한 적 있었지…."

실마리를 찾을 수 있겠다 싶었는데, 그렇게 찾아낸 게 왜 하필 문일까. 애초에 구름과 문은 어울리지 않는다. 그러나 지난날 나는 구름에서 문을 보았다. 너무도 실제적인 생김새를 갖추고 있어서 지금이라도 그려볼 수 있을 것 같다. 나는 카페의 유리창을 통해 건물들 사이로 손바닥만 하게 보이는 하늘을 노려보았다. 하늘이 더 넓어야 했다. 가방에 손을 넣어 내용물을 뒤지자, 펜 하나가 잡혔다. 태민은 여전히 혼자 무언가를 열심히 중얼거리고 있었다. 나는 두 번 접혀 있던 얇은 정사각 티슈 한 장을 탁자 위에 펼쳐놓고 눈을 감았다. 구름문의 기억에 집중했다. 애써 떠오른 이미지가 사라지기 전에, 티슈를 직사각형의 캔버스 모양으로 잘랐다. 캔버스의 가장자리까지 구름으로 가득 메웠다. 이제 문을 그릴 차례였다. 옥상에서 보았던 문의 형태와 느낌을 최대한 살려보려고 노력하면서, 선을 긋기 시작했다. 테두리를 따라 움푹 파인 홈과 조금 녹슨 듯한 경첩을 그릴 땐 펜으로 종이를 살살 긁듯이 짧고 조심스럽게 터치했다. 머릿속에 있을 땐 태민의 말처럼 말도 안 되는 그림같이 느껴졌는데, 다 그려놓고 보니 조악한 그림 솜씨에도 불구하고 사실적이고 입체적으로 보였다. 아까부터 한참을 중얼거리던 태민이 느닷없이 외쳤다.

"이사장님께 가보자."

태민이 날 재촉했다. 나는 구름 그림을 다시 차곡차곡 접어

가방에 넣은 다음 태민을 따라 일어났다. 주말에 이사장님을 어떻게 뵙냐고 내가 묻자, 태민은 이사장의 집에 가면 된다고 말했다.

"작게라도 힌트를 얻을 수 있을 거야. 잠과 꿈에 관해서라면 누구보다도 독하게 연구하신 분이니까."

다시 찾은 이사장의 집은 너무 쓸쓸해 보여서, 나는 저녁 모임에 참석하던 날과 같은 주소로 찾아왔다는 명백한 사실마저 순간적으로 의심할 뻔했다. 그곳은 오래됐지만 잘 가꾸어진 단독주택이었고, 도시에서도 몇 안 되는 조용한 동네에 위치해 있었다. 옆 블록에 있는 집들과 비슷한 외양을 하고 있었는데, 왜 이 집만 그토록 쓸쓸해 보이는 걸까. 나는 의아했다. 그때 태민이 흘리듯 했던 말이 기억났다. 가족들에게서 멀어지게 된 이후로… 쓸쓸한 분위기의 원인이 거기에 있었다는 걸, 나는 스치는 것만으로도 바스러질 듯하게 바싹 마른 남천나무 곁을 지나 마당을 가로지르며 깨달았다.

태민과 나는 탁자를 사이에 두고 이사장과 마주 보고 앉았다. 태민이 가방에서 검은 상자를 꺼내어 탁자 위에 내려놓았다.

"지은이가 호수 씨의 구름을 썼고, 그 이후 비슷한 꿈을 반복적으로 꾸었다고 합니다."

어떤 꿈이었는지를 다시 한번 설명해야 했다. 세 번째 꿈까지 설명하고, 티슈 위에 그린 구름문의 그림을 이사장 앞에 펼쳐놓았다. 나는 점점 더 희망에 부풀었다. 그런데 이사장의 표정이 묘했다. 한참 뒤에 상자를 연 이사장은 구름의 개수를 세기라도 하듯, 상자 안을 한참 들여다보았다.

"세 개를 사용한 건가요?"

이사장이 안경 너머로 눈빛을 번뜩이며 내게 물었다. 나는 고개를 끄덕였다.

"한 가지 고백할 것이 있습니다. 지은 씨. 화를 내지 말고 들어주세요."

이사장은 머뭇거리고 있었다.

"사실 지난번에 지은 씨와 대화를 나눈 뒤, 내가 지은 씨에게 태민이를 찾아가보라고 얘기했었죠. 그때 나는 지은 씨가 태민이와 다투었다는 사실에 개의치 않고 태민이를 찾아가리라는 걸 알고 있었습니다. 그래서 태민이에게는 미리 얘기를 흘려두었지요. 태민이의 죄책감을 조금만 자극하면 되었습니다. 결과는 어찌 됐건 나쁘지 않습니다. 지은 씨는 며칠 밤을 잠을 푹 잤고, 호수가 나오는 꿈도 꾸었습니다. 그런데 나는 문제의 소지를 하나 남겨두고 말았습니다. 그 상자 속에 호수의 집에 있던 구름과 순결정잠이 섞여 있다는 사실을 말하지 않은 것입니다. 섞인 결정잠들은 모두 호수의 것이긴 했지만, 그러니까 호수가 애디어벡스의 실험실에서 만든 것이긴 했지만 오류가 수정된 퍼들로 생산한 구름이기 때문에 모두 꿈이 깨끗하게 걸러진 잠이었습니다."

이내 이사장은 속임약 효과에 관해 설명하기 시작했다. 그사이 태민은 정확한 정의를 검색해 내게 보여주었다. 속임약 효과, 혹은 플라세보 효과. 기쁘게 하다, 라는 뜻을 가진 라틴어 어휘에서 유래된 단어. 약효가 없는 위약을 진짜 약으로 가장하여 환자에게 복용토록 했을 때 환자의 병세가 호전되는 효과를 말한다. 이사장의 차분한 목소리와 태민이 내게 보여준 활자들이 어지러이 뒤섞였다. 문장들이 눈 앞에서 귓가를 스쳐 그대로 빠져나갔다. 결국 나는 이사장이 설명을 상당 부분 놓친 뒤에야 정신을 차릴 수 있었다.

"…그러니까 검은 상자 속에 들어 있던 호수의 불완전한 기계로 제조된 구름들 사이에, 개선된 기계로 만들었으며 품질검사를 마친 순결정잠 몇 개가 섞여 있었던 겁니다."

"그렇다면 제가 호수 씨의 불완전한 정제 구름이 아닌 일반 순결정잠을 사용하고서도 꿈을 꾸었을 수도 있다는 말씀이세요?"

"그렇습니다. 지은 씨가 호수의 구름을 사용하며 호수의 기억을 생생하게 느끼는 능력이 있기 때문에, 실제 호수의 구름으로부터 약간의 도움을 받는다면 지은 씨 스스로 꿈을 꿀 수 있을 것이라고 생각했습니다. 결과적으로 제 생각이 옳은 것으로 나타났지요."

"그럼 제가 사용한 구름 중에 순결정잠이 아닌 것은 몇 개나 될까요?"

이사장은 난처한 얼굴로 잘 모르겠다고 답했다.

"태민이가 어떤 걸 골라 지은 씨에게 건넸는지, 당시에 그 자리에 없었기 때문에 나는 모릅니다. 상자 안에 든 구름의 개수가 총 스물다섯이라는 건 기억하고 있지만 말입니다."

몸에서 힘이 쭉 빠졌다. 상자 안의 구름은 모두 똑같은 석탄색 플룸을 매달고, 똑같은 크기와 비슷한 빛깔을 하고 있었다. 눈으로 구별하기란 불가능한 일이었다. 호수가 남긴 진짜 메시지는 그중 어떤 것이란 말인지. 나는 답답했다.

"남은 구름에 분석기를 돌려볼 수 있지 않나요?"

옆에서 듣고 있던 태민이 물었다. 태민의 말이 맞았다. 분석기를 다시 돌리면 호수의 꿈인 것과 아닌 것을 분명하게 구별할수 있을 테니까. 그러나 눈앞의 이사장은 고개를 저었다.

"이제 그걸 아는 건 의미가 없습니다. 어쨌든 세 꿈 모두 지은 씨가 꾼 겁니다. 결이 비슷하지 않았습니까? 서로 연결되지 않았나요? 그건 호수 씨의 무의식의 소리가 지은 씨의 꿈에 어떤식으로든 반영되었기 때문입니다. 지은 씨는 매번 흐릿하게 남은 호수의 꿈을 끌어올려 생생하고 또렷하게 꾸었다고 하지 않았나요?"

나는 고개를 끄덕였다.

"지은 씨의 무의식 속에 이미 호수가 남긴 메시지가 들어 있었을 겁니다."

"그렇지만 저는 그 메시지를 이해하지 못하는걸요. 꿈속에서 호수 씨는 무언가를 찾고 있었어요. 찾는 대상이 '구름문'이라고 적어도 꿈속에서는 말했고요. 저는 그게 아직도 무슨 의미인지 모르겠어요."

"지은 씨는 그게 무슨 의미인지 이미 알고 있을 겁니다. 알고 있는 걸 끄집어내야 합니다."

이사장이 마냥 좋은 사람으로만 보이지 않은 건 그때가 처음이었다. 안경 너머로 번뜩이는 그의 눈빛은, 그 시선이 닿은 대상을 굳어버리게 만들었다. 놀이공원에서 엄마 손을 놓친 아이가 된 기분이었다. 혼란스러웠고, 주변의 모든 것들이 무시무시하고 위협적으로 느껴졌다. 그런데도 이사장은 내게 눈을 가리지 말고, 유일하게 낯이 익을 엄마의 손을 어서 찾을 것을 주문하고 있었다. 따지고 보면 본인이 이 모든 문제가 시작되게 만든 장본인 아니었던가!

"그만 하세요, 이사장님."

태민이 상자를 덮개로 다시 덮고, 가방 안에 집어넣었다. 그러고는 내게 일어나라는 듯, 고갯짓을 했다.

"얘기한다고 바로 알 것 같으면 왜 여기까지 찾아왔겠어요? 저희는 이만 가보겠습니다."

그대로 이사장의 방에서 퇴장하는가 싶었다. 꾸물대는 날 태민이 재촉했다. 그러나 나는 억울함 때문에 그대로 떠날 수 없었다. 나는 다시 탁자까지 되돌아갔다.

"제가 아는 호수 씨는 함부로 약물에 손을 댈 사람이 아니었어요. 호수 씨는 구름의 올바른 사용을 위해 봉사하던 사람이었는데 죽기 전 더티 플룸의 온상이 되어버린 메타버스 공간에 관심을 가졌고요. 그런 호수 씨에게서 약물에 의한 부작용의 흔적이 발견됐어요. 제가 이걸 어떻게 받아들여야 하나요? 제가 아는 것과는 다르게 이사장님이 아는 호수 씨는 약물에 손을 댈 만한 사람이던가요? 더티 플룸에 관심을 가질 사람이었나요? 아니라는 걸 알아요. 제가 꿈속에서 본 호수 씨는 분명 다른 무언가를 찾고 있었어요. 이사장님이 절 가지고 실험하신 게 아니라면, 알려주셔야 해요. 제가 출구 없는 터널 속에 갇혀 헤매다 죽는 걸 실험하고 계시는 게 아니라면요."

순식간에 얼굴로 열이 몰리는 게 느껴졌다. 반면 눈 앞에 있는 이사장은 낯빛이 새하얗게 질려 있었다. 그러나 그건 잠깐에 불과했다. 이사장의 눈빛은 다시 단호하게 바뀌었다.

"제가 아는 호수도 결코 그랬을 사람이 아닙니다. 만에 하나 호수마저 그 세계에 다가가도록 만들었다면, 애디어벡스는 악마입니다. 하지만 아닐 겁니다. 호수에게는 목적이 있었어요. 죽음의 경위도 수상쩍고요. 그자들이 이 세상에서 호수를 앗아 간 거나 마찬가지입니다."

이사장의 문장이 내가 그를 알아 온 짧은 시간 동안 그가 사용한 어휘들 중에서 가장 어감이 강한 것들로 이루어져 있다는 사실이 날 놀라게 했다. 그러나 더 놀라웠던 건, 그다음에 이사장이 한 말이었다.

"지은 씨가 M이라는 약물에 대해 들은 적이 있는지 모르겠습니다."

"들어봤어요. 호수 씨의 사건을 담당했던 형사로부터…."

"그렇다면 그 약이 슬리퍼들 사이에서 유행하는 약이라는 것도 알고 있겠군요."

나는 고개를 끄덕였다. 이사장은 별안간 안경을 벗더니, 엄지와 검지로 미간을 문질렀다. 그러자 조금 전까지 활화산 같던 이사장의 얼굴이, 급격하게 늙어버린 사람처럼 지치고 쓸쓸하게 바뀌었다.

"그 약은 뇌의 특정 부분을 자극하여 순간 집중력을 높입니다. 그런데 그렇게 해서 끌어올린 집중력은 의식 상태에서는 발현되지 않다가 무의식, 즉 수면 상태가 되면 비로소 발현됩니다. M을 섭취한 뒤 생산한 결정잠은, 아무것도 섭취하지 않은 상태에서 생산한 결정잠보다 그 선명도와 자극의 정도가 월등히 높습니다. 이 약물은 애디어벡스의 연구원들이 수년간 실패를 거듭하며 개발한 합성신약입니다. 내가 결정잠의 순도를 높이기 위해 퍼들을 개선하는 연구를 하는 동안, 회사는 나에게 숨긴 채 이런 방식으로 생산품의 질을 높일 방법을 연구했습니다."

이사장은 양손의 검지와 중지를 두 번씩 접어 보이는 동작을 취했다.

"그래요, '생산품의 질을 높인다'는 게 그들의 표현이었죠. 그들이 이런 연구를 하고 있다는 사실을 뒤늦게 안 나는 몹시 화가 났습니다.

하지만 그렇다고 해서 애디어벡스가 그런 약물을 직접 생산하거나 유통할 수 있는 건 아니었습니다. 그런 정신성 약물을 의사의 처방과 같은 통제 없이 유통하는 건 현행법상 불법이었고, 더군다나 그 약물이 무의식중에도 강력한 반응을 이끌어내기 때문에 규제가 풀어질 가능성은 전혀 없었습니다. 그럼에도 애디어벡스는 자신들이 만드는 제품의 질을 높이기 위해 약이 유통되는 것을 원했고, 끝내 그 방법을 찾았습니다. 직접 약을 유통하며 불법을 저지를 필요도 없이, 깔끔하고 손쉽게 일을 처리할 방법이었죠. 그건 바로 그 약의 정보를 넘기는 것이었습니다. 마약 조직들, 불법 거래상들의 귀에 그 정보가 들어가기만 하면 되었지요. 그 약의 원재료와 배합 방법, 그리고 효과 같은 것들 말입니다. 그렇게만 하면 돈이 되리라고 판단한 조직들은 약을 배합하여 시중에 유통하고, 약의 효능은 실제 경험한 이들에 의해 소문이 납니다. 약효에 관한 소문을 들은 이들 중 일부는, 혹여라도 자신들이 뒤처지게 되지는 않을까 조바심을 내며 약을 구하러 다니게 됩니다. 이 과정이 거듭될수록 파이는 점점 커집니다. 공급에 의해 수요가 생기는 것이지요. 애디어벡스 사는 손에 쥔 정보를 흘리기만 하는 방법으로 수많은 슬리퍼를 사지로 몰아넣은 겁니다.

그게 어떻게 가능하냐고요? 비밀은 M과 수면과의 관계에 숨어 있습니다. M의 심각한 부작용 중 하나는, 그게 무의식중에 너무나도 강력하게 약효를 발휘하는 나머지 복용자의 수면 사이클을 해쳐서 복용자가 수면 상태에서 완전히 깨어나는 걸 방해한다는 점입니다. 몽유병이나 수면 무호흡증같이 생명에 위험을 끼칠지도 모르는 부작용을 야기할 수 있는 것이죠. M의 영향은 이틀, 사흘까지 가기도 합니다. 그 약의 영향 아래 놓여 있는 사람은 깨어 있는 동안 평소보다 더 충동적이고 위험한 행동을 하게 됩니다. M을 복용하는 사람들은 자신도 모르는 사이 죽음으로 향하는 열차에 탑승하는 셈입니다. 내 아내가 겪었던 수면유도제의 부작용을, 건강한 잠을 자는 사람들이 겪도록 애디어벡스가 만든 겁니다."

성공과 부에 눈이 먼 자들을 바로 눈앞에 두고서도 나는 그동안 그 존재를 알아보지 못했다. 나는 아트베이슨의 전경을 조망하는 애디어벡스의 사옥을 떠올렸다. 탐욕에 희생된 사람들로 공들여 쌓아 올린 탑이었다. 탑의 영향권 아래에 놓인 것은 단지 그것이 차지하는 땅덩어리만큼의 면적이 아니었다. 그 세력은 경계와 형체가 없는 거대한 움직임이었다. 언제부터 그 자리에 있었던 것인지조차 교묘하게 숨긴 채로 한 사람의 세계를 모조리 장악해버리기도 하는, 틈을 비집고 스며드는 안개 같은 것. 어느샌가 해를 모조리 가려버리고 제 그늘에 가려지지 않은 세상을 볼 수 없게 만드는 거대한 구름 같은 것. 그 잔인한 힘은 끊임없이 움직이고 있었고, 나와 호수의 세계에까지 침범해 있었다. 호수가 부쩍 힘들어하는 모습을 자주 보이던 그때, 내가 모르는 변화가 일고 있었다는 걸 나도 어렴풋이 알고 있었다. 그렇지만 자욱한 안개 속에서도, 짙은 그늘 아래에서도, 나는 단 한 번도 홀로 내버려진 적 없었다. 그저 옆에서 안간힘을 다해 싸우고 있는 그의 움직임이, 가려져 내게 보이지 않은 것이다.

제18장

어떤 비밀 기록과
생각보다 짧았던 추적기

이사장의 집에서 돌아온 날 밤, 신기할 정도로 푹 잤다. 밤새 천둥이 요란했고 뇌우가 지속됐다는 사실을 다음 날 일어나 엄마의 말을 듣고서야 알 정도로 깊은 잠이었다.

"며칠 동안 잠을 푹 자서 그런지, 이제야 좀 살아났네."

아까부터 내가 밥 먹는 모습을 부담스럽게 뚫어져라 쳐다보기에 더는 참지 못하고 얼굴에 뭐가 묻기라도 했냐고 묻자, 엄마가 말했다.

식사를 마치고 씻으러 들어가면서, 나는 화장대 위에 놓은 거울에 내 모습을 비춰보았다. 둥글고 푸르스름한 다크 서클이 아직 조금 남아 있었지만, 엄마의 말대로 오랜만에 안색이 살아난 것처럼 보였다. 창밖으로 보이는 푸릇푸릇한 수목처럼, 생기마저 돌았다.

주말이 지나고 다시 한 주가 시작되는 날이었다. 집을 나서는데, 내가 향하는 곳이 칠운상점과 애디어벡스, 그간 나와 가까운 이들의 주변에서 조용히 일어났던 크고 작은 사건들과 조금씩 연결된 장소라는 사실을 의식하지 않을 수 없었다. 그 모든 비밀을 품고 있던 곳으로 다시 찾아간다는 생각이 들자 기분이 몹시 이상해졌다.

새로운 보직을 맡게 되어 좋았던 점은, 몸을 쓰는 일이라 아무 생각 없이 일할 수 있으면서도 그렇다고 아예 아무 생각도 안 하면 실수를 저지르게 되어 조금은 경계를 하고 있어야 한다는 점이었다. 오전 시간이 금방 흘렀다. 나는 밥맛이 없어 카페에서 샌드위치와 커피를 사서 옥상으로 갔다. 태민이 옥상에서 파라솔을 펴놓고 기다리고 있었다.

옥상에는 간밤에 퍼부은 비의 흔적이 그대로 남아 있었다. 곳곳에 물웅덩이가 만들어져 있었고, 빗물을 흠뻑 맞은 화초는 하늘을 향해 기세등등하게 잎사귀를 펼치고 있었다. 비로소 의자와 탁자에 물기를 닦아낸 흔적이 눈에 띄었다. 태민이 나를 그곳으로 불러낸 건 할 말이 있어서였을 텐데, 아직 영 말이 없었다. 고개를 돌리자 대각선 방향으로 옥상 출입문이 눈에 들어왔다. 계단으로 반 층만 내려가면 있을 전시실은 아직도 내게 실재하지 않는 공간처럼 느껴졌다.

"이제 믿어."

태민의 뜬금없는 말에 나는 깜짝 놀라 태민이 있는 쪽으로 몸을 돌렸다. 그리고 태민도 조금 전까지 내가 보고 있던 방향으로 시선을 두고 있었다는 걸 깨달았다.

"네 말을 완전히 믿는다고, 지은아."

이제 나를 정면으로 보면서, 태민이 말했다.

"이제 알겠어. 네 믿음이 맹목적이고 이유 없는 게 아니라는 걸. 사실 조금만 생각해보면 약물에 손을 댄 호수 씨의 행동이, 그답지 않다는 걸 알 수 있었을 텐데. 그의 구름의 상태를 떠올려보기만 했더라면. 나는 이제 만약 호수 씨가 스스로 약을 사용하기로 한 것이 맞는다고 해도, 거기엔 피치 못할 사정이 있었을 거라고 믿어."

"어째서?"

"맹목적인 믿음이 아니라 논리적인 이유에서야. 호수 씨가 만든 구름을 네가 칠운상점에서 사 갔지. 석탄색 플룸이 달린 연한 보랏빛을 띤 구름을 말이야. 너도 알다시피 석탄색 플룸은 꿈이 완전히 정제된 순 결정잠을 의미하지. 물론 불완전한 초기작인 호수의 퍼들로 만들어진 구름에는 불완전한 정제가 이루어졌지만. 우리가 주목해야할 건 불완전한 정제나마 이루어진 그의 구름이 연한 보랏빛을 띠고 있었다는 사실이야. 수 많은 요인에 의해 구름의 색상이 조금씩 달라지는 게 사실이지만, 연한 보랏빛은 대체로 아주 규칙적이고 안정적인 리듬으로 잔 잠을 의미해. 약을 복용하는 사람은 자극적이고 환상적인 꿈을 꿀 수 있을지는 몰라도, 깊고 안정적인 잠을 잘 수는 없어. 칠운상점이 비록 정식 등록되지 않은 시장이었지만, 나름대로 품질이나 거래 정보 같은 건 엄격하게 관리했어. 약물 사용이 의심되는 구름은 받지 않았고, 성분 검사도 철저하게 했지. 그러다 보니 우리 상점에서 사들이는 구름은 순결정잠이 거의 대부분이었어."

그때까지 호수의 죽음에 얽힌 비밀이 있으리라는 내 믿음은, 지극히 사적인 판단이었던 데다가 직감과 심증적인 데에 의지하는 게 컸던 게 사실이다. 그러나 태민의 말을 듣고 보니 논리적으로 따져보아도 그렇겠다는 생각이 들었다.

"나는 호수 씨를 믿어. 나는 지은이 너와 달리 그를 콘텐츠 일부로서밖에 알지 못했지만, 그 사람이 만든 구름과 그 사람을 사랑했던 너의 판단을 믿어. 너와 나의 믿음이 맞는다면, 그에게 우리가 알지 못하는 이야기가 있는 게 분명해."

어느새 나는 울고 있었다. 태민은 함부로 나를 위로하지 않았다. 그저 내가 스스로 울음을 그치기를 기다려주었다.

"기억해내고 싶어. 내 기억 속에 그 이야기로 안내해줄 무언가가 있을 것 같은데, 도무지 기억이 나지 않아."

나는 고통과 함께 기억을 봉인한 상태였다. 그 당시에도 알지 못했던 걸, 대체 이제 와서 어떻게 알아낼 수 있단 말인가? 아물어가던 상처가 다시 헤집어지면서, 잊고 지냈던 통증이 되살아났다.

"한때는 정말 고통스러울 정도로 그때의 일을 잊어버릴 수 없었는데, 이제는 기억이 잘 나지 않아."

어느새 나는 온몸을 부들부들 떨고 있었다.

"시간이 걸려도 좋으니 천천히 잘 기억해내 봐, 지은아. 분명히 있을 거야. 호수와 직접 관련은 없어도 그의 주변에서 일어났던 어딘가 이상한 일들이."

태민이 단념하지 않고 끈기 있게 말했다.

태민의 차분한 얼굴을 보면서, 나는 깊게 심호흡했다. 숨이 차츰 안정되어 갔다. 눈을 감았다. 우리는 함께 기다렸다. 나의 마음 깊숙한 곳에 묻혀 있던 기억이 소환되어 입을 타고 흘러나올 때까지.

팽이 위에서 아슬아슬하게 서 있었다. 안구를 덮은 눈꺼풀 위로 구름의 그림자가 언뜻 비쳤다. 자욱한 안개 속에서, 그리고 짙은 그늘 아래에서 호수를 쫓고 있었다… 호수를 따라가다 보면….

"호수 씨의 집에 갔을 때…."

굳게 닫혀 있던 나의 입이 돌연 열렸다.

"이상하게 호수는 없고 용준이가 그곳에 있었어. 그 앤 호수 씨의 집이 어디인지 알고 있었고, 내가 그곳에 가리라는 것도 알고 있었던 거야."

이 문장의 끝이 어디에 닿아 있을지 알 것 같았다.

"…내가 핸드폰의 친구 찾기 기능으로 호수를 찾으려 했을 때, 호수 씨는 찾을 수 없었고 이상하게도 용준이의 위치가 검색됐어. 그래, 용준이었어."

마지막 문장을 말한 순간, 태민과 눈이 마주쳤다. 진실에 다가가게 할 어떤 결정적 실마리를 잡았다는 확신이 들었다. 용준은 미처 생각지도 못했던, 잃어버린 퍼즐 조각이었다.

우리가 살고 있는 이 도시에는 방범용 카메라, CCTV, 스마트폰 등 현실에서 일어나는 일들을 기록하는 수단들이 도처에 있다. 도시를 닮은 메타버스에도 기록을 남기려 하는 자들이 있었다. 그들은 레코더(recorder)라고 불렸다. 레코더들이 하는 일은 특정 시간에 특정 장소에 가 있는 것이었다. 그럼으로써 그들은 그 공간에서 벌어지는 여러 일들을 기록할 수 있었다. 그들의 존재는 아직 많이 알려져 있지 않았다. 누군가가 레코더라는 사실을 미리 알기 전까지는 그가 레코더인지 아닌지 알 방법이 없었다. 그런 이유로 어떤 사람들이 레코더인지, 그들의 수는 대체 얼마나 되는지, 누구도 정확히 알지 못하는 듯했다.

나는 그전까지 레코더의 존재조차 모르는 쪽에 해당했지만, 다행히 태민이 어느 레코더와 아는 사이였다. 그 사람은 오랫동안 태민과 세븐 클라우즈 게임을 함께 하며 친해진 친구였다. 그는 밀키에이에서 기록실을 운영하고 있었다.

"여기가 주소야. 이곳으로 가면 돼. 그분한테 네가 찾아올 거라고 말해두었어."

나는 레코더의 기록실을 찾아갔다. 태민이 말해둔 덕분에 암호가 걸려 있었음에도 무사히 들어갈 수 있었다. 그는 내게 사람을 찾으려면 그 사람의 ID 혹은 그의 아바타의 외모를 알아야 찾을 수 있다고 했다. 우선 내가 가지고 있던 호수의 가상 계정명 목록을 복사하여 그에게 넘겨주었다.

태민도 좋은 아이디어를 내주었는데, 용준의 기록도 함께 찾아보면 어떻겠냐고 제안했다. 현실에서 용준과의 접점을 찾아냈으니, 메타버스 속에서도 접점이 있을 수 있지 않겠냐는 것이 태민의 의견이었다. 우리는 용준이 메타버스에서 쓸 법한 닉네임들을 떠올리며 그걸 목록으로 만들었다. 우선 용준의 SNS 계정을 적은 뒤, 그의 대학 시절 별명, 생일 등등을 적어나갔다.

나는 용준이 피터 팬 관련 굿즈만 나왔다 하면 몽땅 사 모을 만큼 피터 팬을 좋아한다는 사실을 떠올렸다. 그렇게 해서 완성한 용준의 목록도 곧 레코더에게 전달되었다.

목록을 넘기고 사흘 정도의 시간이 지났을 때, 내 앞으로 등기우편물 하나가 도착했다. 봉투 안에는 USB가 하나 들어 있었다. 나와 태민은 USB의 내용물을 확인했다. 대용량 저장장치에는 단 두 개의 폴더만이 저장되어 있었는데, 각 폴더의 이름은 'Records of mgrtr.brd'와 'Records of Peter'sfan'이었다. 그 안에는 어떤 장면들이 들어 있었다. 그건 롱테이크로 촬영한 영화를 장면별로 잘라낸 것 같은 짤막한 영상들이었다. 등장인물은 아바타들, 아니 아바타를 대동한 사람들이었다. 배경은 대부분 클럽이었는데, 마치 현실 속 강남이나 홍대의 클럽을 그대로 옮겨놓은 듯했다.

"호수 씨야."

내 손가락이 'mgrtr.brd'라는 닉네임의 아바타를 가리켰다. 그 닉네임은 철새를 의미하는 단어 migratory bird에서 자음만 분리해낸 것이었는데, 그건 자신의 처지가 철새와 같다고 여기는 사람이 쓸 법한 이름이었다. 그리고 멀리 떨어지지 않은 곳에 Peter'sfan이 있었다. 애당초 호수에 대한 정보를 얻기 위해 용준의 행적도 함께 추적하기로 결심한 거였지만, 이렇게 추적을 시작하자마자 바로 두 사람이 함께 있는 장면을 마주하게 되리라고 예상하지는 못했던 나는 머릿속이 하얘지고 말았다.

"다른 화면에서도 용준이가 함께 있어."

이번에는 태민이 다른 화면에서 Peter'sfan을 발견했다. 나머지 파일들에서도 용준과 호수가 같이 등장했다. 두 사람이 등장하는 장면들을 쭉 이어보던 나는, 용준이 인파 속에 몸을 숨기고 있는 것 같다는 느낌을 받았다. 나는 소용돌이치는 생각이 정리되기를 기다린 뒤, 천천히 입을 열었다.

"아무래도 용준이가 그동안 호수의 뒤를 따라다닌 것 같아."

끔찍한 예상을 입 밖으로 뱉고 나 정신이 아득해졌다.

"아무래도 네가 용준이를 직접 만나는 건 힘들겠지. 이건 내가 용준이를 만나서 알아볼게. 호수와 관련해서 또 이상한 점 없었니?"

태민이 내게 물었다.

"호수 씨는 항상 은으로 된 팔찌를 차고 다녔는데, 형사는 유품 중에 팔찌 같은 건 없다고 했어. 형이 선물해준 팔찌였기 때문에 항상 몸에 지니고 있었는데 이상하다고 생각했어. 그것 말고는 생각나는 게 없어."

이 말을 마지막으로, 나는 머리를 양팔 안에 가두어버렸다.

"지은아."

스스로를 탓하고 있다는 걸 알아차린 걸까. 태민이 날 불렀다.

"네 탓이 아니야. 힘겹게 수면 가까이 올라왔는데, 다시 심연으로 가라앉지는 마. 우리 이 상황을 긍정적으로 생각해보자. 적어도 한 사람이 호수의 마지막 행적을 알고 있을지도 모른다는 가능성을 확인한 거잖아."

태민의 말이 옳았다. 어쩌면 용준이 호수의 뒤를 쫓아다닌 게 오히려 우리에게는 행운으로 작용할 수도 있었다. 나는 최악의 상황을 가정하지 않기로 했다. 그런 일은 일어날 가능성이 희박했다. 만약 내가 아는 용준이 맞는다면….

"용준이는 내가 만나는 게 낫겠어. 반드시 알아낼 거야. 무슨 일이 있었는지."

나는 태민에게 말했다. 그건 나 자신에게 하는 말이기도 했다.

내가 용준의 전화번호를 아직 잊어버리지 않았다는 사실이 야속하면서도 놀라웠다. 다행히 용준은 내 전화를 받았다. 퇴근 후 용준의 회사 잎에서 보자고 말하자, 용준은 회식이 있다고 했다. 나는 회식이 끝날 때까지 기다리겠다고 대답했다.

퇴근 시각, 경부고속도로의 하행 차로는 제각기 집으로 향하는 차들로 꽉 막혀 있었다. 만약 저 길이 누군가의 혈관이라면, 그 사람은 미처 손써볼 새도 없이 끝장났으리라. 그와 반대로 내가 탄 버스가 달리는 상행 차로는 정체된 곳 없이 시원하게 뚫려 있어서, 나는 용준의 회사가 있는 종로에 생각보다 이르게 도착할 수 있었다. 시계를 보니 6시 50분이었다. 잠깐 어디 들어가 있을까 하다가 그냥 벤치에 앉아 기다리기로 했다. 나는 주변의 조명이 꺼져 있어 어둑한 벤치로 향했다.

밖에서 보더라도 용준의 회사 건물에는 아직도 대부분의 층에 불이 켜져 있다는 걸 알 수 있었다. 건물 전체를 덮고 있는 짙게 선팅한 창문이 바깥의 조명과 실내의 조명을 구분 짓고 있었다. 내가 앉아 있는 벤치 뒤에는 수출 10억 불을 상징하는 탑이 기세 좋게 서 있었다. 문득 호수를 찾으러 애디어벡스 사옥까지 갔었던 일이 떠올랐다. 그날도 나는 호수의 정황을 알려줄 거라고 믿었던 누군가를 기다리고 있었다.

그날과 달라진 게 있나? 호수가 메타버스 속에서 헤매고 있었다는 사실 말고도 내가 알아낸 게 있나?

어디선가 음악 소리가 들려오기 시작했다. 누군가 버스킹 공연을 하는 모양이었다. 아니면 소규모 콘서트가 열리고 있는지도. 이 주변의 조명만 꺼진 것도, 무대장치 때문인지도 몰랐다. 누가 어디서 연주하는 것인지 보기 위해 주위를 둘러보았으나 나무들에 가려져서인지 소리의 출처를 확인할 수 없었다. 몇 블록 떨어진 먼 곳에서 들려오는 것 같기도 했다. 나는 음악의 진원지를 찾는 것을 포기하고 눈을 감은 채 듣기로 했다.

〈그대의 우주〉. 이 노래를 기억했다. 호수가 만든 목록에 들어 있던 곡이었다. 호수를 통해 처음 이 노래를 알게 되던 날, 나는 가사를 전부 외워버렸다.

그대의 차가운 한숨 속에 어쩌면 멈춰버린 이야기

하지만 그날과 달라진 점이 적어도 하나는 있다는 것을 알았다. 호수와 내가 함께 만든 리라가 있었다. 그리고 나는 그 어느 때보다도 해답에 가장 가깝게 다가가 있었다. 고개를 들면 보랏빛 하늘에는 불빛을 깜빡거리는 인공위성 두어 개 말고는 아무런 반짝임이 없었다. 이제 이 도시에서 육안으로는 더는 별을 볼 수 없다. 하지만 아직도 밤하늘에는 수많은 별자리가 남아 있을 것이다. 보이지 않는다고 해서 그곳에 없는 건 아닐 테니까.

멀리서 걸어오는 용준이 보였다. 그가 예상했던 것보다 훨씬 빨리 나타난 바람에 나는 미처 긴장감을 다 떨치지 못한 상태였다. 일단 앉으라고 권했는데, 용준은 멀뚱히 서 있기만 했다. 회식 자리에서 일찍 빠져나온 용준의 얼굴이 불콰했다. 나더러 따라오라고 손짓하는 용준은, 아무래도 회사 앞이라는 점이 신경쓰이는 듯 보였다. 용준은 나를 데리고 구청 건물 근처까지 갔다. 공연이 열리는 곳과 가까워진 것인지, 노랫소리가 커져 있었다. 등진 벽 위로 붉은색 조명이 얼핏 보였다. 용준과 내가 서 있는 곳도 어둡기는 마찬가지였다. 어느새 곡이 바뀌어 있었다.

"무슨 일이야?"

"잘 지냈니?"

"지금 잘 지냈냐는 말이 나오냐?"

용준은 아무 일 없었던 것처럼 안부를 묻는 내 태도를 도저히 참을 수 없다는 듯 신경질적으로 앞머리를 쓸어올렸다. 그러는 동안에도 용준이 나를 향해 점점 다가오는 바람에, 뒷걸음치던 나의 등이 어느새 벽에 닿았다. 빠져나가려고 몸을 틀었지만, 용준이 나를 벽으로 살짝 밀기만 했는데도 쉽게 도로 갇히고 말았다. 용준은 키가 크고 다부진 체격에 손이 단단하고 아귀힘이 센 편이었다. 가까이서 느껴지는 용준의 호흡에서 술 냄새가 났다. 나는 낯선 용준의 모습에 놀라 심장이 세차게 뛰기 시작했지만 태연해 보이려고 안간힘을 썼다. 용준이 다시 한번 앞머리를 쓸어올렸다. 그때, 용준의 손목 위에서 찰랑이던 은색 물체가 눈에 띄었다.

"역시 너였구나."

"그게 무슨 소리야?"

용준에게 따지는 내 목소리가, 세차게 뛰는 심장만큼이나 떨리고 있었다.

"네가 호수 씨의 팔찌를 가지고 있잖아."

"네가 무슨 상관인데?"

나를 가두고 있던 팔로 용준이 벽을 세게 내리쳤다. 차가운 시멘트에 가해진 둔탁한 충격이 귓가를 스쳤다. 하지만 나는 더 이상 용준이 무섭지 않았다. 어두운 밤 골목이라 어떤 글귀가 적혀 있는지는 보이지 않았지만, 그게 어떤 팔찌인지를 어둠 속에서도 한눈에 알아볼 수 있었다. 용준의 눈을 똑바로 쳐다보고 단어 하나하나에 힘을 주어 또박또박 발음했다.

"네가 피터 팬이고, 호수 씨의 죽음에 관한 진실을 알고 있다는 걸 다 알고 왔어."

용준의 얼굴이 순식간에 굳는 것이 보였다.

"무슨 말인지 모르겠네. 취한 거라면 곱게 집에 가서 잠이나 자라."

용준은 코웃음을 쳤지만 나는 이미 떨고 있는 게 나 혼자가 아니라는 걸 알아차렸다.

"취한 건 너야."

그 말을 하고서 나는 있는 힘을 다해 용준의 손목을 낚아챘다.

"호수 씨의 팔찌를 차고 있는 네 손목을 보니 이제 확신이 들어. 네가 호수 씨의 죽음에 어떤 식으로든 엮여 있다는 게. 그래서 네가 이걸 가지고 있는 거야. 그게 미아 방지용 팔찌라는 건 알았니? 호수 씨는 그 팔찌를 선물 받은 이후로 절대 몸에서 떼어놓는 일이 없었다고 했는데, 경찰이 발견한 호수 씨 시체에는 팔찌가 없었거든."

"이 손부터 놔. 네가 원하는 게 이 팔찌라면 바로 줄 수도 있어."

팔목을 잡고 있던 손에 힘을 풀자, 용준은 팔찌를 풀어서 내게 주었다. 나는 팔찌를 가로등 불빛에 비추어 보았다. 호수의 팔찌가 맞았다. 나는 팔찌를 주머니에 넣고 깊은숨을 들이마셨다. 그러고는 다시 몸을 돌려 우두커니 서 있는 용준을 향해 물었다.

"난 너를 알아. 네가 호수 씨를 해치지 않았잖아, 그렇지?"

그는 긍정도, 부정도 하지 않았지만, 나는 침묵 속에서 용준의 대답을 읽을 수 있었다.

"혹시 호수 씨를 해친 사람이 누군지 아는 게 있니?"

"……."

말 없는 용준의 눈빛이 미약하게 흔들렸다.

"진실에 다가가는 데 도움이 될 만한 게 있다면 무엇이든 좋으니 제발 나를 좀 도와줘. 네게 마지막으로 하는 부탁이야, 용준아."

나는 용준에게 애원했다.

"이제 호수 씨를 보내주고 싶어."

맥이 풀린 듯 한참을 대꾸도 하지 않고 멍하니 있던 용준이 마침내 입을 열었다.

"나에게 하루만 시간을 줘."

다음 날, 용준은 내게 압축 파일 하나를 보내왔다. 파일의 다운로드 진행률을 나타내는 숫자는 6부터 시작하여 천천히 차오르더니 끝내 100이라는 숫자에 가 닿았다. 압축을 풀고 클릭하기만 하면 바로 그날의 일을 확인할 수 있었는데도, 나는 자꾸만 주저하고 있었다. 가까스로 오른손을 움직여 새로운 창을 띄웠다. 난데없이 나타나 화면을 가득 메운 검은색 창은 나를 겁먹게 했다. 그 어둠이 나를 두렵게 한 것인지, 아니면 어둠이 걷히고 나타날 무언가가 날 두렵게 만든 것인지 불분명했다. 보고 있자니 그 속에서 무언가가 어릿어릿 비치는 것 같기도 했다. 나는 급히 창을 닫고 파일을 삭제해버렸다.

그러기를 몇 차례 더 반복하지 않더라도 나 혼자서는 결코 그 파일을 열 수 없으리라는 것쯤은 알 수 있었다. 나는 태민에게 연락했고, 우리는 슬립워킹테라피의 회의실로 모였다. 내가 다시 한번 메일함에서 영상을 내려받는 동안, 태민이 노트북을 빔프로젝터에 연결했다. 오래지 않아 다운로드가 완료되었다는 알림창이 나타났다. 이번에는 검은 화면을 보고 있는 대신, 태민이 움직이는 모습을 바라보았다. 태민과 내가 눈빛을 교환하던 순간, 빔프로젝터의 전구가 푸른 빛을 뿜어내기 시작했다.

강렬한 빛이 가장 먼저 비춘 건 눈처럼 흩날리는 먼지들이었다. 이윽고 불빛이 흰 벽에 가 닿았고, 어떤 장면이 그려지기 시작했다. 영상 속에서 호수가 한강공원 주차장에 차를 댄 채 누군가를 기다리고 있었다. 그러니까 용준이 내게 보내온 건, 호수가 죽던 날의 영상이었다.

용준의 시점이었기에 호수는 아주 작게 나왔지만, 모습이 작게 나왔다고 해서 마음이 덜 아려오는 건 아니었다. 그날 용준 대신 내가 저 자리에 있었더라면… 호수가 약을 넘겨받지 못하도록 막았더라면… 잠시 뒤 영상 속에 얼굴을 가린 누군가가 등장했다. 우리는 그 장면을 몇 번이고 반복해서 보았다.

"잠깐만, 방금 그 장면으로 다시 돌아가서 확대해볼게."

내가 다급하게 외쳤다. 키보드를 두드려 동영상을 조금 전의 장면으로 되돌린 다음 화면을 확대했다. 화면은 처음에는 조각 난 채 픽셀 단위로 커졌다가, 이내 선명도를 찾으며 문제의 장면을 드러냈다. 화면 속에서 한 사람이 창문을 통해 호수에게 무언가를 전달하고 있었다. 겹쳐 있는 손가락들 사이로 무언가가 얼핏 보였다. 감자처럼 생기기도 한 그 물체에는, 뾰족한 끝 부분에 깃발 같은 게 달려 있었다.

"저건 구름이야. 플룸이 달려 있으니 구름인 게 분명해."

밝기를 조정하자 이제는 그 물건의 색깔을 구별해낼 수 있었다. 구름의 국방색 몸체 끝에 흙색의 플룸이 달려 있었다. 나는 흥분하여 자리에서 벌떡 일어났다.

"호수 씨는 더티 플룸을 구입한 거였어. 무언가를 조사하고 있던 걸 거야."

태민이 고개를 저었다.

"지은아… 아직 끝난 게 아니야."

다시 화면을 보니 영상은 총 6분 길이였지만, 그때까지 2분도 채 재생되지 않았었다. 태민이 재개 버튼을 눌렀다. 차에서 멀어지려 하던 사람이 한순간 몸의 방향을 바꾸어 다시 차로 다가갔다. 그리고 운전석 쪽 창문이 다시 내려갔고, 그 사람이 몸을 숙여 호수에게 너무 작아서 보이지도 않는 무언가를 건넸고… 나는 그대로 의자 위로 주저앉았다. 몸이 출구 없는 구렁으로 추락하는 기분이었다.

알고는 있었지만 두 눈으로 직접 확인하고 나니 새삼 모든 의

욕이 상실되는 듯한 기분이었다. 망연자실한 건 나뿐만이 아니었다. 고개를 드니 역시나 힘없이 의자에 축 늘어져 있는 태민의 모습이 눈에 들어왔다. 그 모습을 보자, 오히려 이대로 끝낼 수는 없다는 오기가 났다.

"태민아."

나는 태민을 절망의 구덩이 속에서 불러냈다.

"이제 뭘 어떻게 해야 하지?"

태민이 오히려 날 보고 물었다. 주위를 두리번거리던 내 눈에, 빔프로젝터를 받치고 있는 A4용지 상자가 들어왔다. 나는 상자 속에서 빈 종이 한 장을 꺼내왔다. 펜을 들고 망설이다가 종이의 중앙을 가르는 수직선을 그었다. 그리고 선의 양쪽에 각각 '알아낸 것'과 '알아내야 하는 것'이라고 적었다. 빈 종이를 반으로 나눈 것뿐이었는데, 이미 반쯤은 정리된 듯한 느낌이 들었다.

"우리 지금까지 알아낸 걸 정리해보자."

태민이 고개를 끄덕였다.

"우선은, 처음에 호수 씨가 거래하려고 했던 게 약이 아니라 더티 플룸이었다는 걸 우리는 알아냈어. 호수 씨가 밀키에이에서 행동하는 모습을 보면, 정해진 목적지가 있는 것은 아닌 듯했어. 하지만 가는 곳은 일정했지. 내 생각엔 호수 씨가 무언가를 찾고 있었던 것 같아. 그리고 이 영상으로 볼 때, 찾아 헤맸던 대상은 아마도 더티 플룸이었을 거야."

나는 '알아낸 것'쪽에 더티 플룸과 밀키에이를 적어 넣었다. 비어 있던 종이의 왼편 일부가 채워졌다.

"중요한 건 더티 플룸을 배달한 사람이 호수에게 약을 주었다는 거지. 도대체 왜?"

나는 왼쪽 칸에 '더티 플룸을 배달한 사람'이라고 적은 뒤, 그곳에서부터 화살표를 뻗쳐 오른쪽 칸에 꽂았다. 화살표의 끝에는 물음표를 그려 넣었다.

"더티 플룸과 마약을 취급하는 조직이 같은 경우가 많다고 들었어."

태민은 내게 펜을 달라는 손짓을 하더니, 직접 물음표 아래에 '조직'이라고 적었다.

"그런 거래는 판매자와 구매자만이 약속 장소를 아는 법이니까… 아, 이번 경우는 제삼자인 용준이도 알고 있었으니 예외적이라고 말해야겠지만, 아무튼 두 사람 중 구매자인 호수 씨를 빼고 남은 그 사람은 더티 플룸의 판매 조직원인 거지. 이런 식으로 물건을 배달하는 이들을 조직에선 '대리인'이라고 부른대."

태민이 그렇게 말하곤, 왼쪽 칸의 마지막 줄에 등호 부호와 함께 '대리인'이라고 적어넣었다.

"호수 씨가 어떤 더티 플룸을 샀는지를 찾아내면 그 조직을 찾을 수 있어. 그러면 호수 씨에게 약을 주었던 그 사람도 찾을 수 있고. 그리고 마지막으로 또 하나, 우리가 알아낸 건…"

나는 태민에게서 다시 펜을 넘겨받아 왼쪽 칸에 '팔찌의 행방'이라고 적었다. 그리고 팔목에 채워져 있는 은팔찌를 내려다보았다.

나는 눈을 감아버렸다. 그리고 천천히 팔찌의 체인을 쓰다듬었다. 태민이 계속해서 설명을 이어 나갔다.

"지금까지 알아낸 것들이 공통적으로 가리키는 게 두 가지 있어. 하나는 더티 플룸이고, 또 다른 하나는 호수 씨의 형이지. 이두 항은 서로 연관되어 있어. 더티 플룸을 사용했던 사람도, 호수 씨에게 팔찌를 선물했던 사람도, 호수 씨의 형이었으니까."

나는 여전히 눈을 감고 있었다. 그날 밤, 어쩌면 호수는 형을 찾아 헤매고 있던 건지도 몰랐다. 호수와 형에 대해 더 알아야만 했다. 진실에 다가가기 위해 반드시 알아내야 하는 이야기는 바로 거기 있었다.

다음 날, 나는 용준에게서 받은 영상을 경찰에 넘겼다. 호수의 죽음에 대한 수사가 재개되었다. 어떤 기약도 없는 초조한 기다림의 나날들이 다시금 찾아왔다.

용준에게서 새로운 메일을 받은 것도 그 무렵이었다.

'지은에게'라는 제목의 메일을 읽을지 말지를 얼마나 고민했는지 모른다. 용준에게 아직도 할 이야기가 남아 있다면, 그건 변명과 핑계뿐 아닐까 하는 생각에 며칠을 읽지 않고 내버려 두었다. 그러나 결국 호기심이 날 이기고 말았다. 수기로 쓰였더라면 수 페이지에 걸쳤을 용준의 글은, 짧은 부탁으로 시작하고 있었다.

제19장

피터 팬은
몽유병 환자들에 관한
이야기라는 걸

지은아, 네가 내 편지를 끝까지 읽어주면 정말 좋겠다.

쉽진 않겠지만, 내 생활과 그날 있었던 일에 대해 숨김없이 적어볼게.

목이 말라 잠에서 깼어.

갑작스레 문이 열리며 빛이 없는 세상에 놓이게 된 동공이 어둠에 완전히 적응하고 나자 비로소 사물을 분간할 수 있게 되었어. 가장 먼저 보인 것은 한쪽 모서리가 떨어질락 말락 한 천장 벽지였는데, 나는 그 벽지가 항상 눈에 거슬렸어. 그래도 익숙한 그 벽지를 보자 내가 있는 곳이 어딘지를 기억해낼 수 있었어.

침대에서 내려가려는데 옆에서 누군가 나의 팔을 붙잡았어. 여자의 손이었지. 잠든 여자의 흰 실루엣이 창을 통해 들어온 달

빛을 받아 빛났어. 이름조차 모르는 여자였어. 여자의 손을 풀고 구겨져 있던 이불을 펴 목까지 덮어준 뒤 방을 나왔어. 거실로 나오자 뱀의 허물처럼 바닥에 벗어져 있는 옷가지들이 눈에 들어왔어. 나는 바지를 집어 든 다음 주머니에서 핸드폰을 꺼냈어. 새벽 3시가 넘은 시각이었어. 너에게서 온 메시지들은 아직 읽지 않은 상태였지. 네가 지금 자고 있다면, 지금 읽으나 아침에 읽으나 별 차이가 없을 거라고 생각했어. 망설이다가 메시지를 읽기로 했어.

화면 위로 세 개의 읽지 않은 메시지가 나타났어. 첫 메시지는 10시 12분에 도착했어. 너는 늘 하던 회의를 일정대로 마친 다음 술을 마셨다고 했어. 간만에 맥주가 술술 들어갔다고도 했지. 내가 술을 먹는 걸 좋아하지 않던 너라 난 서운함을 느꼈어.

다음 메시지는 10시 46분, 내가 연락이 닿지 않아 걱정이 된다는 내용이었어. 이번엔 너의 말투에서도 서운함이 잔뜩 느껴졌어.

넌 마지막으로 자정을 3분 남긴 시각에 메시지를 보냈어, 기억나니? 술을 마셔 졸음이 쏟아진다면서 먼저 자겠다는 내용이었잖아.

너와는 토요일 정오, 그러니까 내가 문자를 읽은 그때로부터 8시간 반 뒤에 만나기로 되어 있었어. 네게서 온 메시지로 보아 우리가 만나면 또 싸우게 되리라는 것쯤은 머리를 쓰지 않고도 충분히 예상할 수 있었지. 그래서 너에게 숙취 때문에 피곤할 테니 이번 주말은 쉬자고, 그렇게 답장을 보냈던 거야.

이 모든 게 시작된 게 대체 언제였을까. 아마도 2년 전 그날이 아니었을까? 처음 경험한 밤의 거리에서, 나는 마음껏 숨을 쉴 수 있었어. 그곳에서 마침내 멀미가 멎고 머리가 맑아지는 걸 느꼈어. 그 무렵, 나는 공채에 지원했던 열 곳의 회사 중 네 곳에서 합격 통지를 받았어. 동기들 중에서도 단숨에 취업 성공한 녀석들이 몇 명 있기는 했지만, 단연 가장 좋은 회사에 합격한 나는 기분이 몹시 좋았어. 친구들도 많이 축하해주었지. 그럼에도 마냥 기뻐하지 못했던 건, 네가 지원서를 보낸 열두 곳의 회사 중 어느 곳으로부터도 합격 통지를 받지 못했다는 사실 때문이었어. 취업이 다음 해를 바라보게 되면서, 너는 졸업을 유예해야 하는 상황에 처했어. 그런데도 너는 한 명이라도 걱정거리를 덜어서 다행이라며, 나의 취업을 진심으로 축하해주었지. 나처럼 단숨에 취업하는 게 정말 흔치 않은 대단한 일이고, 너도 다음번에는 성공할 것이니 괜찮다면서. 나는 네가 괜찮다고 말할수록 오히려 네 눈치를 보게 되는 내 모습을 발견했어. 네가 내 앞에서 자격지심을 드러내거나 초조한 티를 보인 적은 결코 단 한 번도 없었어. 정말 고마운 일이지만 난 그럴수록 오히려 네가 괜찮아 보이려고 무던히 애를 쓰고 있는 것 같다는 느낌을 받았던 거야. 한번 그걸 의식하고 나니까 널 대하는 일이 불편해지기 시작했어.

너와 내가 함께 참석했던 마지막 축제의 뒤풀이 자리가 기억나니? 우혁이 녀석이 파티에 가자고, 늘상 하던 시답잖은 소리를 늘어놓던 것도 기억해? 처음에는 내가 평소처럼 우혁이의 제안을 거절했던 걸 네가 기억해주었으면 좋겠어.

✳

　일기인지 편지인지 모를 용준의 글을 읽으며 스크롤을 내리다 말고 멈칫했다. 물론, 그날의 일을 나도 생생하게 기억하고 있었다. 때늦은 개강 기념 뒤풀이가 있는 날이었다. 용준에게는 마지막 학기였다. 같은 과였던 우리는 테이블 하나를 떼고 앉아 있었다. 우리 과의 단골 부대찌개 집이었다. 방 하나를 통째로 차지한 터라, 가장 멀리 떨어진 테이블에서 하는 소리까지 다 들을 수 있었다. 용준의 맞은편에 앉은 우혁이 한참 전부터 무언가를 끈질기게 조르는 듯했다. 나도 모르게 그쪽을 향해 귀를 기울이고 있었다.

　"야, 한 번만 같이 가주라. 그동안 취업 핑계로 안 갔잖아. 이제 너는 취업도 했겠다, 걱정할 게 뭐가 있냐? 졸업하기 전에 마지막으로 즐긴다고 생각하고 가자. 지은이가 걱정돼서 그러는 거면 개한테 같이 가자고 해봐."

　"지은이는 그런 데 안 좋아해."

　"만약 안 가겠다고 하면, 나랑 가도 되냐고 물어봐. 의외로 허락해줄지도 모르지. 지은이가 쿨한 편이잖아."

　그러니 몸을 뒤로 젖혀 내게 이렇게 물었을 때, 용준은 나에게 무심하게 들리려고 노력하며 용건을 꺼냈을 것이다.

　한참 전부터 두 사람의 대화를 다 듣고 있었던 나는 잠시 뜸을 들이다가 대답했을 것이다.

　"나는 못 가. 자소서 준비하느라 중간고사 공부랑 과제가 다 밀렸어."

그때, 나는 용준이 가지 않았으면 좋겠다고 생각했다. 하지만 아무렇지 않게 자신의 여유를 드러내는 용준이 미워서 나는 거짓말을 하고 말았다.

"아니야, 나는 밀린 과제도 하고 하반기 공채 자소서도 써야 해. 가고 싶으면 애들이랑 다녀와도 괜찮아, 용준아."

"정말?"

그날 정말 나를 두고 축제를 즐기러 간 용준은 아침이 밝도록 연락이 되지 않았고, 나는 나대로 불면의 밤을 보내며 핼러윈을 자축했었다. 물론 칵테일을 여러 잔 마시고 뻗는 바람에 내게 연락하지 못했다는 용준의 말을 그때까지는 믿었다. 그런 변명들이 지나치게 많아지기 전까지는 진심으로 믿었다. 용준은 내가 떠올리고 싶지 않은 기억을 불러내고는, 계속해서 글을 적어 나가고 있었다.

＊

그날 밤, 어느 순간부터 나는 너와 나 자신과 세상에 관한 모든 걸 잊을 수 있게 되었어. 그리고 마음 한곳을 무겁게 누르고 있던 바윗덩어리가 부서지는 걸 똑똑히 느꼈어.

그날 이후로 나는 밤의 거리를 떠돌기 시작했어. 대학에 입학한 뒤에도, 그럴듯한 직장을 가지게 된 뒤에도 그만한 자유를 느껴본 적은 없었어. 물 흐르듯 흐른다는 게 이런 자유로운 상태를 말하는 것일까? 그런 생각을 했어. 그동안 명치 부근에서 느껴지던 꽉 막힌 듯한 느낌이 사라진 게 느껴졌거든. 비로소 막히는 곳 없이 숨이 나의 몸 안팎으로 자유롭게 들고 나는 기분을 뭐라 표현할 수 있을까. 당시에 나는 숨이 트이는 그 짜릿한 느낌에 매료되어 다른 건 아무것도 헤아리지 못했어. 기껏해야 어떻게 하면 그걸 계속 느낄까 하고 생각할 뿐이었어.

이제야 하게 된 생각이지만, 어쩌면 내가 거의 매일 밤 어떤 정화의식을 치렀던 걸지도 몰라. 내게 음주는 일종의 수련이었던 거야. 알코올이 목구멍을 타고 내려가며 나의 몸을 깨끗이 씻어내고 나면, 그 자리를 긍정적인 에너지가 가득 채웠어. 술을 마신 나는 유쾌했고, 활력이 넘쳤어. 모두가 나를 좋아했지. 내가 공들여 찾지 않았는데도, 여자들이 먼저 나를 찾아와 함께했어. 대부분의 경우 그런 제안을 거절했지만, 솔직히 말하면 힘들게 거절하지 않을 때도 많았어. 나는 술을 마시면 좀 더 솔직해졌고, 대범해졌거든.

취향에 솔직해지는 법을 깨우친 뒤로는 그걸 주위 사람들을 대할 때도 적용하기 시작했어. 가장 먼저 여자친구인 네게 머리 모양을 바꿔보라고 이야기했지. 그때 넌 어깨에 닿지 않는 단발머리를 하고 있었는데, 내 취향은 굵은 컬이 들어간 긴 머리였으니까. 널 구슬리는 동안 사실 내 손에는 위스키 잔이 들려 있었어. 손목 스냅으로 얼음을 굴려 가며 네게 이렇게 말했었지.

"이제 짧은 머리는 그만하고, 길러서 파마를 해보면 어때? 평소에는 풀고 지내다가 면접 볼 때 깔끔하게 틀어 묶으면 되잖아."

다행히 너도 단발머리가 지겨워진 참이라고 했어. 넌 파마는 하지 않았지만, 이듬해 봄까지 빗장뼈 아래에 오도록 머리를 길렀어. 머리를 깔끔하게 묶고 증명사진을 찍었고, 취업에 성공했지.

새로운 나는 회사에서도 자리를 잘 잡아가고 있었어. 상사는 내가 의견을 솔직하게 피력하는 게 마음에 들었던 모양인지 나를 무척 아꼈어. 덕분에 나는 모두가 하기 싫어하는 업무나 떠맡는 여느 신입 입사 동기들과는 달리, 뒤처리가 깔끔하고 성과가 두드러지는 업무를 도맡아 하며 회사 내부에서 중요성을 인정받게 되었지. 내게 좋은 일들이 일어나기 시작한 이유가 자유와 솔직함을 찾은 덕분이라고 나는 믿었어. 그래서 더 자유롭게, 더 솔직하게 살기로 다짐한 거야. 그러는 동안에도 나의 몸은 점점 더 깨끗이 비워지고 있었고 말이지.

그 당시 내 삶에 대한 만족도를 그래프로 그려본다면 모든 지표가 다 매우 만족, 최대치를 기록했을 거야. 원하는 건 뭐든지 다 했고, 내게 그냥 주어진 것들도 지나고 보면 내가 원했을 것으로 드러났으니까. 모든 게 다 완벽했고 그래서 난 행복해야 했는데, 희한하게 어딘가 께름칙하고 불길한 구석이 늘 있었어.
불안.
처음에 그건 작은 돌멩이에 불과했어. 돌멩이라고 부를 수 없을 정도로 작았던 시절도 분명히 있었을 테지. 내가 그 존재를 알아차리기 시작한 뒤로 자라나는 걸 멈춘 적이 없었으니까, 처음에는 모래알 정도의 크기에서 시작해서 이만큼까지 자라난 거겠지. 어쨌든 그 존재를 느끼게 된 이후로 나는 그걸 여러 이름으로 인식했어. 실망, 죄책감, 후회, 갈증, 갈망. 자기혐오와 중독, 불결함과 굴레. 그리고 지은. 그래, 바로 네 이름 지은.
한참이 지난 뒤에서야 그 돌의 진짜 이름이 민지은이라는 사실을 깨달았거든. 그땐 네 이름이 어느새 내 심장의 절반이 되는 크기에 다다를 정도로 커져 있었어. 그 지경에 이르자 나는 다시금 목이 막혀오는 걸 느끼기 시작했어. 그런 증상은 너와 눈을 마주칠 때 유독 심해졌어.

내가 사랑하는 네가 돌덩이가 되어 내 숨통을 막고 있다는 것은 모순이었어. 너만을 남기고 돌덩이를 치워버리려면 금주해야 한다는 걸, 나는 어렴풋이 알고 있었어. 그래서 결심했지. 하지만 술을 멀리하자마자 식도가 알코올을 요구하기 시작했어. 생수를 들이켜는 걸로는 도무지 갈증이 해소되지 않았어. 맥주를 대체할 요량으로 탄산수를 마셔보기도 했지만, 청량감이 부족했어. 문득 주변을 둘러보니 온통 술 얘기뿐이더라. 영상을 틀면 맥주 광고가 흘러나왔고, 길거리에는 새로 나온 소주의 광고판이 가로등만큼이나 흔했어. 한 잔만 마셔봐, 네 갈증 따위 금방 가실걸. 그렇게 말하는 알코올은 자신을 향한 나의 욕망이 일방적일 수밖에 없다는 걸 잘 알고 있는 것 같았어. 그 녀석은 분명 날 비웃고 있었거든. 금주에 대한 결심을 주말까지 잘 지켜냈던 나는, 결국 다음 월요일 밤, 야근을 마치고 집에 돌아가는 길에 다시 술에 손을 대고 말았어. 술이 기도를 타고 배 속으로 내려갈 때마다 목에서 덜그럭거리는 소리가 났어.

돌덩이의 존재감이 느껴질 때마다 너와의 미래에 대해 고민하지 않을 수 없었어. 너와 헤어지면 어떨까 자문해본 적도 있어. 그 상실감은 상상 속에서조차 견디기 힘들었기에 질문에 대한 답을 성급히 도출할 수밖에 없었어. 지은아, 너를 잃는 것은 고통을 뜻했어.

하지만 너에 대해 생각하고 나면 돌덩이의 존재가 다시금 생생히 느껴졌어. 돌덩이가 곧 너였지만, 내가 널 지워낸다고 해서 돌덩이가 함께 지워지리라는 확신이 없었어. 내가 잠시나마 금주했을 때 그랬던 것처럼, 너와 헤어진 뒤에도 돌덩이가 계속해서 남아 있을지 모르는 일 아닌가? 그렇게 되면 내가 너와 헤어져 돌덩이의 존재를 망각하고 있는 사이에, 이미 잔뜩 비대해져 버린 그게 목을 뚫고 나올지도 모르는 일이잖아.

내가 주저한 데에는 꿈도 한몫했어. 그 무렵 난 같은 꿈을 반복해서 꾸었어. 나의 몸이 딱딱하게 굳어져 이내 눈꺼풀조차 움직일 수 없게 되는 꿈. 꿈속에서 온몸이 마비된 나는 눈을 감을 수 없기에 잠들 수도 없어. 옴짝달싹 못 하는 상태로 시간이 지루하게 흘러가. 그러다가 네가 나타나. 네게 날 흔들어 깨워달라고 눈으로 신호를 보내지만 넌 가만히 나를 내려다보다가 지나쳐버리지. 나는 다시 홀로 남아 네가 나타났다가 떠나는 장면을 복기하면서 천천히 바위로 변해가는 거야….

그 꿈을 꾼 게 대체 몇 번째인지, 어느 순간부터는 숫자를 세는 것조차 잊어버리게 되더라. 그게 몇 번째였든, 꿈을 꾸고 나면 돌덩이가 목구멍에서 거칠게 꺼끌거리는 느낌이 평소보다 더 심해지는 것만은 확실했어. 그런데다가 깨어난 뒤에도 이상하고 기분 나쁜 여운이 남아서, 기분을 망친 채로 하루를 시작하는 거야. 그런 날이면 온종일 이런 생각이 내 머릿속에서 떠나지 않았어. 내 꿈속에 나타나는 유일한 존재인 네가 떠나고 나면, 어쩌면 나는 영영 일어나지 못하게 될지도 모르겠다는 생각.

그날도 나는 같은 꿈으로 하루를 시작했고, 오래간만에 일찍 퇴근해서 널 보러 가기로 결심했어. 불과 며칠 전이 우리가 사귄 지 5년째 되던 날이기도 했거든. 네게 선물할 꽃을 고르려고 회사 근처 꽃집을 갔는데, 미리 주문해두지 않은 탓에 꽃다발을 사는 데 애를 먹었어. 나는 활활 타오르는 듯한 붉은 장미 다발을 원했는데 첫 번째로 들른 꽃집의 주인이 요새는 흰색이나 분홍색같이 은은한 색감의 장미를 많이 찾지, 붉은 장미꽃다발은 잘 선물하지 않는다고 하더라. 하지만 그날 나는 활활 타오르는 장작불을 손에 들지 않고서는 널 만나러 갈 생각이 없었어. 그 가게를 나온 뒤에도 꽃집 몇 군데를 더 들렀어. 그리고 마침내 네 번째 가게에서 장미 50송이로 만든 꽃다발을 구입할 수 있었지.

　힘들게 구한 꽃다발은 내가 지하철을 세 번 갈아타는 동안에도 얌전히 손에 들려 있었어. 나는 널 만나러 LP의 사무실이 있는 아트베이슨으로 넘어가는 중이었어. 서울 시내에서 경기도로 넘어갈 때 선택할 수 있는 교통수단으로 회사 셔틀버스부터 급행철도, 트램, 택시까지 여러 가지가 있었지만, 내가 가장 선호하는 건 지하철이라는 거, 나를 잘 아는 넌 말하지 않아도 알고 있겠지? 가장 빠른 방법은 시외버스를 타고 버스전용차로를 이용하여 고속도로를 달리는 방법이야. 버스가 끝없이 뻗은 고속도로에서 빠져나와 시내로 진입하면 곧바로 네 회사가 나올 테니까. 반면에 지하철을 이용하면 두 번을 갈아타야 하기 때문에 길 위에서 낭비하는 시간이 늘어나지. 그런데도 나는 늘 지하철을 선택했어. 번거롭더라도 흔들리는 버스 안에서 멀미하는 것보다는 낫거든. 나는 정말 두통과 멀미라면 끔찍해, 지은아.

네 회사 앞에 도착한 뒤, 꽃다발 사진을 찍어서 너에게 보냈어. 한 손으로 사진을 찍으려니 프레임 안에 꽃다발이 온전히 담기지 않았지만, 그걸 받은 네 반응을 상상하자 설렐 만큼 사진도 충분히 화려하게 찍혔어. 그런데 조금 뒤 네게서 도착한 답장은 기대와 달리 네가 회사에서 바로 빠져나올 수 없다는 내용이었어. 시계를 보니 오후 4시를 조금 남겨둔 시각이었고, 내가 도착한 시도 벌써 30분이 다 되어가고 있었어. 하는 수 없이 회사 정문 쪽에 있는 카페에서 너를 기다리고 있겠다는 답장을 보냈어.

카페에 앉아 있는데 너의 회사에서 나온 한 무리의 사람들이 내가 있는 쪽으로 걸어오더군. 시끄럽게 떠들면서 카페 안으로 들어오더니 음료를 주문하고 테이블에 앉았어. 네 이름을 들은 건 그때였어. 그 대화 내용은 대충 말하자면 이런 식이었어.

"대리님, 민지은 씨는 금요일마다 무슨 일로 늦게까지 회사에 남아 있는 거예요? 매번 금요일 오후에 사무실을 지켜주니 일찍 퇴근하는 저로선 고맙기는 하지만."

"호수랑 신제품 협업한다고 매번 저렇게 남아 있잖아."

"아, 그 하프인가 하는 제품이요?"

"하프가 아니라 리라야. 저번 회의 때 브리핑하지 않았나?"

그때 카페 직원이 그들의 주문번호를 불렀어. 그들은 동시에 자리에서 일어나 불과 조금 전에 가게 안으로 소음을 몰고 들어왔듯이, 이번에는 밖으로 소음을 몰고 나갔어. 그렇게 되찾은 고요함을, 카페는 다음 무리가 들어오기 전까지 잠시나마 누렸겠지. 그와 반대로 내 머릿속은 복잡해졌어. 호수라는 이름을 들은 적이 있었거든. 네가 어떤 슬리퍼와 같이 일하게 되었다는 걸,

물론 나도 알고 있었어. 상대방의 바쁜 일정에 맞추느라 금요일 저녁까지 일하곤 했다는 사실도. 그 덕분에 내가 금요일 저녁에 마음 놓고 개인적인 시간을 가질 수 있었단 것도 알아. 그래, 내가 호수라는 이름을 들은 건 바로 너한테서였어.

그때 네게서 문자가 도착했어. 곧 퇴근하니 후문 쪽에서 만나자는 내용이었어. 난 짐을 챙긴 뒤 카페를 나가려다 말고 멈춰 섰어. 꽃다발과 가방을 도로 테이블에 올려두고 난 이미 정문 쪽에 있으니 그쪽으로 오라는 내용의 답장을 너에게 보냈어. 그런 뒤에 나는 다시 꽃다발을 들고 카페 밖으로 나갔어.

너를 기다리며 회사 정문을 바라보고 서 있으려니 그곳에서 빠져나오는 사람의 수가 불과 1시간 전에 비해 확연히 줄어들었다는 걸 알겠더군. 그때, 사람들 사이로 키가 유난히 큰 남자 한 명이 눈에 들어왔어. 남자는 모자를 눌러 써 얼굴의 반 이상을 가리고 있었지만 나는 그 얼굴을 금방 알아보았어. 그 남자가 나를 지나쳐서 지하철역 방향으로 사라지고 나서도 한참이 지난 뒤에야 네가 나타났어.

너는 사무실 뒷정리를 하느라 퇴근이 늦어졌다고 했어. 미안하다고 말하면서, 내게 왜 후문이 아니라 정문 쪽에 있었냐고 물었지. 네 말을 끊고 꽃다발을 내밀었어. 넌 꽃다발이 참 화려하다며 고맙다고 말했지만, 난 네가 말과는 달리 얼굴을 가볍게 찌푸리는 걸 놓치지 않았어. 그래, 못 본 체했지만 사실 난 그때 다 알고 있었어.

우리는 예약해둔 식당으로 이동하기로 했어. 지하철역에 다다랐을 때, 좀 전에 보았던 모자 쓴 남자가 나타났어. 남자는 이번에는 내 쪽을 그냥 지나치지 않았어. 나의 옆에 있는 너에게 아는 체를 하더군. 너도 그 남자에게 인사를 하는 바람에 얼떨결에 같이 목례를 하고 말았어. 남자는 멍청하게도 회사에 소지품을 두고 왔다는 것 같았어.

그날 비싼 레스토랑에서 만족스러운 저녁 식사를 한 뒤에도, 널 집까지 바래다준 다음에도, 마음 한구석에 자리 잡은 불안이 가시지 않았어. 게다가 그닐 저녁 내내 뱃속에서 불기둥같이 뜨거운 감정이 거듭 솟구치던 상태였지. 예전에도 그것과 비슷한 감정을 느낀 적이 있었어. 한 후배 녀석이 너에게 고백했다는 사실을 알아차렸을 때였어. 그때 네가 단박에 거절했다는 사실을 알았으면서도 나는 끓어오르는 감정을 주체하기가 힘들었었지. 나는 다시 살아나려 하는 불씨를 애써 무시하려고 노력하며 네게 사랑한다는 말을 더 열심히 속삭였어. 너와 헤어질 생각은 이미 접어버린 지 오래였지. 우리 사이가 다섯 번째 해를 맞이한 그 순간까지도 변함없이 굳건하며, 안정적이고 단단하다고 믿고 있었거든. 난 그 확실한 행복을 저버릴 생각이 없었어.

그렇기에 며칠 뒤 네가 나에게 헤어지자고 말했을 때, 굳건하다고 믿었던 너와 나의 관계가 실은 무너져내리고 있었다는 걸 뒤늦게 깨달았고, 반대로 돌덩어리는 한층 더 단단해진 걸 느꼈어. 분노와 원망이 치밀어오르는 와중에도, 목에 걸린 돌덩이는 온갖 방법으로 나를 조롱했어. 결국 뱃속에서 조용히 타고 있던 불이 폭발하고 말았어. 일순간 높이 솟구친 불은 목구멍으로 길을 냈고, 이내 입 밖으로 터져 나왔어. 그 불길이 밖으로 뛰쳐나오자마자 한 말은 이거였어. 우린 헤어질 이유가 없다고,

5주년 때 좋았던 분위기는 무엇이었냐고. 네게 소리쳤다고 해서 날 너무 원망하지는 말아주라. 그때 난 정말로 혼란스러웠거든.

넌 내가 보낸 밤의 시간에 대해 알지 못했어. 네가 그 시간에 대해 알았더라면 우리가 헤어질 이유가 충분했겠지만, 그게 아니었으니 난 우리가 헤어질 이유가 충분치 않다고 믿었어. 심지어 너는 전화로 이별을 통보했지.

나는 네 이별 방식에 분노하는 한편 냉정한 사고로 왜 네가 그런 방법을 택했는지 이해하기도 했어. 너는 나를 똑바로 보고 말할 자신이 없었던 거야. 내가 어떻게 나올지 알고 있었을 테니까…. 그렇지만 네가 나와 이별해야만 했던 진짜 이유는 끝내 알지 못했어. 너는 나를 더 이상 사랑하지 않게 되었다고 말했지만, 나는 그 말을 믿지 않았거든. 어쩌면 네게 다른 남자가 존재할지도 모른다는 생각이 잠시 머리를 스쳤어. 그게 가장 그럴싸한 이유일 테니까. 하지만 널 너무 잘 알고 있던 나는, 설사 그게 정말이라 해도 네가 떳떳하지 못한 행동을 했을 리는 없다는 걸 알고 있었어. 너의 선택과 행동을 이해할 수 있다는 사실이 나를 더욱 분노하게 했어. 너를 이해하는 것은 나를 이해하는 것이나 마찬가지였거든. 마치 내 모습이 〈눈의 여왕〉의 거울에 비친 것과 같았어. 나의 많은 모습 중 가장 역겹고 추한 게 드러났어. 마침내 스스로의 흉한 모습을 마주하게 되는 순간이 찾아오면 자존심이 거울이 깨지듯 산산조각나고 만다는 걸 알게 됐어. 나는 다시는 행복해지지 못할 것 같다는 예감에 떨어야 했어. 무엇보다도 돌덩이는 내가 두려워했던 대로 네가 떨어져 나간 뒤에도 여전히 그 자리에 남아 있었어.

돌덩이가 그대로였기에 널 되찾아야 했어. 너와는 더 이상 연락할 수 없었기 때문에 나는 다른 방법으로 네 행적을 좇아야만 했지. 나는 '친구 찾기' 기능을 이용했어. 네가 지금 쓰고 있는 핸드폰은 우리가 같이 용산에 가서 산 제품이지. 우린 당연히 같은 기종으로 맞추어 구입했고, 새 핸드폰을 받던 날 제품의 기능을 탐색해보다가 해당 제품에 GPS를 이용하여 친구의 위치를 찾아주는 기능이 있다는 것을 발견했었지. 그때 우리는 서로를 찾고 싶은 친구로 등록했어. 그건 상대가 어디에서 무얼 하는지 수시로 확인하고 싶어 하는 연인들 사이에서 흔히 쓰는 기능이었으니까. 상대방에게 더 이상 자신의 위치가 알려지는 것을 원하지 않는다면, 두 가지 방법으로 친구 찾기 기능을 해제할 수 있어. 첫 번째 방법은 해당 기능을 완전히 끄는 거야. 기능을 꺼버리면 나 자신도, 그리고 상대방도 서로의 위치를 알 수 없게 되지. 두 번째는 상대방을 연락처 목록과 친구 목록에서 지워버리는 거야. 이 경우에는 둘 중 어느 하나의 목록에라도 남아 있는 사람은 계속해서 상대방의 위치 정보를 확인할 수 있어. 나는 너의 이름이 여전히 날 등록한 친구 목록에 나타나는 걸 확인했어. 어쩌면 그건 우리의 핸드폰이 해외에서 수입한 제품이었던 덕분인지도 몰라. 운영체제의 메시지가 지나치게 번역 투일 때가 종종 있었으니까. 너도 그 어색한 말투의 안내 문구가 대체 뭐라는 건지 헷갈려 하다가, 나를 모든 목록에서 삭제하지 못한 채 그냥 두었던 게 아닐까? 너와 내가 헤어지던 날, 연락처 목록에 들어가 네 번호를 선택하고 '삭제하기'를 눌렀더니 이런 알림창이 떴거든.

— 이미 연락처에서 지운 친구를 찾고 싶은 친구 목록에서 마저 지워버리면 친구를 영영 찾지 못할 수 있습니다. 찾기 목록에는 남겨놓으시겠습니까?

— 예/아니요

이때 네가 기계적으로 '예'를 눌렀을 가능성이 커. 그렇지 않니? 우리가 헤어진 뒤에도 내 핸드폰은 계속해서 널 찾아낼 수 있었으니까.

아무튼 그 기능 덕분에 나는 네 근황에 대해서 속속들이 알 수 있었어.

놀라운 게 뭔지 아니? 난 널 따라 너와 호수가 다녀간 카페, 식당, 공원들을 찾아갔어. 얼마 지나지 않아 호수의 집이 어디인지도 알아낼 수 있었지. 그렇게 너희가 남긴 흔적을 따라가다 보니 어느덧 호수라는 사람이 어느덧 내게도 더는 낯설게 느껴지지 않더라. 나는 호수의 SNS 계정을 따랐고, 그의 슬리퍼 콘텐츠를 구독했어. 호수의 콘텐츠는 게시되자마자 높은 조회 수를 기록했고, 나도 그 숫자가 몸집을 키우는 데 조금은 기여했지. 그 사실이 마음에 들지는 않았지만, 어느새 난 잘 훈련된 파블로프의 개처럼 새 소식이 올라왔다는 알림이 뜨면 호수의 페이지를 들여다보는 걸 참을 수 없는 지경에 이르렀어. 우리들의 관계에 대해 모르는 누군가가 내 모습을 본다면, 내가 네가 아니라 호수의 뒤를 쫓고 있다고 말할지도 모를 정도였어. 그렇지만 막상 그의 콘텐츠를 보면 늘 빈정 상했는데, 이제 와서 생각해보니 그건 호수가 항상 자신감 넘치는 모습이었기 때문인 것 같아. 예를 들자면, 그는 이런 식이었거든.

"밤에 잠이 오지 않을 때가 있는지, 있다면 그런 밤에는 무엇을 하는지 질문해주셨습니다. 저는 사실 평소에는 머리만 대면 바로 잠드는 편입니다. 불이 켜져 있어도 상관없어요. 악몽도 거의 꾸지 않고요. 그렇게 잠들고 나서 꾸는 꿈이 너무나 즐거워서 잠자는 게 기다려집니다."

질의응답 콘텐츠에서 그는 자신만만한 태도로 자신의 재능에 대해 얘기했어. 원하는 대로 잠들 수 있다는 건, 이 빌어먹을 시대에 실로 엄청난 재능이야. 나에게는 그의 말이, 재능을 가지지 못한 자들을 향해 던지는 조롱으로 들렸어. 가끔 내가 오해한 건 아닐까 하고 헷갈려했던 순간도 있었지만.

"하지만 매일 밤 자려고 할 때마다 하나의 전쟁을 치르시는 분들이 많이 있으시다는 걸 알고 있습니다. 잠을 잘 자는 편인 제게도 잠이 오지 않는 밤이 찾아올 때가 있어요. 그럴 때마다 다음 날 아침이 찾아오는 게 두려워지더라고요. 하루는 치통 때문에 밤을 지새운 적이 있습니다. 그날은 사랑니가 어금니를 누르는 고통 때문에 잠을 자지 못했어요. 영화를 보려고 해봤는데 도저히 영화의 내용에 집중할 수가 없었죠. 결국 진통제를 먹은 뒤에야 겨우 잠이 들었습니다. 그게 제 잠 못 든 밤의 경험이고요. 사랑니를 뽑고 난 뒤로도 그런 일이 자주는 아니지만 가끔 있어요.

그럴 때면 저는 음악을 듣거나 오디오북을 듣습니다. 저는 무언가를 읽어주는 목소리가 좋습니다. 남이 들려주는 이야기는 쉬지 못하고 깨어 있는 제 정신이 어둡고 무서운 생각 속에서 침잠하는 걸 막아주거든요.

그래도 저는 항상 밤이 그리워요. 저에게 밤은 너무도 짧습니다. 슬리퍼라는 직업을 택한 뒤로는 더더욱 그래요. 구름을 만들기 위해 많은 밤을 회사에서 보내다 보니, 제 개인 생활에서 밤이 사라진 기분이 듭니다. 제가 좋아서 하는 일이긴 하지만, 회사에서 밤을 보내는 건 어쩔 수 없이 업무라는 생각이 들거든요. 회사에서는 정해진 공간 안에서, 미리 구상해 둔 꿈을 꾸며 잠드니까요. 그렇기에 휴무일에는 자유로운 몸이 되어 감사한 마음으로 밤을 보내고 있습니다. 바로 저의 공간에서 제 의식이 흘러가는 대로 꿈을 꾸며 잠드는 거죠."

그를 보면 이 세계가 얼마나 불공평한지 알 수 있지 않니? 나는 숨을 쉬기 위해서 밤에도 활동해야만 해. 그건 불가피한 일이라고. 밤의 마무리는 술로 짓고, 그러고 나면 낮에는 부족한 잠을 커피로 쫓아가며 일을 해야 하지. 점심시간에 서고에 숨어 쪽잠을 자며 피곤함을 덜어내기도 하고. 그런데 호수는 잠을 자는 것만으로 손쉽게 돈을 벌고 유명세를 얻었던 거야. 다 그 빌어먹을 재능 덕분에 말이지. 그 사실이 나를 화나게 했어.

그거 아니? 메타버스는 그 세계 속에서만 작동하는 몇 가지 규칙이 있다는 것을 제외하면 현실과 별반 다를 바가 없다는걸. 그즈음 나도 밀키에이란 곳에 자주 접속했어. 네가 알지 모르겠지만, 밀키에이는 애디어벡스가 어느 작은 스타트업 회사를 인수하며 메타버스 시장에 뛰어든 뒤 최초로 개발한 메타버스 플랫폼이야. 그곳에서는 애디어벡스 소속 슬리퍼들이 많이 활동하고 있었는데, 물론 그중에는 호수도 있었지. 하지만 호수는 접속을 거의 하지 않았고, 활동도 뜸했어. 그래서 난 그에게 다른 계정이 있을 거라고 추측했어.

호수가 네 비공개 SNS 계정을 알고 있을 게 분명했어. 나는 그 점을 이용해 호수의 비공개 SNS 계정을 알아냈지. 네 비공개 계정이 친구를 맺은 사람들은 거의 내가 아는 이들이었기 때문에, 그걸 알아내는 건 쉬운 일이었어. 그의 계정명은 바로 migratory_bird. 밀키에이에서 나는 그 계정명에 -과 _와 . 같은 여러 문자를 조합해가면서 검색했어. 그리고 마침내 한 명의 사용자를 찾을 수 있었어. 'mgrtr.brd' 퍼즐을 완벽히 풀어낸 거야. 가슴이 미친 듯이 뛰었어. 마침 그가 접속 중이었어.

그날 이후로 내 아바타인 Peter'sfan은 상대방이 자신의 존재를 알아채지 못하도록 주의하면서 mgrtr.brd를 따라다녔어. 며칠간 관찰한 결과, mgrtr.brd가 특정한 인물들을 만나기 위해 밀키에이에 접속하는 건 아닌 듯했어. 만나는 사람이 항상 달라졌기 때문이지. 반면 그가 다니는 곳은 일정했어. 주로 클럽, 한강공원, 술집 위주로 돌아다녔어. 그런 장소들은 현실에서나 메타버스에서나 늘상 북적이고 있었어. 그 덕분에 Peter'sfan은 상대방이 눈치채지 못하게 자신을 인파 속에 감출 수 있었어.

그날도 Peter'sfan은 평소처럼 호수의 뒤를 쫓아가고 있었어. 그런데 그때 mgrtr.brd가 말을 걸어오는 바람에 소스라치게 놀랐지.

— 이봐요, 피터의 팬. 나는 피터가 아닌데 왜 자꾸 날 쫓아오는 건가요?

그가 내 존재를 알아차리고 만 거야. 나는 침착하게 머리를 굴려 대답을 생각해냈어.

　— 전 새를 좋아하는 조류관찰자입니다. 철새들의 이동 경로를 관찰하고 있었죠.

　mgrtr.brd는 키읔을 연달아 누르며 크게 웃었어. 우리는 대화를 좀더 이어나갔어. 그가 내게 재밌는 곳을 소개해달라고 말하더군. 어떤 곳을 찾느냐고 물었더니, 흥미진진한 물건을 찾고 있다고 했어. 순간 내 머릿속은 상대가 지칭하는 물건이 내가 생각하는 그게 맞는지 따져보느라 바빠졌어. 나는 결론을 내렸어. 그렇게 해서 Peter'sfan과 mgrtr.brd는 함께 밀키에이 강남에 있는 한 클럽에 가게 된 거야.

　그 클럽은 문을 연 지 얼마 되지 않았지만, 근래 강남에서 가장 뜨거운 곳이었어. 그곳은 초대장을 가진 자만 입장할 수 있었고, 온갖 유명 인사들이 다 거기에 모여 있었어. 매일 파티가 열리는 곳이었지. 파티의 중심에는 마약상들이 있었어. 거래는 비밀리에, 그리고 신속하게 이루어졌어. 구매자가 판매자에게 가상화폐로 값을 치르고 나면 물건을 어디에서 '던지'고 받을지를 정했고, 약속 장소에는 대리인이 파견되었어. 물건을 가로채는 경우가 왕왕 생기는 바람에 전에 없던 파견 방식이 생겨났거든. 구매자는 30분 내로 지정 장소로 가 대리인에게서 물건을 받아야 했어. 보안상의 문제로 그 이상 시간이 경과하면 대리인이 물건을 폐기나 회수의 방식으로 처리하도록 정해져 있었으니까.

　겉보기에는 멀쩡해 보였던 호수가 그런 곳을 알려달라고 하니 나는 놀랄 수밖에 없었어. 그리고 마약상을 단번에 알아보고 그에게 다가가 말을 거는 그를 보고 다시 한번 놀랐어. 물론 나도 상대가 마약상이라는 걸, 호수의 거침없는 태도를 보고서 짐작했을 뿐이었지만. 나조차도 약을 구입해본 적은 단 한 번도 없었거든. 그건 정말 바닥 중에서도 가장 밑바닥을 치는 셈이었으니까. 두 사람이 귓속말로 대화하고 있었기 때문에 상황이 어떻게 진행되는 건지 알 수 없었던 나는 초조해졌어. 거래 장면을 포착하기 위해선 그가 향할 곳이 어딘지 정확히 알아야 했거든. 이 시간에 그는 집에 있을 터였어. 난 그를 놓치지 않기 위해 일단 그의 집 앞으로 가기로 했고, 그렇게 결정하자마자 차키와 카메라만 챙겨서 허겁지겁 밖으로 뛰쳐나왔어.

집 밖으로 나온 호수의 뒤를 몰래 밟아 도착한 곳은 한강공원의 어느 인적 드문 노상주차장이었어. 어두컴컴한 데다가 오래 방치되었으니 인적이 없을 만했지. 게다가 이미 꽤 늦은 시각이었어. 나는 전조등을 끄고 차를 주차장에서 조금 떨어진, 눈에 띄지 않는 공터에 주차한 다음, 한 손에 카메라를 든 채 일이 일어나기만을 초조하게 기다렸어. 왼쪽 대각선 방향에 호수의 차가 있었어. 나의 카메라는 사물을 200배까지 확대할 수 있었기 때문에 거리는 문제가 되지 않았어. 나는 그 일이 일어나기만을 기다리면서, 카메라의 셔터에 손가락을 올려두고 있었어. 증오하는 대상의 명예를 실추시킬 수 있기를 그토록 염원해왔는데 마침내 그날, 기회가 왔던 거야.

검은 그림자 하나가 호수의 차로 다가갔어. 운전석의 창문이 내려갔고, 차창 앞에 서 있던 그림자가 운전석을 향해 몸을 기울렸어. 나는 셔터를 눌러 그 장면을 영상으로 촬영했어. 그림자의 얼굴을 보려고 줌인 기능으로 화면을 확대해보았지만, 피사체가 옆으로 비스듬히 서 있었기 때문에 얼굴은 잘 보이지 않았어. 두 사람은 계속해서 이야기 중인 듯했어. 나는 한 사람이 다른 사람에게 무언가를 건네는 장면이 나오기를 기다렸어. 다음 순간, 그림자가 운전석을 향해 손을 뻗었어. 그 동작은 무언가를 건네는 행동이라고 생각하기 힘들 만큼 간결하고 빠르게 행해졌어. 내 눈은 그 장면을 놓쳤지만, 카메라는 그 순간에도 멈추지 않고 작동하고 있었으니 상관없었어. 드디어 내가 바라던 바를 얻은 거야.

이제 모든 게 다 끝났다고 생각하던 찰나, 그림자가 다시 차에 가까이 다가갔어. 지루할 정도로 이야기가 길어지고 있었고, 거기서 난 무언가 잘못되었음을 직감했어. 그러다 순식간에 일이 일어났어. 그림자는 티가 나지 않을 만큼 민첩하고 조용한 움직임으로 운전석에 탄 자에게 무언가를 건넸어. 그러자 이번에는 운전석에 탄 자가 그림자를 향해 무언가를 내밀었고, 그림자는 그걸 받아 든 다음 차에서 멀어졌어. 이제 정말로 끝이었어. 그런데 그렇게 생각하자마자 나는 그림자가 내가 있는 곳을 향해 다가오고 있다는 걸 깨달았어. 나는 급하게 카메라를 핸들 아래로 내리고 몸을 납작하게 숙였어. 그림자가 내 차 앞을 유유히 지나쳐 가는 동안, 고개를 살짝 들어 그림자의 옆얼굴을 보았어. 상대가 마스크를 쓰고 있어 얼굴의 하관은 볼 수 없었지만, 눈썹부터 코까지 이어지는 형태는 똑똑히 보였어. 순간적으로 온몸에 소름이 쫙 돋더라. 하마터면 카메라를 떨어뜨릴 뻔

했지. 팔다리에 힘이 풀린 건지 그림자가 내 차에서 멀어지고서
도 한참을 일어나지 못할 정도였어.

　다시 고개를 들었을 때, 그림자는 이미 주차장을 빠져나가서
굴다리로 들어가고 있었어. 그 순간, 나는 반짝이는 무언가가
그림자의 손에서 떨어지는 것을 보았어. 그림자가 사라질 때까
지 기다려 그 물체가 무엇인지 직접 확인해야겠다고 마음을 먹
은 찰나, 나는 내가 무언가를 잊고 있었다는 걸 생각해냈어. 급
하게 고개를 돌리니 아직 제자리에 그대로 서 있는 차와 운전석
에 앉아 있는 호수의 실루엣이 보였어. 여전히 시동이 걸려 있
지 않은 걸로 보아 아마도 당장 출발할 생각은 없는 듯했어. 나
는 그제야 안심하고 차에서 내려 조심조심 굴다리를 향해 갔어.
뭐가 있나 기웃거리며 살폈지만, 그곳에는 완전히 썩지 못한 낙
엽만 뒹굴 뿐 쓸모 있는 건 아무것도 없었어. 다시 차로 향하려
고 뒤를 돌던 순간, 내 눈에 배수구 속에서 희미하게 빛나고 있
는 은빛 물체가 들어왔어. 끄트머리가 간신히 배수구의 틈에 걸
쳐진 덕분에 하수구 속으로 완전히 빠지지 않은 그 물체를, 배
수구 안으로 손을 살짝 집어넣어 꺼냈어. 그건 은팔찌였어. 팔
찌에는 숫자가 적힌 참 하나가 달려 있었고, 어두워서 잘 보이
지 않았지만 숫자랑 글귀 같은 게 적혀 있는 것 같았어. 그 팔찌
는 네가 그에게 선물한 거겠지? 난 무의식적으로 그걸 호주머
니에 넣은 뒤, 다시 내 차가 있는 곳으로 돌아갔어. 그렇게 해서
난 그날 한강공원에서 영상 하나와 팔찌 하나를 획득하게 된 거
야. 여전히 움직이지 않는 호수의 차를 보며 뭔가가 이상하단
생각을 했지만, 어쨌든 소기의 목적을 충분히 달성했기에 난

만족스러워하며 공원 주차장을 떴어.

　나는 그 팔찌가 퍽 마음에 들었어. 깨끗이 닦은 팔찌를 내 팔에 대었을 때, 피부에 차갑게 와닿는 금속의 느낌이 좋았지. 며칠이 지나 호수가 실종되었다는 기사가 TV에 송출되던 날에도 나는 멍하니 팔찌를 만지작거리며 뉴스를 보고 있었어. 또다시 며칠이라는 시간이 흘렀고, 이번엔 호수의 시신이 발견된 일로 언론이 떠들썩해졌어. 난 직감적으로 내가 호수를 마지막으로 목격한 사람임을 깨달았어. 카메라를 다시 꺼내지 않을 수가 없었어. 그날 밤 촬영한 영상을 재생했는데, 한 번 봤을 때는 장면이 무엇을 의미하는지 깨닫지 못했어. 그래서 수십 번을 돌려보았지. 그리고 마침내 그림자가 두 번에 걸쳐 호수에게 건넨 것이 무엇인지를 알아차리게 되었어. 처음 건네진 물건은 시커먼 색에 아랫면이 평평하게 다져진 물방울 형태의 물체였어. 호수가 클럽에서 구하고 있던 건, 약이 아니라 더티 플룸이었던 것 같아. 그림자가 두 번째로 호수에게 건넨 물건은 너무 작아서 육안으로는 식별하기가 힘들었어. 처음에 그림자가 그저 빈 손바닥을 내민 줄로만 알 정도로 말이야. 그런데 영상의 편집을 거듭하자, 차츰 그림자의 손바닥 위에 놓인 새끼손톱만 한 흰 알약을 눈이 인식하더군.

　호수의 목표물은 약이 아니라 더티 플룸이었어. 그렇다면 그 그림자는 나의 첫 예측과 달리 마약을 취급하는 대리인이 아니라 더티 플룸을 취급하는 대리인이었을 테지. (물론 둘 다를 취급하는 대리인도 간혹 있다고 듣긴 했어.) 목적물을 던진 뒤, 대리인은 어떤 이유에서인지 호수에게로 되돌아가 약물을 주고, 끝내 그를 죽음에 이르게 했어. 원한 관계라도 있지 않다면, 그 사람은 도대체 왜 그랬을까?

나는 이런 사실들을 알아낸 뒤에도 경찰서에 가지 않았고, 그날의 일에 대해 입을 닫았어. 그리고 마치 아무 일도 일어나지 않은 것처럼 일상생활을 이어 나갔어. 호수의 명예가 바닥에 떨어지던 때에도, 그에 대한 동성의 여론이 들끓던 때에도 마찬가지였지. 난 대중을 경멸해. 그들은 변덕이 죽 끓듯 하는데, 어차피 거기에 완전히 부응할 수 있는 사람은 없거든. 제아무리 호수 그 자식이라고 해도 말이야. 모두가 그를 사랑하는 것처럼 보였지만 아무도 그가 어떤 사람이었는지는 알고 싶어 하지 않았으니까. 그들은 한 사람을 경쟁하듯 앞다투어 소비했지만, 정작 이호수라는 사람에 대해서는 진정 아는 건 아무것도 없을 거야. 오히려 그를 가장 싫어했던 내가 그를 더 잘 알고 있을지도 몰라.

그걸 마지막으로 그날 밤의 일에 대해 잊어버리려고 노력했어. 그렇지만 널 만나고 돌아오던 날, 나는 그날 밤의 영상을 꺼내 몇 번이고 다시 틀었어. 너에게 영상을 넘기기 전에 혹시라도 내가 놓친 것이 있는지 마지막으로 확인하기 위해서였지. 영상을 반복하여 재생하는 동안 전에는 보이지 않았던 점이 보이기 시작했어. 이번에 보인 건, 호수가 아니라 나였어. 영상을 담고 있는 카메라는, 마치 바람결에 흔들리는 코스모스라도 되는 듯이 심하게 물결치고 있었어. 나의 손을 내려다보니, 손가락이

힘없이 바들바들 떨리고 있더라. 뇌에서 멈추라는 신호를 보내
는데도 말을 듣지 않았어. 다시 고개를 들자, 컴퓨터 옆에 내려
놓은 잔이 시야에 들어왔어. 뾰족한 모양으로 깎여 있는 유리잔
속엔 구형의 얼음만이 여전히 단단하게 제 형태를 유지하고 있
었어.

너에게 그날의 영상을 넘겨주면서, 어디까지 얘기해야 할 지
많이 고민했어. 기억나는 한 빠트리는 것 없이 다 털어놓고 나
면, 마음이 편안해질 것 같았거든. 그렇지만 동시에 나는 몹시
두렵기도 했어.

물론, 너는 알고 있었어. 네가 어디까지 알고 있는지는 모르
겠지만 넌 최악인 나의 상황에 대해 분명 알고 있었어. 그래서
내가 네게 영상을 보냈을 때, 너는 이렇게 답장했던 거야.

— 네게 필요한 도움을 받길 바라. 꼭.

추신.

네가 보낸 메시지의 끝에 덧붙인 링크를 클릭하니 '행복해지
고 싶은 중독자들의 이야기'라는 제목의 웹사이트가 나오더군.
그곳의 메뉴바를 읽어보니 세상엔 참 갖가지의 중독이 존재하
더라. 마약 중독, 성 중독, 더티 플룸 중독, SNS 중독, 게임 중
독, 카페인 중독, 알코올 중독 등등. 그중에서 알코올을 골라 클
릭했더니, 알코올 중독에 대해 쉽게 설명하는 시각 자료가 나왔
어. 중독을 치료하는 단계들에 대한 설명도 있었어. 그중 첫 번
째 단계에 대한 설명이, 지금 이 순간에도 한 글자도 빠짐없이
기억 나.

— 1단계. 자각. 알코올이 나의 삶에 미치는 영향력을 인지하고, 그것이 나의 일상생활에 지장을 주고 있다는 사실을 인정한다.

나는 지난주부터 알코올 중독자를 위한 재활 프로그램에 참여하고 있어. 이번 일로 나는 경찰에 가 조사를 받게 될 수도 있겠지? 그렇지만 경찰 조사나 절차적인 문제 따위 이제 두렵지 않아. 내가 가장 무서웠던 건, 내가 숨기고 싶었던 모습을 지은, 네가 모두 알고 있다는 사실이었어.

짧게 보았지만, 호수는 참 좋은 사람 같았어.

그날 그가 죽을 걸 알았다면 맹세코 말리거나 신고를 했을 거야. 그러지 못했기에 미안하다.

나는 내가 모르는 사이 그가 불길 속으로 뛰어드는 걸 방관하고 있었던 거야. 다시 그날로 돌아갈 수만 있다면 좋을 텐데.

＊

용준이 미안하다는 말로 편지를 끝맺으리라고는 상상도 못 했는데, 마지막 문장까지 읽고 나자 용준이 미안해하리라는 걸 왜 몰랐을까, 하는 생각이 들었다.

그날 밤, 나는 망설임 끝에 용준에게 답신을 보냈다.

용준에게

지난날의 네 심정과 그날 있었던 일에 대해 솔직하게 이야기해줘서, 그리고 마지막으로 호수 씨와 대화했을 때 그에게 새를 좋아한다고 말해줘서 고마워.

치료 잘 받고, 잘 회복하길.

제20장

주이만의 방.room

역시나 그날 밤의 영상이 범인을 검거하는 데 결정적인 역할을 했다. 나는 호수에게 더티 플룸을 판매한 범인이 검거되었다는 뉴스를 보자마자 경찰서로 달려갔다.

경찰은 피의자와 민간인의 접견은 법적으로 허용되지 않는다고 말했는데, 경찰서 앞으로 연행되어 가던 한 사람을 보는 순간 나는 본능적으로 알 수 있었다. 그 사람이었다.

스쳐 지나가며 본 터라 상대방의 모습을 본 건 찰나에 불과했지만, 그 사람의 윤곽이 선명하게 뇌리에 각인되었다. 믿기 힘들 정도로 깡마른 체구에 다리가 무척 긴 여자였다. 20대 초반 정도 되지 않았을까? 아직 풋풋함이 가시지 않은 여자의 얼굴은, 긴장한 기색이 역력하며 짙고 어두운 그늘이 깔려 있다는 것만 제외하면 누가 보더라도 평범한 대학생이라고 말하지 않올까 싶을 정도로 튀는 구석 없이 차분한 전형이었다.

경찰이 처음으로 피의자를 특정하여 살인죄로 구속한 날로부터 4개월 뒤, 3차 공판까지 끝나 드디어 결심일이 다가왔다. 재판정에 앉은 피고인은 내가 본 대로 20대 초반의 여성이 맞았다. 여자의 변호인은 부모님이 일찍 돌아가신 뒤로 불우한 가정환경에서 자라난 피고인에게 선처하여 줄 것을 재판장에게 호소했다. 변호인은 피고인이 친척 집에서 가출한 이후, 오갈 곳 없이 전전하다가 가출 청소년을 타깃으로 삼는 불법 더티 플룸 조직에 들어가게 됐다고 거듭 강조했다.

만약 내가 고운을 만나지 않았더라면, 변호인이 철저한 직업정신으로 자신의 의뢰인을 열렬하게 감싸는 말에 역겨움과 혐오감을 느끼고 말았을지도 몰랐다. 그러나 나는 고운이라는 한 사람을 알았다. 고운을 아는 사람으로서, 한때 비슷한 상황에 처했으나 그 결말이 너무나도 다른 피고인에게, 가엾다는 생각이 일말도 들지 않았다고 말하지 못하겠다. 하지만 그것과는 별개로, 여자가 호수를 죽음에 내몬 것은 용서받지 못할 행동이었다.

방청석에서 변호인의 최후변론을 듣고, 1심 선고가 내려질 때까지도 나는 어떻게 저렇게 가냘파 보이는 사람이 그렇게 끔찍한 더티 플룸을 만들고 호수를 죽였다는 건지 이해할 수 없었다.

나는 여자가 굳이 마지막 순간에 다시 돌아와 호수를 죽게 만든 이유를 반드시 알아야만 할 것 같았다. 선고일 이후, 나는 여자를 면회할 방법에 대해 알아보았다. 실형을 사는 수감자를 면회하기 위해서는 정식으로 면회 신청을 해서 수감자의 동의를 받아야 했다.

어쩌면 나의 면회 신청을 거부할지도 모르겠다고 생각했는데, 다행히 여자는 나와 만나는 것에 동의했다.

"호수 씨를 알고 있었어요?"

"……."

"더티 플룸만 줬으면 됐을 텐데, 되돌아가면서까지 M을 준 이유가 뭐예요?"

"……."

여자는 끝끝내 나에게 반응하지 않았다. 의자에 엉덩이를 반쯤 걸치고 비딱하게 앉아 있는 채였다. 날 무시하는 듯이 쳐다보지도, 들은 체하지도 않았다.

면회 시간은 30분으로 한정되어 있었는데, 벌써 11분이 지나 있었다. 나는 전략을 수정하기로 했다.

"이름이 주이라면서요. 무슨 뜻이에요?"

그 말에 여자가 처음으로 고개를 들어 날 쳐다보았다.

"내 이름이 무슨 뜻이냐니, 그게 무슨 말이에요?"

"한글 이름인지, 한자 이름인지, 그렇다면 이름의 의미는 무엇인지, 뭐 그런 걸 물은 거예요."

"몰라."

여자가 반항적으로 말했다. 그렇지만 어떤 식으로든 내게 반응했다는 건 분명 긍정적인 신호였다.

"그렇다면 호수 씨의 활동명뿐만 아니라 본명도 호수였다는 건 알아요? 호수 형의 이름은 유수라는 것도 아나요?"

내가 유수의 이름을 말하자, 여자의 몸이 움찔하며 반응했다.

"더는 날 괴롭히지 말아요. 어차피 증거는 모두 영상에 남아 있잖아요! 뭘 더 알고 싶은 건데요?"

여자는 이번에는 완전히 고개를 들어 나를 정면으로 응시했다. 여자의 눈에서 뿜어져 나온 호전적인 기운이 창살 너머로까지 넘어왔다. 그렇지만 나는 동그랗게 말린 여자의 작은 손을 보고 여자가 얼마나 긴장한 상태인지를 알 수 있었다. 고민하다가 준비해온 질문을 여자에게 던지기로 했다.

"호수 씨를 의심했으면, 그냥 지나쳐 갔으면 됐을 텐데, 왜 굳이 그에게 더티 플룸과 약을 넘긴 거예요?"

최대한 차분하게 물으려 노력했지만, 의문과 눈물이 동시에 터져 나왔다. 한번 터진 뒤로는 멈출 줄을 몰랐다.

"왜 다시 돌아와 호수 씨의 죽게 한 거예요? 왜 호수 씨의 팔찌를 하수구에 버려버린 거예요? 왜 당신은 두 형제를 모두 죽게 만든 거예요? 어떻게 그렇게도 잔인한 꿈을 꾸는 거냐고요!"

한순간 여자가 고개를 내 쪽으로 돌렸다. 비록 짧은 시간이었지만, 내게 향한 것은 분명 살기어린 눈빛이었다.

"그딴 위선자 새끼는 죽어도 싸요."

난 벙찐 상태가 되었다.

"위선자라니요?"

"자신이 구원자인 줄 아는 멍청하고 비열한 자식. 그 누구도 구원할 수 없으면서, 구원한답시고 이리저리 설치고 다녔잖아. 결국 우리를 구원해줄 수 있는 건 아무도 없다고! 사회로 돌아가 정상 생활을 할 수 있는 것처럼 잘 살고 있는 애들을 거짓말로 꾀어낸 다음 버려버렸지. 그런 거짓 덩어리에 휘말린 애들이 결국 어떻게 되는 줄 알아? 밀고자, 변절자로 찍혀 조직으로부터도 버림받고, 사회에서도 버림받아 엉망이 되고 만다고."

"그런데 그게 호수 씨랑 무슨 상관이에요?"

주이는 계속해서 내 시선을 회피했다.

"그런 게 주이 씨가 호수 씨를 원망하는 이유가 될 수 있다고 생각해요?"

"……."

"다른 사람들은 호수 씨와 같은 사람들 덕분에 구원받았는데, 자신은 구원받지 못했기 때문인가요?"

그 말이 주이의 어딘가를 건드린 걸까? 주이는 악을 쓰기 시작했다.

"날 좀 가만히 두라고요, 좀!"

나는 오히려 차분해져서 내 눈 앞에 놓인 그 사람을 관찰했다. 이제껏 호수를 죽게 한 사람이 누구든 그가 미웠다. 미워하는 게 맞았다. 하지만 아무리 봐도 지금 내 앞에 있는 건 상처입은 어린 짐승으로밖에 보이지가 않았다. 열여섯 살부터 6년이라는 시간을 잃어버리고, 앞으로 8년을 수감생활을 하는 데 써야 하는 사람… 이제 남아 있는 면회 시간은 단 5분 남짓이었다.

"좋아요, 주이 씨가 호수 씨를 미워했을 수 있겠다는 생각이 들어요. 잘 알겠어요. 그런데 그날 정확히 무슨 일이 있었던 건지, 그것만 말해줄 수 없나요? 시간이 얼마 없어요. 그것만 말해주면 다시는 찾아와 괴롭히지 않을게요."

끄떡도 하지 않는 상대방에게, 나는 마지막으로 이렇게 덧붙였다.

"비밀은 꼭 지킬 거예요. 혼자만 알고 있을게요."

나는 면회 시간이 종료되었다는 안내가 언제 나올지 몰라 발을 굴렀지만, 주이는 쉽게 입을 열지 않았다. 미리 맞춰둔 핸드폰 타이머가 최후의 1분이 남았음을 알렸다.

"그날 일에 대해 들을 때까지 계속 찾아올 거예요."

타이머가 울리기 직전, 주이는 체념한 듯한 표정으로 내게 이렇게 말했다.

"나만의 방이 있어요. 주소랑 암호를 알면 들어갈 수 있어요. 그곳에 가서 마음껏 보세요. 그리고 다시는 날 찾아오지 마세요."

어쩐지 다시 찾아오지 말라는 주이의 말이, 꼭 다시 찾아와 달라는 간절한 부탁처럼 들렸다고 한다면 내가 제정신이 아닌 걸까? 주이를 그곳에 홀로 버려두고 가는 듯한 기분이 들어 발길이 쉽게 떨어지지 않았다. 그러나 잠시뿐이었다. 나는 주이가 한 일을 알고 있었다. 그 일이 불러일으킨, 돌이킬 수 없는 결과에 대해서도. 내 왼쪽 손바닥에는 주이가 불러준 주소와 암호가 적혀 있었다. 나는 발걸음을 옮겼다. 모든 걸 그늘 아래 가둬버릴 듯이 거대한 구름 사이로 문을 찾아 열고 들어가는 것 같은 기분이 들었다.

✳

초여름, 오후의 태양은 지치는 법도 없는지, 더워서 도망가려는 그림자를 끈질기게 따라붙으며 열기를 내뿜고 있었다. 꼬리가 길어진 햇살은 베란다를 넘어 거실까지 침범해 들어왔다. 손바닥을 펼쳐 글자를 읽었다. 나는 그걸 가지고 밀키웨이 속주이의 방으로 찾아갔다. 내게 메타버스에 접속하는 일이 처음은 아니지만, 나는 처음 접속하던 때보다 더 떨고 있었다. 누군가 철저히 숨겨온 공간에 들어가는 일이 처음이기도 했다. 주이의 방문 앞에서, 잠시 멈추어 서서 숨을 골랐다. 암호를 입력하자 화면 속 문이 열렸고, 나는 주이의 방 안으로 들어갔다.

똑같이 한낮의 시간대임에도 불구하고 주이의 방 안은 어둑어둑하다. 작은 창문은 방의 한구석으로만 빛을 들여보내고 있다. 네모난 흔적은 마치 누군가 자를 대고 그려놓은 것만 같다. 빛이 퍼지지 않는 것도 가상 공간에서만 누릴 수 있는 특권인 걸까? 유일하게 빛이 닿은 곳에는 어린아이 크기의 인형이 하나 세워져 있다. 가까이 다가가 자세히 보니 흙으로 빚은 도자기 인형이다. 휠을 돌려 인형의 시선을 따라가본다. 그 끝에 커다란 나무 선반이 있다. 4단으로 되어 있는 선반은 무엇이든 올려놓아도 될 정도로 넓고 튼튼하게 생겼다. 그러나 그 위에 올려진 것들은 아주 작은 초 몇 개에 불과하다. 초같이 생겼지만 사실 그것의 성분으로 보면 그건 초가 아니라 결정잠일 것이다. 보통의 사람들의 언어로는 구름이며, 누군가의 언어로는 코튼이고, 주이의 언어로는 도자기였다. 선반의 가장 아래 칸에는 문이 달려 있고, 문은 자물쇠로 잠겨져 있다. 나는 직감적으로 저 문 안에 내가 보고 싶지 않을 물건이 들어 있음을 안다. 나는 이곳에 온 목적대로 주이의 일기장을 찾기 시작한다. 책상의 서랍들을 모조리 열고 닫으며 훑어나간다. 침대 아래에도 팔을 집어넣어 숨겨진 게 없는지 확인한다. 그때, 화면 한구석에서 거슬리는 무언가가 나의 눈길을 끈다. 커다란 말 인형의 배와 팔다리를 눌러가며 만져지는 게 없는지 확인하고 있던 나는 고개를 홱 돌린다. 인형이다. 길지만 거친 인조 눈썹 아래 코팅된 가짜 눈알이 쏘아대는 눈빛이 사납고 따갑다. 그제야 인형의 생김새를 본다. 몸의 구석구석에 그려진 페인팅이 눈에 들어온다. 딱딱한 세라믹의 몸체에 구멍을 낸 피어싱은 눈에 띄는 것만 세어 봐도 열두 개는 넘는 것 같다. 그래봤자 인형인걸. 나는 주이보다 주이의 인형이 더 무섭게 생겼다는 생각을 하면서 다시 몸을 돌려 일기장을 찾기 시작한다. 샅샅이 훑고 나자 마지막으로 남은 곳은 문이 달린, 선반의 맨 아래칸과 옷장뿐이다.

나는 옷장을 열기로 한다. 옷장 문을 여니 큼지막한 종이가 빨랫줄 같은 것에 걸린 채 펄럭이는 모습이 보인다. 그 위에 검은색으로 붓글씨 같은 게 쓰여 있다. 나는 옷장으로 들어가 팔을 뒤로 뻗어 등 뒤로 문을 닫는다. 그러자 수백 개의 전등에 일시에 불이 들어온 것처럼 삽시간에 환해진다. 옷장 안은 밖에서 본 것보다 넓고, 빨랫줄도 하나가 아니라 수십, 아니 수백 개는 되는 것 같다. 빨랫줄마다 흰 천이 나풀거리고 있다. 그래, 자세히 보니 그건 종이가 아니라 흰 천이고, 그 위로 새겨넣은 건 붓글씨가 아니라 자수다. 나는 흰 천 사이를 뛰어다닌다. 뛰어다니다 본 건 천마다 부여된 일련번호들이다. 자세히 보니 그건 숫자이고, 더 자세히 보니 그건 날짜다. 나는 천이 널려 있는 규칙이 날짜순임을 깨닫는다. 옷장 깊숙이 들어갈수록 과거로 가는 듯하다. 나는 스위치를 눌러 정렬 방식을 '최근 작성순'이 아니라 '날짜순'으로 바꾼다. 파다닥 하는 소리와 함께 빨랫줄의 레일이 180도 회전한다. 이제 내 앞에 있는 건 이 방이 처음 생

겨났을 때 탄생한 글이다. 눈 앞의 흰 천을 붙들고 읽어나가기
시작한다.

✳

이곳은 도자기의 방입니다.
허락 안 받고 몰래 들어오는 새끼는 죽여버릴 거다.
(물론 비번이 걸려 있으니 그럴 일은 없겠지만)

이건 시작

드디어 나만의 방이 생겼다.
내 소개를 해야겠지? 나는 도자기를 만드는 사람이야.
나는 내 직업이 정말 마음에 들어. 그 이유는, 음, 많이 있지
만 하나만 말해달라고 한다면 아프지 않아도 돼서.
이전에 날 받아준 사람들은 날 아프게 했어. 나는 무언가를
배달하는 일을 했는데, 한번은 실수하는 바람에 잘못된 장소로
가고 말았어. 그곳은 내가 있어서는 안 되는 곳이었어. 집이라
고 생각했던 곳으로 다시 돌아갔을 때, 나를 맞이한 건 커다란
손바닥이었어. 우산처럼 커다랗게 펼쳐진 손바닥이 철썩. 눈앞
에 번쩍인 불빛이 채 가시기도 전에 다시 한번 철썩. 나는 죽는
줄로만 알고 세상에 안녕을 고했어. 지금 생각하면 개오버였지
만 그 당시로서는 그럴 만했다고. 너무나도 아팠단 말이야. 머
리통이 어찌나 왕왕 울리던지 귀청이 떨어져 나가고 이가 몽땅
뽑히는 줄 알았다고. 그렇게 되면 내가 더 이상 살아 있을 이유

가 없겠지? 지금도 난 충분히 무시당하고 비참한데, 그렇게 고장 나버리면 그땐 얼마나 더 많은 수모를 겪게 되겠어? 눈앞에서 왔다 갔다 하는 별빛의 움직임을 따라가면서 그런 생각들을 했었어. 그리고 다시는 그런 아픔은 겪고 싶지 않다는 생각도.

이런 이야기들을 담담하게 할 수 있는 건, 내가 이제 제대로 된 생활을 할 수 있게 되었기 때문이겠지. 그래, 나는 도자기를 빚는 일을 해. 정확히 말하자면 진흙을 도자기의 형태로 빚어 올리는 일이야. 다른 이들은 그걸 진흙이 아니라 결정잠이라고 하고, 어떤 이들은 도자기가 아니라 구름이나 향초라고 해. 하지만 내 생각은 달라. 그건 가짜 이름에 불과하고 사실은 진흙으로 만든 도자기야. 진흙은 나의 꿈과 정신이고, 도자기는 나의 손길과 숨결이 닿은 작품들이라고. 나는 정성을 들여 진흙을 매만져서 판매 가치가 높은 도자기들을 만들어내지. 나 스스로 봐도 내가 만든 작품에는 장인 정신이 깃들어 있어. 나의 모든 열과 성을 거기에 쏟아붓거든. 그도 그럴 것이 내겐 진흙과 도자기, 그리고 이번에 얻은 이 방 말고는 아무것도 없어. 정신을 팔 만한 구석이 전혀 없다고.

나는 내 일에 매우 만족해. 이 일은 날 아프게 하지도 않고, 몸을 상하게 하는 중노동을 요구하지도 않아. 그건 내가 상상력이라는 재능을 타고난 덕분이지. 아, 물론 그만큼 이미 아팠기 때문이기도 해. 상상력이 좋은 게 아니라 기억력이 좋은 건가. 아무튼, 들이는 시간에 비해 수입도 좋은 편이야. 무엇보다도 언제 나가라는 말을 들을지 몰라 얻어맞으면서도 전전긍긍, 불안에 떨지 않아도 돼서 좋아. 언젠가 매니저에게 그 이유를 물었을 때, 그는 도자기 사업이 성장하는 산업에 속해 있기 때문이라고 했어. 장사가 잘되니 조직원들에게도 후하게 보상을 해줘서 좋아. 어딘가에 소속되어 일한다는 점이 때에 따라 조금 답답하거나 불편하게 느껴지기도 하지만, 많은 직장인이 나처럼 회사에 소속되어 일하고 있지 않나? 물론 내가 속해 있는 조직은 일반적인 회사와는 다르지만, 그래도 이 정도면 나는 조직 생활을 만족스럽게 하고 있다고 말해도 좋을 것 같아.

여기까지가 내 소개다. 이곳은 나만을 위한 곳이야. 이곳에서 나는 한없이 솔직해질 수 있어. 난 이곳을 진심으로 대할 거야. 누군가 함부로 이곳에 들어와 내가 한없이 아끼는 내 작품들을 부수어 놓거나 하는 일 따위는 절대 생기지 않을 거야. 이곳에는 나 말고는 아무도 들어올 수 없을 테니까.

8월 27일

부업으로 뛰던 아르바이트를 그만뒀다. 사장 새끼를 죽여버리고 싶다는 충동이 들어서 큰일을 저지르기 전에 그만뒀지. 간밤에 도자기를 빚으며 꾸었던 꿈이 현실에서 튀어나올 뻔했어. ㄷㄷ 냉방병 걸려서 처돌았나 어딜 감히 손대. 만약 내 시급 제대로 정산 안 해주면 진짜 찾아갈지도 모른다. 그땐 책임 안 진다, 개새끼.

(나는 흰 천들을 휘리릭 넘긴다. 수십 장 정도를 넘겼을까? 하나를 낚아챈다.)

12월 2일

잇따른 수면이 날 지치게 한다.

그렇지만 나는 보람차다. 의욕이 넘쳐난다. 이 일로써 성공할 거야. 남들과 차별화된 도자기를 빚을 거야. 난 할 수 있어.

1월 5일

해냈다. 끝내 역작을 만들어냈다. 내가 보아도 정말 대단한 거다. 나와 나의 동생과 나의 엄마와 나의 아버지와 나의 할아버지가 당한 일들이 내 상상 속에서 더 커지고 꿈속에서 더 짙어졌다. 너무 위험한 물건이라 소름이 끼치고, 이런 생각이 나의 머릿속에서 시작되었다는 사실만으로도 나 자신이 무서워질 정도다. 하지만 최고가 되기 위해서는 독해질, 아니 무심해질 필요가 있다. 그래도 위험한 물건이니 사용법 같은 걸 만들어볼까 한다. 판매자로서의 책임과 의무 같은 거라고나 할까? 난 책임감이 너무 강하다.

(3년 전의 일이다. 또다시 휘리릭. 절반가량을 지나쳐버린다. 3년 이라는 시간도 함께.)

2월 4일

약속 장소를 못 찾고 길을 헤맬 때처럼 식은땀이 흐르는 일이 벌써 몇 주째 지속되고 있다. 두통약을 하나 먹었는데 효과는 별로 없는 듯하다. 하지만 일에 지장을 주어서는 안 된다. 이건 나의 직업이자, 나의 생활이다. 이곳은 나를 받아준 유일한 곳이다.

다 좋은데 직업 특성상 가끔가다 돌발상황이 발생하는 게 좀 스트레스다. 1년에 한 번씩은 그런 일이 일어나는 것 같다. 하지만 나는 돌발상황에 매끄럽게 대처하는 법을 알고 있으니 괜찮다. 타고난 순발력에 경험이 쌓이면서 요령도 붙고 있지. 거기에 운도 좀 따라준다면, 앞으로도 위기를 잘 해결해가며 오래도록 일할 수 있겠다는 생각이다. 내가 원하는 한, 아주 오래도록.

2월 5일

그놈은 누굴까.

새 ID를 받았다. 처음에는 ID에 어떤 의미가 있는지도 몰랐다가 일을 하며 알게 된 사실인데, 조직이 우리에게 부여하는 ID는 영문자 스테인(stain)과 네 자리 숫자를 임의로 조합하여 만든 코드다. 일종의 활동명 같은 거다. 그 ID를 추적해봐야 해외에 있는 서버라는, 진실을 가리는 화살표만 나올 뿐, 아무런 정보도 나오지 않을 거다. 게다가 조직은 ID를 주기적으로 바꾸고 있다. 그렇지만 어떤 ID를 사용하든 내가 하는 일은 항상 같다. 나의 주된 업무는 단연 도자기를 빚는 일이다. 도자기를 빚지 않을 때는 다른 조직원들과 돌아가면서 밀키에이에서 각자 배정받은 자리를 지키는 일을 한다. 그곳에서 내가 하는 일은 직접 공들여 빚은 작품을 판매하는 거다. 밀키에이에서 영업하는 건 어렵지 않은 일이다. 정해진 몇 군데를 돌아다니다 보면 도자기를 구매하기를 원하는 손님들과 쉽게 접촉할 수 있다. 거래는 즉석에서 실물 거래로 쉽게 이어지는 경우기 대부분이다. 밀키에이에서나 현실에서나 도자기를 찾는 손님들이 도는 장소가 대부분 비슷하다 보니 가능한 일이다. 그렇지 않은 주문들은 조직이 접수하여 전국 각지에 있는 스테인들에게 배부한다. 주문자와 가장 가까운 곳에 있는 스테인에게 오더가 떨어지는 식이다. 개미의 왕국을 보는 듯 일사불란하게 이루어지는 우리들의 움직임은 밀키에이에서나 현실에서나 조직적이고 체계적이다. 무엇보다도 이러한 영업 구조가 익명성을 철저히 보장해주기 때문에 누가 주문자고 누가 스테인인지, 그리고 조직의 실체가 무엇인지 아무도 알지 못한다.

그런데 근래에 나의 직장 생활을 위태롭게 하는 놈이 하나 나타났다. mgtr.brd, 놈의 ID조차 이상하다.

내가 주로 다니는 곳들은 자신을 과시하려고 하거나, 아니면 숨기려고 하는 자들이 대부분인데, 이놈은 어느 쪽에 속하는지를 아직까지도 잘 모르겠다. 내가 가는 곳마다 나타난다는 걸 알아차리기까지 며칠 시간이 걸렸으니까, 일단은 후자인 것 같다. 내 직감 덕분인 걸까? 어딘가 싸하다는 느낌이 들어 레코드를 확인하지 않았더라면 모르는 채로 지나칠 뻔했다. 그만큼 그놈은 철저히 자신을 감추고 있었다. 아무래도 장소를 옮겨서 며칠 더 지켜봐야겠다.

2월 10일

가는 곳마다 'mgrtr.brd'라는 이상한 ID의 아바타가 나타나고 있다는 걸 눈치챈 뒤로는 계속 몸조심하며 상대를 주시하고 있다. 어쩌면 정말로 그놈이 내 뒤를 캐고 다니는 건지도 모르겠다. 머리가 아프다. 일단 며칠 잠수타며 그놈을 떼어내 봐야겠다. 조직에도 웬 놈이 따라붙은 것 같으니 떨쳐버릴 겸 당분간 쉬면서 도자기 작업에 집중하겠다고 얘기해둬야겠다. 여행이나 다녀와야 할까 보다.

2월 18일

3박 4일로 일본에 여행을 다녀왔다. 또 이틀간 하릴없이 쉬었다. 나흘 정도가 지나자, 슬슬 몸이 근질거리기 시작했다. 그래서 활동을 재개하겠노라고 조직에 보고하고, 다시 밀키에이에 접속했다.

며칠 자리를 비웠을 뿐이었지만 그사이 그곳이 더 복잡해진 것 같다는 생각이 들었다. 접속하자마자 초대장을 받아야만 들어갈 수 있는 클럽에 입장했다. 조직에 속해 있다는 건 아이러니하게도 이런 점에서 오히려 날 자유롭게 한다. 나는 오늘부터 이곳에서 mgrtr.brd가 과연 나타날지 지켜볼 작정이다. 만약 그놈이 입장객 풀이 제한적인 이곳에까지 나타난다면, 날 뒤쫓고 있다는 게 어느 정도는 사실로 밝혀질 것이다.

2월 20일

어제까지는 눈에 띄는 일이 생기지 않았다. 그 와중에 영업은 성황이어서 공백 기간에 발생한 손실을 거의 다 메꿀 수 있었다.

오늘도 그놈이 나타나지 않는다면 클럽에서 영업이나 좀 하다가 하루를 마무리해야겠다.

2월 21일

여전히 아무 일도 없지만, 요새 무슨 이유에선지 불길한 기분을 떨치지 못하겠다. 몇 년 전 손님 중 하나가 '지니'를 쓰고 죽은 뒤로는, 나도 걱정이라는 걸 조금은 하게 되었다. 경찰이 그의 물건을 발견해서 추적하기라도 했더라면, 하마터면 내 정체를 알아냈을지도 모른다. 그렇게 생각하니 온몸에 소름이 끼친다.

나는 내 도자기에 자부심이 있다. 솔직히 내게 완벽주의적인 성향이 있는 것 같다. 그런 내가 자부심을 가진다는 건 그만큼 작품의 질을 보장할 수 있다는 의미다. 손님들도 내 작품에 만족하고, 단골도 많다. 그런 내 도자기를 문제 삼는 이가 나타난다면, 절대 그자를 순순히 보내주지는 않을 작정이다.

(이전 글로부터) 7시간 뒤

맙소사, 클럽에 mgrtr.brd가 나타났다. 그놈이 내 쪽으로 온다.

1분 뒤

나는 입안이 바짝 마르는 것을 느낀다. 이렇게 된 이상 상대방이 자신의 속내를 드러낼 때까지 일단 장단을 좀 맞춰주어야겠다. 놈이 무엇을 원하는지 알아내야 한다.

3분 뒤

놀라운 일의 연속이다. 놈은 지니를 원하고 있다.

놈이 지니를 구입하기를 원하는 손님이었다니. 지니를 아는 사람은 거의 없다. 그건 단골들한테 영업할 때나 꺼내는 도자기니까. 그런데 이 녀석이 알고 있다. 지니에 대한 내 철학은 뚜렷하다. 그건 내 여러 작품 중에서도 단연 거칠고 강도가 센 작품이다. 나 스스로 그걸 써도 괜찮겠다고 판단이 드는 손님에게만 판매하기로 했을 정도로 위험한 물건이다. 지금까지 나에게서 지니를 사간 손님은 몇 되지 않았다. 그리고 그중 한 명이….

어떻게 해야 좋을지 모르겠다.

1분 뒤

상대에게 M을 먼저 먹었는지를 물었다. 지금 시점에서는 그 문제가 굉장히 중요해진다. 보통은 물건에 대한 만족도를 높이기 위해서지만 이번의 경우엔 만약의 사태를 대비하기 위해서다⋯ 오, 상대가 먹었다고 대답했다. 언제 먹었냐고 물어봐야겠다.

5분 뒤

상대는 6시간 전에 먹었다고 한다. 약효가 12시간 정도 지속되니까 그 정도면 충분할 것이다. 이제 장소가 중요하다. 내가 나갈 수 있는 장소여야 할 텐데. 서울 근처이기만 하면 어디든지 갈 수 있다. 그다음으로는 어두운 장소인지가 중요하다.

1분 뒤

강서습지공원에서 제일 깊숙이 들어가야 나오는 노상주차장에서 만나기로 했다. 말이 주차장이지, 사실상 버려진 공간 같은 곳이다. 전기차 충전기가 없고 주변에 신식 주차장이 있어 인적이 드물고, 무엇보다도 새나 곤충 같은 것들 때문에 어둡게 유지되고 있어 자주 이용한다. 환경운동가들이 생태 문제를 들먹이고 일어서는 지역이 좋다. 사람들이 있는 공간에 비하면 거의 완전한 어둠이 보장되는 공간이다. 장소도 완벽하다. 이제 제대로 마무리하는 일만 남았다. 정신 똑바로 차리자.

5분 뒤

그놈을 만나러 가는 중이다. 그런데 놈의 ID의 뜻이 무엇인지를 모른다는 점이 영 찜찜해서인지, 자꾸만 집중력이 흐려진다. 아무 창이나 열어 자판을 '한국어 입력'으로 설정하고 화면에 mgrtr와 brd를 입력해 보았는데, 화면에 나타난 건 아무런 뜻도 없는 말 같았다. 'ㅡㅎㄱㅅㄱㅠㄱㅇ'

그렇다면 저 ID에는 정말 아무 의미가 없는 것일까? 내 ID처럼? 영 찜찜하지만 더 생각할 시간이 없다. 작업 시간은 항상 촉박하기 때문이다. 서둘러 집에서 나가야 한다. 도자기는 가짜를 챙겨갈 것이다. 이런 사태가 있을 걸 대비해 미리 빚어 놓았지. 색깔과 모양도 똑같이 만들어서 눈속임에는 딱이다.

15분 뒤

약속 장소에 도착해서 몸을 숨기고 상대방을 지켜보는 중이다. 이 시각에 주차장에 있는 사람은 단 한 명밖에 없어서 단번에 알아볼 수 있었다. 저 검정색 지프차에 타고 있는 게 아마 그놈일 것이다. 도대체 무슨 꿍꿍이를 가지고 내게 접근한 걸까? 그 이상한 ID는 대체 무슨 뜻일까? 드디어 놈을 마주할 시간이다.

50분 뒤

한강공원에 나타난 건 슬리퍼 호수. 그 남자의 동생이었다.

처음에는 차에 타고 있는 상대방의 얼굴이 잘 보이지 않아 알아보지 못했다. 어렴풋이 보이는 윤곽이 어딘가 낯익은 것 같기도 했지만, 어쨌든 그에게 가짜 도자기를 건넸다. 상관없다고 생각했다. 장갑을 끼고 있으니 지문도 안 남을 테고, 그냥 일반 구름과 성분이 똑같으니 설령 이 자식이 경찰이라고 하더라도 내게 해가 될 건 전혀 없었다.

조금 전 공원의 주차장에서, 내가 건넨 도자기를 그가 받았다. 내 걱정과는 달리 거래는 별 탈 없이 쉽게 끝나가고 있었다. 걱정할 필요가 없었군. 마지막 순간에는 다 끝났다는 생각에 긴장이 풀리기까지 했다. 그러나 바로 다음 순간 나는 소스라치게 놀랐다. 내가 몸을 돌려 떠나기 직전, 상대방이 도자기의 상태를 확인할 셈이었는지 가로등 불빛을 향해 팔을 들어 올렸고, 그 순간 그자의 손목에 걸쳐진 어떤 물건이 빛을 반사하며 번뜩였기 때문이다. 내가 알고 있는, 아니 알았던 누군가도 그것과 같은 물건을 지니고 있었다. 지니를 쓰고 죽은 유일한 손님…. 불빛에 반사된 건 팔찌만이 아니었다. 흰 조명 아래 그자의 얼굴 윤곽이 선명하게 보였다. 나는 그 얼굴을 어렵지 않게 알아보았다.

그러니까 그 남자의 동생인, 호수.

나는 호수 같은 인간을 항상 경멸해왔다. 위선자, 쓰레기.

기회주의자, 약탈자. 죽이고 싶을 정도로 증오해.

차에서 멀어지는 와중에 나는 등판이 식은땀으로 축축해져 오는 것을 느꼈다. 만일을 위해 준비했던 대비책을 실행해야 할 때였다. 주머니 속에 손을 넣어 알약을 찾아 그러쥐었다. 그리고 뒤를 돌아 다시 그의 차로 다가갔다. 그에게 영업을 하는데, 말이 술술 나왔다. 그 순간 말을 하는 이는 내가 아니었다. 그건 밀키에이 속 스테인이었다. 그러니까 이후에 일어난 모든 일들도 다 스테인이 저지른 거다.

저질러진 일

나는 그것만으로는 충분하지 않을 거라고 말했다. 그러고는 손바닥을 펴 상대방에게 내 손 안에 든 것을 보여주었다. 상대방이 거절의 표시로 손을 저었다. 나는 마음이 조급해졌다. 내 손에 들린 약은 M과 함께 복용하면 치명적인 반응을 일으키는 약이었다. 나에게서 이 남자를 끊어내려면, 반드시 상대가 이 약을 먹게 만들어야만 했다.

"죽은 사람도 되살아나게 하는 그런 약이에요."

그때 상대방이 마치 잠에서 깨어난 것처럼 말뚱한 눈을 들어 정면으로 나를 바라보았다. 나는 순간적으로 당황해 그의 눈을 미처 피하지 못했는데, 시선이 교차하던 순간 내가 호수를 들여다보고 있는 것 같다는 이상한 생각을 했다. 마치 내 눈앞에 실재하는 얼굴이 아니라, 잔잔한 수면 위에 비치는 상을 보고 있는 기분이었다.

"그걸 먹으면 죽은 우리 형도 볼 수 있어요?"

그 말에 내 직감이 옳았다는 걸 알 수 있었다. 형은 흐르는 물 같았는데, 동생은 고여 있는 물이구나. 지금 내 앞에 있는 이쪽이 잘못되면 두 형제가 모두 나로 인해 죽는 셈인가? 조금은 죄책감을 느꼈어야 했다. 하지만 나는 재빨리 생각을 전환하는 데 성공했다. 맑았던 수면이 다시 혼탁해졌다. M의 약효가 남아 있을 때 행동해야 한다! 생각이 거기까지 미친 순간 몸에서 긴장이 풀리면서 하마터면 손에 들려 있던 알약이 미끄러져 바닥으로 떨어질 뻔했다. 나는 놓칠 뻔한 알약을 다시 꼭 쥐고 차를 향해 몸을 기울였다. 그리고 상대에게 속삭였다. 내 손바닥 안에 든 것만 있으면, 다리가 없는 강도 건널 수 있다고. 대신 그 값은….

주차장을 빠져나가며 하수구에 은팔찌를 버리던 순간, 나는 그 ID가 무엇을 뜻하는지를 깨달았다. 영어로 어떻게 쓰는 말인지는 모르겠지만, 그게 철새를 의미하는 말인 것만은 분명했다.

몇 년 전, 지니를 구입하려고 했던 첫 번째 손님에게 나는 시간을 내어 지니의 사용법에 대해 길게 설명했다. 그건 내가 빚은 도자기의 구매자를 위해 판매자로서 마땅히 해야 할 의무였으니까. 그때 그 손님은 내게 이렇게 말했었다.

'전 철새가 되려 합니다. 계절이든 강이든 개의치 않고 날 수 있었으면 좋겠어요.'

나는 그 손님에게 도자기를 건네며 이렇게 말했다.

'그러기엔 이게 제격이에요. 내가 봐도 좀 쩌는 작품이거든요.
램프의 요정처럼 당신을 어디로든 데려다줄걸요.'

당신이 있던 자리에

"팀장님, 2028년 출연재산 보고서가 비어요."

"여기 있네요. 잠깐 보려고 빼놨어요."

재무팀장이 책상 서랍에서 흰 표지의 보고서철을 꺼내어 내게 내밀었다.

이젠 반쯤 비어버린 사무실에는 곳곳에 놓인 커다란 상자들이 입을 벌리고선 채워지기를 기다리고 있었다. 벌써 배가 부른 상자들은 장갑을 낀 직원들이 차례대로 복도로 내어갔다. 슬립 워킹테라피의 전 직원이 이틀 뒤로 다가온 이사 준비로 바삐 움직이고 있었다.

재단은 아트베이슨 제3지구로 옮겨가기로 했다. 지금 있는 사무실은 연락사무소로 남겨두기로 결정됐다. 이사장은 여러 사업을 준비하고 있었다. 하나같이 수면 관련이며 비영리사업이라는 공통점이 있었지만, 이제는 영아의 학부모들을 대상으로 하는 수면 지도 교육처럼, 사업의 대상자가 확대되고 있었다. 그 일로 바쁜지 이사장을 통 보기 힘들었다. 직원들도 바쁘기는 마찬가지였다. 부서가 둘 추가되었고, 직원의 수가 늘었다. 태민이 이틀 전 자원봉사자를 추가 모집하는 글을 SNS와 온라인 게시판에 올렸다.

주이의 방에서 나온 뒤, 나는 호수의 비밀 계정에 관한 정보를 경찰에 익명으로 제보했다. 그렇지만 주이가 가졌던 유일한 소유물인 그 방만은 그대로 남겨두었으니, 혼자 보겠다고 주이와 한 약속은 지킨 셈이었다.

호수에게도 그만의 방이 있었다. 용준의 영상을 계기로 재개된 수사 과정 중 처음으로 발견된 그 방은 호수가 죽은 뒤로 열린 적이 없었다. 비밀번호가 걸려 있었기 때문이다. 경찰이 밀키에이에 발송한 공문 덕분에 임시로 폐쇄된 상태였다. 경찰이 설명했듯이 그 방에 출입하려면 역시 암호가 필요했지만, 상관없었다. 나는 이미 그게 무엇인지 알고 있었다. 그의 이름 속에, 그러니까 그의 이름이 들어간 구절 속에 답이 있을 거라고 추측했고, 몇 차례 시도 끝에 내가 맞았다는 걸 확인할 수 있었다.

경찰이 그 안에서 찾아낸 건 레코드, 녹음 파일, 코인을 거래한 상대방의 지갑 주소 같은 것들로, 더티 플룸과 마약을 유통하는 조직들에 대해 그간 호수가 모아 온 자료들이었다. 자료들은 경찰청 산하 마약·구름 범죄 수사대로 넘겨졌다. 얼마 전 구속된 불법 마약·더티 플룸 유통 조직이 아마도 그와 관련된 것이 아닐까 하고 짐작하고 있다. 가출 청소년들에게 접촉하여 도움의 손길을 내미는 척, 그들이 만들어 낸 지옥으로 인도하는 헬퍼들과 도자기라고 불리는 더티 플룸을 불법 제조하고 도자기와 마약류를 일반인들에게 유통하는 스테인들이 검거되었다. 이들에게서 마약과 더티 플룸을 구입한 이들로 몇몇 유명 슬리퍼들의 이름이 거론되는 일도 있었다. 뉴스의 사회란과 연예란은 루머와 실상이 섞여서 그 어느 때보다도 진흙탕 같았다.

상황이 어느 정도 정리되었을 때, 나는 슬립워킹테라피의 인사팀에 입사 지원서를 보냈다. 지원서를 보낸 날 오후, 인사팀장에게서 연락받고 면접 일정을 조율했다. 새로 올라온 공고문에 '상시 채용'이라고 적혀 있기는 했지만, 서류를 내자마자 회사로부터 면접을 보러 오라는 연락이 올 줄은 몰랐기에 나는 당황했다. 그리고 면접을 보던 날, 나는 다시 한번 당황할 수밖에 없었다. 그동안 내가 경험했던 일반적인 사기업의 면접 방식과 다를 것이라고 예상은 했지만, 슬립워킹테라피의 채용 면접이 생각보다도 더 많은 점에서 달랐기 때문이다. 우선 내가 면접장에 들어섰을 때 면접관은 이사장과 젊은 직원, 둘뿐이었다.

"아, 미안합니다. 원래 면접관으로 나, 우리 인사팀장, 그리고 기획팀의 팀원이자 앞으로 같이 일하게 될 이 대리, 이렇게 세 사람이 들어와야 하는데, 우리 인사팀장은 오늘 몸이 안 좋아서 나오지 못했어요. 그래서 면접관이 둘뿐이지만, 우리 둘이 최대한 인사팀의 시각도 고려하도록 해볼 테니 걱정 없이 면접에 임하시면 됩니다."

이렇게 말하는 면접관은 내가 잘 알고 있는 미스터 조던. 이 날도 조던을 신은 이사장은 짙은 녹색 바탕에 파란 체크무늬가 들어간 남방을 입고 있었다. 이사장 옆에 앉아 있는, 기획팀 이 대리라고 추정되는 인물 또한 왼쪽 가슴 부분에 자수로 캐릭터 가 그려져 있는 맨투맨에 긴 면바지를 받쳐 입고 있었다. 나도 모르게 시선이 나의 발치로 향했다. 밋밋한 곡선을 그리고 있는 검정 구두의 둥근 앞코가 눈에 들어왔다. 문득 내가 면접관들의 눈에 지나치게 개성 없고 단조로운 인물로 비치는 건 아닐지, 그래서 회사의 분위기와 맞지 않는다고 판단하지는 않을지 걱 정이 들기 시작했다.

"자, 그럼 이제 시작해볼까요?"

면접이 시작되었다. 첫 번째 질문이 주어졌다.

— 본인이 슬리퍼가 된다면 어떤 구름을 만들고 싶은가?

의외의 질문이라고 생각했다. 내가 지원한 곳이 다름 아니라 수면 문제로 인한 해결책을 구름에서 찾으려다 의존증이 심해 진 사람들을 돕는 단체였으니까.

"저는 아무도 중독되지 않는 구름을 만들고 싶습니다."

"중독성은 구름 자체에서 기인하는 건 아니지 않습니까?"

"네, 그렇습니다. 정확히 말하자면 저는 구름을 무분별하게 사용하지 않는 사회 구조를 만들고 싶습니다. 구름 자체에 중독 성이 있는 것은 아닙니다. 구름을 상업적으로 이용하는 생산자 들, 그리고 그 구름에 무조건적으로 의존하는 이용자들로 인해 중독과 남용이라는 문제가 나타납니다. 저는 구름 산업의 수익 구조가 지나치게 왜곡되어 있기 때문에 이런 현상이 나타나는 것이라고 생각합니다. 생산자에게 지나치게 많은 이윤이 가고 있습니다. 구름의 매출이 증가할수록 관련 재화나 서비스의 매출도 잇따라 증가합니다. 생산자의 입장에서는 시장을 키우는 것이 가장 많은 부를 창출할 수 있는 방법입니다. 구름 시장이 커지는 게 사람들의 수면 문제에는 좋게만 작용하는 것은 아닌데도 말이죠. 오직 이윤만을 위해 시장을 키우며, 돈을 지불하면 누구나 손쉽게 잠을 얻을 수 있게 만드는 지금의 구조가 오늘날의 문제점들을 양산했습니다.

구름에 익숙해진 사람들은 더는 구름 없이 숙면을 취하려는 노력을 하지 않습니다. 밤이 지나치게 밝아진 것에, 낮만큼이나 바쁘게 움직이게 된 데에 문제를 제기하지 않습니다. 더 이상 평온하지 않으며 어둠이 부재하게 된 밤을 이상하게 받아들이지 않습니다. 구름 자체는 중독성이 없지만 꿈속에서 펼쳐지는 환상과 숙면의 쾌감, 무언가를 노력 없이 손쉽게 얻을 수 있게 해주는 마법은 충분히 중독성이 있습니다. 구름은 사람들이 잠과 꿈에 이르는 지름길을 제시했지만, 지름길을 통과하는 대가가 마치 금전 외에는 아무것도 없는 것처럼 포장하고 있습니다. 그런 포장이 가짜라는 것을 알리고, 평안하게 잘 수 있는 밤을 되찾고, 구름을 꼭 필요한 경우에만 치료 목적으로 사용하는 사회적 분위기를 만들어가야 한다고 생각합니다."

몇 가지 질문과 대답이 오간 뒤 마지막으로 이사장이 하고 싶은 말이 있냐고 물었을 때, 나는 미리 준비해간 지원 동기는 잊어버린 채 즉흥적으로 이렇게 대답했다.

"재단법인 슬립워킹테라피에서 '워킹'이라는 단어가 working

과 walking의 중의적인 의미를 가진다고 들었습니다. 저는 정말 잘 자고 싶은 사람들과 함께, 숙면을 위해 우리가 할 수 있는 것들을 탐구하고 싶습니다. 구름에 의존하지 않고서, 온전히 나의 몸과 마음만으로 잠을 자고 꿈을 꾸고 싶습니다. 이곳은 그 일이 전혀 비현실적이지 않으며 가능하다고 말하고 있는 것 같습니다. 그래서 저는 이곳에서 일하고 싶습니다."

면접장을 빠져나오면서 든 생각은 처음 경험해보는 정말 이상한 면접이라는 것이었다. 그동안 봐왔던 면접에서는 이만큼 솔직하고 구체적으로 나의 생각을 말해본 적이 없었다. 답변을 마칠 때마다 다음 질문에는 좀 더 짧게 답변하리라 다짐했지만, 그게 생각처럼 되지 않았다. 이사장이 입고 있던 남방 속 격자무늬의 무딘 각과는 다르게, 그가 던지는 질문들은 아주 날카로웠다. 날카로운 질문을 받아 든 이상, 답변을 무디게 만들 수는 없었다.

이상하다고 생각한 만큼이나 이상한 이곳을 다니고 싶다는 열망이 강하게 생겨나 있었다. 급히 작성해서 낸 지원서와 차분히 임하지 못했던 내 모습이 떠올라 아쉽다는 생각을 거듭하게 되었다. 그러나 다행히, 지금 나는 여기 와 있다. 면접을 보고 온 다음 날, 우려와 달리 회사로부터 바로 다음 주부터 출근해달라는 연락을 받았던 것이다. 조직 개편 이후 내가 일하게 될 곳은 피해 청소년 지원 사업팀이었다. 그러나 오늘은 부서와 상관없이 전 직원이 한데 모여 열심히 짐을 나르고 있었다.

"그거 잘 챙겨야 해요, 지은 씨."

재무팀장이 내게 주의를 주었다.

"나중에라도 과세관청에서 자료를 요구했을 때 없다면 큰일이 벌어질 테니까요. 두 해 전에 우리에게 그런 일이 있었는데, 아무런 준비가 안 돼 있어 고생을 좀 했죠. 밤새워 작업해서 가까스로 연도별로 자료를 정리해놓은 거예요."

나는 알겠다고 대답하고는 마지막 한 권을 상자에 끼워 넣었다. 그리고 이제는 빈틈없이 상자를 채우고 있는 흰 파일철들을 바라보았다. 상자를 접고 그 위로 테이프를 붙인 다음, 검은색 마커로 '전기 출연재산보고서 자료 모음'이라고 적었다. 옆의 상자 속에는 아직 비어 있는 새 파일철들이 담겨 있었다. 마찬가지로 상자를 접고 위에 테이프를 붙였다. 고민하다가 이번에는 이렇게 적었다.

'제3아트베이슨에서 맞이할 미래'

＊

며칠 동안 이사 준비를 하느라 평소에 안 쓰던 힘을 써서 그런지 피로하고 몸이 무겁게 처졌다. 주말을 보내고 다시 월요일이 찾아오면 새로운 사무실로 출근할 것이기에 오늘은 일찍 쉬기로 했다.

낮 동안 조금 데워졌나 싶었던 공기는 해가 산 아래로 저무는 사이 벌써 식어버린 것인지, 레이온이 혼방된 얇은 면 잠옷으로는 조금 쌀쌀하다고 느껴지는 밤이었다. 나는 옷장에서 누빔으로 된 잠옷을 꺼내왔다. 밤사이 수도권에 첫눈이 예고되어 있었다. 하지만 바깥 공기를 차단하기에는 답답하다고 느껴져서 나는 살짝 열려 있는 창문을 그대로 내버려두었다. 새벽에 창틈으로 냉기가 비집고 들어와 감기에 걸린대도 좋을 것 같았다. 오늘 밤은 깊은 잠에 들 거니까. 그리고 그를 만나러 갈 거니까.

내가 듣고 싶었던 이야기를 모두 들었고, 우리가 헤매고 있었던 미로의 도안을 조금이나마 그려볼 수 있게 되었다. 이 세계에서 언제든 막다른 골목을 마주칠 수 있다는 사실을 나는 이제 알고 있다.

옆에는 검은 상자 하나가 놓여 있다. 상자 안에는 구름이 가득하다. 집에 오는 길에 산 리라도 곁에 있다. 상자 안으로 손을 뻗자 단단한 결정체들이 느껴진다. 그중 하나를 집어 든 다음, 플룸을 떼어내고 리라와 함께 탁자 위에 올려놓는다. 흩어졌다 뭉쳤다 하며 피어오르는 구름의 움직임이 시야 안으로 들어온다. 구름과 함께 빛과 그림자들도 피어난다. 흐르는 음악은 〈어크로스 더 유니버스(Across the Universe)〉, 전주가 떨어지는 빗물의 규칙적인 리듬을 타고 내려앉는다. 연인의 그림자가 방 전체를 무대로 삼으며 음악에 맞추어 춤을 춘다. 마치 그게 그들이 추는 마지막 왈츠인 양, 두 그림자는 서로에게 꼭 붙어 있다. 구름이 점차 짙어지며 그림자 연인의 모습이 희미해져 간다. 그렇지만 장막 너머로 움직임이 계속되고 있으리라는 걸, 나는 알고 있다.

어떤 것도 내 세상을 바꿀 수 없다.

양손을 가지런히 모아 갈비뼈 아래에 가두고 간절히 기도한
다. 완전한 어둠 속으로 걸어들어갈 용기를 주소서. 그리하여
어둠과도 같은 잠에서 깨고 나면 깨달음을 얻고 빛에 이르러 있
게 해주소서. 동시에 리라가 멈추지 않고 계속해서 돌았으면 하
고 소망한다. 아주 천천히 잠들었으면, 그리고 그와의 이별도
가능한 한 늦게 끝났으면. 염원과는 달리 눈꺼풀이 점점 무거워
져 온다. 눈뜬 뒤에도 우리의 세계는 사라지지 않을 것이다.

다시 한번 세상에 부딪히며
그를 만나러 갔다
나를 기다리는 그를 기다려온, 우리만 아는 곳

이내 눈이 감겼고 잠이 들었다. 그리고 꿈을 꾸었다.

〈끝〉

출판사로부터 작가의 말을 써달라는 주문을 받았을 때, 무척 설레어 간만에 잠을 설쳤습니다. 제가 있는 이곳 기안야에서는 요란한 오토바이 소리로 동이 트고 있다는 걸 알 수 있습니다. 잠을 설치고 난 다음 날도 여느 때처럼 들려오는 굉음에 잠에서 깼는데, 무거운 몸을 일으키던 순간 신기하게도 마치 처음《구름문》을 구상하던 때로 돌아간 듯한 기분이 들었습니다.

이 글을 쓰는 지금 저는 발리에서 두 달째 요가를 배우고 있습니다. 정말 감사한 마음으로 요가 철학과 명상, 호흡 수업을 즐거이 듣고 있지만, 한편으로는 제 소설이 이 세계의 어딘가, 예를 들면 인도 같은 곳에서는 아무 쓸모가 없겠구나 하는 생각에 움츠러들기도 했습니다.

이 글을 끝내 완성하게 해준 원동력은 오랜 시간을 저와 함께

한 '불면증'이라는 벗이었건만, 이곳에서 배운 바로는 요가를 통해 불면증을 극복할 수 있더군요. 실제 요가원에서 꾸준히 명상과 호흡을 수련한 덕분인지 요새 저는 매일 밤 잘 자고 있습니다. 어쩌면 쓸모 없는 소설을 쓴 건지도 모른다는 생각에 조금은 위기감을 느끼면서도, 전처럼 불안감을 떨치지 못해 뜬눈으로 밤을 지새운 적은 단 한 번도 없었습니다.

교성본을 받아보았을 땐 이곳 요가원에서 남은 시간이 절반이 채 남지 않은 시점이었습니다. 마지막 퇴고라고 생각하고 한 달도 전에 넘긴 원고를 다시 들추어 보니, 여전히 손볼 곳이 많았습니다. 제가 아직 부족한 탓이 크겠지만, 그새 제가 많이 변한 것도 큰 이유일 터입니다.

돌이켜 보면 《구름문》을 쓰게 된 이유는 제가 불행했기 때문입니다. 기후 변화와 재난, 전염병과 사고 등으로 소란한 동시에 우울한 시간을 지나온 점이 제 불행의 이유를 한 가지 더했던 것 같습니다. 코로나가 기승을 부리던 때, 한 손에 체온계를 들고 멍하게 있다가 떠올린 소재는, 라디오에서 우연히 듣게 된 릴리 알렌의 뮤직박스를 닮은 목소리와, 존 레논이 오밤중에 우주로 띄워 보냈던 메시지를 듣던 중에 점점 형체를 갖추게 되었습니다.

이 소설의 배경은 근미래이지만 실은 불행했던 제 과거에 토대를 두고 있습니다. 주인공인 지은은 불행했던 제 과거의 모습입니다. 지은이 사는 세상은 제게 너무나도 두렵게 느껴졌던, 저를 둘러싼 세상이며, 그 세상이 앞으로 어떻게 변할지를 상상해본 결과물입니다. 그래서 이 소설에는 앞부분부터 지긋지긋

하고 지루하기 짝이 없는 현실 속 이야기가 집요하게 등장합니다.

퇴고하면서 도입부를 완전히 바꿔야 할지 고민했던 순간도 있었습니다. 하지만 많이 고민한 끝에 그냥 두기로 결정했습니다. 제가 속한 세계는 아직 그 부분을 삭제해도 좋을 만큼 바뀌지 않은 것 같기 때문입니다.

그간 요가원 밖에 두고 온 제 삶에 대해서는 최대한 잊고 지내려고 했습니다. 매일 10시간 이상을 수련하는 바쁜 일정으로 돌아가는 곳이지만, 그럼에도 이곳에서 저는 모든 문제로부터 멀어져 행복하게 지낼 수 있었기 때문입니다.

제가 돌아가야 할 세상에 얼마 전 첫눈이 내렸다고 합니다. 곧 수능이고, 한파주의보가 내려질 터입니다. 떠나 있는 동안 여름에서 겨울로 계절이 훌쩍 바뀌어버렸지만, 잠깐 열었다 닫은 포털사이트 뉴스창의 헤드라인들을 떠올려 보면 그 세계는 여전히 복잡하고 어지럽습니다.

그런 세상 속으로 다시 돌아가야 한단 생각에 착잡해하다 명상에 집중하지 못한 적이 여러 번 있었습니다. 마음을 비워내지 못하고 번뇌하던 날들 중에 하루는 적어도 세상 모든 사람들이 요기나 요기니가 아닌 이상, 뭐든지 사거나 팔고 보려는 사람들이 존재하는 이상, 제 소설이 완전히 무용하지는 않겠다는, 슬프지만 작가로서는 희망찬 결론에 이르기도 했습니다.

이 소설을 쓰기 시작할 때 주야장천 들었던 〈Across the Universe〉의 가사 속에는 Jai guru deva om이라는 말이 등장합니다.

저는 소설을 집필할 당시에는 몰랐던 그 말의 의미를 이곳에 와서야 배웠습니다. 제가《구름문》을 통해 내내 말하고자 했던 게 바로 존 레논이 우주로 보낸 메시지와 같다는 것도 깨달았습니다. 무엇이 나를 흔들어 놓든, 믿음을 잃지 않겠다는 기도문. 그러니까 작곡가의 속마음을 제가 완전히 알 수는 없겠지만 적어도 제 소설은 요가에서의 기도문 하나로 요약될 수 있을 것 같습니다.

그리고 주인공인 지은은 번뇌하면서도 끝까지 기도하기를 포기하지 않는 사람입니다. 소설에서 한 인물이 나의 세상을 뒤흔들어 놓는 힘을 향해서, 어떤 것도 내 세상을 바꾸지 못할 거야, 하고 외칠 수 있으려면 그 인물은 우주의 힘을 믿는 사람이어야 합니다. 제가 본 지은은 우주의 힘을, 특히 사랑을 믿는 인물입니다. 그래서 제게는 누구보다도 애착이 많이 갔던 것 같습니다.

감사의 말을 전하고 싶은 분들이 많습니다. 호흡법을 온전히 익히기에 아직 수련이 많이 부족하기에 제 기도가 얼마만큼이나 멀리 가닿을 수 있을지 감히 헤아리지 못하겠습니다. 그래도 이 글을 쓰는 데 도움을 주신 분들과 제 소설을 읽어주신 고마운 분들께 불면증으로 고통받는 밤만은 없으시길 기도하겠습니다.

제게 소설의 힘을 가르쳐주었으며, 제가 먼 길을 돌아 끝내 소설로 돌아오게 해준 서강에 감사드립니다.

제 글이 처음으로 세상에 나올 수 있게 해주신 문윤성 SF 문학상에 감사드립니다. 책이 나오기까지 많은 도움 주신 아작에도 정말 감사드립니다.

내 상상력의 원천 대부분을 제공해준 베프 선아. 소중한 글 친구 유병민 시인님, 예리한 독자이자 사랑스러운 벗인 나의 동생들. 귀한 시간을 내어 부족한 초기 원고를 기꺼이 읽어준 소중한 독자들, Grace, 보니, 서연, 윤지영 님.

무더운 여름을 지나오며 잔뜩 지쳐버렸던 내게 두 달 동안 안식처가 되어준 요가원의 정다운 스탭분들과, 노래 가사만큼이나 절망스러웠던 여름을 지나온 나를 다시 웃게 해준 소중한 친구들, 노라, 사라이, 아멜리아, 안, 영은 그리고 현경 언니에게도.

마지막으로 어둠 속에 있던 절 빛으로 인도해주신 나의 구루들에게 진심으로 감사함을 표합니다.

발리까지 가서 요가를 배우지 않으면 안 되겠다고 마음먹을 만큼 치열하게 소설을 쓰도록 가르쳐주신 하성란 작가님,

먼 발리까지 배우러 오길 잘했다고 느끼게 해주신 고마운 선생님들, 와얀, 빌리야, 순일, 니티쉬 그리고 니틴. 당신들 덕분에 앞으로 제 소설 속 주인공들은 어떤 식으로든 요가와 연결되어 있으리라는 것을 압니다.

나와 당신들과 온 세상에 평화가 깃들기를 바랍니다.

2023년 11월, 기안야에서
이다하

이 글에 등장하는 노래의 목록은 다음과 같습니다.

Carla Bruni, 〈Le Ciel Dans Une Chambre〉
Fiona Apple, 〈Across the Universe〉 (원곡은 The Beatles)
Lily Allen, 〈Somewhere Only We Know〉 (원곡은 Keane)
이예린, 〈그대의 우주〉

구름
문

초판 1쇄 발행 2024년 1월 15일

지은이   이다하
펴낸이   박은주
디자인   김선예, 이수정
마케팅   박동준

발행처   (주)아작
등록   2015년 9월 9일 (제2023-000057호)
주소   07236 서울특별시 영등포구 의사당대로 38 102동 1309호
전화   02.324.3945-6   **팩스** 02.324.3947
이메일   arzaklivres@gmail.com
홈페이지 www.arzak.co.kr

ISBN   979-11-6668-752-5 03810